BASTEI
LÜBBE

Evelyn Anthony

Weißer Mond von Barbados

Aus dem Englischen übersetzt
von Utta Danella

BASTEI
LÜBBE

BASTEI-LÜBBE-TASCHENBUCH
Band 10 414

Titel der Originalausgabe: THE TAMARIND SEED

Lizenzausgabe mit Genehmigung des Schneekluth Verlages:
Gustav Lübbe Verlag GmbH, Bergisch Gladbach
Printed in Western Germany 1984
Einbandgestaltung: Manfred Peters
Titelbild: Pictor International
Gesamtherstellung: Ebner Ulm
ISBN 3-404-10414-5

Der Preis dieses Bandes versteht sich einschließlich
der gesetzlichen Mehrwertsteuer

Prolog

Endlich war seine Sekretärin, wenn auch widerwillig, nach Hause gegangen; sie war überaus gewissenhaft, liebte ihre Arbeit und war stets bereit, auch nach Dienstschluß im Büro zu bleiben. Obwohl er oft genug erklärte, wie unentbehrlich sie ihm sei, an diesem Abend hatte ihr Eifer, zu bleiben und ihm zu helfen, ihn reichlich nervös gemacht. Es hatte ihn allerhand Überredung gekostet, bis sie sich endlich geschlagen gab und mit einem letzten vorwurfsvollen Blick auf seinen unaufgeräumten Schreibtisch von dannen zog.

Ein paar Minuten lang blieb er reglos sitzen. Als er sicher war, daß sie das Gebäude verlassen hatte, stand er auf, ging zur Tür und drehte den Schlüssel herum. Es war schon dunkel draußen, die Fensterscheiben von Schneeflocken bestäubt. Er betrachtete den Schnee aufmerksam, ehe er den Vorhang zuzog. Nun war die Welt ausgesperrt. Dann knipste er die Schreibtischlampe an.

Das Durcheinander auf seinem Schreibtisch war es, was seine Sekretärin am meisten gestört hatte; sie hielt es für unter seiner Würde, daß er selbst aufräumte und die herumliegenden Akten einordnete. Aber im Moment war das unwichtig. Er schob den Papierwust beiseite, nahm den kleinen Schlüssel, der mit einer Kette an seiner Weste befestigt war, und sperrte die mittlere Schublade seines Schreibtisches auf. Nur er besaß einen Schlüssel zu dieser Schublade.

Behutsam nahm er die Akte heraus, die durch einen dicken roten Stempel in der linken Ecke als »Geheim« gekennzeichnet war. Und nachdem er sie direkt unter der Schreibtischlampe plaziert hatte, begann er sorgfältig, Seite für Seite, den Inhalt zu fotografieren. Dazu benutzte er einen kleinen Gegenstand, so klein, daß er ihn in der Hand verbergen konnte.

Plötzlich fuhr er auf, lauschte reglos, starr vor Schreck; denn draußen auf dem Gang vor seinem Büro näherten sich Schritte. Panik ergriff ihn, er war unfähig, sich zu rühren, starrte nur auf die Türklinke. Wie ein nächtlicher Alptraum war es. Hatte er vergessen, die Tür abzuschließen, war er trotz jahrelanger bewährter Achtsamkeit doch einmal unachtsam gewesen und hatte nicht abgeschlossen? Wenn die Schritte vor seiner Tür verstummten, wenn es klopfte, wenn die Tür geöffnet wurde . . .

Aber niemand klopfte. Niemand berührte die Klinke. Die Schritte gingen vorbei, verklangen, das einzige, was er noch hörte, war das wilde Schlagen seines Herzens.

In den nächsten fünf Minuten hatte er seine Arbeit beendet, schichtete die Blätter aufeinander, schloß die Akte. Erst dann stand er auf und ging zur Tür. Er lächelte. Wie albern von ihm. Natürlich hatte er abgeschlossen. Er hatte es noch nie vergessen.

Als er kurz darauf sein Büro verließ, war sein Schreibtisch leer. Die herumliegenden Papiere, die seine Sekretärin so geärgert hatten, waren weggeräumt, die mittlere Schublade verschlossen und die Akte mit dem roten Geheimstempel sicher verwahrt im Safe eine Etage tiefer.

1

»Ladies and Gentlemen, wir befinden uns im Anflug auf Barbados. In ungefähr zehn Minuten werden wir auf dem Seaways Airport landen.«

Die Stimme des Piloten klang gelangweilt. Ein kleines Kind in einer der hinteren Reihen der Touristenklasse hörte schlagartig auf zu weinen; zum erstenmal seit zwei Stunden. Judith wußte genau, daß es zwei Stunden waren, denn sie hatte auf die Uhr gesehen. Noch ein letzter Schluchzer, dann wurde es still, so als hätte das Baby verstanden, daß die Reise, die ihm so wenig behagte, zu Ende ging. Offenbar hatte es den Flug genausowenig genossen wie Judith.

Die Passagiere schauten aus den Fenstern, neugierig darauf, die Insel zu sehen, die winzig klein und unwahrscheinlich grün da unten im glitzernden blauen Meer schwamm. Trotz ihrer Lethargie erwachte auch in Judith ein wenig Interesse, sie warf einen flüchtigen Blick über die Schulter ihres Nachbarn. Schön würde es da sein, still und friedlich, hatte man ihr prophezeit, nicht so ein Betrieb wie auf den größeren Karibischen Inseln. Es sei ein kleines verschlafenes Paradies und darum gerade das richtige für sie, um zur Besinnung, zur Ruhe zu kommen, um den Kummer zu vergessen, der sie quälte. Aber was wußten die anderen schon von ihr? In ihrem ganzen achtundzwanzigjährigen Leben war sie nie so unglücklich, so verzweifelt gewesen, war sich nie so beschmutzt und betrogen vorgekommen. Das konnte Nancy nicht begreifen, und das verstand Sam Nielson erst recht nicht.

Sam Nielson war ihr Chef. Und er hatte als erster gesagt: »Machen Sie doch ein bißchen Urlaub, verlassen Sie New York für eine Weile, vergessen Sie die UN, Ihre Freunde, Ihre ganze Umgebung. Denken Sie nicht zurück, erholen Sie sich in der Sonne und am Meer. Das wird Ihnen am schnellsten helfen.«

Sam war ein netter Mann, und sie arbeitete gern bei ihm. Manchmal zeigte er ein wenig väterliche Besorgnis, das kam wohl daher, weil sie mit Nancy ein gemeinsames Apartment bewohnte. Nancy war seine Tochter und nur ein wenig jünger als Judith. Übrigens hatte Nancy ihr den gleichen Rat gegeben: hau ab! Obwohl Nancy ihren Zustand keinesfalls begreifen konnte. Nancy mit ihren vielen Liebesaffären blieb immer kühl und selbstbewußt und war niemals beeindruckt, geschweige denn erschüttert von einem männlichen Wesen.

Judith war alles egal, und so tat sie schließlich, was man ihr geraten hatte. Aber sie wußte jetzt schon, daß es sinnlos war. Ein Urlaub änderte nichts an ihrem Kummer. Die Insel unter ihr entschwand ihrem Blick, als sich die Maschine seitwärts neigte, ehe sie zur Landung ansetzte. — Den Teufel würde sie sich besser fühlen! Nicht die schönste Insel der Welt konnte ihr das zerstörte Vertrauen und die verlorene Selbstachtung wiedergeben. Was wußten die Nielsons schon von ihr? Sie kannten schließlich nichts anderes als ihr höflich lächelndes, gleichmütiges Alltagsgesicht.

Und dies war nun schon die zweite Tragödie in ihrem Leben. Nein. Das war es eben nicht. Der Tod ihres Mannes vor vier Jahren, das war eine wirkliche Tragödie gewesen. Doch damals hatte sie vergleichsweise vernünftig reagiert. Sie hatte England kurz entschlossen verlassen und in den Vereinigten Staaten ein neues Leben begonnen. Daß sie nun den Mann verloren hatte, den sie liebte und mit dem sie gerade sechs Monate zusammen gewesen war, konnte man im Vergleich dazu nur eine Lappalie nennen. Genaugenommen durfte es nicht mehr als vierzehn Tage dauern, um Richard Paterson zu vergessen.

Die Maschine landete samtweich. Die Passagiere bewegten sich zum Ausgang, das Baby hatte wieder angefangen zu weinen.

Sie war zwei Jahre verheiratet gewesen, aber ein Kind hatte sie nicht bekommen, obwohl sie es sich gewünscht hatte. Sie war zweiundzwanzig Jahre, als sie Patrick Farrow heiratete. Er war sehr reich, verfügte über den Charme und den Humor der

Iren und hatte einen ungeheuren Appetit auf fremde Länder, große Reisen, neue Menschen.

Als Judith ihn kennenlernte, arbeitete sie bei der Britischen Botschaft in Marokko, wo ihr Onkel Botschaftsrat war. Bei einem Empfang in der Botschaft kreuzte plötzlich Pat Farrow auf, zwei Monate später war sie verheiratet.

Und dann begann die große Reise kreuz und quer durch die Welt, zwei Jahre lang. Anfangs hatte sie sich eingeredet, diese Art zu leben sei wunderbar, und sie sei glücklich. Oder war es vielleicht kein Spaß, einfach mal so nach Kenya zu reisen, wenn man gerade davon sprach, dann von Mombaso nach Nepal zu fliegen, wo es Pat natürlich nach zwei Wochen nicht mehr gefiel, zumal ihm jemand erzählte hatte, jetzt sei ein Trip nach Tokio genau das Richtige, dort blühten gerade die Kirschbäume.

Farrow war großzügig und liebevoll. Aber sie hatte kein Heim. Wenn man sich erst mal an Luxushotels gewöhnt hatte, sah eins aus wie das andere. Ihr Mann empfand anders, er *war* glücklich. Manchmal auf einer Party, ein Glas Champagner in der Hand, den anderen Arm um ihre Schulter gelegt, erklärte er laut: »Ich bin der glücklichste Mensch auf dieser Welt.«

Sie kamen zu einem kurzen Aufenthalt nach London, gerade zu Beginn der Rennsaison, Judith benutzte diese Zeit, um ihren Vater zu besuchen. Pat konnte auch ohne sie zu den Rennen gehen.

Auf dem Rückweg von Newmarket krachte er mit seinem Jensen in einen Lastwagen; er war sofort tot.

Ihr Vater tat, was er konnte, um sie zu trösten, aber er war ein kühler Mensch, der sehr zurückgezogen lebte. Ihr Verhältnis war nie sonderlich herzlich gewesen. Er war nie mit der Tatsache fertig geworden, daß seine Frau ihn verlassen hatte. Für Judith war nicht viel Liebe übriggeblieben. So kam es, daß sie eines Tages in New York eintraf, in der Tasche eine Empfehlung an Sam Nielson. Die stammte von ihrem Onkel, der inzwischen von Marokko nach Ottawa versetzt worden war.

Pat Farrow fehlte ihr sehr in der ersten Zeit. Es erschien ihr ganz unwahrscheinlich, daß soviel Vitalität und Lebensfreude von heute auf morgen ausgelöscht sein sollte. Seltsamerweise aber war es nicht so sehr Schmerz, was sie empfand – mehr eine Art Schuldbewußtsein. Denn sie erkannte ziemlich schnell, daß sie ihn im Grunde nicht geliebt hatte.

Sie hatte die Hälfte seines Vermögens geerbt. Die andere Hälfte bekam eine Frau in Irland, die einen Sohn von ihm hatte. An Geld fehlte es also nicht.

Aber Judiths Leben war so leer. Vielleicht weil es vorher so rastlos gewesen war. Sie war froh, als sie den Job bei Nielson bekam, er war Direktor im Internationalen Sekretariat der UN, und sie wurde seine persönliche Mitarbeiterin. Das war vor vier Jahren gewesen.

In diesen vier Jahren war ihr eine ganze Reihe von Männern begegnet. Ein seriöser und dennoch charmanter Anwalt hatte ihr sogar einen Heiratsantrag gemacht. Judith hatte immer nein gesagt. Und es war offenbar typisch für sie; als sie schließlich ja sagte, war es der falsche Mann. Sie hatte bei der Wahl eines Liebhabers genausowenig Talent bewiesen wie bei der Wahl eines Ehemannes.

Die Hitze traf sie wie ein Schlag, als sie die Gangway hinabstieg, sie schloß die Augen vor der blendenden Sonne. Doch gleich darauf spürte sie einen sanften Windhauch, der die Hitze linderte und die Brutalität der tropischen Sonne erträglich machte.

Der Flugplatz war sehr klein, nichts von der Hast und der Betriebsamkeit, die man sonst auf Flugplätzen antraf. Gemächlich wurde das Gepäck ausgeladen, gemächlich trödelten die Passagiere durch Zoll- und Paßkontrolle, vorbei an einem riesigen farbigen Polizisten in schneeweißer Tropenkleidung, bunte Ordensbänder auf der breiten Brust, ein fröhliches Lächeln im dunklen Gesicht.

Plötzlich hatten sie alle Zeit, keinen störte es, daß er warten mußte, obwohl es nicht einmal Läden mit Souvenirs und zollfreier Ware gab, die man betrachten konnte. Auf einmal war die hektische Hast, die nervöse Spannung des amerikanischen Lebens von ihnen abgefallen und hatte einer lässigen Ferienstimmung Platz gemacht.

Nachdem Judith den Zoll passiert hatte, stand auch sie da und wartete auf ihr Gepäck. Anders als die meisten Frauen reiste sie nur mit leichtem Gepäck. Sie hatte nicht viel eingepackt, ein paar Sommerkleider, Badeanzüge, Strandkleidung. Das genügte. Keiner kannte sie hier, und sie hatte nicht die Absicht, sich weit vom Hotel zu entfernen.

Gerade am Tag bevor sie abreiste, hatte Richard Paterson angerufen. Nancy Nielson war am Apparat und beschied ihn kurz, Judith sei nicht zu Hause. Ehe er noch etwas sagen oder fragen konnte, hatte sie den Hörer aufgelegt. Daran mußte Judith jetzt denken, als sie zum Ausgang des Flughafens ging. Nein — es war besser so gewesen. Warum sollte sie noch mit ihm sprechen?

Ein überwältigendes Gefühl der Erleichterung überkam sie. Es war wohl doch richtig gewesen zu verreisen. Die Entfernung schien alles schon leichter zu machen; seit sie den Fuß auf die Insel gesetzt hatte, fühlte sie sich wohler, das war gewiß nicht nur Einbildung.

Da stand wieder so ein weißgekleideter Polizist und lächelte sie an. Er war jung und prächtig gewachsen. Niemals zuvor war ihr bewußt geworden, was für ein schöner Mensch so ein Farbiger sein konnte, wenn nichts an ihm verdorben war. Denn dieser hübsche Junge in seiner feschen Uniform war das Ergebnis einer Rassenintegration, die schon Generationen vor seiner Geburt stattgefunden hatte.

»Willkommen auf Barbados«, sagte er. »Da drüben stehen die Taxis.«

»Danke«, sagte Judith und lächelte ihn auch an. Es war das erstemal seit Tagen, daß sie lächelte. »Vielen Dank.«

Die Insel war ein einziges Blumenmeer. Hibiskus, rosa und weißer Oleander, die prächtigen purpurnen Bögen der Bougainvillea, die von Mauern und Dächern herabfluteten, die scharlachroten Poinsettias, die hier als mächtige Büsche blühten, als Hecken die Straße leuchtend einrahmten, während man sie zu Hause höchstens während der Weihnachtszeit als kümmerliche Topfpflanze in einem Blumenladen entdecken konnte.

Der Taxifahrer schwatzte während der ganzen Fahrt, aber sein Akzent war so unmöglich, daß Judith kaum etwas verstand. Doch dann ... das Meer! Weite unendliche Fläche, saphirblau mit schneeweißen Wellenkämmen. Und am Strand wuchsen die Palmen steil in den Himmel. Das Hotel schließlich war eine angenehme Überraschung. Es bestand aus vielen kleinen Bungalows, eingebettet in diesen blühenden tropischen Garten, den sie während der ganzen Fahrt vom Flugplatz her bewundert hatte.

Inmitten eines gepflegten Patios lag ein aquamarinblauer Swimming-pool, auch er umrahmt von herrlichen Blumen, dazwischen standen kleine Tische unter buntgestreiften Sonnenschirmen, und hinter einer Bar schüttelte ein kohlschwarzer Barkeeper mit strahlender Miene seinen Cocktailshaker, als sei es eine Rumbabox.

Heiß war es. Die Kleider klebten ihr am Leib. Als sie ihr Gesicht im Spiegel hinter der Rezeption sah, war es blaß und erschöpft.

Der kleine Bungalow, den man ihr zuteilte, war hell und freundlich, mit weißen Wänden. Vom Balkon aus konnte sie den Strand und das Meer sehen. Im Schlafzimmer war eine Klimaanlage. Auch eine winzige Küche war da, vollkommen eingerichtet. Sie zog sich aus, ging ins Badezimmer und stellte sich unter die Dusche. Das Wasser tat ihrem Körper wohl. Ihre Haut war sehr weiß, kein Vergleich mit den braunen Körpern, die sie am Swimming-pool gesehen hatte.

Der kalte Strahl des Wassers war herrlich, prickelte auf ihrem Gesicht und rann über ihre Brüste. Und plötzlich – es war zu töricht, aber ihr nackter Körper erinnerte sie an die Liebesstunden mit Richard Paterson. Das war das letzte, woran sie jetzt denken wollte.

Sie drehte den Wasserhahn zu und hüllte sich in ein Badetuch. Dann ging sie ins Schlafzimmer, stand am Fenster und blickte aufs Meer hinaus. Es war kurz vor Sonnenuntergang. Eine dunkle graue Linie glitt über den Himmel, so als ob jemand langsam einen Vorhang herabließe. Bald würde es dunkel sein.

Sie war auf einmal schrecklich müde. Warf das Handtuch weg und ließ sich aufs Bett fallen. Ein wenig Ruhe würde ihr guttun. Später konnte sie dann anrufen und bitten, daß man ihr einen Imbiß heraufbrachte, ein Sandwich, etwas Kaffee. Während sie noch darüber nachdachte, was sie bestellen würde, schlief sie ein.

Als sie erwachte, war es stockdunkel. Die Leuchtziffern auf ihrer Uhr zeigten zwei Uhr morgens an.

Der Mann, der auf dem Balkon des benachbarten Bungalows saß, sah überrascht, wie das Licht in dem Bungalow zu seiner Rechten anging, wie sein gelber Schein in die Nacht hineinbrach.

Er hatte keinen Schlaf gefunden in dieser Nacht, genausowenig wie in der vorhergehenden. Schlaf floh immer den, der ihn suchte. Er hatte immer schon unter Perioden der Schlaflosigkeit gelitten, das kam ganz unerwartet, kein Streß, keine Überarbeitung waren daran schuld. Irgendwann war es für ihn unmöglich einzuschlafen. Und dieser Zustand dauerte meist mehrere Tage. Er hatte sich daran gewöhnt, es zu ertragen, ohne zu Schlafmitteln zu greifen.

Er saß auf dem Balkon und rauchte. Die Nacht war nicht still. Da unten brandete das Meer an die Küste, ein ständiges, ein ewiges Geräusch. Und da war noch ein dünner, doch hartnäckiger Laut wie ein leiser Gesang, der aus den Bäumen und Büschen zu kommen schien. Es hörte sich an, als seien es winzige Vögel. Doch es waren die Grillen, deren Zirpen sich mit dem prosaischen Summen der Klimaanlage vermischte.

Er war niemals zuvor in der Karibischen See gewesen. Und irgendwie hatte ihm der Gedanke Spaß gemacht, seine Ferien an einem Ort zu verbringen, der als Tummelplatz der Kapitalisten verschrien war. Sie tummelten sich gewissermaßen auf dem Schweiß des schwarzen Proletariats, denn so, dachte er ironisch, so lautete wohl die herkömmliche Terminologie.

Und er war sich auch klar darüber, die Tatsache, daß er hier Ferien machte, war Wasser auf die Mühlen seiner Feinde. In gewisser Weise machte es ihm Spaß, sie zu ärgern. Dort standen sie, hier stand er, die Trennung war nicht mehr zu übersehen. Mochten sie sich also ereifern, während er ihnen gelassen den Rücken kehrte.

Er aber saß nun hier unter der glitzernden Unendlichkeit des Sternenhimmels, rauchte und träumte. Blickte hinauf zu den entzauberten Sternen – denn sie hatten ihren Zauber verloren, seit die Menschen in das Geheimnis des ewigen Raumes eingebrochen waren, seit sie bewiesen hatten, daß sie ihn bezwingen konnten. Jenseits der Sterne waren sie gewesen und hatten entdeckt, daß dort alles leer war, leer und häßlich. Und dieser kühle weiße Mond war gedemütigt worden von den Stiefeln der Menschen. Nie mehr würde er sein, was er einmal war, ein Gefährte der Träumer, ein Freund der Liebenden, ein Tröster der Einsamen.

Das war es, was die Welt so verändert hatte. Nicht der Triumph, daß sie auf dem Mond gewesen waren. Die Trauer darüber, daß sie ihn verloren hatten. Und mit ihm all die schönen alten Worte, die süße Poesie, die ihn und die Sterne besungen hatten. Das war verstummt – für alle Zeiten verstummt.

Alles war anders geworden. Die Superklugen fanden es gut und schwammen eifrig mit im Strom des sogenannten Fortschritts.

Aber die wirklich Klugen trauerten. Sie haßten diese verdammte Art des Fortschritts.

Irgendwann begriff man es. Irgendwo war der große Wendepunkt. Es war eine bittere Erfahrung, aber sie bewahrheitete sich immer wieder: Die Kinder der Revolution wurden eines Tages die stursten Reaktionäre.

Und hier saß er nun unter den entzauberten Sternen, unter dem geschändeten Mond und wußte, daß er, auch er, nun anfing, den Weg zurückzugehen. Auch wenn er es noch nicht ganz wahrhaben wollte.

Vielleicht hätte er nicht allein hierherfahren sollen. Vielleicht wäre es besser gewesen, eine Frau mitzunehmen. Aber er hatte nicht gewollt. Sein Körper war so müde wie sein schlafhungriges Gehirn. Es war auch zu leicht für ihn und reizte ihn nicht, er konnte immer Frauen haben, wenn er sie wollte.

Bisher war der Bungalow neben ihm leer gewesen, und er hatte gar nicht bemerkt, daß jemand eingezogen war. Aber nun war das Licht angegangen. Dann hörte er leise Geräusche. Jemand bewegte sich, ging hin und her, eine Tür schloß und öffnete sich, und dann ging die Balkontür auf. Der Lichtstrom wurde breiter, eine Frau trat heraus, ging bis zum Geländer, lehnte sich daran und blickte auf das schwarze Meer hinaus, auf dem die silbernen Spuren des Mondlichts bis zum Horizont reichten. Eine schmale Gestalt – langes glattes Haar. Ihr Gesicht konnte er nicht sehen. Er verhielt sich ganz still, barg die Glut seiner Zigarette hinter der Lehne seines Stuhls.

Sie stand eine Weile regungslos, dann wandte sie sich um und ging wieder hinein. Schade. Er fühlte sich nicht so einsam in seiner schlaflosen Nacht, wenn da noch jemand wachte.

Doch dann hörte er überrascht nach einer Weile, wie die Haustür des Bungalows zufiel. Ging sie so spät noch aus? Minuten danach hörte er die Bewegung des Wassers im Swimming-pool. Sie war also schwimmen gegangen.

Über der geschlossenen Bar brannte ein einzelnes Licht. Es wäre nicht nötig gewesen, denn der riesige weiße Mond hing da mitten im Himmel, umgeben von Sternen. Es war hell genug. Als Judith emporblickte, fiel ihr jedes gängige Klischee ein. Der Mond war wie eine große Perle, die Sterne wie Diamanten. Die Palmen wiegten sich im Wind, und die Grillen sangen. Es mochte Kitsch sein und total unmöglich – bis man es selber sah. Dann war es Wirklichkeit. Und man konnte es gar nicht anders beschreiben als mit den alten wohlbekannten Klischees.

Sie schwamm in langen Zügen auf und nieder, lässig, entspannt. Sie genoß die Nacht, das Wasser und die schönen Worte, die schon immer dafür benutzt worden waren, und die neuen, die sie sich ausdachte.

»Gun Amd – schön Amd!« Es war der gleiche merkwürdige Akzent, den der Taxifahrer gesprochen hatte. Sie blickte auf und sah einen Mann mit einer Taschenlampe, die Kappe in der Hand, am Beckenrand stehen.

»Guten Abend«, erwiderte Judith. »Sie sind sicher der Nachtportier.«

»Ja, Ma'am.«

»Ich wohne hier. Und ich konnte nicht schlafen. Es ist so eine schöne warme Nacht.«

»Ja, Ma'am«, sagte der Mann. »Is ziemlich warm.« Er setzte seine Kappe wieder auf, grüßte mit der Taschenlampe und ging wieder fort.

Der schlaflose Mann, der ihr leise gefolgt war, stand im Schatten des letzten Bungalows und sah ihr zu, wie sie aus dem Wasser stieg und ihre langen Beine und den Körper mit einem Handtuch trockenrieb. Sie war jung, sie hatte ein schönes Gesicht.

Er wich lautlos zurück und war verschwunden, als sie den Pfad heraufkam.

Im Kühlschrank hatte er eine Flasche Whisky. Das war so eine von den amerikanischen Sitten, die er übernommen hatte. Er trank lieber Scotch als Wodka. Sicher würden seine Leute sagen, das sei die Wurzel allen Übels. Er lächelte vor sich hin, füllte sein Glas und ging wieder hinaus auf den Balkon. Kurz darauf wurde im Bungalow nebenan das Licht ausgelöscht.

In einem dafür bestimmten dunklen Raum im Keller der Sowjetbotschaft 1125, 16th, Washington D.C., wurde ein Mikrofilm entwickelt. Das dauerte einige Zeit, und der Vorgang wurde von zwei Angehörigen der Botschaft aufmerksam beobachtet. Das Ergebnis waren dreißig Seiten, maschinengeschrieben, mit handschriftlichen Anmerkungen versehen. Es waren Briefe vom State Department, einige stammten aus der Britischen Botschaft, und dann gab es noch einige Kopien von Memos aus dem Weißen Haus.

Der kleinere und ältere der beiden Männer lehnte sich über

die Schalen, in denen die Filme entwickelt wurden, und versuchte die Buchstaben zu lesen.

»Ausgezeichnet«, sagte er. »Sieht aus wie Dinge von größter Wichtigkeit.«

Der zweite Mann war ein Leutnant der Armee und sein Assistent. Offiziell wurde er als Attaché geführt. Er war sehr jung und verhielt respektvoll drei Schritte hinter seinem Vorgesetzten.

»Wir werden es sofort kopieren, General, und in die Akte ›Blau‹ einordnen.«

»Ausgezeichnet«, sagte General Golitsyn noch einmal. Dann blickte er auf seine Armbanduhr. »Ich muß gehen, ich habe eine Verabredung mit dem ungarischen Botschafter. Sie bleiben hier, bis die Abzüge fertig sind. Die Akte ›Blau‹ muß morgen früh um neun auf meinem Schreibtisch sein.«

Er ging. Der Leutnant salutierte. Ein anderer Mann kam aus dem Dunkel und öffnete die Tür.

Der General ging hinauf in seine Räume, um die Uniform anzuziehen. Anders als die Diplomaten der westlichen Welt, die zu gesellschaftlichen Anlässen Zivil trugen, bevorzugten die Mitglieder der Sowjetischen Botschaft, soweit sie Offiziere waren, die Uniform.

Der General liebte seine Uniform; auf seiner linken Brust glänzte ein ansehnlicher Ordenssegen, der Lohn für ein Leben im Dienst seines Landes, vervollständigt noch durch ein paar fremdländische Dekorationen.

Diesmal hatte *er* sie zuerst gesehen. Den Zuwachs für die Akte »Blau«.

Aber nur weil der andere nicht da war, hatte er sie zuerst gesehen. Nur dem Namen nach war er, der General, der Kopf dieser Abteilung. Er, ein altes verdientes Mitglied der politischen Hierarchie seines Landes, war der zweite Mann. Aber diesmal hatte er sie zuerst gesehen, die Informationen, die der wichtigste Agent, den die Sowjetunion in der westlichen Welt besaß, zuverlässig wie immer geliefert hatte.

»Guten Morgen.«

»Guten Morgen.« Judith war schon daran gewöhnt, ihren Nachbarn auf dem Balkon zu sehen, wenn sie herauskam, um zu frühstücken. Während der ersten Tage hatte er kein Wort gesagt, sie hatte ihn kaum bemerkt. Entweder war sie unten am Strand, oder sie lag auf ihrem Balkon und las.

Auf dem sonstigen Gelände des Hotels hielt sie sich nicht gern auf. Es war ziemlich viel Betrieb, an der Bar und um den Swimming-pool herum amüsierten sich die Leute, bildeten Gruppen, waren manchmal laut und lärmend. Ein paarmal war Judith schon angesprochen worden, aber sie hatte es bis jetzt vermieden, sich jemand anzuschließen. Zum Schwimmen ging sie immer noch am liebsten in der Nacht, wenn es still und dunkel war. Bisher hatte sie mit dem Nachtportier mehr gesprochen als mit einem der Gäste.

Und sie hatte auch niemals ihren Nachbarn gesehen, wenn er im Schatten des letzten Bungalows stand und sie beobachtete bei ihrem nächtlichen Bad. Außer »Guten Morgen« hatte er noch nichts zu ihr gesagt. Auch er schloß keine Bekanntschaften. Er schien genauso ein Einzelgänger zu sein wie sie und saß ebenfalls allein an einem Einzeltisch. Denn Judith hatte sich geweigert, als der Restaurationsdirektor sie zu zwei ältlichen Kanadierinnen setzen wollte.

An diesem Morgen jedoch wurde überraschenderweise von nebenan eine Konversation eröffnet.

»Es kommt mir heute wärmer vor.«

»Ja«, erwiderte Judith, »scheint mir auch so.«

»Vielleicht wird es regnen. Da hinten sind schon ein paar Wolken zu sehen.«

»O ja? Vielleicht. Aber es macht nichts. Hier dauert das nicht lange.«

»Sie wissen doch, daß Sie sich nie unter diese Bäume stellen dürfen.«

Sie ließ ihr Buch sinken. »Nein? Was für Bäume?«

Er war jünger, als sie gedacht hatte. Dunkelhaarig, mit einem schmalen nervösen Gesicht, die Augen sehr hell, im Mundwinkel einen ironischen Zug.

Sein Blick war so intensiv, daß sie es nicht fertigbrachte, weiterzulesen.

»Da, diese dunkelgrünen Bäume. Sie haben einen so komischen Namen, den ich mir nicht merken kann. Aber wenn es regnet, und Sie stehen darunter, verbrennt das Wasser Ihre Haut. Sie sind giftig, diese Bäume. Man hätte es Ihnen sagen müssen.«

»Es war dazu kaum Gelegenheit«, sagte Judith. »Ich habe mit keinem gesprochen, seit ich hier bin.«

»Genau wie ich«, sagte er. »Ich kam hierher, um keinen Menschen zu sehen. Und Sie offenbar auch.«

»Ja«, sagte Judith, »das letzte, was ich mir wünsche, ist ein fröhliches Geschnatter an der Bar.«

»Sie sind keine Amerikanerin, nicht wahr? Kanadierin?«

»Ich bin Engländerin«, sagte Judith. »Vielleicht habe ich schon einen kleinen Akzent, ich arbeite seit vier Jahren in den Staaten.«

»Was arbeiten Sie denn?«

»Bei den Vereinten Nationen«, antwortete sie. »Und Sie sind Russe, nicht?«

Er stand auf. »Feodor Sverdlov.«

Ein schlanker großer Mann in Shorts, die Füße in alten Tennisschuhen. Sein Körper war bronzebraun. Er lehnte sich vor und streckte ihr die Hand herüber. Judith richtete sich auf und ergriff kurz seine Hand. Sie kannte schon die russische Sitte des Händeschüttelns. Es schien ein Ausdruck der Verständigungsbereitschaft bei ihnen zu sein. Sie schüttelten einem zur Begrüßung heftig den Arm, und sie taten es wieder, wenn sie sich verabschiedeten. Wie die westlichen Diplomaten inzwischen wußten, war es ein schlechtes Zeichen, wenn sie den Händedruck unterließen. Das bedeutete meist die Eröffnung von Feindseligkeiten.

»Ich lebe auch in den Vereinigten Staaten. Ich arbeite bei unserer Botschaft in Washington. Sie kennen doch sicher Washington?«

»O ja«, sagte sie, »ich kenne es.«

Vier Tage und vier Nächte hatte sie versucht, sich abzulenken, aber wie sich nun erwies, hatte Richard Paterson in den Kulissen gewartet. Auf das Stichwort Washington war er mitten auf der Bühne.

Sie stand hastig auf.

»Ich gehe schwimmen«, sagte sie. »Ehe es anfängt zu regnen.«

»Eine gute Idee«, erwiderte der Russe. »Ich komme mit.«

Als es zu regnen begann, waren sie draußen im Meer. Kleine heftige Brecher wischten ihnen über das Gesicht. Er warnte sie vor den scharfen Korallenriffen, an denen man sich die Füße blutig schneiden konnte, und sie bemühte sich, möglichst flach zu schwimmen. Langsam wurde sie müde. Doch er schwamm immer noch mit langen gestreckten Zügen wie ein trainierter Sportler.

Offensichtlich war er in bester Form. Sie legte sich auf den Rücken und ließ sich treiben. Der kurze heftige Regenschauer hörte so schnell wieder auf, wie er gekommen war. Und sofort brach die Sonne hervor, am Strand erschien das bunte Urlaubsvolk wieder.

»Machineel«, Sverdlov schwamm jetzt neben ihr. »So heißt er.«

»So heißt wer?«

»Der giftige Baum. Gerade ist es mir eingefallen. Schwimmen wir jetzt zurück und trinken eine Tasse Kaffee zusammen?«

Als sie aus dem Wasser wateten, griff er plötzlich nach ihrem Arm und zog sie zur Seite.

»Vorsicht! Hier sind wieder Korallen. Sie müssen sich Badeschuhe kaufen. Nach dem Lunch werden wir in die Stadt fahren, ich kenne da einen Laden, wo ich mir auch Schuhe gekauft habe.«

»Nein, danke«, sagte Judith kühl. »Ich will heute nicht in die Stadt. Ich möchte lieber am Strand bleiben.«

Er ließ ihren Arm los und ging stumm neben ihr her.

Natürlich brauchte sie Badeschuhe, aber sie würde trotzdem nicht mit ihm nach Bridgetown fahren. Er sollte sich bloß nicht einbilden, daß sie ab sofort ihren Urlaub in seiner Gesellschaft verbringen würde. Sie war nicht nach Barbados gekommen, um sich einen neuen Mann zu angeln. Bei Gott nicht.

»Ich werde uns Kaffee bestellen«, sagte Sverdlow.

Judith streckte sich auf einer Liege aus und legte zum Schutz vor der Sonne einen Arm über die Augen. So lag sie noch, als er zurückkam. Er blieb stehen und blickte auf sie herab. Er liebte keine üppigen Frauen, diese Frauen mit den großen mütterlichen Brüsten, was man in seiner Heimat als erotisch empfand. Seltsam, daß auch die Amerikaner so viel Gefallen an schwellenden Busen hatten. Beide Gesellschaftssysteme verrieten damit eine gewisse Unsicherheit des Mannes, der in einer Frau das schützende Muttertier suchte.

Ihm gefiel der Körper dieser Engländerin, er war schlank und gestreckt, mit mädchenhaften Formen, erst wenig gebräunt von der Sonne. Ohne sich zu rühren, sagte er: »Wenn Sie mir Ihre Schuhgröße verraten, werde ich in die Stadt fahren und Badeschuhe für Sie besorgen.«

Sie fuhr auf. Im weichen Sand hatte sie seine Schritte nicht gehört.

»Ich will Ihnen nicht auf die Nerven gehen«, fuhr er fort, »aber Sie müssen Schuhe haben. Wenn Sie sich die Füße verletzen, wird Ihr ganzer Urlaub verdorben sein.«

Es irritierte Judith, wie er da so stand, und auf sie herabblickte mit diesem seltsam eindringlichen Blick. »Bitte, setzen Sie sich doch«, sagte sie, »sicher wird man gleich den Kaffee bringen.«

»Danke«, sagte er. »Darf ich ihn in Ihrer Gesellschaft trinken? Oder haben Sie etwas dagegen?«

»Nein, natürlich nicht. Und es ist sehr nett, daß Sie sich um meine Füße Sorgen machen. Es tut mir leid, daß ich vorhin unhöflich war.«

Er war nicht das, was man landläufig einen gutaussehenden Mann nannte, dieser ironische Zug um seinen Mund gab seinem Gesicht eine leichte Bitterkeit. Aber das änderte sich, wenn er lächelte wie jetzt.

»Sie waren nicht unhöflich«, sagte er. »Sie ließen mich nur wissen, daß ich zudringlich war. Ich habe es verstanden. Hier kommt der Kaffee. Kann ich drei Löffel Zucker haben, bitte?«

Sie lächelte. »Sie haben eine süße Zunge.«

Langsam begann sie sich an seine Gegenwart zu gewöhnen, mehr noch, sie fühlte sich wohl dabei. Nur dieser Anflug von Autorität, mit dem er zuvor gesprochen hatte, war auf ihren Widerspruch gestoßen. Aber es war wohl so seine Art. Offenbar war er es gewöhnt, Befehle zu erteilen.

»Was machen Sie in der Botschaft?«

»Ich bin Militärattaché. Ich arbeite bei General Golitsyn. Sagt Ihnen der Name etwas?«

Während er ihre Frage beantwortete, hatte er aufs Meer hinausgeblickt, doch jetzt sah er sie an, und seine hellen grauen Augen hatten wieder diesen direkten eindringlichen Blick, dem man sich schwer entziehen konnte.

»Nein«, sagte Judith. »Sollte es das?«

»Er ist seit drei Jahren in Amerika. Und Sie sagten doch, Sie kennen Washington.«

»Nur wenig. Ich kenne jemanden, der dort lebt beziehungsweise dort arbeitet. Ich selbst war einige Male zum Wochenende dort und habe Bekannte besucht. In diplomatischen Kreisen habe ich nie verkehrt.«

»Das ist auch nicht besonders interessant«, sagte Sverdlov und trank einen Schluck von seinem Kaffee. »Es sind immer dieselben Gesichter. Ich hätte Sie bestimmt wiedererkannt, wenn ich Sie dort einmal gesehen hätte. Was machen Sie bei den Vereinten Nationen? Oder ist Ihre Arbeit Geheimsache, darf ich nicht danach fragen?«

Die Frage war begleitet von dem ironischen Lächeln, das sie nun schon kannte. Er schien ihre Gedanken gelesen zu haben, sie errötete.

»Mein Chef ist Sam Nielson vom Internationalen UN-Sekretariat. Ich bin seine Sekretärin. Da ist gar nichts Geheimnisvolles dabei.«

»Ich kenne ihn«, sagte Sverdlov. »Er ist Kanadier, ein geschickter Mann. Er kann Ihnen beweisen, daß rechts links und links rechts ist.«

»Er ist der unparteiischste Mann, den ich kenne«, sagte sie, bemüht, Nielson zu verteidigen.

»Glauben Sie wirklich, daß es möglich ist, ganz unparteiisch zu sein?«

»Es ist eine absolute Notwendigkeit bei seiner Arbeit. Sam würde niemals Partei ergreifen.«

»Sie sind eine sehr loyale Mitarbeiterin«, meinte Sverdlov.

Sie hatte den Eindruck, er machte sich lustig über sie.

»Wollen Sie eine russische Zigarette?« fragte er.

»Nein, danke.«

»Ich schwöre Ihnen, sie sind nicht präpariert.«

Sein Spott ärgerte sie. Sie hob die Schultern und sagte kühl: »Na gut, wenn Sie mir versprechen, daß ich nicht in Sibirien aufwache . . .«

»Oder als Gefangene des KGB«, setzte er hinzu. »Wenn ich jetzt verschwinde und Sie in Ruhe lasse, werden sie dann mit mir zusammen Mittag essen?«

»Nun«, meinte Judith zögernd, »wenn Sie wollen . . .«

»Es wäre eine große Freude für mich.«

Er stand auf, machte eine kleine Verbeugung und schüttelte ihr die Hand. »Ich werde Sie an der Bar erwarten.«

Sie lag reglos in der Sonne, obwohl es eigentlich zu heiß dazu war, und rauchte die letzten Züge dieser seltsam bitter schmeckenden Zigarette. Das war schon eine komische Situation. Er war der erste Sowjetrusse, den sie kennengelernt hatte. Militärattaché in Washington. Sicher kannte er Richard Paterson. Sie mußte sehr vorsichtig sein mit allem, was sie sagte. Jetzt, als er weg war, tat es ihr leid, daß sie zugesagt hatte, mit ihm zu essen.

Die Schuhe, die er mitbrachte, paßten nicht. Als sie vom

Strand heraufkam, wartete er bereits an der Bar, in der Hand einen Papierbeutel.

»Bitte sehr«, sagte er. »Probieren Sie. Heute nachmittag können wir ungeniert über die Korallen steigen.«

Judith sah schon in der Hand, daß die Schuhe zu groß waren. Sie probierte nur einen an.

»Wie dumm von mir!« rief er. »Es sollte eine Überraschung sein. Aber ich hätte Sie nach Ihrer Schuhnummer fragen müssen. Außerdem gefallen sie mir sowieso nicht. Heute nachmittag werde ich sie umtauschen. Tut mir leid.«

»Bitte«, sagte Judith, »Bemühen Sie sich doch nicht. Es ist so lieb von Ihnen, daß Sie extra in die Stadt gefahren sind. Und ich lasse es auf keinen Fall zu, daß Sie noch einmal hineinfahren. Wir können die Schuhe morgen umtauschen.«

Er saß da und machte ein ganz unglückliches Gesicht.

»Sie dürfen überhaupt nicht so weit hinausschwimmen. Da draußen zwischen den Felsen gibt es so komische Tiere. Wie Igel sehen sie aus, die sind auch gefährlich. Sie müssen einfach Schuhe haben.«

»Wenn Sie so weitermachen, werde ich mich überhaupt nicht mehr ins Meer trauen«, sagte Judith. Sie mußte unbedingt von etwas anderem reden, sonst würden die Badeschuhe Thema Nummer eins beim Mittagessen bleiben.

Auch diesmal schien er ihre Gedanken zu lesen.

»Ich sollte mich nicht als Schulmeister aufspielen«, wieder das ironische Lächeln im Mundwinkel. Dann berührte er ihren Arm und wies auf einen Tisch nahe dem Swimming-pool. »Setzen wir uns dorthin? Ich werde uns erst einen Drink bestellen.«

Im allgemeinen ließen die Kellner sich Zeit mit der Bedienung. Von Anfang an war Judith die Lässigkeit aufgefallen, mit der die Leute sich hier bewegten, kein Vergleich zu der Hast und Hektik in Amerika. Die Leute auf der Insel hatten einen anderen Zeitbegriff, doch sie hatte sich bereits daran gewöhnt. Sie wartete ebenso geduldig auf das Essen wie auf den Kaffee und das Frühstück am Morgen. Es störte sie nicht einmal.

Heute jedoch war es anders. Sverdlov hatte kaum die Hand

erhoben, als schon ein Kellner herbeieilte. Er bestellte für sich einen doppelten Scotch und für sie einen Rumpunch. Leicht erstaunt beobachtete sie ein wenig später, wie er sein Glas mit einem Zug leerte und wie der Ober ohne eine weitere Aufforderung abzuwarten ein zweites Glas brachte. Diesmal trank er ihr zu.

»Das habe ich in Amerika gelernt«, sagte er. »Schmeckt mir besser als Wodka.«

»Das grenzt ja an Verrat.«

»Hochverrat«, gab er zu. »Wenn Sie das melden, werde ich nach Hause geschickt und erschossen. Wie schmeckt Ihr Drink? Mögen Sie Rum?«

»Hier mag ich ihn«, sagte sie. »Hier schmeckt er anders. Vermutlich muß man ihn unter karibischer Sonne trinken.«

»Kann sein. Da schmecken manche Dinge anders«, sagte er.

Seit Monaten, nein, seit Jahren hatte er sich nicht mehr so wohl gefühlt. Es war egal, worüber er mit ihr sprach. Er konnte herumalbern, er konnte einfach so dasitzen in der gleißenden Sonne und irgend etwas sagen, was ihm gerade in den Sinn kam. In gewissen Grenzen natürlich. Sie war wirklich eine hübsche Frau. Und heute sah sie nicht mehr so unglücklich aus wie während der letzten Tage, als er sie heimlich beobachtet hatte.

Zusätzlich reizte ihn ihre betonte Zurückhaltung. Es war offensichtlich gewesen, daß sie eigentlich nicht mehr mit ihm reden wollte. Aber er hatte sie dazu veranlaßt, ihr Schweigen zu brechen. Und er war fest entschlossen, weiter vorzudringen. Er machte bereits Pläne, was man alles in dieser Woche noch beginnen könne. Ein Ausflug quer über die Insel, eine Hochseefahrt zum Fischen, ein Dinner am Abend in einem der anderen Hotels.

»Das ist ein hübsches Kleid«, sagte er.

»Ein ganz einfaches Strandkleid. Und noch dazu vom vorigen Jahr. Ich habe mich zu dieser Reise ganz plötzlich entschlossen. Einfach zusammengepackt, was da war, und losgefahren. Aber es gefällt mir hier. Diese Menschen hier sind nett, nicht?«

»Ja. Sie sind angenehmer als auf den anderen Inseln«, sagte er.

»Das ist so mit der Sklaverei: Es gibt nur zwei Möglichkeiten, entweder die Menschen werden feindselig und grausam, oder ihr eigener Wille wird gebrochen, dann werden sie passiv, und es ist relativ leicht, mit ihnen umzugehen. So wie hier in Barbados. Auf Jamaika ist es anders.«

»Wie immer das Ergebnis sein mag, in meinen Augen war die Sklaverei eine verabscheuungswürdige Sache.«

»In meinem Land gab es Sklaven bis 1861«, sagte Sverdlov. »Leibeigenschaft. Möchte wissen, zu welchen der beiden Kategorien wir gehören. Vielleicht schreibt mal ein Soziologe darüber. Einer von diesen neunmalklugen Amerikanern, der so viele schöne lange Worte kennt und niemals eine Antwort auf seine eigenen Fragen weiß.«

»Vermutlich wären die Antworten für Sie nicht sehr ergiebig«, sagte Judith. »Möglicherweise käme man zu dem Ergebnis, daß sich nichts Wesentliches geändert hat.«

Er lehnte sich in seinen Stuhl zurück und lachte. »Sehr gut. Mit Ihnen kann man sich wirklich unterhalten. Es macht mir Spaß.«

»Na ja«, sagte Judith, »eigentlich wollte ich das nicht sagen. Aber wenn Sie auf Amerika und den Westen losgehen, dann — ich warne Sie —, dann schlage ich zurück.«

»Nein«, er hob die Hand, »nein, bitte nicht. Friedliche Koexistenz, das ist heute üblich. Bitte, erklären Sie mir nicht den Krieg.«

Und dazu sein Blick, blitzend von Spott, doch auch voll Wärme, fast ein wenig zärtlich. Ein Blick, dem man nicht entgehen konnte, in dem man sich verfing.

»Ich habe nie jemandem den Krieg erklärt«, sagte sie. »Ich bin gar nicht kriegerisch veranlagt. Ich gehöre zu den Leuten, die lieber wegrennen.«

»Ach«, meinte Sverdlov, »das glaube ich nicht einmal. Sie wären vermutlich eine tapfere und außerdem noch schöne Kämpferin für den Kapitalismus.«

Es war das erstemal, daß er sie richtig lachen sah.

Das Mittagessen bekamen sie an dem aquamarinblauen

Swimming-pool serviert. Er blieb beim Whisky, für Judith bestellte er Wein, den sie eigentlich gar nicht haben wollte. Es war sehr heiß. Vorübergehend schlief sogar die leichte Brise ein, die sonst die Hitze erträglich machte, die Luft war schwer und brütend. Es wurde leer im Patio, die meisten Leute zogen sich zu einem Mittagsschlaf in ihre Bungalows zurück. Nur zwei Kinder spielten im lauen Wasser des Pools.

Plötzlich wurde Judith müde. Der Rum, der Wein, die Hitze . . . ihr Kopf war wie Blei.

»Ich muß mich hinlegen, ich bin todmüde«, sagte sie.

Er stand auf und streckte ihr wieder die Hand hin. »Es tut mir so leid wegen der Schuhe«, fing er noch einmal an. »Werden Sie heute mit mir zu Abend essen?«

»Nur wenn Sie mir versprechen, nicht mehr von diesen blöden Schuhen zu reden.«

»Ich verspreche es. Ich werde Sie an meinem Tisch erwarten. Es sei denn, Sie wollen lieber ein paar nette Bekanntschaften an der Bar machen . . .? Da sind so ein paar vergnügte Kanadier, die würden Sie sicher gern zu einem Drink einladen.«

»Sicher«, sagte Judith. »Aber ich komme ins Restaurant.«

Er sah ihr nach, als sie ging. Wie sie die kleine Treppe zu den Bungalows hinaufstieg. Am liebsten wäre er ihr gefolgt, aber er blieb sitzen.

Die Mutter der beiden Kinder vom Swimming-pool hob schläfrig den Kopf aus dem Liegestuhl und blickte Judith Farrow ebenfalls nach. Ihr Mann, der eben heruntergekommen war, ließ sich ächzend im Liegestuhl an ihrer Seite nieder und begann Sonnenöl über seinen dicken Wanst zu streichen.

Sverdlov zog sein Hemd aus und ging in die Sonne, setzte sich auf eine Bank, lehnte den Kopf an eine Palme und schloß die Augen. Kein Zweifel, sie gefiel ihm, diese Engländerin. Eine intelligente Frau mit Haltung. Die Distanz, die sie zu wahren suchte, amüsierte ihn gleichzeitig wie sie ihm gefiel.

Das Ganze war eine Versuchung, den Feind herauszufordern und zu besiegen.

Feind? Er öffnete für eine Sekunde die Augen. Eine hübsche

Frau. Er hatte das Gefühl, er könnte sich in sie verlieben. Warum also dachte er: Feind? Freilich, so würde Golitsyn es ansehen. Für den waren alle Westmenschen, egal ob Mann oder Frau, Feinde.

Komisch, daß er jetzt an Golitsyn dachte. Seit heute morgen, seit er mit dem Mädchen zum Schwimmen gegangen war, hatte er an niemanden gedacht außer an das Mädchen. Nicht an Golitsyn, nicht an seine Arbeit. Auch nicht an seine Frau.

Das kanadische Ehepaar döste unter den Sonnenschirmen dahin. Die Kinder lärmten am Swimming-pool. Sverdlov ging langsam hinunter zum Strand, zog sich aus, ging ebenso langsam ins Meer hinein und begann zu schwimmen.

Der Kanadier hatte ihn beobachtet. »Hast du die beiden beim Lunch gesehen?«

»Natürlich«, sagte seine Frau, ohne die Augen zu öffnen.

»Hat nicht lange gedauert, bis sie sich gefunden haben.«

»Yeah«, antwortete sie.

2

»Rachel, wenn du dich nicht beeilst, werden wir zu spät kommen.«

Richard Paterson versuchte, seine Nervosität zu bezwingen. Sie gingen an diesem Abend zu einem Empfang der Französischen Botschaft, und seine Frau brauchte wie immer Stunden, um fertig zu werden. Das war ein Zug an ihr, der ihn jedesmal wütend machte. Seiner Meinung nach war es nicht nur unhöflich, sondern verriet einen Mangel an Haltung, wenn man zu spät kam.

Er stand unter der Schlafzimmertür und sah ihr zu. Sie bückte sich über der aufgezogenen Schublade einer Kommode, in der sie etwas suchte, und lächelte ihn über die Schulter hinweg an. Sie war ein hübsches Mädchen, blond, mit frischer Haut, ein durch und durch englischer Typ. Am besten stand ihr sportliche Kleidung. Dagegen paßten Abendkleider irgendwie nicht zu ihr.

Zusätzlich hatte sie noch eine unglückliche Liebe für verspielte, aufgeputzte Kleider. Richard, der einen guten Geschmack besaß, seufzte leise vor sich hin, als er sie an diesem Abend in dem babyblauen, mit Glitzerzeug geschmückten Cocktailkleid erblickte.

»Ich komme schon, Darling, ich suche bloß noch ein Taschentuch. Es ist ja erst halb sieben.«

»Der Botschafter wird bestimmt um sieben da sein. Ich möchte nicht gerade zur gleichen Zeit mit ihm eintreffen. Nun beeil dich schon, um Himmels willen. Hast du endlich dein Taschentuch?«

Sie schlüpfte in ihren Mantel und folgte ihm die Treppe hinab. Früher, als sie noch in London lebten, wo er beim Luftfahrtministerium arbeitete, hätte dieser Wortwechsel bestimmt mit einem Streit geendet, sie hätte geweint und wäre zu Hause geblieben. Doch das war anders geworden. Seit sie zu ihm in die Staaten gekommen war, bemühten sie sich beide, Streit zu vermeiden und miteinander auszukommen.

Nach zwei Jahren hatten die Schwierigkeiten in ihrer Ehe begonnen. Entweder sie stritten sich, oder sie gingen sich aus dem Weg. Rachel besann sich wieder auf ihre Familie und auf ihre Freunde, er beschäftigte sich mit seiner Karriere. Nachdem er zum Group-Captain befördert worden war, bot man ihm den Posten in Washington an. Das war zuviel für Rachel. Die Vorstellung, ihre Heimat zu verlassen und in einem fremden Land zu leben, versetzte sie in Schrecken. Sie war jedoch schlecht beraten, als sie ihn vor die Wahl stellte, entweder die Ehe mit ihr aufrechtzuerhalten oder die Arbeit in Washington aufzunehmen. Er hatte sich für Washington entschieden.

Nachdem er fort war, machte man ihr Vorwürfe. Die Familie und ihre Freunde bedauerten den armen Dick, der so allein in der Fremde leben mußte, und sie fühlte sich mehr und mehr schuldig. Außerdem vermißte sie ihn. Das Leben ohne Ehemann war irgendwie inhaltslos, und in ihrem kleinen hübschen Londoner Haus kam sie sich sehr verlassen vor.

Nach einem Familienrat schickte ihm Rachel eines Tages ein Telegramm und buchte einen Flug nach Washington. Und siehe da, es ging sehr gut. Nun bekam sie ein Baby. Sie kannte schon eine ganze Menge Leute in Washington, hatte sogar schon einige Freundschaften geschlossen und fühlte sich ganz wohl. Seine gelegentlich schlechte Laune ertrug sie stumm und drang auch nicht weiter in ihn, um zu erfahren, warum er eigentlich jede Woche nach New York fuhr. Sie hatte aus ihren Erfahrungen gelernt. Er war nun einmal ein schwieriger Mann, reizbar, distanziert. Aber sie liebte ihn. Und wenn sie in einigen Monaten das Kind haben würde, dann bekam ihr Leben einen neuen Sinn. Selbst wenn er gewollt hätte, wäre es ihm nicht gelungen, ernsthaft mit ihr zu streiten. Allerdings wußte sie nichts von der Existenz einer Judith Farrow.

»Tut mir leid, daß du warten mußtest, Darling«, sagte sie im Auto und berührte leicht seinen Arm. »Schau mal, sieht das nicht hübsch aus mit all dem Schnee?«

»Ja«, sagte er, »sehr hübsch.«

»Übrigens hat mich Mrs. Stephenson für nächsten Dienstag zum Lunch eingeladen«, sagte sie.

Es hatte ihn überrascht und gleichzeitig erfreut, wie freundlich man Rachel aufgenommen hatte. Selbst die kritischsten Damen der Botschaft, allen voran Mrs. Fergus Stephenson, die Frau des Gesandten, schienen Rachel leiden zu mögen und nannten sie sogar charmant, was Richard veranlaßte, sich seine Frau etwas näher anzusehen. Zu der Zeit waren seine Gedanken noch ganz von Judith ausgefüllt. Jedesmal wenn er Judith sah, kam ihm seine Frau im Vergleich zu ihr absolut unmöglich vor. Ein oberflächliches, uninteressantes kleines Ding, mit dem man nichts anfangen konnte.

»Es wäre gut, wenn du dich mit ihr verstehst«, sagte er. »Stephenson wird wahrscheinlich Botschafter in Paris. Er ist ein ausgezeichneter Mann.«

»Keine Bange«, sagte sie, »ich mach' das schon richtig. Vergiß nicht, ich bin schließlich als höhere Tochter erzogen und darum gewöhnt, vorgesetzte Damen respektvoll zu behandeln. Siehst du, wir sind schon da, und es ist noch fünf Minuten vor sieben. Zufrieden?«

»Ja«, sagte Richard, »aber zieh schnell deinen Mantel aus, und fang nicht erst groß an, deine Nase zu pudern.«

Die Französische Botschaft residierte in einem großen prächtigen Gebäude in der Kalorama Road. Richard und seine Frau begrüßten den Botschafter und seine attraktive Frau und begaben sich dann unter die Leute, die den Empfangssalon bevölkerten. Sie hatten kaum die ersten Grußworte getauscht, als der britische Botschafter angekündigt wurde.

Richard ging auf eine Gruppe von Leuten zu, die Rachel nicht einmal vom Sehen kannte. Beherrschend darin war ein riesiger Niederländer, ein Mitglied der Niederländischen Botschaft, ein Schwergewicht, dessen Doppelkinn jedesmal gegen seinen Kragen schwappte, wenn er den dicken Kopf von einer Seite zur anderen drehte.

»Ah, Group-Captain, ich habe Sie vorhin schon gesucht! Ich wollte Ihnen unseren neuen Militärattaché vorstellen. Ein feiner Kerl, Sie werden sich bestimmt anfreunden. Kommen Sie mit, er steht da drüben bei dem westdeutschen Botschafter.«

Während sie sich ihren Weg durch die Menge bahnten, fuhr er fort, leiser nun: »Übrigens, ich habe Sverdlov nirgends gesehen. Sie?«

»Nein, ich habe ihn auch nicht gesehen.« Richards Antwort klang steif. Wenn es sich machen ließ, vermied er das Zusammentreffen mit Russen, überhaupt mit Ostblock-Diplomaten. Niemand würde jemals in der Lage sein, mit dem Finger auf ihn zu zeigen und zu behaupten, er habe Freundschaft mit einem Kommunisten geschlossen.

»Macht es denn etwas aus, ob er hier ist oder nicht?«

Der Holländer hob die mächtigen Schultern: »Nein. Es fiel mir nur auf. Denn für gewöhnlich ist es doch so, wo General Golitsyn auftaucht, ist Colonel Sverdlov nicht weit. Ah, da ist ja Jack Loder!«

»Ich würde jetzt wirklich gern Ihren neuen Attaché kennenlernen«, sagte Richard Paterson. »Komm, Liebling!« Er faßte Rachels Arm und setzte den begonnenen Weg fort. Er hatte absolut keine Lust, mit Jack Loder zu sprechen. Patersons Ansicht nach hätte so eine Type niemals im Rahmen einer Botschaft und dazu noch in verhältnismäßig hoher Position tätig sein dürfen.

Loder war seit einem Jahr in Washington. Vergangenen Februar war er angekommen, um die Dinge in die Hand zu nehmen. Zuvor war er Delhi zugeteilt gewesen, wo ihn die Handelsabteilung als einen Berater in Bankangelegenheiten geführt hatte. Und vor Neu-Delhi war er sechs Monate in Bonn gewesen, angeblich mit Kulturaustausch befaßt. Aber wo immer er auch war, eins blieb sich gleich: Die anderen Angehörigen der jeweiligen Botschaft mieden ihn.

Abwehrleute sind nun einmal unbeliebt, Loder hatte diese Entdeckung schon ziemlich zu Beginn seiner Karriere gemacht. Genau wie Polizisten waren sie meist auf den Umgang mit ihresgleichen angewiesen.

Jedoch Loder störte das nicht weiter, unbeliebt zu sein. Dafür liebte er seine Arbeit. Alles kann der Mensch nicht haben. Zusätzlich war er keine sehr ansprechende Erscheinung. Er war klein und drahtig mit einem grobgeschnittenen Gesicht, seine Sprache verriet ihn als Angehörigen der unteren Klassen. Er hatte fahlblondes Haar, jede Menge Falten, und seine sandfarbenen Augen waren von schweren Lidern verdeckt. Er sah aus wie ein Trinker. Dabei war er Abstinenzler. Nachdem seine Frau ihn in Delhi endgültig verlassen hatte, trank er eine Weile heftig und unkontrolliert. Keiner hatte ihn allerdings je betrunken gesehen, obwohl er monatelang kaum nüchtern wurde. Nicht, daß es ihm soviel ausgemacht hatte, seine Frau zu verlieren, in Wahrheit war die Ehe schon kurz nach dem Krieg in die Brüche gegangen, wie so viele Ehen, die unüberlegt geschlossen wurden. Nein, sie fehlte ihm gewiß nicht. Aber er hatte darunter gelitten, die Kinder zu verlieren. Sie waren für ihn, als sie heranwuchsen — der Junge war zwölf, das Mädchen zehn —, Kameraden geworden, die einzigen wirklichen Freunde, die er besaß.

Die räumliche Entfernung entfremdete sie ihm natürlich, nur gelegentlich kam ein ungelenker Kinderbrief. Das erstemal erfuhr er, was Einsamkeit bedeutete. Erst als die gewohnten Grenzzwischenfälle zwischen Indien und China sich zu einer ernsthaften Krise auszuwachsen schienen, riß er sich zusammen. Er hörte zu trinken auf und kümmerte sich wieder um seine Arbeit. Seitdem hatte er keinen Alkohol mehr angerührt, nicht einmal ein Glas Bier. Wein mochte er sowieso nicht. In den Kreisen, aus denen er stammte, betrachtete man ihn als ein albernes, kindisches Getränk. In den letzten Monaten in Delhi war er dem Intelligence Service sehr nützlich gewesen. Der dortige Botschafter, obwohl ein aufgeblasener Snob, hatte ihn so warm empfohlen, daß er diesen Spitzenjob in Washington bekam.

In seinen Augen war Washington eine außerordentlich langweilige Stadt, so provinziell, wie nur ein Ort sein konnte, der von einer einzigen Gesellschaftsschicht beherrscht wurde. Diplomaten, nichts als Diplomaten. Nichts war eintöniger als das sich ewig drehende Karussell diplomatischer Empfänge, höchstens vielleicht noch der Zirkus, der um das Weiße Haus und den Senat stattfand. Auch kamen ihm die Amerikaner mehr als fremdartig vor. Zwar hatte er die Midlands-Universität mit einem erstklassigen Examen verlassen, aber er blieb der engstirnige kleine Mann, der er war, trotz seiner hochentwickelten Intelligenz. Und er blieb auch der typische mißtrauische Insel-Engländer, der die übrige Welt mit Abneigung betrachtete. Amerika war ihm unverständlich, er versuchte auch nicht, es zu verstehen. Er tat seine Arbeit und dies mit allem Nachdruck und allen Fähigkeiten, die ihm stets zu Gebote standen und die die persönlichen Gefühle in den Hintergrund treten ließen.

An diesem Abend hatte er schon eine geraume Weile die Gesellschaft eines eifrigen österreichischen Finanzfachmannes mit steigender Langeweile ertragen. Dieser gab sich alle Mühe, ihm die Vorzüge eines englisch-österreichischen Handelsabkommens zu schildern. Nun drehte er sich abrupt um, ließ den Österreicher stehen und hielt Ausschau nach einem interessanten Gesprächspartner. Irgendwie hatte er das Gefühl im Nacken, daß etwas in der Luft lag. Dafür besaß er einen sechsten Sinn. Eine unschätzbare Gabe in seinem Beruf.

Mit kühlem Blick prüfte er die brillante Versammlung. Sehr distinguiert, sehr vornehm. Ihm imponierten sie nicht. Er kannte sie zu gut. Er wußte zu viel von ihnen. Die Damen der Diplomaten waren alle wieder sehr elegant in ihren schicksten Kleidern; der französische Botschafter, der Gastgeber, charmant wie immer, und Madame, seine Frau, natürlich wieder die eleganteste von allen Damen. Kaum vorstellbar, was ihre Kleider kosten mochten.

Loder nahm sich ein Glas mit Orangensaft vom Tablett eines Obers, und in diesem Moment erblickte er Richard Paterson mit seiner Frau. Sie war die Art von Frau, die Loder nicht ausstehen konnte. Blond und dämlich, eingebildet darauf, daß ihr Vati ein Luftmarschall war, dazu eine schrille hohe Stimme und ein lächerlich winziger Busen. Kaum hier angekommen, hatte sie schon ein Kind im Bauch, und kaum passiert, wußte es die ganze Botschaft.

Als er auf die beiden zuging, sah er, wie Patersons Gesicht gefror. Loder grinste vor sich hin. Der hatte es nötig. Schließlich wußte er genau Bescheid über die wöchentlichen Reisen nach New York. Das – unter anderem – gehörte auch zu seiner Arbeit.

»Guten Abend«, sagte er. »Ziemlich voll, was?«

»Ja, schrecklich.« Rachel rückte etwas näher an ihren Mann heran. Sie hatte diesen unsympathischen kleinen Mann schon einige Male getroffen. Er sah so ungebildet aus, fand sie. Und die Art, wie er sie ansah, war so unangenehm. Was so ein Bursche eigentlich im Auswärtigen Dienst verloren hatte, verstand sie nicht, er paßte gar nicht hierher. Aber heutzutage hatte sich ja vieles geändert. Die komischsten Leute gerieten in erste Kreise, man wußte gar nicht, wie sie dazukamen. Schon dieser gräßliche Kleine-Leute-Akzent verriet, wo der Mann herkam. Sie überließ es Richard, mit ihm zu sprechen.

»Wie geht es Van Ryker?« fragte Loder. »Sie haben ja gerade mit ihm gesprochen.«

»Gut, scheint es«, sagte Richard Paterson.

Pause. Die eisige Ablehnung des Group-Captains war nur allzu deutlich.

Schließlich fühlte sich Rachel verpflichtet, das peinliche Schweigen zu brechen, irgend etwas zu sagen.

»Er hat nach irgend jemand gefragt, nicht, Liebling? Nach irgendeinem Russen, nicht?«

»So?« Loder blickte fragend.

»Sverdlov«, antwortete Paterson. »Er sagte, daß Sverdlov offenbar nicht anwesend sei heute abend. Ich habe ihn auch nicht gesehen.«

»So«, sagte Loder noch einmal. »Nun, da Sie davon sprechen: Es stimmt. Ich habe ihn auch nicht gesehen.«

Er steckte seinen Finger unter den Kragen und kratzte sich am Hals.

»Sie entschuldigen mich.«

Er ließ sie stehen und wanderte weiter.

Der Mann, den er suchte, unterhielt sich gerade mit der mittelalterlichen Frau eines Senators. Ohne weitere Umstände tippte ihn Loder auf den Rücken.

»Commander Buckley?«

Der Amerikaner drehte sich um und schien sogar erfreut, Loder zu sehen. Er machte Anstalten, ihn vorzustellen, doch Loder unterbrach ihn sofort ziemlich unhöflich: »Ich hätte Sie gern gesprochen. Kommen Sie mit auf einen Drink.«

Der Commander entschuldigte sich bei der Dame, er war ein Marineoffizier außer Dienst und bekannt für seinen Charme. Soweit es Frauen betraf. Die Mitarbeiter seiner Dienststelle nannten ihn einen ekelhaften Bastard, den schwierigsten Chef, den der CIA in Washington je gehabt hätte. Sie haßten ihn alle.

Sie bewegten sich in eine stille Ecke, und unterwegs nahm sich der Commander ein Glas Champagner von einem Tablett.

»Was ist los, Jack?«

Das war auch so eine amerikanische Sitte, die Loder verabscheute. Kaum hatte man sich kennengelernt, nannten sie einen beim Vornamen. Betont machte er von dem Titel des Commanders Gebrauche.

»Sverdlov ist nicht da. Letzten Dienstag bei den Belgiern war er auch nicht. Der Holländer da drüben hat auch nach ihm gefragt. Was ist los, Commander? Wo, zum Teufel, ist er?«

Der Commander machte ein unschuldiges Gesicht. »Ah, ja, ich wollte Sie sowieso morgen anrufen. Er hat die Staaten verlassen. Urlaub, nehme ich an.«

»So!« Loders Gesicht hatte sich gerötet. Wenn er sich ärgerte, wurde er noch häßlicher. »So! Wäre ja schön, wenn wir ab und zu von euch eine Information bekämen. Könnte ja sein, wir brauchen sie. Ich höre das heute also ganz zufällig. So was hab' ich gern. Schließlich ist Sverdlov ihr wichtigster Mann. Ihr macht das wohl alles unter euch ab, was? Warum hat man mir nicht Bescheid gegeben? Das ist verdammt unkorrekt.«

»Tut mir leid«, sagte der Amerikaner beschwichtigend. Er wollte um alles in der Welt keinen Krach mit diesem britischen Kollegen. Außerdem war Loder im Recht, wenn er sich beschwerte. Wenn ein Sowjetrusse von Sverdlovs Bedeutung die Staaten verließ, bestand die Verpflichtung, die leitenden Köpfe der NATO-Geheimdienste zu informieren. Der Commander hatte das nicht aus Versehen verbummelt. Wie alle professionellen Geheimdienstler behielt er gern ein Geheimnis für sich. Selbst den Verbündeten gegenüber war sein Mitteilungsdrang nicht sehr groß.

»Er scheint wirklich nur in Urlaub gefahren zu sein, sonst nichts. Er ist in der Karibischen See. Auf Barbados.«

»Sie nehmen mich auf den Arm!« Loders Verblüffung war groß. »Das gibt's ja gar nicht. Ich habe noch nie gehört, daß sie woanders hinfahren als nach Hause, wenn sie Urlaub haben. Da stimmt doch was nicht. Er muß etwas vorhaben.«

»Vielleicht richtet er eine Raketenbasis ein«, grinste Buckley.

»Quatsch«, sagte Loder. »Ist es möglich, daß er abberufen worden ist? Die Sache mit der Karibischen See kann Tarnung sein. Dort steht der alte Geißbock Golitsyn. Halten Sie es für möglich, daß er die Spitze übernommen hat?«

»Kaum.« Der Commander warf einen Blick hinüber zu Golitsyn, der zwischen seinen Russen stand, und dann sah er Loder wieder an. »Zu alt. Wenn Sverdlov abberufen wurde, dann ist sein wirklicher Ersatz schon hier.«

»Und wir wissen nicht, wer zum Teufel, es sein könnte. Das ist eine üble Geschichte.«

»Wirklich, ich glaube nicht, daß es etwas zu bedeuten hat. Er kann auf Urlaub sein. Er kann jemanden dort treffen, wir wissen es nicht. Wir haben jedenfalls die Regierung von Barbados verständigt, und sie haben ein Auge auf ihn. Sie sind absolut nicht glücklich über seinen Besuch. Ich denke, daß er bald zurück sein wird.«

»Hoffen wir's«, sagte Loder sauer. »Immer besser, man weiß, wer der Teufel ist. Ich erwarte, daß Sie mich informieren, sobald Sie etwas erfahren.«

»Selbstverständlich. Das tun wir, Jack. Ich rufe Sie sofort an, wenn ich was weiß. Und Sie tun das gleiche.«

»Das tue ich immer, Sie wissen es.«

Loder wartete nicht, bis er verabschiedet wurde. Ohne noch jemanden anzusehen, stampfte er durch die Gesellschaft, die rechte Schulter vorgeschoben, Richtung Ausgang.

Sverdlov hatte die Staaten verlassen und befand sich auf einer karibischen Insel. Das war so außergewöhnlich, so ganz und gar untypisch.

Seit drei Jahren war Sverdlov in Amerika. Und achtzehn Monate davon hatte es gedauert, bis der gesamte westliche Geheimdienst endlich dahintergekommen war, daß er das Haupt des sowjetischen KGB in Amerika war.

Ein großartiger Mann, dieser Sverdlov, ohne Zweifel. Er hielt sich sehr zurück. Höhere Offiziere besuchten sowieso selten die Martini-Zirkel und kleinen Dinners, das überließ man den jungen Botschaftsmitgliedern, die, soweit sie dem Geheimdienst angehörten, sowieso als Handels- oder Kulturheini getarnt waren. Loder kannte das schließlich gut genug. Eins war sicher: Sowjetische Offiziere vom Rang und der Bedeutung eines Sverdlov reisten niemals an Orte wie dieses Barbados und legten sich einfach zum Spaß in die Sonne. Es würde Loder in dieser Nacht den Schlaf kosten, darüber nachzudenken, was Sverdlov dort wirklich tat.

Gegen Ende der Woche war Loder bei einer Konferenz der Geheimdienste zugegen, die Buckley einberufen hatte. Sie trafen sich in Buckleys Büro in Georgetown. Buckley wohnte auch in diesem Haus, einem schönen alten Gebäude aus der Residentenzeit. Offiziell galt er als der oberste Verwalter der Versicherungs- und Versorgungskassen der Marine. Es gab außerdem noch eine ansehnliche Anzahl von Büros in der Pennsylvania Avenue, die auch unter seiner Leitung standen. Aber interne Besprechungen wie diese hielt er für gewöhnlich in seinem Haus ab.

Holländer, Franzosen, Belgier und alle anderen, die zu dem notgedrungenen Bündnis gegen den Ostblock gehörten, saßen rund um des Commanders polierten Tisch, rauchten und hatten ihre Drinks vor sich stehen.

Der Grund für dieses Zusammentreffen war: die NATO-Mitglieder über die Tätigkeit des Colonel Feodor Sverdlov zu informieren.

Loder fing einen kurzen feindlichen Blick des Amerikaners auf, als dieser seine Papiere vor sich auf dem Tisch zurechtlegte. Das machte Loder aufmerksam. Buckley wußte etwas. Und das, was er wußte, war ungünstig für die Briten.

»Meine Herren, ich habe hier einen ausführlichen Bericht darüber, wie unser Freund Sverdlov seine Ferientage unter südlicher Sonne verbringt. Wir haben diesen Bericht der Regierung von Barbados zu verdanken, sie war wirklich außerordentlich kooperativ.«

Niemand sagte etwas. Loder zündete sich eine Zigarette an und wartete.

»Soweit«, begann der Commander mit monotoner Stimme, »hat er nichts Verdächtiges getan. Er benimmt sich wie jeder normale Mensch, der Urlaub macht. Er hat sich sogar eine Freundin angelacht.« Buckley schaute sich im Kreise um, schließlich blieb sein Blick auf Loder haften. »Eine Engländerin«, sagte er maliziös. »Er ist, wie man so sagt, ihr ständiger Begleiter. Sie essen jeden Abend zusammen. Und außerdem wohnen sie im selben Hotel.«

»Sie wissen ihren Namen?« fragte Loder kurz.

»Natürlich.« Der Commander blickte in seine Papiere. »Judith Farrow. Witwe. Arbeitet bei Sam Nielson als seine persönliche Assistentin.«

Verdammt, dachte Loder. Das war böse. Das gefiel ihm gar nicht. »Und Sie glauben, das war der Grund seiner Reise — dieser Kontakt?«

Diese Frage kam von dem Holländer, Van Ryker.

»Kann sein. Nielson hat schließlich einen wichtigen Posten. Und diese Frau hat sicher Zugang zu allem, was dort vorliegt.«

»Wenn Sie mich fragen«, meinte Loder, »ist er doch wohl eine Nummer zu groß, um eine kleine Sekretärin zu ködern, noch dazu auf so umständliche Weise. Das hätte doch irgendeiner von ihren Playboys besorgen können, die sie für diesen Zweck halten.«

»Der Meinung bin ich auch«, gab Buckley freundlich zu. »Möglicherweise ist es nur ein Zufall. Unerfreulich ist es auf jeden Fall.«

»Nicht unbedingt«, sagte Loder aggressiv. Dieser eingebildete CIA-Bastard ging ihm immer mehr auf die Nerven. »Sie tun ja gerade so, als hätte sie ihm schon sonstwas für Geheimnisse verraten.«

»Das hat niemand gesagt«, verwahrte sich Buckley. »Aber natürlich müssen wir uns darum kümmern.«

»Das ist meine Sache«, knurrte Loder. »Wenn Sverdlov eine englische Staatsangehörige kontaktet hat, dann gehört es in mein Ressort, das nachzuprüfen.«

»Das ist genau das, was ich denke«, sagte der Commander liebenswürdig. Es tat ihm gut, daß er dem Engländer eins hatte auswischen können. SIS und CIA arbeiteten zusammen, natürlich, doch von Freundschaft war deswegen keine Rede. Es war mehr Rivalität. Und die Engländer hatten bisher noch immer den Finger draufgelegt und mit Spott nicht gespart, wenn der CIA Fehler gemacht hatte. Das war nicht vergessen und mußte zurückgezahlt werden.

»Sonst ist nichts zu berichten über Sverdlov. Er hat seinen Rückflug für nächste Woche gebucht. Und soweit wir erkennen können, ist in der Sowjetischen Botschaft kein neuer Mann eingetroffen. Also gibt es auch wohl keinen Wechsel. Er macht mal eben gerade Urlaub mit Mrs. Farrow.«

Mit Wonne hätte Loder dem Amerikaner einen Hieb auf seine große Nase versetzt. Aber er sagte nichts. Das Ganze war ein Schlag. Aber der Amerikaner wußte Gott sei Dank nicht alles. Die Erleichterung darüber ließ Loder schweigen. Mrs. Farrow war Sam Nielsons persönliche Mitarbeiterin und hatte zweifellos Zugang zu allen Akten, wie geheim und wichtig sie auch sein mochten.

Aber, was viel schlimmer war, sie war die Geliebte des Group-Captains Richard Paterson, ranghöchster Luftattaché der Britischen Botschaft in Washington. Buckley wäre wohl vor Freude an die Decke gesprungen, wenn er das noch entdeckt hätte. Immerhin, soviel war Loder klar, für eine Frau mit so großartigen Kontakten, sowohl zur UN wie zur Botschaft lohnte es sich sogar für einen Feodor Sverdlov, nach Barbados zu reisen.

Sehr deprimiert verließ Loder das Treffen. Manchmal war die Situation der Welt einfach hoffnungslos, alle Trümpfe schienen die anderen zu haben.

Sie waren einfach gut in diesen Dingen. In England wäre ein Mann wie Sverdlov vermutlich niemals avanciert. Wahrscheinlich hätte man ihn auf irgendeinen langweiligen Posten im tiefsten Afrika versetzt. Oder hätte ihn in London in ein Büro gesperrt, wo er in verstaubten Papieren wühlen konnte. Ja — vielleicht war das der Grund, warum fähige Leute eines Tages Verräter wurden. Ein begabter Kopf mußte beschäftigt werden, und möglichst mit dem, was er konnte. Gab man ihm die Chance nicht, dann suchte er sie anderswo.

Wenn es nach Loder gegangen wäre, so würde er ziemlich kurzen Prozeß mit Leuten wie Sverdlov gemacht haben. Aber diese guten alten Sitten hatten zusammen mit dem Krieg aufgehört. Heute wurde keiner mehr von einem vorbeirasenden Wagen überfahren oder fiel aus einem Fenster. Die verdammten Burschen hatten all die Jahre gut überstanden. Und waren eines Tages wieder da, wohlerzogene Gentlemen, die ihren stillen Krieg, ihren ewigen kalten Krieg, gegen die Zivilisation führten.

Es machte Loder krank, daran zu denken.

Langsam fuhr er zurück. Es schneite nicht mehr, aber es war kalt, klares, kaltes Frostwetter. Ihm war es gleich. Er hatte eine Fährte, er hatte neue Arbeit. Wenn er arbeitete, versank die Welt für ihn. Er war besessen von seiner Arbeit. Nur abends, wenn er nach Hause kam in das leere stille Apartment, fühlte er sich einsam.

Dann fehlten ihm die Kinder. Seit über vierzehn Tagen hatte er keinen Brief mehr bekommen. Er dachte mit Bitterkeit an seine Frau, wenigstens das konnte sie tun, die Kinder zum Schreiben anhalten.

Damals in Delhi, wenn diese Stimmung ihn überkam, hatte er getrunken. Jetzt ging er in die Küche, machte sich Tee. Das war auch so etwas, was er an Amerika verabscheute, diese Teebeutel. Loder trank Lap Sang Su Chow, und das hätte nun wieder seine früheren Kollegen erstaunt.

Er trug das Tablett ins Schlafzimmer und stand mit der Tasse in der Hand vor dem Spiegel und betrachtete sich. Wenn er eins wußte, dann dies: Da war in der ganzen Britischen Botschaft nicht einer, der soviel Verstand hatte, soviel konnte und wußte wie er. Fergus Stephenson ausgenommen, den Gesandten. Und den Botschafter natürlich. Aber Frauen interessierten sich nun mal nicht für das, was einer in seinem Kopf hatte. Sie interessierten sich mehr dafür, wie der Kopf von außen aussah. Und vielleicht noch für was anderes. »Ein mieser kleiner Agent, das ist es, was du bist«, sagte er zu seinem Gesicht im Spiegel und schnitt eine Grimasse. »Hat wenig Zweck, auf eine karibische Insel zu fahren und zu versuchten, einen hübschen kleinen Vogel zu fangen . . .« Er drehte sich vom Spiegel weg, trank seinen

Tee aus und ging zu Bett. Was wohl Feodor Sverdlov gerade tat? Es ließ sich schlecht dabei einschlafen, wenn man sich das vorstellte.

3

»Werden Sie und Mr. Sverdlov heute abend zum Dinner da sein, oder speisen Sie wieder auswärts?«

Der Direktor des Hotels war ein Mann Anfang Vierzig mit einem gepflegten schwarzen Bärtchen und ausgezeichneten Manieren. Er bewegte sich sehr ungeniert unter seinen Gästen, und einige der Damen waren von ihm höchst angetan. Jedoch ihn interessierten die hausbackenen kanadischen Frauen und die betriebsamen englischen Mädchen, die während der Ferien gern eine hübsche kleine Romanze erlebt hätten, nicht im geringsten. Er lebte glücklich zusammen mit einer großen vollbusigen Negerin von Barbados.

Im Hotel war es inzwischen so weit gediehen, daß die Gäste Wetten darüber abschlossen, ob Mrs. Farrow und dieser Russe zusammen schliefen oder nicht. Der Hoteldirektor meinte nein – das täten sie nicht. Er wußte es sogar ganz genau, denn er wußte alles, was in diesem Hotel vor sich ging, also auch wer wen nächtlicherweise in einem anderen Bungalow besuchte oder vielleicht am Nachmittag für eine kurze Stunde hinter einer fremden Tür verschwand. Zu diesen Leuten gehörten Sverdlov und Mrs. Farrow nicht. Sie verstanden sich offensichtlich ganz gut, aber daran war gewiß nichts auszusetzen. Auf jeden Fall boten sie den Gästen Gesprächsstoff. Kam noch hinzu, daß beide die Gesellschaft der anderen mieden, sich nicht einmal an dem Geplauder an der Bar oder am Swimming-pool beteiligten. Sie dinierten zusammen, zogen sich dann an einen kleinen Tisch im Patio zurück, um Kaffee zu trinken, oder machten einen Spaziergang am Strand. Der Nachtportier berichtete außerdem, daß sie regelmäßig in den Nachtstunden gemeinsam zum Bad in den Swimming-pool gingen. Er hatte den Auftrag vom Direktor, regelmäßig über diese beiden Bericht zu erstatten. Aber er konnte auch nichts anderes sagen, als daß nach dem Schwimmen jeder in den eigenen Bungalow zurückkehrte.

Diese Situation war zweifellos merkwürdig. Auch ohne den Anruf der obersten Polizeibehörde von Barbados hätte der Hotelmanager sich so seine Gedanken gemacht. Er hatte dem Polizeioberhaupt keine Fragen gestellt, aber wie ihm aufgetragen worden war, machte er jeden Abend einen regulären Bericht über das, was Sverdlov den ganzen Tag über getan hatte. Denn schließlich hatte er nur eine limitierte Arbeitserlaubnis, was die Leitung des Hotels betraf, und hätte er sich geweigert, mit der Polizei zusammenzuarbeiten, dann — so wußte er genau — würde man diese Arbeitserlaubnis bestimmt nicht erneuern.

Jetzt lächelte er Judith an, besonders freundlich, mit allem ihm zur Verfügung stehenden Charme.

Sie gefiel auch ihm. Kein Vergleich mehr mit diesem müden, bedrückt wirkenden Mädchen, das vor einer Woche angekommen war. Sonne, Meer und ein Mann. Ein altes Rezept, aber es wirkte immer wieder.

Er lächelte und wiederholte seine Frage: »Werden Sie heute abend zum Essen da sein?«

»Oh, ich glaube nicht, wir wollen zum Coral Reef gehen«, sagte Judith. »Mr. Sverdlov sagte mir, sie hätten dort eine Show mit Feuerfressern.«

»Das stimmt«, sagte der Manager, »nächste Woche werden sie bei uns gastieren. Ich hoffe bestimmt, daß Sie dann zum Dinner da sein werden. Wir haben für diesen Abend extra eine große Band engagiert.«

»O ja, sicher«, sagte Judith.

In diesem Moment kam der Russe.

»Gehen wir«, sagte er ihr, »bevor es zu warm wird.«

Er übersah den Manager, der noch etwas sagen wollte.

Als die beiden gingen, blickte er ihnen nach. Sverdlov hatte Judith am Arm genommen.

»Hier ist der Wagen«, sagte Sverdlov. Judith schaute sich

nach dem Austin-Traveller um, den sie bei ihrem letzten Ausflug benutzt hatten.

»Wo?« sagte sie. »Ich sehe ihn nicht.«

»Der da – hat er nicht ein hübsches Dach?« Er stand neben ihr und lachte, selbst entzückt von seiner gelungenen Überraschung.

Statt der feudalen Limousine hatte er diesmal einen von diesen lächerlichen kleinen Minimokes gemietet, die so ein lustiges Dach aus gestreiftem Leinen hatten. Beide hatten sie diese Wagen schon öfter gesehen, sie wirkten wie ein Spielzeug, wenn sie lärmend über die Straße hoppelten.

»O Feodor, Sie haben wirklich einen erwischt? Sie sind verrückt. Aber ich bin froh, daß wir die riesige Karre los sind.«

Er setzte sich ans Steuer und ließ den Motor an.

»Sie sagten, Sie würden gern einmal in einem solchen Spielzeug fahren, also habe ich einen bestellt. Halten Sie sich da an dem Griff fest, sonst werden Sie hinausfallen.«

Judith sah ihn an und schüttelte den Kopf. »Hören Sie bloß auf, mich herumzukommandieren, ich bin ja nicht blöd«, sagte sie. »Man könnte denken, ich sei ein kleines Kind, so wie Sie mit mir umgehen. Ich kann nämlich sehr gut auf mich selber aufpassen, wissen Sie.«

»Eine emanzipierte Frau«, sagte Sverdlov, »ich weiß, ich weiß, heute wollen die Frauen gleichberechtigt sein und ihr Gepäck selbst tragen. Mir gefällt's nicht und bei Ihnen schon gar nicht. Zu Ihnen paßt es nicht. Also seien Sie so gut und halten Sie sich an diesem Griff fest.«

»Wie ich gehört habe«, sagte Judith, »sind in Rußland alle Frauen emanzipiert.«

»Das ist kapitalistische Propaganda.« Sie hielten vor einer Ampel, er drehte sich zu ihr und sah sie an. »Alles Lügen!« sagte er. »Ein paar von unseren Frauen sind emanzipiert, die anderen sind normal und glücklich. Übrigens sehen Sie heute besonders hübsch aus.«

»Sie sind unmöglich.« Als der Wagen einen Satz vorwärts machte, faßte sie haltsuchend nach dem Griff. »Und haben recht wie immer. Hätte ich vielleicht erst mal auf dem Stadtplan nachschauen sollen, wo dieses Museum eigentlich ist?«

»Habe ich schon getan«, sagte Sverdlov. »Ich kenne den Weg.«

»Das hätte ich mir denken können.«

Als sie um eine Kurve fuhren, fiel sie gegen ihn. Er blickte sie an und grinste. »Das war fein, wirklich ein praktischer Wagen.«

Am vorigen Tag hatte er versucht, sie zu küssen. Sie waren quer über die Insel gefahren, um auch einmal die Ostküste kennenzulernen, die besonders schön sein sollte, wie man ihnen gesagt hatte. Judith jedoch fand den wilden offenen Atlantik, der stürmisch gegen die schwarzen Felsen tobte, beängstigend. Es deprimiere sie, sagte sie. Und dort oben auf dem Felsen, wo sie ganz allein waren und der heftige Wind, der vom Meer kam, sie bald umwarf, hatte Sverdlov sie an sich gezogen. Aber sie hatte ihn abgewehrt, hatte gesagt: »Nein!« und war zum Wagen gegangen. Er stieg ebenfalls ein, zündete eine Zigarette an, die er ihr gab. Er war weder beleidigt noch verärgert, es schien, als amüsiere ihn die Situation. Gesprochen wurde über den Zwischenfall nicht.

Er fand mühelos das Bridgetown-Museum und parkte den Wagen im Schatten unter den Königspalmen. Die Sonne stand nun schon hoch, und der Himmel über ihnen war von einem tiefen Blau, nicht die kleinste Wolke war zu sehen.

»Es gefällt mir so gut auf dieser Insel«, sagte Judith plötzlich, »ich fühle mich so wohl hier.« Impulsiv hob sie die Hand und schob sie unter seinen Arm.

Er drückte ihre Hand leicht an sich. »Das ist fein«, sagte er, »es macht mich glücklich, wenn Sie glücklich sind. Und jetzt wollen wir gehen und ein bißchen in Kultur machen. Und dann fahren wir an den Hafen, ich sehe Schiffe so gern.«

In dem Museum war es kühl und dunkel; ein langgestrecktes schweres Gebäude mit massiven Mauern, früher war es eine Kaserne gewesen.

Sverdlov blieb im ersten Raum stehen, die Hände auf dem

Rücken, und blickte sich abwesend um. In einem Glaskasten waren einige chinesische Teller ausgestellt, die aus der Residenz eines früheren Gouverneurs stammten. Judith war inzwischen langsam weitergegangen.

»Kommen Sie her«, rief sie, »das ist wirklich interessant!«

Er war so tief in Gedanken versunken – Gedanken, die nicht den Schätzen des kleinen Museums von Barbados galten –, daß sie ihn noch einmal rufen mußte.

»Ja? Ja, ich komme.«

Er fand sie im übernächsten Raum über einen Kasten gebeugt, dessen Glasscheibe von Fliegen beschmutzt war. Darin befand sich ein vergilbtes Blatt Papier. Es war eine Art Bekanntmachung, sie stammte aus der Zeit des Sklavenhandels, und es war darauf zu lesen, daß soundsoviel männliche und weibliche Sklaven sowie einige Haustiere zum Verkauf angeboten wurden. Doch außerdem gab es noch ein zweites Dokument, ebenfalls alt und verfärbt, die Schrift kaum mehr leserlich, und das war es, was Judith so faszinierte.

»Sehen Sie nur!« sagte sie. »Ist das nicht schrecklich!«

Er stand so dicht neben ihr, daß ihre Körper sich berührten. »Was?« fragte er amüsiert und betrachtete mit verstohlener Zärtlichkeit ihr eifriges Gesicht.

»Passen Sie auf, ich werde es Ihnen vorlesen. Hier steht folgendes: Der Sklave Miguel von Haywards Pflanzung, St. Peter, ward angeklagt, ein Schaf gestohlen zu haben, und ward am Tag darauf an einem Tamarindenbaum zur Strafe für sein Vergehen aufgehängt. Solange noch Atem in ihm war, beschwor er seine Unschuld. Und seine letzten Worte lauteten: ›Der Tamarindenbaum, an dem ich sterbe, wird mein Zeuge sein, er wird die Wahrheit ans Tageslicht bringen.‹ – Und fürwahr, im Jahre darauf trug dieser Tamarindenbaum Früchte, die geformt waren wie der Kopf des Getöteten. Und seit damals bis auf den heutigen Tag zeugt der Tamarindenbaum von der Unschuld des Erhängten.«

Mit großen Augen blickte Judith auf.

»Was sagen Sie dazu? Ist das nicht toll? Und sehen Sie, hier sind die Früchte des Tamarindenbaums zum Vergleich. Links — so sieht eine normale Frucht aus, und rechts . . . das ist eine von dem Baum von Haywards Pflanzung. Sehen Sie sich das bloß an, es sieht wirklich aus wie der Kopf eines Negers.«

»Sie wollen mir doch nicht einreden, daß Sie diesen Unsinn glauben?«

»Aber Sie sehen es doch! Vergleichen Sie doch! Das ist doch der Beweis.«

»Was hat es dem Sklaven geholfen? Man hat ihn trotzdem aufgehängt.«

»Ich möchte wissen, was sein Herr empfand, als er die Früchte des Tamarindenbaumes sah.«

»Sie denken, daß ihm das was ausgemacht hat? Sie denken doch nicht etwa, daß er ein Gewissen hatte.«

»Jeder Mensch hat ein Gewissen«, sagte sie. »Sie wissen, daß es so ist. Schließlich basiert Ihre ganze Ideologie mehr oder weniger darauf, Unrecht gutzumachen. Die Tatsache aus der Welt zu schaffen, daß einige Leute zuviel haben und die meisten gar nichts.«

»Ach, Sie meinen also, Marx wurde von seinem Gewissen getrieben — so unter dem Motto: Wer nichts hat, dem soll gegeben werden. Ist es das, was Sie sagen wollen?«

»Ja«, sagte sie, »so in etwa. Und außerdem weiß es jeder Mensch, wenn er unrecht getan hat. Das sagt ihm eben sein Gewissen.«

»Man weiß, wenn man einen Fehler gemacht hat«, korrigierte Sverdlov. »Das ist nicht dasselbe. Aber wie auch immer. Ich finde Ihre Theorie sehr interessant. Vielleicht gelingt es mir, Sie zum Marxismus zu bekehren.«

Er strich leicht mit einem Finger über ihren nackten Arm.

»Hören Sie auf, sich über mich lustig zu machen. Und das sollten Sie auch nicht tun, Mr. Sverdlov.« Sie zog ihren Arm zurück.

»Ich bitte um Verzeihung, Mrs. Farrow, mein Gewissen hat versagt. Es ließ mich wissen, gerade dies sei das Richtige.«

Sie überließ ihm ihren Arm, und sie gingen weiter durch die

übrigen Räume. Es gab noch eine Sammlung von schönen alten Bildern, eine Vitrine voll Porzellan, gesammelt einst von den reichen Residenten der Insel, ein paar häßliche Möbelstücke aus dem 19. Jahrhundert und als Höhepunkt ein massives Himmelbett.

Dann waren sie wieder draußen im Sonnenschein.

»Ich möchte mir diese Tamarindengeschichte noch einmal ansehen«, sagte sie plötzlich, »ich bin in einer Minute wieder da.«

Sverdlov ließ sie allein gehen. Er wartete in dem gepflasterten Hof, die Augen halb geschlossen vor der gleißenden Sonne. Und er fragte sich, ob *sie* ihnen wohl auch bis zu diesem Museum gefolgt waren. Und obwohl einer von diesem knapp halben Dutzend Besucher, die hier herumschlenderten, sein Bewacher war. Sie waren ziemlich ungeschickt. Allerdings — im Hotel konnte selbst er bei all seiner Erfahrung nicht ausmachen, von wem er beobachtet wurde.

Er zündete sich eine Zigarette an, während er wartete. Frauen waren doch seltsame Geschöpfe. Warum fand sie wohl diese törichte Legende von dem Sklaven und dem Tamarindenbaum so faszinierend? Es kam ihr wohl sehr romantisch vor. Er wünschte, ein wenig von dieser Romantik würde sie auf ihn übertragen, denn natürlich dachte er an Liebe. Aber in den zehn Tagen, die er bisher mit Mrs. Farrow verbracht hatte, war von Sex keine Rede gewesen, und viel Zeit blieb nun nicht mehr. Eine kleine Liebesaffäre wäre für ihn eine nützliche Ablenkung gewesen. Aber siehe da, sie hatte ihm so auch geholfen.

Er hatte sich selbst wiedergefunden. Gerade dieses verspielte Leben, das er jetzt führte, der Flirt mit dieser Frau, die zu dem anderen Teil der Welt gehörte, war für ihn eine gute Therapie gewesen. Anfangs hatte er gar nichts Besonderes von ihr wissen wollen, nur ihren Namen und was sie in Amerika tat.

Eines Abends hatte sie ihm unaufgefordert erzählt, daß sie Witwe sei und keine Kinder habe. Er hatte keine weiteren Fragen gestellt. Doch auf einmal empfand er das als unbefriedigend, er hätte noch gern mehr über ihr früheres Leben gewußt, über den Mann, den sie verloren hatte, und warum sie sich so entschieden gegen jede Annäherung wehrte.

Er lächelte, als er sie aus dem Museum kommen sah.

»Ich mußte noch mal nachsehen, wie dieser Ort heißt«, sagte sie. »Haywards Pflanzung, St. Peter.«

»Und jetzt wollen Sie dahin fahren und sehen, ob es diesen Tamarindenbaum gibt?«

»Ich weiß nicht. Doch, ich möchte ihn gern sehen. Und ich möchte gern eine von den Früchten dieses Baumes haben. Um es Ihnen zu beweisen.«

»Das ist gar nicht nötig«, sagte Sverdlov. »Ich bin schließlich Russe. Wir sind das Volk, das die Märchen erfunden hat.«

»Ich weiß. Genau wie den lieben Gott«, sagte Judith. Sie gingen langsam zurück zu dem Minimoke. »Davon haben wir schon gesprochen.«

»Wir haben eigentlich schon viel diskutiert und waren durchaus nicht immer einer Meinung, aber es hat uns nicht gestört.«

Plötzlich mußte er an seine Frau denken. Sie war so weit weg, aber wenn sie gehört hätte, was er eben sagte, würde sie es nie verzeihen können.

»Wir beide haben bewiesen, daß es Koexistenz geben kann.«

»Vielleicht kommt es daher«, sagte sie, »weil wir uns auf neutralem Boden befinden.«

Sverdlov ließ den Motor an.

»Mir ist der Boden schon zu neutral«, meinte er, »aber ich bin ein Optimist. Ich setze alle meine Hoffnung auf die Feuerfresser heute abend.«

»Was erwarten Sie denn von denen?«

Der Wagen machte einen heftigen Satz nach vorwärts.

»Daß sie Ihr Herz zum Schmelzen bringen«, sagte er. »Und nun halten Sie sich gefälligst schön fest. Jetzt fahren wir zur Belohnung an den Hafen.«

An diesem Abend trank er zum erstenmal so viel Whisky, daß er ein wenig betrunken war. Das Essen war ausgezeichnet, das Lokal sehr hübsch. Als sie ihren Tisch einnahmen, erregten sie

Aufsehen. Judith sah sehr schick aus. Sie hatte sich in der teuersten Boutique von Bridgetown einen Hosenanzug gekauft, dessen dunkles Rosa sie besonders gut kleidete.

Es war unerhört exotisch, und sie amüsierten sich beide. Die Tanzfläche bunt beleuchtet und von Palmen umgeben, auf jedem Tisch flackerte überdies eine Kerze. Die Ober in weißen Jacken bedienten aufmerksam, eine erstklassige Band spielte Rock und Beat. Ein wenig Wind war aufgekommen, man hörte, wie unten das Meer an die Küste brandete.

Mitten in einem Tanz mußte Judith daran denken, daß sie niemals so viel Spaß gehabt hätte, wenn sie mit Richard Paterson hier gewesen wäre. Er hätte das alles lächerlich gefunden. Plötzlich merkte sie, daß es schwer war, sich an ihn zu erinnern, sich vorzustellen, daß er es war, mit dem sie jetzt tanzen würde. Fast empfand sie ein wenig Schuldbewußtsein, daß der Gedanke an ihn keinen Schmerz mehr verursachte. Er war doch ihre große Liebe gewesen?

Bedeutete ihr denn dieser fremde Mann etwas? Fremd? Er war nicht mehr fremd.

Allerdings war ihr bald klar, daß sie an diesem Abend Schwierigkeiten mit Sverdlov haben würde. Er bestand darauf, in altmodischer Art zu tanzen, was ihm die Möglichkeit gab, sie im Arm zu halten und ihren Körper zu berühren.

»Schau sie dir an«, flüsterte er, den Mund an ihrem Ohr, »schau dir diese Leute an. Jeder tanzt mit sich allein. Für uns in Rußland ist das degeneriert. Nein – bleib da, geh nicht weg.« Und er drückte sie noch fester an sich.

Kaum hatten sie das Lokal verlassen, um zum Wagen zu gehen, griff er nach ihr, drängte sie zurück auf einen dunklen Weg und drückte sie gegen einen Baumstamm. Sie hatte weder Zeit zu protestieren noch sich zu wehren. Er küßte sie, bis er keine Luft mehr bekam. Mit seinem ganzen Körpergewicht lag er auf ihr.

»Warum schließt du deinen Mund?« fragte er. »Du magst mich, ich fühle es. Hast du Angst vor der Liebe?«

»Ja.«

Sie rührte sich nicht und stieß ihn auch nicht zurück. »Ja. Ich habe Angst. Ich habe gerade eine sehr enttäuschende Liebe hinter mir. Und ich denke nicht daran, eine neue anzufangen, auch nicht mit dir. Bitte, versteh das. Und nun laß uns zum Wagen gehen.«

Er antwortete nicht, aber er ließ sie auch nicht los. Blickte in ihr Gesicht mit einem Ausdruck, den sie nicht deuten konnte. Dann beugte er wieder den Kopf und küßte sie. Diesmal machte er keinen Versuch, ihre Lippen zu öffnen.

»Wir werden nach Hause fahren, und du wirst mir alles erzählen.«

»Nein«, sagte sie. »Ich will nicht darüber sprechen.«

»Doch. Du wirst sprechen. Ich bringe jeden dazu, mir zu erzählen, was ich wissen will. Und von dir will ich alles wissen. Komm!« Während sie zum Wagen gingen, legte er den Arm um sie.

»Bitte, versteh richtig. Du wirst nicht gedrängt und nicht genötigt. Es ist ein Rat, den wir dir geben. Du mußt ihn nicht befolgen. Ist das so korrekt?«

Diese letzte Bemerkung richtete Gregory Tomarov an seinen Begleiter, Bestätigung erwartend. Die Männer blickten sich an und nickten. Die Frau stand ihnen gegenüber und sagte nichts.

Sie hatte keine Ahnung gehabt, was sie erwartete, denn es begann ganz unformell. Tomarov hatte nur darum gebeten, sie besuchen zu dürfen, und hatte angefragt, ob er vorbeikommen könne, wenn sie aus der Klinik kam.

Sie empfing ihn und seinen Begleiter mit der gewohnten Ruhe und Gelassenheit, bot Tee, Wodka und Gebäck an. Tomarov war ein alter Freund ihres Vaters, sie hatten beide unter Marschall Timoshenko gedient. Als sie Feodor Sverdlov heiratete, war Tomarov einer der Trauzeugen im Volkspalast gewesen. Man konnte ohne Übertreibung sagen, daß er sie wie eine Tochter liebte, er kannte sie von Kindesbeinen an.

Zu jener Zeit, als sie heiratete, stand Sverdlov bei der Partei in hohem Ansehen. Übrigens stand ihr Hochzeitsbild, das gleiche, das sie in ihrem Zimmer stehen hatte, auf Tomarovs Schreibtisch. Elena Maximova in einem langen hellen Kleid, ein Blumensträußchen auf der Schulter, einen albernen verschleierten Hut auf dem Kopf. Sverdlov war in Uniform, er lächelte nicht, machte eher ein grimmiges Gesicht.

»Du weißt«, sagte Tomarov, »wie ich deinen Vater liebte. Und darum mache ich mir Sorgen um dich. Ich wünschte, du würdest unseren Rat befolgen.«

»Es wäre wirklich zu Ihrem Besten, Dr. Sverdlova«, sagte der zweite Mann mit Betonung.

Es war wie in der Zeit nach dem Kriege, keiner ging allein zu so einer Mission, sie waren zu zweit, damit ein Zeuge vorhanden war.

»Es geht hier nicht darum, was gut für mich ist.« – Sie hatte eine erstaunlich tiefe Stimme, was überraschend wirkte, denn sie war eine schlanke, feminin wirkende Frau. Ihr Haar war tiefschwarz, genau wie ihre Augen, in denen noch eine Spur der fernen Traurigkeit ihrer mongolischen Vorfahren zu finden war.

»Meiner Meinung nach ist es nicht das persönliche Glück, an das man in erster Linie denken sollte«, fuhr sie fort. »Viel wichtiger erscheint mir, was ihr mir über meinen Mann berichtet habt. Und darum muß ich erst darüber nachdenken.«

Sie blickte Tomarov gerade an. »Es ist sehr schwer, sich das vorzustellen. Gerade bei ihm.«

»Ich wollte es erst auch nicht glauben. Er ist der letzte, von dem ich geglaubt hätte, daß er zu korrumpieren sei. Seine Laufbahn war höchst beachtlich. Er war der beste Offizier, den wir in Ungarn hatten. Er stellte keine Fragen, er kannte kein Zögern oder Schwanken. Aber . . . drei Jahre in Amerika haben genügt, ihn so zu verändern. Wenn er jetzt zurückkäme, Elena, du würdest ihn nicht wiedererkennen. Und du würdest bestimmt nicht länger mit ihm zusammenleben wollen.«

»Ich bin schuld daran«, sagte sie. »Er wollte, daß ich mitkomme nach Amerika. Aber ich wollte meine Arbeit nicht aufgeben. Und ich wollte nicht unter Kapitalisten leben. Aber er hätte offenbar jemand gebraucht, der ihm den Rücken stärkt.«

»Wenn er seine Frau dazu braucht, um loyal zu unseren Ideen zu stehen, dann ist er sowieso nicht vertrauenswürdig«, sagte der zweite Mann.

Sein Name war Roskovsky, er arbeitete seit dreißig Jahren mit Tomarov zusammen. Sie gehörten zu den wenigen Kämpfern der alten Zeit, die alle Stürme überlebt hatten. Und wie alle, die lange genug gelebt hatten, erfuhren sie nun, wie sich das Rad wieder einmal um hundertachtzig Grad gedreht hatte.

»Er ist gebrandmarkt, Elena«, sagte Tomarov. »Du mußt dich von ihm trennen, oder man wird auch dir mißtrauen. So sieht es in Wahrheit aus. Reich die Scheidung ein, bevor er zurückgerufen wird.«

»Noch eine Tasse Tee?« fragte sie. Doch beide Männer schüttelten den Kopf.

Tomarov sprach in ihrem Interesse, sie wußte es. Aus alter Freundschaft für ihre Familie und aus Sorge um ihre Zukunft. Sie wußte aber auch, daß der Prozeß, den man gegen Feodor führen würde, falls es überhaupt zu einem Prozeß kam, weitaus ungünstiger für ihn aussehen würde, wenn sie sich von ihm scheiden ließ.

Sie war nicht nur eine der bekanntesten Kinderärztinnen in Moskau, sie war auch die Tochter eines Mannes, der zu Stalins Zeiten eine große Rolle gespielt hatte. Einige Jahre lang war das nicht zu ihrem Vorteil gewesen. Es hatte ihr zwar nicht geschadet, aber auch nicht genützt. Doch nun, da das liberale Zwischenspiel vorbei war, die Partei wieder strenger regierte, gewannen verdiente Parteimitglieder wie Elena Maximova Sverdlova neues Ansehen. Und sie war ganz und gar ihres Vaters Tochter, kompromißlos bis zur Einseitigkeit, dabei klug und entschlossen. Eine Frau, die Spezialistin war für Kinder, es aber immer abgelehnt hatte, selbst ein Kind zu bekommen. Denn das würde sie in ihrer Arbeit behindern. Frauen ihrer Art waren die Seele der Revolution gewesen.

»Genossen«, sagte sie, »ich werde darüber nachdenken. Wenn ihr mich jetzt allein laßt, werde ich euch morgen mitteilen, wozu ich mich entschlossen habe. Vielen Dank, daß ihr gekommen seid.«

Sie schüttelte Roskovsky die Hand und küßte Tomarov auf die Wange.

Nachdem die beiden gegangen waren, räumte sie langsam den Samowar und das Geschirr weg, schüttelte die Kissen auf und leerte die Aschenbecher; sie selbst rauchte nicht. Als Ärztin wußte sie, wie schädlich das Rauchen war. Eine Zeitlang hatte sie mit allem Nachdruck versucht, Sverdlov das Rauchen abzugewöhnen, vergebens.

In diesem Moment dachte sie an ihre letzte Begegnung. Da lag er in ihrem Bett und rauchte eine Zigarette, unmittelbar davor hatte er sie umarmt. Es erfüllte sie mit Ärger, daran zu denken.

Zehn Jahre lang war sie mit ihm verheiratet, und nun, wenn sie mit klarem Kopf an die Zeit mit ihm zurückdachte, zweifelte sie nicht daran, daß Tomarov recht hatte. Sie hatte in vielen Dingen nicht mit ihrem Mann übereingestimmt, und es gab so kleine Hinweise, die, jetzt bedacht, es durchaus als möglich erscheinen ließen, daß er abtrünnig geworden war. Sicher — als junger Mann war Sverdlov dem Sowjetsozialismus so verbunden wie sie auch, jedenfalls schien es so. Erst bei näherem Zusammenleben entdeckte sie die Lust an der Kritik in ihm, manchmal konnte er geradezu zynisch sein. Es hatte sie gestört, sie hatte viel mit ihm diskutiert, hatte jedoch Unsachlichkeit oder Streit vermieden, was ihrer Meinung nach für intelligente freie Menschen eine unwürdige Art der Auseinandersetzung war.

Aber auch ihre sachlichen Argumente waren oft von ihm einfach mit Lachen beantwortet worden. Er nahm sie in die Arme oder begann einfach, sie auszuziehen.

Er war nicht nur klug, er hatte auch die Gabe, sich in die Gedanken und Gefühle anderer hineinzuversetzen, eine Gabe, die für seine Arbeit von großem Nutzen war. Doch es störte sie, daß er manchmal Dinge in Frage stellte, die ihrer Ansicht nach keine Frage erlaubten, die man automatisch glauben mußte.

Seine Karriere war erstaunlich gewesen, er war ehrgeizig und kannte keine Skrupel, aber seine Motive ließen den klaren, selbstlosen Untergrund vermissen, der für sie die Voraussetzung für einen Menschen dieses Landes war.

So betrachtete sie ihre Arbeit. Sie arbeitete mit Kindern, kranken, unheilbaren oder auch zurückgebliebenen Kindern. Sie gab ihr Letztes für diese Arbeit, doch niemals spielten menschliche oder gar weibliche Gefühle dabei eine Rolle. Sie rettete ein Leben, wenn es möglich war. Aber in anderen Fällen verhinderte sie den Tod nicht, wenn es ihr besser erschien.

Und diese kühle Überlegung bewahrte sie in allen Bereichen ihres Lebens.

Sie weigerte sich, den Wunsch ihres Mannes zu erfüllen, selbst Kinder zu haben, und sie weigerte sich, ihn nach Amerika zu begleiten. Niemals hätte sie ihren Beruf aufgegeben.

War es wirklich möglich, daß ihr Mann sich hatte anstecken lassen vom westlichen Bazillus? Derselbe Mann, der so erbarmungslos mitgeholfen hatte, den ungarischen Aufstand niederzuschlagen, der China verurteilte für seine Neigung zur Koexistenz mit dem Westen.

Wie Tomarov erzählt hatte, war General Golitsyn schon seit zwei Jahren mißtrauisch, weil er mitangesehen hatte, wie Sverdlov immer leichtfertiger sein Amt handhabte und durch seine laxe Haltung nicht nur in seiner Abteilung in der Botschaft ein schlechtes Beispiel gab, sondern auch auf andere Russen einen schlechten Einfluß ausübte.

Sverdlov hatte ihr regelmäßig geschrieben, und sie hatte ihm genauso regelmäßig geantwortet. Sie berichtete von ihrer Arbeit, von den letzten Ereignissen in Moskau, erkundigte sich nach Bekannten in der Botschaft. Sie hatte niemals nach Amerika gefragt, sie wollte gar nicht wissen, wie es dort war, möglicherweise etwas Positives hören. So, wie sie Sverdlov kannte, hätte er, schon um sie herauszufordern, sicher manches Günstige über das verhaßte Kapitalistenland berichtet. Über seine Arbeit in Washington konnte er nichts schreiben, das war klar.

Anfangs hatte sie ihn vermißt. Sie hatten sich geliebt, und er war ein Mann, der eine Frau ausfüllen konnte, und überdies ein guter Liebhaber. Doch erst als er eine Weile fort war, gab sie sich selbst Rechenschaft darüber, daß sie die sexuelle Herrschaft, die er über sie ausgeübt hatte, im Grunde verabscheute. Sie fühlte sich dadurch gedemütigt.

Ehe war eine soziale und sexuelle Partnerschaft zwischen gleichberechtigten Partnern. Er aber hatte sie beherrschen wollen, er hatte ihre Unabhängigkeit bedroht. Instinktiv hatte sie es immer gewußt, und als sie allein war, schämte sie sich, daß es ihm fast gelungen war, sie an die Leine zu legen. Aber doch nicht ganz. Sie hatte ihre Arbeit nicht aufgegeben, sie hatte kein Kind bekommen, auch wenn er sie im Bett besiegt hatte.

Eines Tages entdeckte sie, daß sie froh darüber war, wieder allein zu sein.

Dennoch ... der Gedanke an eine Scheidung erschreckte sie. Er war ihr Mann, trotz allem. Sie liebte ihn. Oder hatte ihn geliebt. Die Warnung, die man ihr heute hatte zukommen lassen, war deutlich genug. Er war gebrandmarkt, wie Tomarov es ausgedrückt hatte. Man würde ihn zurückrufen, dann kamen Verhöre, dann die Anklage. Sie wußte es.

Sie überlegte kühl und ohne Sentimentalität. Er hatte sich gegen die Partei gewandt und gegen sein Volk. Wenn es nicht so wäre, würde man ihn nicht verdächtigen. Der Staat hatte immer recht. Die Partei konnte sich nicht irren. Ihr Denken war so starr, wie die Partei es befahl. Wenn man Feodor nicht mehr traute, dann war er auch nicht mehr vertrauenswürdig. Und wenn sie bei ihm blieb, dann würde man auch ihr nicht mehr vertrauen. Sie würde ihre Stellung verlieren, würde ausgestoßen werden in eine Welt des Unberechenbaren, wenn sie nicht überhaupt zusammen mit ihm verhaftet und angeklagt wurde.

Nicht daß sie Angst hatte. Für ihre politischen Ideale hätte Elena Maximova Gefängnis und Tod ohne Zögern auf sich genommen.

Aber dies war etwas anderes. Sverdlov war zu den Feinden übergelaufen. Damit hatte er sich von ihr getrennt.

Sie nahm das Bild zur Hand, das auf dem runden Tisch ihres

Wohnzimmers stand, eine Fotografie in einem schlichten Rahmen. Ihr Hochzeitsbild.

Sie löste langsam den Holzrahmen, nahm die Fotografie heraus und zerriß sie.

Am nächsten Morgen fand sich Gregory Tomarov im Büro des Major-Generals Ivanovsky ein, im Hauptquartier des KGB am Dzershinsky-Platz. Der Fall Feodor Sverdlov war angelaufen und würde Schritt für Schritt nun abgewickelt werden.

Mit der Familie der Maximov würde es keine Schwierigkeiten geben, teilte Tomarov dem Hauptquartier mit, Elena Maximova habe bereits ein Scheidungsgesuch eingereicht.

»Ich kenne Richard Paterson«, sagte Sverdlov. Er zündete eine Zigarette an und steckte sie zwischen ihre Lippen. »Warum hast du dir gerade den ausgesucht? Es fällt mir schwer, das zu verstehen.«

»Ich habe mich in ihn verliebt«, sagte Judith. Sie lehnte sich zurück und nahm einen tiefen Zug aus der Zigarette. Sie gab sich Mühe, ruhig und gelassen zu erscheinen, doch sie täuschte ihn nicht damit. Er merkte, daß sie nahe daran war, in Tränen auszubrechen. Er dachte, daß es ihr guttun würde, zu weinen. Behutsam nahm er ihre Hand in seine.

»Erzähl mir, was geschehen ist. Was hat er dir angetan, daß du so verstört bist? Und daß du auch von mir nichts wissen willst.«

»Ich habe ihn vor acht – nein, vor neun Monaten kennengelernt. Es war der erste Mann, mit dem ich – ich meine, der erste Mann seit Pat starb. All die Jahre hatte ich nur für meine Arbeit gelebt, ich freundete mich mit niemandem an und ich fühlte mich sehr wohl dabei. Dann nahm mich Nancy mit nach Washington, und dort lernte ich Richard Paterson kennen. Nancy hat dort viele Bekannte, sie ist die Tochter meines Chefs. Wir verbrachten ein Wochenende in Washington, und ich traf dort Richard Paterson. Kurz darauf rief er mich in New York an und lud mich zum Essen ein.«

»Wie lange hat er gebraucht, bis du mit ihm geschlafen hast?

Hat er dir Blumen geschickt? Und dir erzählt, daß er dich liebt?«

»Ja«, sagte Judith mit gepreßter Stimme, »ja, genauso war es. Lunch, Dinner, Anrufe. Und eines Tages erzählte er mir, daß er sich scheiden lassen würde. Dann kam er mit zu mir. Ich habe ihm geglaubt, Feodor. Er war allein, man hatte mir erzählt, daß seine Frau sich geweigert hatte, ihn nach Amerika zu begleiten.«

»Und so wurdet ihr also ein Liebespaar. War er ein guter Liebhaber? Hat er dich glücklich gemacht?«

»Darauf kann ich nicht antworten.« Sie zog ihre Hand zurück, verletzt von seinem leichten Ton.

»Deine Art, darüber zu sprechen, das paßt hier nicht. Es ist nicht so, daß ich mich eben mal so im Vorübergehen mit einem Mann einlasse. Ich bin nicht so. Ich habe ihn geliebt.«

»Tut mir leid«, sagte er. »Ich wollte dich nicht ärgern. Und warum ist es nun zu Ende?«

»Durch einen dummen Zufall.« Sie lachte kurz auf.

»Ich traf vor einiger Zeit ein Ehepaar, das ich flüchtig kenne. Wir aßen zusammen zu Mittag, und sie sprachen von ihm. Sie hatten keine Ahnung von unserem Verhältnis. Und die Frau erzählte so ganz nebenbei, daß sie Richards Frau in Washington kennengelernt hätte. Seit Monaten ist sie schon bei ihm, und er hat mir kein Wort davon gesagt. Aber was der Höhepunkt ist: Sie bekommt ein Kind.«

Sverdlov schwieg. Als sie zu weinen begann, rührte er sich nicht, saß reglos im Dunkeln und rauchte. Es war eine schöne klare Nacht, ganz still, nur unten rauschte leise das Meer gegen den Strand.

»Ich kam mir so ... billig vor«, sagte Judith. »Er hatte mich belogen. Monatelang hat er mich nur belogen. Er sprach von Scheidung, und ich dachte, er meinte es ernst ... ich mußte doch denken, daß er ... Kannst du das nicht verstehen?«

»Doch. Sehr gut. Ich weiß genau, was du empfindest. Das Gefühl betrogen zu sein, ist bitterer noch als enttäuschte Liebe. Er ging gleichzeitig mit seiner Frau ins Bett. Das ist es, was du ihm nicht verzeihen kannst.«

»Nein«, sagte Judith ärgerlich, »es ist mehr als das. Ich habe ihm vertraut. Ich hätte mich niemals mit ihm eingelassen, wenn ich gewußt hätte, daß seine Frau zu ihm kommt. Wenn er mir die Wahrheit erzählt hätte, gleich als sie kam, dann hätte ich natürlich sofort mit ihm Schluß gemacht.«

»Das ist der Grund, warum er es dir nicht erzählt hat. Er befand sich in einer beneidenswerten Situation, eine reizende Geliebte in New York, eine liebende Frau zu Hause in Washington. Warum sollte er daran etwas ändern? Und in Wahrheit bist du so wütend auf ihn, weil er mit seiner Frau auch schlief und ihr ein Kind gemacht hat – das ist es doch! Das ist es, was dich schmerzt. Nicht die große verlorene Liebe.«

»Du kannst das meinetwegen ausdrücken, wie du willst. Du kannst es so billig und so mies machen, wie es dir beliebt. Ich komme mir ja so vor, billig und mies. Und seine Frau hat er schließlich auch getäuscht und betrogen, sie ist nicht viel besser dran als ich. Zweimal in der Woche kam er nach New York, und sie saß inzwischen allein in Washington. In ihrem Zustand. So einen Mann habe ich geliebt? Es ist unvorstellbar. Ich bin eine gute Menschenkennerin, nicht wahr?«

»Nun ja . . . eine verliebte Frau . . .«, sagte Sverdlov langsam, »er ist ein sehr ehrgeiziger Mann. Sehr korrekt. Und hauptsächlich an sich selbst interessiert. Von mir aus kannst du sagen, er sieht gut aus. So was ist Geschmacksache. Dein Geschmack ist er jedenfalls gewesen. Ich würde sagen, er sieht ausgesprochen langweilig aus.«

Feodor streckte sich in seinem Liegestuhl.

Zwischen den Bungalows leuchtete die Taschenlampe des Nachtportiers auf, der seine Runde machte.

»Sehr langweilig«, fuhr Sverdlov fort. »Ich würde dir bestimmt besser gefallen. Ich bringe dich zum Lachen. Hast du viel gelacht mit ihm?«

»Nein«, erwiderte Judith. »Nein, ich glaube nicht. Es war nicht so. Es war alles sehr ernst, sehr, sehr wichtig. Ich bin keine Frau, die so etwas leicht nimmt, tut mir leid. Also bist du für mich vermutlich auch nicht der richtige Mann. Ich gehe jetzt schlafen.«

»Trink erst aus«, er griff nach ihrem Arm und drückte ihn leicht. »Und dann trinkst du noch ein Glas, dann wirst du besser schlafen. Sonst liegst du nur im Bett und weinst. Nicht einmal du siehst hübsch aus mit einer roten Nase. Wie? Du lächelst? Paß auf, ich glaube, sie ist gar nicht so groß, diese große Liebe für den Group-Captain.«

»Kennst du ihn gut?« fragte sie. »Er hat nie von dir gesprochen.«

»Das glaube ich«, Sverdlov grinste aus dem Mundwinkel. »Wir tauschten höchstens ein paar kurze Worte bei gesellschaftlichen Anlässen. Er hütete sich ängstlich davor, mit uns in nähere Berührung zu kommen. Das könnte seiner Karriere schaden. Genauso als wenn er sich von seiner Frau scheiden ließe. Hast du denn nie erkannt, daß es nur zwei Dinge gibt, die wichtig für ihn sind? Er selbst und seine Karriere.«

»Nein«, sagte sie. »Nein, das habe ich nicht gewußt.«

»Du bist eine Träumerin. Eine kleine sentimentale Träumerin. Du glaubst ja auch an unschuldige Sklaven und Tamarindenbäume. Du bist wirklich eine schlechte Menschenkennerin.«

»Sonst noch was?« fragte sie gereizt. »Hast du sonst noch Fehler an mir zu tadeln?«

»Ich sage ja gar nicht, daß es ein Fehler ist«, sagte Sverdlov und streichelte sanft mit seinem Daumen ihr Handgelenk. »Ich finde es sogar bei einer Frau sehr nett. Meine Frau zum Beispiel zu Hause in Rußland, die ist eine sehr gute Menschenkennerin. Und sie weiß immer genau, was recht und unrecht ist. Sie zieht eine Grenze – so.« Mit der brennenden Zigarette zog er eine gerade Linie durch die Dunkelheit. »Auf der einen Seite ist die Sowjetunion und die Partei. Die haben recht. Auf der anderen Seite ist die kapitalistische Welt. Die hat unrecht.«

»Du hast niemals gesagt, daß du verheiratet bist«, sagte Judith, und sie konnte nicht verhindern, daß ihre Stimme ein wenig schwankte.

»Ich sage es dir ja gerade. Nicht, daß du hinterher ankommst und mir Vorwürfe machst: Du bist verheiratet und hast es mir nie erzählt – so in der Art etwa.«

»Es gibt kein Hinterher«, sagte Judith böse, zog ihren Arm weg und stand auf.

»Vielleicht nicht jetzt und hier«, sagte er ruhig. »In drei Tagen fliege ich zurück. Und wenn es dir nichts ausmacht, würde ich jetzt gern noch von mir sprechen. Bitte, setz dich wieder.«

»In drei Tagen ...? Ich dachte ... ich dachte, du bleibst noch eine Woche?«

»Ich bin vor dir angekommen.« Er bückte sich zur Erde, hob die Whiskyflasche und füllte ihre Gläser von neuem.

Judith setzte sich langsam. »Der Nachtportier wird uns sehen. Er wird darüber reden.«

»Ganz bestimmt wird er das«, Sverdlov lächelte leicht. »Nicht nur heute. Er hat uns die ganze Zeit beobachtet und wird darüber berichtet haben. Du mußt darauf gefaßt sein, daß man dir Fragen stellen wird, wenn du heimkommst.«

»Fragen? Was für Fragen?« Sie wandte sich überrascht zu ihm um, seine Hand faßte wieder nach ihrer.

»Euer Intelligence Service. Oder der CIA. Oder beide. Was wirst du ihnen sagen?«

»Daß sie sich gefälligst um ihre eigenen Angelegenheiten kümmern sollen. Laß meine Hand los. Feodor, was soll das heißen? Du hast gesagt, du willst mit mir sprechen?«

»Laß mich deine Hand halten. Das tut mir gut, ich fürchte mich im Dunklen.«

»Du fürchtest dich vor gar nichts«, sagte sie und überließ ihm ihre Hand. Es war merkwürdig, aber es tat ihr gut, seine Hand zu spüren. Dabei wußte sie nicht, ob sie ihm trauen konnte. Was wußte sie überhaupt von ihm?

Plötzlich wurde er ernst, keine Spur von Spott mehr in seiner Stimme. »Du täuschst dich«, sagte er. »Jeder Mensch fürchtet sich vor irgend etwas. Auch ich. Du bist hierhergekommen, weil du vor einer unglücklichen Liebesaffäre weglaufen wolltest.

Ich bin hierhergekommen, weil es nichts gibt, wovor ich weglaufen kann. Verstehst du das?«

»Nein«, sie schüttelte den Kopf. »Nein, ich verstehe es nicht. Was meinst du damit?«

»Ich habe eine große Karriere gemacht«, sagte Sverdlov, »und werde sie weiter ausbauen können. Ich habe eine Frau, die eine recht berühmte Ärztin ist, sie ist jung und sieht gut aus. Ich bin Angehöriger eines großen mächtigen Landes und einer großen mächtigen sozialistischen Bewegung, die eines Tages die ganze Welt beherrschen wird.«

»Gott soll uns schützen«, sagte sie.

»Das kann er nicht, denn es gibt ihn nicht. Und nun unterbrich mich nicht, denn ich zähle jetzt meine Vorteile zusammen. Ich bin gesund, und ich kann Frauen haben, soviel ich will. Außer dir natürlich. Aber ich will keine Frauen, ich will auch nicht meine Frau, und ich mache mir nicht mehr das geringste aus der Sozialistischen Revolution. Was sagst du nun dazu?«

Im Moment war sie so verblüfft, daß sie gar nichts sagen konnte. Der späte Mond war jetzt am Himmel, und sie konnten einander ins Gesicht sehen. Sein Gesicht war hart, der eine Mundwinkel bitter heruntergezogen.

Plötzlich war ihr kalt. Trotz der warmen tropischen Nacht schauerte sie zusammen.

»Was sagst du da?« Sie flüsterte auf einmal. So als hätte sie Angst, einer könne sie belauschen.

»Ich weiß es selber nicht«, murmelte Sverdlov. »Darum frage ich dich ja. Ich frage dich, was soll ich tun?«

Sie wußte nicht, was sie antworten sollte.

»Vielleicht bist du nur überarbeitet«, fiel ihr schließlich ein.

»Darum hast du doch Urlaub gemacht, nicht? Du fühlst dich doch schon besser, nicht?«

»Ja.«

Er hatte sich wieder eine Zigarette angezündet, und diesmal hatte er vergessen, ihr eine anzubieten.

»Ja, ich fühle mich besser. Entspannt, freier. Ich habe das Gefühl, ich könnte für immer hier bleiben. Und es gebe auf der

Welt nichts Wichtigeres für mich zu tun, als meine Tage mit dir zu verbringen. Ich will nicht zurück. Weißt du, was ich vorfinden werde, wenn ich zurückkomme? Einen Brief von meiner Frau, in dem sie mich wissen läßt, wie klug und richtig es von den Tschechen war, ihre Regierung abzusetzen und die Männer dieser Regierung als Verräter zu brandmarken, und wie falsch von uns, daß wir Dubček nicht gleich erschossen haben . . .«

»Das kann nicht ihre wahre Meinung sein.«

»Das ist genau ihre Meinung«, sagte Sverdlov. »Und ich werde dir etwas sagen: Ich habe früher auch so gedacht. Allerdings aus anderen Gründen als sie. Aber jetzt kann ich weder ihre Meinung noch meine Meinung von früher akzeptieren. Ich sehe heute alles anders.«

»Kannst du nicht . . . ich meine, könntest du nicht zur Armee zurückgehen? Wenn du den Antrag stelltst . . .« Sie war verwirrt. Was wußte sie, wie es bei denen war.

Er warf ihr einen kurzen Blick von der Seite zu. »Das ist das letzte, was ich tun könnte.«

Judith war verwirrt, hilflos, und noch ein anderes Gefühl erfüllte sie, das schwer zu beschreiben war. Mitleid? Zuneigung?

»Ich weiß nicht, was ich dir antworten soll«, sagte sie. »Es ist unmöglich für mich, dir zu helfen. Aber du wirst diesen Zustand überwinden. Es wird vorbeigehen. Wirklich, du bist sicher nur überarbeitet. Bleib doch noch hier, bis ich auch zurückfliege. Geht das nicht?«

»Doch.« Sie spürte, wie die Spannung in ihm nachließ. Seine Hand, die zuletzt ihr Handgelenk umklammert hatte, lockerte ihren Griff, er begann wieder mit dem Daumen leicht ihr Handgelenk zu massieren.

»Doch, ich kann bleiben. Wenn du willst, daß ich bleibe. Wir können zur gleichen Zeit zurückreisen . . . Weißt du, wir könnten morgen wieder zum Hafen fahren. Vielleicht nehmen wir uns ein Schiff und besuchen eine von den anderen Inseln.«

»Das würde Tage dauern. Grenada liegt am nächsten. Wenn man fliegt, dauert es nur eine Stunde.«

»Und in zwei Stunden ist man mit dem Flugzeug in Brasilien«, sagte er. »Willst du noch schwimmen gehen?«

»Nein, heute nicht.« Sie stand auf und ging über die Terrasse. Er folgte ihr.

»Das war eine lange Nacht«, sagte sie.

»Ja. Aber gut für uns beide.« Er hielt ihr die Hand hin, sie legte die ihre hinein. Er zog sie ein wenig an sich und legte die andere Hand auf ihre Schulter.

»Weißt du, was mich überrascht?« sagte er. »Du hättest eigentlich sagen müssen, ich soll zu euch kommen. Glaubst du, der Westen will mich nicht?«

»Doch. Sicher. Aber ich glaube nicht, daß es gut für dich wäre. Ich weiß, daß es nicht gut wäre.«

»Ja. Ich weiß es auch.« Seine Hand glitt von ihrer Schulter aufwärts zu ihrem Nacken, unter ihr Haar. »Du magst keine Überläufer, nicht wahr?«

»Nein. Ich würde auch nicht überlaufen. Aber jeder Mensch sollte die Freiheit haben, zu wählen, wo und wie er leben will. Und nun mache dir keine dummen Gedanken. Es ist nur eine Laune. Du wirst das alles vergessen. Es ist diese Nacht . . .«

»Die Nacht der großen Bekenntnisse«, seine Stimme war leise, sein Gesicht ganz nah. »Und weißt du was? Du hast ganz deinen Group-Captain vergessen.«

»Gute Nacht«, sagte Judith. Sie ging die Stufen hinab, die wenigen Schritte hinüber zu ihrem Bungalow.

Er kam ihr nach und sagte: »Morgen werden wir zu dieser Pflanzung fahren und nach deinem Tamarindenbaum Ausschau halten.«

»Und was wirst du sagen, wenn wir ihn finden?«

»Was wirst du sagen, wenn wir ihn nicht finden?«

4

Mrs. Stephenson war zu der Erkenntnis gekommen, daß sie Mrs. Paterson eigentlich ganz gut leiden konnte. Auf jeden Fall mochte sie Rachel Paterson lieber als deren Mann, den Group-Captain Richard Paterson.

Das war höchst ungewöhnlich, denn sie mochte Männer lieber als Frauen. Grundsätzlich. Und für die Diplomatenfrauen hatte sie schon gar nichts übrig. Die Damen der Botschaft gingen ihr samt und sonders auf die Nerven, wie sie ihrem Mann schon oft genug erklärt hatte.

»Sie sind heutzutage so gewöhnlich«, pflegte sie zu sagen. »Langweilige Tanten, die nicht mal Konversation machen können.«

Der Hochmut seiner Frau ärgerte den Gesandten Fergus Stephenson. Er war der zweite Mann an dieser Botschaft und naturgemäß mehr als der Botschafter selbst mit Personalfragen befaßt. Überdies hatte er ein starkes Gefühl der Loyalität für alle Angehörigen der Botschaft. Selbst der kleinste Angestellte war für ihn ein ebenbürtiger Mitarbeiter. Er spielte sich niemals als Chef auf oder ließ einen anderen seine intellektuelle Überlegenheit fühlen. Daher kam es wohl auch, daß er überaus beliebt war. Der ganze Stab sprach von ihm mit Achtung und sogar Bewunderung. Er sei ein wahres Mustermodell von Vorgesetztem, sagte seine Frau mit ihrem bösartigen Spott. Sie hatte weder Achtung vor ihm, geschweige denn bewunderte sie ihn. Sie war seine Frau, sie lebte mit ihm, aber es gehörte zu ihren Gewohnheiten, ihn zu demütigen und lächerlich zu machen. Nicht vor den anderen natürlich, dazu war sie zu ehrgeizig und zu sehr auf ihre Stellung bedacht, die ja mehr oder weniger von seiner Position abhing.

An diesem Abend, während sie sich zum Dinner ankleideten, teilte sie ihm durch die offene Badezimmertür ihre Ansicht über Mrs. Paterson mit.

»Wirklich, sie ist recht nett. Übrigens kenne ich ihren älteren Bruder. Ich bin ein paarmal mit ihm ausgegangen, als du in

Ceylon warst. Gutaussehender Mann, sehr amüsant. Er hat so einen süßen kleinen Fliegerbart.«

Fergus Stephenson stellte sich unter die Badezimmertür und bemerkte gemessen: »Ich freue mich, daß sie dir gefällt. Das wird Paterson nützlich sein.«

Seine Frau stand jetzt vor dem Spiegel, einen Lippenstift in der Hand. »Einen Dreck wird es ihm nützlich sein«, sagte sie. »Nicht bevor er dieses kleine Miststück in New York aufgibt, das er immer besucht. Oh, Fergus, mach nicht so ein Gesicht, als ob du keine Ahnung hättest! Dieser gräßliche Bluthund Loder hat das ermittelt, und er hat dich bestimmt informiert.«

»Wer hat dir das erzählt?«

Er gab sich Mühe, das mit möglichst gleichgültiger Stimme zu fragen, verließ aber vorsichtshalber seinen Posten unter der Badezimmertür. Es fiel ihm leichter mit ihr zu reden, wenn sie ihn nicht ansah.

»Geht dich nichts an. Irgend jemand. Aber ich werde mich um die Kleine kümmern. Sie kriegt schließlich ein Kind, nicht wahr, und sie ist noch so schüchtern. Leider zieht sie sich miserabel an, das habe ich ernsthaft an ihr auszusetzen.«

»Welch erstaunliches Interesse«, sagte Stephenson, nun auch ein wenig spöttisch. »Ich hätte gar nicht gedacht, daß die kleine Paterson so eine bemerkenswerte Person ist.« Er stand nun auch vor dem Spiegel und bürstete gedankenlos sein Haar, bis die Kopfhaut prickelte . . .

Woher wußte sie das mit Paterson und dem Mädchen in New York? Wer, zum Teufel, war es diesmal?

Das war eine Frage, die er sonst nie stellte. Nicht sich selbst und schon gar nicht ihr.

Sie waren seit zwanzig Jahren verheiratet und hatten drei Kinder, eine Tochter von neunzehn und zwei Jungen, die in England zur Schule gingen. Schon seit langer Zeit, nach der Geburt des letzten Kindes, hatte Stephenson sich entschlossen, keine Fragen zu stellen. Er war sich nicht ganz sicher, ob er der Vater des letzten Kindes war. Manchmal bildete er sich ein, der

Junge sähe ihm ähnlich, aber dann wieder kam er ihm vollkommen fremd vor.

Bei alledem war seine Frau immer sehr diskret vorgegangen, und dafür mußte er ihr dankbar sein. Besonders in den frühen Jahren hätte ein Skandal seiner Karriere sehr geschadet. In letzter Zeit war man im Foreign Office etwas großzügiger geworden, notgedrungen, man hatte sich an eine gelegentliche Scheidung und auch an zweite Ehen gewöhnt.

Als er Margret heiratete, hatte er ernsthaft versucht, eine gute Ehe zu führen, er wollte sie glücklich machen. Und außerdem hatte er gehofft, es würde ihr gelingen, ihn von seiner fatalen Veranlagung zu heilen.

Es war während seiner Studienzeit in Cambridge gewesen, daß er seine Zuneigung zum eigenen Geschlecht entdeckte. Damals hatte er seine große Liebe erlebt. Alles, was er bewunderte, war in diesem jungen Mann vereint: ein vollendet schöner Körper, ein interessantes Gesicht, Temperament, Leidenschaft und dazu noch eine erstklassige Erziehung und beste Manieren.

Zunächst hatte er den jungen Mann wirklich nur bewundert; angeschwärmt, das war wohl der richtige Ausdruck. Dann war er verführt worden. Und dann wußte er eines Tages, daß er nicht der einzige war, er hatte mehrere Rivalen unter seinen Kommilitonen.

Margret lernte er kennen, als er seine erste Stellung beim Foreign Office antrat. Sie war das weibliche Gegenstück zu dem Mann in Cambridge, den er geliebt hatte: eine starke körperliche Ausstrahlung, viel Sex, schön und lebendig, ohne Sensibilität, aber voller Energie. Sie war sehr sportlich, ging zur Jagd, schwamm ausdauernd, lief Ski, und überdies war sie eine unterhaltsame, intelligente Partnerin. Er bildete sich ein, sie zu lieben, und hoffte, daß er die andere Sache vergessen würde. Er war nicht der einzige, es gab andere junge Männer, die so etwas erlebt hatten und dennoch später eine ganz normale glückliche Ehe führen konnten. Warum sollte das bei ihm nicht auch so sein? Eine Episode war es gewesen, mehr nicht, im Grunde war er ganz und gar normal. Aber er täuschte sich.

Alle Versuche, eine glückliche Ehe zu führen, waren gescheitert. Eine Weile sah es so aus, als ob es gutgehen würde, dann wurde es nur noch qualvoll, aber er versuchte es immer wieder.

Margret begriff natürlich anfangs nicht, woran es lag. Zweimal war sie von ihm schwanger geworden, das gab ihm Atempausen, dann die dritte Schwangerschaft, und er wußte nicht genau, ob es sein Kind war.

Und eines Nachts, beschämt wegen seines Versagens und dankbar für ihre Nachsicht, hatte er ihr die Geschichte von Cambridge erzählt.

Von diesem Moment an war sie fertig mit ihm. Für die Öffentlichkeit schien sich nichts geändert zu haben. Sie war viel zu ehrgeizig, viel zu hochmütig, um der Welt eine zerbrochene Ehe einzugestehen. Aber zwischen ihnen war es die Hölle, ein Totentanz Strindbergscher Art, von ihr mit Grausamkeit und Verachtung durchgeführt, von ihm mit Demut und Scham ertragen.

Er wußte, daß sie Liebhaber hatte, er tat so, als habe er keine Ahnung. Doch sie schonte ihn nicht, sie sprach darüber, quälte ihn mit Details, hatte eine perverse Freude darin, ihn zu demütigen.

Als er einmal seine Zweifel an der Vaterschaft des dritten Kindes erwähnte, lachte sie.

Dieses Lachen hatte Fergus nie vergessen.

»Du willst wissen, wie lange ich ihn kenne? Ob Julian von dir ist oder von ihm? Wir müssen abwarten, wie Julian aussehen wird. Ich will verdammt sein, wenn ich es selber weiß.«

So war das. Er legte die Bürste weg und strich noch einmal mit der Hand über sein Haar. Es würde dünn, oben spürte er die nackte Kopfhaut. Wer immer der Mann war, mit dem sie jetzt schlief, und er hatte das Gefühl, es müßten im Laufe der Jahre über hundert gewesen sein, dieser hatte eine vertrauliche Information an sie weitergegeben.

»Margret«, sagte er und versuchte seiner Stimme Festigkeit zu geben, »ganz egal, wer dir von Loders Ermittlungen erzählt hat, du weißt, daß er das nicht durfte, nicht wahr?«

»Natürlich weiß ich das.«

Sie kam aus dem Badezimmer, stand vor ihm und lächelte spöttisch. Eine große üppige Frau, elegant gekleidet, das Haar weißblond gefärbt, denn es begann grau zu werden, die großen tiefblauen Augen mit den schweren Lidern raffiniert geschminkt. Sie war fünfundvierzig und immer noch sehr schön. In zehn Jahren würde sie eine dekorative Matrone sein, ihre Exzellenz die Frau Botschafterin, wie aus dem Bilderbuch.

»Es war wirklich nicht recht von ihm, es mir zu sagen«, sagte sie und lächelte. »Ach – gib mir doch mal meine Tasche rüber, ja?«

»Ich muß wissen, wer es ist.«

Es kostete ihn viel Mut, das zu sagen. Und sie hob denn auch in spöttisch übertriebenem Erstaunen die Augenbrauen.

»Ah, ja? Wozu denn? Du würdest ihm bloß Schwierigkeiten machen.«

»Ich würde dafür sorgen, daß er nie mehr in der Lage ist, eine vertrauliche Mitteilung auszuplaudern«, sagte Stephenson. »Das ist das einzige, worum es mir geht.«

»Ist doch nicht so wichtig«, sagte sie mit einem Achselzucken, während sie den Inhalt ihrer Abendtasche überprüfte. »So eine dumme kleine Affäre. Männer sind nun einmal so. Immerhin hat Paterson wenigstens mit einer Frau geschlafen. Ich dachte immer, die Schwulen sind eine viel größere Gefahr. Sie sind so leicht zu erpressen, nicht?«

Er verzog keine Miene. Diese Art von Bemerkungen hatte er schon zu oft gehört, als daß sie ihn noch trafen.

»Es interessiert mich nicht, was Paterson in seinem Privatleben tut. Aber ich muß dafür sorgen, daß in unserem Stab Ordnung herrscht. Daß die Sicherheit gewährleistet ist. Gerade im Moment. Irgend etwas ist mit den Russen los. Vielleicht begreifst du endlich, daß ich nicht aus persönlichen Gründen frage.«

»Was ist los mit den Russen? Ich habe nichts gehört.«

»Gott sei Dank«, sagte er, »und wenn du mir nicht sagst, um wen es sich handelt, muß ich mit Loder sprechen.«

Sie war bereits auf dem Weg zur Tür. So beendete sie meist ihre Auseinandersetzungen, sie ging einfach und ließ ihn stehen, während er noch sprach. Aber jetzt blieb sie stehen und wandte sich um.

»Wenn du mit Loder sprichst und anfängst Schwierigkeiten zu machen«, sagte sie, »kannst du sicher sein, daß er verschiedenes über mich herausfinden wird, was dir kaum sehr angenehm sein würde . . . Ich hoffe, du hast dir das überlegt.«

»Allerdings«, sagte Stephenson.

Vor der offenen Tür die Silhouette ihres Körpers: stark, arrogant, gnadenlos. Im Grunde hatte er sich immer vor Frauen gefürchtet. Es war so etwas Unberechenbares, Animalisches am Körper einer Frau. Er dachte, daß er den Körper seiner Frau mehr haßte als die Frau selbst.

Sie lebte ihr Leben nach ihrem Geschmack, tat, was sie wollte, wählte ihre Liebhaber, wie sie wollte. Keiner wußte es, nur er. Denn sie ließ selten eine Gelegenheit vorübergehen, ihn zu demütigen. Aber wichtiger als ihr Haß war ihr seine Karriere. Sie wollte für ihn einen der großen Botschafterposten. Oder besser gesagt, sie wollte es für sich.

»Es ist halb acht«, sagte sie. »Unsere Gäste werden gleich kommen. Ich gehe hinunter. Wenn du partout willst, dann geh zu diesem miesen kleinen Bluthund. Aber denke vorher noch einmal darüber nach.«

Er ließ sie allein hinuntergehen und die Gäste begrüßen. Wenn er Loder darauf aufmerksam machte, daß einer seiner Leute plauderte, warum müßte dadurch unbedingt Margret kompromittiert werden? Wer könnte es sein? Sie bevorzugte junge Liebhaber. Nicht zu jung, aber jedenfalls jünger als sie selbst. Es mußte einer sein, der Bescheid wußte über die tägliche Kleinarbeit des Secret Service. Mehr noch – es mußte einer von Loders Leuten sein. Es war seine Aufgabe festzustellen, wer es war; es war zu gefährlich, das auf sich beruhen zu lassen. Erst gestern hatte er mit Loder eine Besprechung beim Botschafter persönlich gehabt.

Der Bericht der Polizei von Barbados über Sverdlov war eingetroffen. Der Russe hatte auf der Insel nur einen einzigen Kontakt aufgenommen, eine Frau, die er im Hotel kennengelernt hatte. Loder hatte ihnen alle Details vorgelesen. Über die Frau waren inzwischen alle Informationen eingeholt worden. Es war Mrs. Judith Farrow, wohnhaft in New York, britische Staatsangehörige, persönliche Mitarbeiterin von Sam Nielson, UN.

Das war ein dicker Hund. Fergus ertappte sich dabei, daß er Loders gräßliche Slang-Ausdrücke gebrauchte. Insofern hatte Margret nicht unrecht, dieser Loder war wirklich ein unmöglicher Mensch, er kannte Flüche in mehreren Sprachen und drückte sich gelegentlich im übelsten Soldatenjargon aus.

Sam Nielson war eine internationale Persönlichkeit. Wenn seine Sekretärin Kontakt mit Sverdlov hatte, dann war das eine Sicherheitsgefährdung erster Klasse. Buckley und der gesamte CIA rochen Blut.

Loder hatte ihnen erklärt, daß es sein Bestreben sei, den CIA daran zu hindern, eigene Erkundigungen über Mrs. Farrow einzuziehen. Natürlich aber mußte er seinerseits den CIA ausreichend mit Material versorgen. Was der CIA bis jetzt nicht wußte und auf keinen Fall erfahren durfte, war die Tatsache, daß Mrs. Farrow gleichzeitig die Geliebte des britischen Militärattachés war. Damit würde sich die gesamte Britische Botschaft bei den Amerikanern verdächtig machen . . . Es war schon eine verdammte Sache. Darum nahm auch Fergus das Geheimnis so wichtig, das der Liebhaber seiner Frau ihr verraten hatte. Die Gefahr, daß es weitersickerte, war gegeben.

Er ging hinunter in sein Arbeitszimmer und machte sich eine Notiz, rot unterstrichen: »Loder treffen.« Dann erst ging er zu seinen Gästen.

Der Rückflug nach New York dauerte vier Stunden. Judith hatte für die Vormittagsmaschine gebucht, und Sverdlov bestand darauf, sie zum Flugplatz zu begleiten. Er selbst flog mit einer späteren Maschine. Offenbar wollte er es vermeiden, mit ihr zusammen zu reisen. Judith fragte nicht, warum . . . Möglicherweise würde er am Kennedy-Flugplatz erwartet werden und wollte eine peinliche Situation vermeiden.

Die letzten Tage ihrer Ferien waren wunderschön gewesen. Sverdlov war charmant und amüsant, unterhielt sie auf das beste, machte jedoch nicht mehr den Versuch, mit ihr zu schlafen. Aber er ließ keine Gelegenheit vorübergehen, Richard Paterson madig zu machen, und er verfügte über ein unerschöpfliches Repertoire, um das, was sie ihre große Liebe genannt hatte, mit Spott und Hohn zu übergießen. Manchmal war Judith wütend, aber es endete meist damit, daß sie lachen mußte.

Am letzten Abend hatten sie ein exquisites Abschiedsdinner in einem erstklassigen, wenn auch sündteuren Hotel oben auf den Hügeln. Von dort hatte man einen herrlichen Blick auf das Meer.

Sie waren zeitig da, nahmen ihre Drinks im Patio und beobachteten einen jungen Kellner, der sich eifrig, aber ergebnislos bemühte, die Windlichter, die zwischen Palmen und Büschen hingen, anzuzünden.

»Der arme Junge«, sagte Judith, »sieh mal, das war sein letztes Streichholz. Du solltest ihm zeigen, wie man so was macht.«

Feodor ging mit seinen geschmeidigen katzenhaften Schritten quer über den Patio zu dem jungen Mann, und wenige Minuten darauf war der Platz eingerahmt von flackernden Lichtern. Der junge Kellner sah mit breitem Grinsen zu, wie Sverdlov die Kerzen entzündete, und bedankte sich dann überschwenglich.

»Fabelhaft!« meinte Judith. »Der Junge ist ganz hingerissen von dir.«

»Genau.« Sverdlov setzte sich wieder. »Er hält mich für ein Genie. Selber wäre er nie auf die Idee gekommen, daß man statt eines Streichholzes, das der Wind sofort ausbläst, einfach eine brennende Kerze nehmen kann. Wie George Orwell schon ganz richtig sagte: Alle Menschen sind gleich, aber manche sind gleicher als die anderen.«

»Dem Jungen da macht es nichts aus«, sagte Judith. »Darum sind sie wohl auch so glücklich hier auf dieser Insel. Sie haben eine glückliche Philosophie, die wir ganz vergessen haben. Man muß das beste machen aus dem, was man ist und kann, und sich nicht darum kümmern, ob ein andrer mehr ist oder etwas besser kann. Alle Menschen sind wirklich gleich viel wert, wenn jeder wirklich er selbst ist. Aber wir kennen nur noch ein Ideal – immer mehr leisten, immer mehr Geld verdienen, immer höher steigen. Es ist eine schreckliche Welt geworden. Sie macht die Menschen nicht zu Freunden, sondern zu Feinden. Immerhin kommt es mir schon sehr drollig vor, daß ausgerechnet du Orwell zitierst.«

»Und mir kommt deine Art Philosophie drollig vor. Redest du in dieser Art auch in New York?«

»Ich sage immer, was ich denke, ganz egal, wo ich bin. Warum sollte ich nicht?«

»Man wird denken, du seist Kommunist. Nachdem man dich jetzt mit mir gesehen hat, bist du sowieso eine verdächtige Person. Du solltest vorsichtig sein, sonst wirst du Schwierigkeiten haben.«

»Was für ein Unsinn. Außerdem hat das, was ich eben sagte, nichts mit Kommunismus zu tun. Man könnte eher sagen, es sei eine christliche Philosophie.«

»Die gibt es nicht. Eine Philosophie, die sich auf einen Aberglauben gründet, ist keine Philosophie. Das ist so etwas Ähnliches wie dein Tamarindenbaum.«

»Das wirst du nie vergessen, wie? Und ich glaube trotzdem daran, daß es ihn gegeben hat. Sicher hat man ihn gefällt.«

Er lächelte. Natürlich war es ein Triumph für ihn gewesen, daß es den legendären Tamarindenbaum nicht gab, und er versäumte keine Gelegenheit, sie damit aufzuziehen. Eines Tages waren sie nämlich wirklich zu Haywards Pflanzung gefahren, wo der Besitzer zwar höflich, aber mit ungläubigem Staunen der Geschichte vom armen gehängten Sklaven und dem wundersamen Baum lauschte und dann sogar die Runde durch seine Plantage mit ihnen machte, auf der Suche nach dem besonderen Baum.

Es gab ihn nicht. Sverdlov kniff Judith ab und zu in den Arm und grinste jedesmal, wenn sie eine der herumliegenden Samenfrüchte aufhob und genau prüfte, ob sie nicht doch einem Negerkopf ähnelte.

»Es ist nichts als eine Legende«, wiederholte er auch heute wieder, »genau wie die von jenem politischen Agitator, der von den Toten auferstand.« Er lachte laut. »Wie kann nur eine intelligente Frau wie du solch einen Unsinn glauben! Die Wahrheit ist ganz einfach die: Es gibt weder deinen unschuldigen Sklaven noch einen Tamarindenbaum mit speziellen Anhängern, so wenig wie es eine Kraft außerhalb unsrer Welt gibt, die den Armen und Geschlagenen irgendwann und irgendwo Gerechtigkeit widerfahren läßt. Diese Erde ist unsere Welt, und da ist nichts als der Mensch. Und das, was er Gerechtigkeit nennt, ist eine relative Sache, keine absolute. Etwas, was in diesem Jahr Recht und gerecht ist, kann im nächsten Jahr Unrecht sein. Etwas, was heute gut ist, kann morgen ein Verbrechen sein. Es gibt keine absoluten Gesetze, glaube mir. Es gibt nur das Gesetz der Zweckmäßigkeit.«

»Das ist der größte Zynismus, der mir je begegnet ist«, sagte Judith und blickte ihn böse an. Sie haßte seine Attacken gegen religiöse Dinge, über dieses Thema hatten sie sich am meisten gestritten. Aber sie erkannte in diesem Moment, daß er im Grunde gar nicht von Religion sprach. Was er in Wirklichkeit attackierte, war die Ideologie seines eigenen Landes.

»Du warnst mich vor Schwierigkeiten, die ich in Amerika haben werde«, sagte sie. »Und was ist mir dir? Wenn du so redest wie eben jetzt.«

»Das kommt ganz darauf an«, meinte er. »Vor zwei Jahren noch hätte es keinen gestört. Heute dagegen – ja, heute würde man es als Verbrechen ansehen. Und das ist es ja, was ich meine. Der Wind wechselt, die Wetterfahne dreht sich. Damit müssen wir leben. Und das ist es, was man unter Politik und erst recht unter Ideologie verstehen muß. Heute dies und morgen das, wie es Mode ist. Oder wie man es gerade brauchen kann. Wem es nützt oder schadet. Wer damit richtig umgehen kann, um es für sich zu nützen. Und manchmal habe ich das Gefühl, alles ist nichts als eine alberne Laune.

Wir hatten mal eine Kaiserin in Rußland, die bestrafte es als Hochverrat, wenn jemand Rosa trug. Weißt du warum? Es war ihre Lieblingsfarbe, und keiner durfte sie tragen außer ihr.«

Er lachte bitter. »Hochverrat. Alles sinnloses Gerede. Das ist wirklich der Triumph des Materialismus. Am Ende bist du so weit, daß du alles und jedes verachtest.«

»Was hat denn dann überhaupt noch einen Wert?«

»Das Leben«, sagte Sverdlov. »Leben und Überleben – das ist das einzige, das eine Anstrengung lohnt. Denn danach kommt nichts.«

Er schüttelte den Kopf. »Glaube mir, da ist nichts. Keine Belohnung für die Guten und keine Bestrafung für die Bösen. Da ist nur die große Dunkelheit. Das Nichts! Am Leben zu sein, am Leben zu bleiben, das ist das einzige, was zählt.«

»Nein«, sagte Judith. »Ich kann es so nicht sehen. Es macht den Menschen zu einem kalten selbstsüchtigen Wesen. Und ich glaube auch nicht, daß irgend jemand dabei glücklich sein könnte. So, wie du es hinstellst, gibt es weder Liebe noch Freude, noch Hilfsbereitschaft, noch Güte ... warum hast du dann eben dem dummen kleinen Kellner geholfen? Warum soll man überhaupt für irgend jemand etwas tun?«

»O das! Das habe ich getan, um dir einen Gefallen zu tun.«

»Warum das? Warum mir einen Gefallen tun? Wozu?«

»Nur aus Selbstsüchtigkeit. Ich will mich bei dir beliebt machen, weil ich hoffe, daß mir das eines Tages zugute kommt. Und du weißt, was ich von dir möchte.«

»Ich weiß.«

»Und jetzt glaubst du mir, nicht wahr?« Er lächelte und griff spielerisch nach ihrer Hand. »Du bist sehr leichtgläubig. Kein Wunder, daß der Group-Captain dich so zum Narren halten konnte. Er behauptete, dich zu lieben, und du hast es geglaubt. Ich sage, ich will weiter nichts, als mit dir ins Bett gehen, und du glaubst es auch. Dabei sind wir beide Lügner. Er und ich. Aber was soll aus dir werden, wie willst du überleben, wenn du nicht imstande bist, den Unterschied zwischen Lüge und Lüge zu erkennen. Ich mache mir wirklich Sorgen um dich.«

»Hör auf, dich über mich lustig zu machen. Und ich habe dich schon mehrmals gebeten, nicht immer wieder von Richard zu sprechen. Es war wirklich dumm von mir, daß ich dir alles erzählt habe.«

»Es gibt nichts Bezauberndes als eine kluge Frau, die dumme Dinge tut.«

Er betrachtete sie mit Zärtlichkeit, und dann fragte er, ernst auf einmal: »Und nun sei mal ganz ehrlich. Bist du heute immer noch so unglücklich über deinen verlorenen Geliebten, wie du es warst, als wir uns das erstemal sahen? Hast du immer noch ein gebrochenes Herz? Tut es dir wirklich so weh, über ihn zu sprechen?«

»Nein«, mußte Judith zugeben. »Nein, es ist anders geworden. Vielleicht weil ich hier bin. Das Leben scheint hier leichter zu sein. Aber ich habe Angst, nach Hause zu kommen.«

»Es wird besser gehen, als du denkst. Du wirst jetzt an mich denken statt an ihn. Ich hoffe, daß wir uns ab und zu in New York treffen werden. Wir müssen nur sehr vorsichtig sein.«

»Ich weiß nicht, ob das für dich ratsam ist. Möglicherweise hat dein Botschafter etwas dagegen.«

»Das mal bestimmt«, gab er zu. »Und deswegen sagte ich ja auch, wir müssen vorsichtig sein. Überlaß das nur mir. Und nun wollen wir essen. Ich glaube, du hast Hunger.«

Als sie in ihr Hotel zurückfuhren, war er sehr schweigsam. Das war ungewöhnlich bei ihm, denn er war ein gesprächiger Mann, immer amüsant, immer mit neuen Einfällen.

Er brachte sie zu ihrer Tür, stand dort und schwieg. Sein Gesicht war im Schatten, sie konnte nicht sehen, was es für einen Ausdruck hatte.

»Werde ich dich sehen in New York?« fragte er schließlich.

»Ich weiß nicht«, sagte Judith. »Hier war alles so anders, dort wird es sicher kompliziert. Warte erst mal ab, bis du wieder bei deiner Arbeit bist. Vielleicht willst du mich dann gar nicht mehr sehen.«

Sie steckte den Schlüssel ins Schlüsselloch, ihre Hand zitterte ein wenig. Er öffnete für sie die Tür.

»Du warst sehr lieb zu mir«, sagte sie plötzlich. »Und du hast mir wirklich geholfen ... mit dieser anderen Sache. Es ist heute wirklich leichter für mich. Ich wünschte, du würdest dich auch wieder wohler fühlen.«

»Wie man's nimmt«, sagte er. »Bei mir handelt es sich nicht bloß um eine mißglückte Liebesaffäre, weißt du. Es war bis jetzt mein Leben. Und nun hat sich so viel geändert. Ich habe dir heute abend gesagt: Nur eines zählt: *leben, überleben.* Daran werde ich denken. Ich fahre dich morgen zum Flugplatz.«

Er küßte sie. Aber die unbeschwerte Fröhlichkeit der vergangenen Tage war verschwunden. Sie war traurig und unsicher in ihren Gefühlen. Fast war sie versucht, ihn mit hereinzunehmen. Aber sie tat es nicht. Es genügte ihr, was sie mit Richard Paterson erlebt hatte. Keine neue Belastung, keinen neuen Zwiespalt. Liebe, Leidenschaft, Hingabe ... und dann ein Mann, der aufstand, sich anzog und wegging. Nein, sie wollte es nicht noch einmal erleben.

Mit einiger Mühe befreite sie sich aus seinen Armen, er hatte sie zuletzt so hart geküßt, daß ihre Lippen schmerzten.

»Gute Nacht!« sagte sie und schlüpfte rasch durch ihre Tür.

Als er sie am nächsten Morgen zum Flugplatz fuhr, war er wieder er selbst, er plauderte und scherzte während der Zwanzig-Minuten-Fahrt.

Zum letztenmal, nicht ohne Wehmut, sah Judith den hellen strahlenden Tag, die leuchtenden Blumen und Büsche, spürte die Wärme der Sonne.

Auch wenn ich nie wieder hierherkomme, dachte sie, ich werde diese Insel mein Leben lang nicht vergessen.

Als ihr Flug angesagt wurde, gab sie ihm die Hand. Es war ein seltsam unwirklicher, traumhafter Augenblick. Er und die Insel schienen eins zu sein, es war, als ließe sie den besten Teil ihres Lebens zurück.

»Hier«, sagte er und gab ihr einen Umschlag, »das ist für dich. Ich habe dasselbe. Zum Andenken an diesen Urlaub.«

Sie öffnete den Umschlag, als sie im Flugzeug saß. Eine Frucht des Tamarindenbaumes.

»Erzählen Sie mir von Ihren Ferien, Mrs. Farrow. Haben Sie sich gut erholt?«

»Ich denke nicht daran, irgendeine Frage zu beantworten.« Judith stand gerade aufgerichtet. Der Mann mit dem sandfarbenen Haar saß in einem ihrer Sessel.

Als sie am New Yorker Flugplatz durch die Barriere kam, stand da einer, der sich als Mitglied der Botschaft vorstellte, und sie bat, ihm zu folgen. In einem großen blauen Chevrolet fand sie den anderen Mann, der jetzt hier vor ihr saß. Beide Männer hatten sie, ohne ihre Erlaubnis zu erbitten, in ihr Apartment begleitet.

Sie benahmen sich soweit ganz normal, versperrten weder die Tür, noch machten sie drohende Gesichter. Der ältere Mann – der aus dem Auto – schickte den jüngeren in die Küche, er solle Tee machen. Dann setzte er sich, zündete sich eine Zigarette an und fragte sehr höflich, ob sie wohl so freundlich wäre, ihm einige Fragen zu beantworten.

›Es kann sein, daß man dir Fragen stellt, wenn du zurückkommst‹, hatte Sverdlov gesagt. Er schien Bescheid zu wissen, wie diese Dinge abliefen.

Im Moment war Judith nur verärgert, nicht ängstlich. Wie konnte man sich nur so lächerlich betragen, sie kam sich vor wie eine Darstellerin in einem drittklassigen Spionagefilm.

Loder betrachtete sie ruhig und sah ihr an, was sie dachte.

»Was soll das heißen?« Sie stand immer noch vor ihm, Zorn im Gesicht. »Sie verfrachten mich einfach in ein Auto, kommen mit hierher, ohne von mir dazu aufgefordert zu sein, und jetzt haben Sie auch noch die Unverschämtheit, mir Fragen stellen zu wollen. Was für Fragen denn eigentlich? Wer sind Sie eigentlich, Mr. Loder?«

»Ich habe Ihnen gesagt, wer ich bin.«

Das hatte er in der Tat, im Auto, als er seinen Namen genannt hatte.

»Und jetzt erzählen Sie mir von Barbados. Ich bin niemals in der Karibischen See gewesen. Sie sind schön braun, offenbar haben Sie gutes Wetter gehabt.«

»Allerdings, das Wetter war prächtig. Aber Sie sind kaum von Washington nach New York gekommen, um mich das zu fragen.«

»Nein. Da haben Sie recht. Ich möchte alles über Ihren Urlaub wissen. Haben Sie eine interessante Bekanntschaft gemacht?«

So mitten im Zimmer zu stehen, war nicht von Vorteil. Sie kam sich vor, als stehe sie vor Gericht.

In diesem Moment steckte der jüngere Mann seinen Kopf zur Tür herein. »Kein Tee da«, sagte er, nur zu Loder gewandt. »Darf es Kaffee sein?«

»Kaffee, okay. Sie trinken auch eine Tasse, Mrs. Farrow?«

Wenn sie jetzt nicht doch eingeschüchtert gewesen wäre, hätte sie ihm gesagt, er solle sich zum Teufel scheren. Ihr eine Tasse von ihrem eigenen Kaffee anzubieten!! Er hatte weder das Recht, hier zu sitzen, noch den anderen in die Küche zu schicken, in ihre eigene Küche, zum Kaffeekochen! Sie war wütend auf sich selbst, daß sie sich das gefallen ließ. Wer war der Kerl wirklich? Er sah nicht aus wie ein Detektiv. Auch nicht wie ein Offizier. Er sah nach gar nichts aus. Klein, mittelalterlich, irgendwie schäbig. Kein Grund, sich vor ihm zu fürchten. Aber auf einmal fürchtete sie sich doch.

»Also«, begann er wieder, »nun erzählen Sie mal. Haben Sie nette Bekannte getroffen? Mit irgend jemand Freundschaft geschlossen?«

»Sie wissen ganz genau, wen ich kennengelernt habe«, sagte sie, sich zur Ruhe zwingend. »Deswegen sind Sie schließlich hier, nicht? Er hat mir schon gesagt, daß so etwas passieren würde und daß einer von euch kommen und mir dumme Fragen stellen würde. Ich hab's nur nicht geglaubt, daß es so etwas gibt.«

»Nun, er sollte es wissen«, bemerkte Loder. »Ich wäre Ihnen dankbar, wenn Sie mir genau erzählten würden, was geschehen ist. Wie hieß der Mann — Sie sprachen doch von einem Mann, nicht wahr, Mrs. Farrow?«

»Sein Name ist Feodor Sverdlov. Er ist Militärattaché an der

Sowjetischen Botschaft. Und das ist auch schon alles, was dazu zu sagen wäre. Es sei denn, Sie möchten einen detaillierten Bericht, was wir so Tag für Tag getrieben haben, wann und wo wir zum Schwimmen gingen, wann und wo zum Essen und vielleicht auch, was wir gegessen haben. Tut mir leid, aber ich kann mich nicht an jede Einzelheit erinnern.«

»Nach Einzelheiten dieser Art werde ich Sie nicht fragen«, sagte Loder. »Möchte wissen, wie lange Joseph eigentlich braucht, um einen Kaffee zu kochen. Ich mache mir zwar nicht viel aus Kaffee, aber besser als nichts. Hat er sich außer mit Ihnen noch mit sonst jemandem angefreundet?«

»Nein«, sagte Judith. Ihre Knie waren plötzlich weich. Sie gab ihre kämpferische Haltung auf und setzte sich. Auf dem Tisch standen Nancys Zigaretten, sie nahm sich eine und zündete sie an. Sie kam ihr dünn und geschmacklos vor, sie hatte sich an Feodors russische Zigaretten gewöhnt.

»Wir verbrachten die meiste Zeit zusammen. Soviel ich weiß, hat er sonst mit keinem gesprochen.«

»Ging er manchmal allein aus – machte er einen Ausflug über die Insel beispielsweise? Oder ließ er Sie irgendwo im Auto sitzen und ging allein fort? Irgendwas in der Art?«

»Nein, er ging niemals irgendwohin ohne mich.«

»Hört sich an, als seien Sie gut miteinander ausgekommen.«

»Das sind wir. Und Sie brauchen es keineswegs in diesem maliziösen Ton zu sagen, denn sonst . . .«, sie machte Anstalten aufzustehen; er hielt sie mit einer Handbewegung zurück.

»Sie brauchen nichts persönlich zu nehmen, Mrs. Farrow. Ich tue hier meine Pflicht, sonst nichts. Ah, da kommt Joseph. Was, zum Teufel, hast du gemacht? Ein Dinner mit drei Gängen gekocht?«

»Tut mir leid«, sagte Joseph. »Ich mußte erst die Tasse suchen.«

»Du bist auch nicht gerade die geborene Hausfrau«, meinte Loder. »Wie darf's sein, Mrs. Farrow? Milch, Zucker?«

»Danke, ich möchte nichts . . .«

Sie blickte auf und sah, wie der andere Mann sie beobachtete.

Die beiden schienen gut aufeinander eingespielt zu sein.

»Kommen Sie, Mrs. Farrow, machen Sie es uns nicht unnötig schwer. Sie können nicht erwarten, daß Sie ungeschoren davonkommen, nachdem Sie so nahen Umgang mit einem so hohen Sowjetoffizier wie Colonel Sverdlov gepflogen haben. Und das ausgerechnet hierzulande. Sie wissen, wie mißtrauisch Amerikaner sind auf diesem Gebiet. Sie mußten doch damit rechnen, daß wir an Sie herantreten.«

»Das habe ich nicht getan. Ich wüßte auch nicht warum. Ich habe nichts Unrechtes getan. Ich habe einen Mann kennengelernt, der im selben Hotel wohnte. Wir haben unsere Zeit gemeinsam verbracht. Ich mochte ihn, und er mochte mich offensichtlich auch. Ich kann nicht begreifen, wen das was angeht!«

»Das ist die eine Ansicht von der Sache. Man kann es auch anders sehen. Sie arbeiten für einen Mann, der eine hohe und wichtige Position bekleidet, nicht wahr? Sam Nielson hat mit vielen geheimen und vertraulichen Dingen zu tun. Ist das so?«

»Das wissen Sie ja«, gab Judith zu.

»Also. Sie sind eine attraktive Frau, zweifellos. Aber es ist doch auffallend, daß dieser Mann ausgerechnet Sie zu seinem Umgang auswählte, ausgerechnet Sie von allen Frauen, die auf der Insel Ferien machten. Können Sie sich nicht vorstellen, daß er vielleicht noch andere Motive hatte als den Wunsch, eine angenehme Begleitung für seine Ferientage zu haben?«

»Sie täuschen sich«, sagte Judith. »Ich weiß, worauf Sie hinauswollen, aber da täuschen Sie sich eben.«

Loder wandte sich an Joseph. »Hast du auch den Herd abgedreht? Nicht, daß da was anbrennt.«

Als der andere Mann draußen war, stand Loder plötzlich auf. Sein Gesichtsausdruck war jetzt unfreundlich.

»Sie haben sich also sehr gut mit Colonel Sverdlov verstanden. Sie verbrachten jede Minute zusammen. Aber er hatte keine besonderen Motive, er mochte Sie eben nur gut leiden, wie Sie sagten. Er wußte nicht, wo Sie arbeiten, Sie haben niemals darüber gesprochen ... wird er Sie wieder treffen? Hier in New York?«

»Ja«, sagte Judith, »aber nicht um mich anzuwerben. Das ist es doch, was Sie unterstellen, nicht?«

»Es ist das, was ich erwarte. So ist der normale Verlauf. Er ist dorthin gefahren, um Ihre Bekanntschaft zu machen.«

»Da täuschen Sie sich wieder. Er konnte gar nicht dorthin fahren, um mich zu treffen. Er war schon da, als ich ankam. Und ich habe meine Reise ganz kurzfristig beschlossen, achtundvierzig Stunden ehe ich abflog. Ich war bestimmt nicht der Grund, daß er nach Barbados kam. Ich wußte ja selber zwei Tage vorher noch nicht, daß ich dorthin fahren würde.«

»Na schön«, gab Loder zu. »Aber diese Burschen kennen alle Tricks. Er lernte Sie also zufällig kennen, und als er wußte, wer Sie waren, ging er ran. Haben Sie mit ihm geschlafen?«

»Was fällt Ihnen ein! Wie können Sie sich erlauben, mich so etwas zu fragen?«

»Ich frage, was ich, verdammt noch mal, fragen will.« Loders Stimme war laut geworden. »Und es handelt sich hier nicht um Sam Nielson allein. Wir wissen Bescheid über Sie und Group-Captain Paterson. Haben Sie Ihrem russischen Freund auch davon erzählt? Bei Gott – Sie sind ein Geschenk des Himmels für die.«

Er stand jetzt direkt vor ihr und über ihr, und sein Blick war drohend. Dann wandte er sich ab und setzte sich wieder in seinen Stuhl.

»Er wird die Verbindung zu Ihnen wieder aufnehmen«, sagte er. »Darauf gehe ich jede Wette ein. Und wenn es soweit ist, Mrs. Farrow, werden Sie gar nicht erst versuchen, mir Theater vorzumachen. Sie kommen direkt zu mir und erzählen es mir. Ist das klar? Sofort. Man hat einen großen Vogel losgelassen, um Sie zu fangen. Das bedeutet, Sie sind wertvoll für diese Leute. Es gibt etwas, was Sie wissen und die haben wollen.

Ich will gar nicht behaupten, daß Sie schuldig sind. Oder daß Sie wirklich etwas verraten haben oder wollen. Aber Sie sind denen nicht gewachsen. Sie haben ja keine Ahnung, was es für Möglichkeiten gibt, eine Frau fertigzumachen.«

»Machen Sie, daß Sie rauskommen!« rief Judith wütend und

sprang auf. »Scheren Sie sich hinaus! Ich werde nach Washington fahren und mich beim Botschafter beschweren. Das lasse ich mir nicht gefallen.«

»Als nächstes kommt der CIA zu Ihnen, das kann ich Ihnen garantieren«, sagte Loder. »Wenn ich den CIA nicht davon überzeugen kann, daß Sie offen mit mir zusammenarbeiten, dann haben Sie die im Genick. Und die haben andere Methoden als ich. Als erstes werden Sie Ihre Stellung bei Sam Nielson verlieren, darauf können Sie sich verlassen. Und wenn Ihnen meine Art nicht paßt, Mrs. Farrow, ich kann Ihnen versichern, dann wird Ihnen die Art der Yankees schon dreimal nicht zusagen. Die haben nämlich genug erlebt mit Engländern, die den Russen in die Hände gefallen sind. Ich kann es ihnen nicht mal übelnehmen, wenn sie hart geworden sind.«

Er wußte genau, was er sagte, es gehörte zur Technik. Er mußte sie einschüchtern! Einschüchtern, beleidigen und ängstigen. Nur so erreichte er, was er wollte.

Er schwieg, sah sie an und wartete. Sie war blaß unter der Sonnenbräune, es sah aus, als wolle sie gleich anfangen zu weinen. Und sie war wirklich eine hübsche Frau. Dieser verdammte Sverdlov! Ein angenehmer Dienst mußte das gewesen sein!

Loder schaltete um auf väterlichen Ton.

»Sie sollten wirklich mit uns zusammenarbeiten, schon um sich größere Unannehmlichkeiten zu ersparen. Sie wissen doch schließlich selbst, wie wichtig die Sicherheit unserer Staaten ist. Sie sind schließlich kein Neuling in diesen Dingen, Sie arbeiten lange genug auf einem vertrauenswürdigen Posten.

Und noch etwas, Sie müssen unbedingt dieses Verhältnis zu Group-Captain Paterson beenden. Es ist uns bis jetzt gelungen, das vor den Amerikanern geheimzuhalten. Sie hätten die Hölle, wenn die das wüßten. Also hören Sie auf damit.«

»Das habe ich schon getan«, sagte Judith und versuchte mit zitternden Händen, eine neue Zigarette anzuzünden. »Das ist vorbei, Sie brauchen mich deswegen nicht zu bedrohen. Das war ja gerade der Grund, warum ich nach Barbados ging. Ich wollte fort, ich wollte Abstand gewinnen. Wäre ich doch bloß hiergeblieben!«

»Nun, wir werden sehen.« Loder sprach jetzt sehr freundlich. »Vielleicht geht es besser, als wir denken. Nehmen wir mal an, Sverdlov will Sie wirklich als Agentin gewinnen. Wir würden Sie wunderbar mit Material versorgen, Material nach unserer Wahl. Das könnte sehr nützlich sein.«

»So glauben Sie mir doch«, sage Judith verzweifelt, »Sie irren sich sehr, es ist geradezu lächerlich. Er wird niemals versuchen, mich anzuwerben. Ich kenne ihn.«

»So?« Loder verzog den Mund zu einem Grinsen. »Ich zweifle daran, Mrs. Farrow. Ich zweifle ganz außerordentlich. Und nun vergessen Sie unser Gespräch.

Gehen Sie an Ihre Arbeit, treffen Sie Ihre Freunde, leben Sie so, wie Sie es gewohnt sind. Und erschrecken Sie nicht, wenn es in Ihrem Telefon knackt. Das sind die Amerikaner. Wenn Sverdlov nicht mehr auftaucht, werde ich mich bei Ihnen entschuldigen. Aber ich glaube nicht, daß das nötig sein wird.

Hier – bewahren Sie diese Telefonnummer gut auf. Sobald Sie von Sverdlov etwas hören, rufen Sie mich unter dieser Nummer an. Versprechen Sie mir, daß Sie das tun werden. Es wäre töricht, es wäre das Dümmste, was Sie tun könnten, Sverdlov zu treffen und mir nicht darüber zu berichten. Versprechen Sie es.«

»Gut«, sagte Judith müde, »ich verspreche es. Aber ich sage Ihnen noch etwas. Ich werde es Sie wissen lassen, wenn er mit mir Verbindung aufnimmt. Sofort. Aber ich werde mich auf keinen Fall dazu hergeben, für Sie oder sonst irgend jemand zu spionieren. Das können Sie dem CIA ruhig sagen. Nichts und niemand auf der Welt könnte mich dazu zwingen.«

»Gut«, sagte Loder. Er ging zur Tür und öffnete sie. »Auf Wiedersehen, Mrs. Farrow. Vielen Dank, daß Sie soviel Zeit für mich hatten. Und behalten Sie für sich, was wir gesprochen haben. Erzählen Sie auch Ihrer Freundin Miß Nielson nichts davon. Auch nicht Mr. Nielson. Das bleibt ganz unter uns. Auf Wiedersehen!«

Joseph wartete draußen in der Diele. Zusammen verließen sie die Wohnung.

»Nun, Joe — hast du alles gehört?«

Joseph war Loders bester Mitarbeiter, ein intelligenter junger Mann mit viel Begabung für seine Arbeit.

»Ja«, sagte er. »Ich habe gehört. Sie hat sich recht geschickt verhalten.«

»Ja . . .« Sie fuhren schweigend mit dem Lift hinunter, unten angekommen, durchquerte Loder mit eiligen Schritten die Eingangshalle. »Ich werde dir was sagen. Wir sind zu spät gekommen. Der verdammte Bastard hat sie schon gekapert. Ich glaube nicht ein Wort von dem, was sie gesagt hat.«

Auf Sverdlov wartete eine Menge Arbeit, als er zurückkam. Sein Büro lag im ersten Stock der Sowjetischen Botschaft, nur durch zwei Zimmer von den Räumen des Botschafters getrennt. Golitsyn und drei jüngere Offiziere arbeiteten im selben Stockwerk.

Von Sverdlovs hohen Fenstern aus übersah er einen Teil des großen Gartens, dessen Wiesen und Bäume im Sommer ein erholsamer Anblick waren.

Er war im Grunde froh darüber, daß er viel Arbeit vorfand, denn er war müde und rastlos, so als habe er nicht gerade Ferien gemacht. In der Nacht nach seiner Rückkehr hatte er schlecht geschlafen, fast gar nicht. Immer wieder erwachte er nach kurzen unruhigen Schlafperioden, und am Morgen, als er in die Botschaft ging, hatte er Kopfschmerzen und keine Lust auf ein Frühstück.

Auf seinem Schreibtisch lagen Akten und Briefe für ihn bereit, sorgsam nach Dringlichkeit geordnet. Er hatte einen sehr guten Sekretär, Kalinin, der mit ihm zusammenarbeitete, seit er auf diesem Posten saß. Er bevorzugte einen männlichen Mitarbeiter. Mit Frauen war es nicht so einfach. Das hatte Erfahrung ihn gelehrt. Sah eine gut aus, dann hatte es sich stets als schwierig erwiesen, bei dem täglichen engen Kontakt die Beziehung so unpersönlich zu halten, wie es wünschenswert war.

Und eine häßliche Frau mochte er nicht als ständigen Anblick um sich haben. Kalinin hingegen war genau das, was er brauchte. Er war siebenundzwanzig, sehr intelligent, tüchtig, mit Sinn für Humor, was Sverdlov schätzte.

Als er an diesem Morgen Kalinin rufen ließ, kam statt dessen eine junge Dame ins Zimmer, einen Stenoblock in der Hand.

»Wer sind Sie?«

»Anna Skriabine, Genosse Sverdlov.«

Sie schien sich unsicher zu fühlen und vermied seinen Blick. Dann jedoch erinnerte sie sich an General Golitsyns Anweisungen und versuchte, den Fehler durch ein Lächeln gutzumachen.

»Wo ist Kalinin? Was machen Sie in seinem Büro?«

»Er ist krank«, sagte das Mädchen. »Ich vertrete ihn. Ich hoffe, Sie werden mit mir zufrieden sein, Genosse Sverdlov. Ich werde mir Mühe geben.«

Sie brachte das nett und bescheiden heraus, doch Sverdlov betrachtete sie mißtrauisch. Seine Kopfschmerzen hatten sich verstärkt, es hämmerte hinter seiner Stirn.

»Was ist los mit Kalinin? Wo ist er?«

»Ich weiß es nicht, Genosse Sverdlov.«

Sie hatte blaue Augen, sorgfältig zurechtgemacht mit Lidstrich und Lidschatten. Mit diesen Augen blickte sie ihn offen und unschuldig an. »Man hat mir bloß gesagt, daß ich hier für Sie arbeiten soll.«

»Aha«, sagte er. »Na gut. Ich sehe hier gerade, da war ein Treffen zwischen dem Botschafter und dem tschechischen Beauftragten. Aber ich finde keinen ausführlichen Report unter den Papieren. Wissen Sie, wo der sein könnte?«

»Er müßte eigentlich da sein«, sagte das Mädchen.

Sie kam zum Schreibtisch und begann in dem Haufen Papier zu suchen. Sverdlov, der sie beobachtete, merkte, daß sie nervös war. Doch dann fand sie die gesuchten Blätter, ordentlich zusammengeheftet.

»Bitte sehr, das ist der Report, Genosse. Es tut mir leid, daß er nicht da lag, wo er hingehörte.«

»Es ist nicht gerade eine Empfehlung, wenn Sie an Ihrem ersten Tag gleich Fehler machen«, sagte er. »Aber da Sie ja nur zur Vertretung hier sind, wollen wir nicht weiter darüber reden. Ich werde Sie rufen, wenn ich diktieren will. Und bringen Sie mir bitte eine Tasse Tee.«

Als sie gegangen war, las er den Report. Alles, was sich auf Botschafter-Ebene abspielte, mußte ihm genau berichtet werden.

Die Tschechen hatten um eine Unterredung ersucht, weil von »Time« bei ihnen angefragt worden war, wie die derzeitige Prager Regierung dazu stände, wenn man Dubček interviewen wolle. Man war sehr behutsam vorgegangen, weil man Dubček, der zur Zeit zurückgezogen auf dem Lande lebte, nicht gefährden wollte.

Die tschechische Gesandtschaft hatte erwidert, man würde in Prag anfragen. Und da die Regierung in Prag natürlich in diesem Falle nichts unternehmen konnte ohne russische Rückversicherung, war die Anfrage schließlich in der Sowjetbotschaft gelandet.

Sverdlov las das Protokoll, das über die Besprechung angefertigt worden war. Der Botschafter hatte natürlich von einem Interview abgeraten. Dubček stand nur unter Hausarrest, nachdem er versprochen hatte, völlig aus der Öffentlichkeit zu verschwinden und sich von niemandem sprechen zu lassen . . .

Andererseits sollte man natürlich auch nicht in direkter schroffer Form ablehnen. Vor allen Dingen durfte nicht der Eindruck entstehen, als lebe Dubček nicht unbehelligt und befinde sich nicht bei bester Gesundheit. Auf jeden Fall hatte es ein großes Palaver gegeben, das auf mehreren Seiten festgehalten war.

Der Tscheche war dagegen, den Reportern und Fotografen von »Time« Visa auszustellen. Waren sie erst einmal im Land, konnte man sie schlecht daran hindern, hier und dort Gespräche zu führen. Bewachte man sie aber so streng, daß sie dazu keine Gelegenheit fanden, so würde das ein gefundenes Fressen für die kapitalistische Propaganda sein. Der sowjetische Botschafter hatte vorgeschlagen, man solle grundsätzlich gegen das Interview mit Dubček nichts einwenden, aber zunächst einmal das ausgewählte Team von »Time« ablehnen. Gründe hierfür fanden sich immer. Und wenn »Time« dann eine neue Auswahl von Reportern vorschlug, konnte man das wiederholen. Auf diese Weise ließ sich die Sache so lange hinausschieben, bis der ganze Fall nicht mehr aktuell war und »Time« das Interesse an dem Interview verlor.

Sverdlov las das Ganze mit herabgezogenem Mundwinkel. Jedes Blatt, das er ablegte, wurde von ihm abgezeichnet.

Nach einer Weile kam das Mädchen mit dem Tee; er blickte weder auf, noch sprach er ein Wort.

Als nächstes beschäftigte ihn eine lange Korrespondenz, die sich mit einem Vorschlag Amerikas befaßte, den israelischen Premierminister aufzufordern, einen persönlichen Abgesandten zu einem Gespräch mit der ägyptischen Regierung bereitzustellen, ein Gespräch, das auf neutralem Boden und ohne Wissen der Vereinten Nationen stattfinden sollte.

Dies war eine außerordentlich wichtige Angelegenheit für Rußland. Sverdlov vergaß vorübergehend seine Kopfschmerzen und konzentrierte sich.

Diese Korrespondenz war eine Kopie. Eine Kopie, hergestellt nach einem Mikrofilm. Und die Korrespondenz, die streng geheim gewesen war, hatte zwischen dem State Department, der Britischen und der Israelischen Botschaft stattgefunden. Sverdlov kannte diese Kopien, sie sahen immer gleich aus, und sie trugen alle den Vermerk: Streng Geheim, Stufe I. Sie kamen alle aus der gleichen Quelle, sie waren stets von großer Wichtigkeit und Bedeutung und liefen unter dem Kennwort »Blau«.

Manchmal hatte er schon darüber nachgedacht, ob es eigentlich auf ihrer, der sowjetischen Seite, auch so einen geschickten Spion gab, der, geschützt durch einen hohen Rang, ebenso wichtige Informationen, hochexplosive Geheimnisse, an den Westen verriet.

Sie hatten Penkovsky gehabt. Und der hatte Schaden genug angerichtet. Sverdlov hatte ihn gekannt in Moskau, bevor man ihn entlarvt hatte. Und er war dann auch einige Male bei den Verhandlungen zugegen. Der ganze Prozeß war ein lächerliches

Theater gewesen. Die Richter verdammten einen Mann, der veranlaßt worden war, sich selbst zu opfern. Sverdlov anerkannte die Notwendigkeit, ein öffentliches Exempel zu statuieren, aber er haßte die Heuchelei, mit der das vor sich ging. Seiner Ansicht nach hätte man Penkovsky aus seiner Zelle holen und erschießen lassen müssen, ohne das grausame Schauspiel vor dem Gerichtshof abrollen zu lassen.

Keiner von ihnen hier wußte, wer »Blau« war. Schon daran erkannte man die Bedeutung des Spions. Nur einer kannte das Geheimnis, General Alexander Panyushkin, der oberste Chef des KGB in Moskau.

Sverdlov läutete, und das Mädchen kam. Sie lächelte, setzte sich, die Knie ordentlich geschlossen unter einem Rock von manierlicher Länge. Wartete auf sein Diktat.

Sverdlov bezog sich auf die Akte »Blau«, diktierte eine lange Depesche für Moskau, die in Code gebracht werden mußte. Er teilte mit, daß es seiner Ansicht nach im Hinblick auf die Eskalation in Kambodscha durchaus empfehlenswert sei, eine vorübergehende Annäherung zwischen Israel und den arabischen Staaten zu unterstützen.

Wieso war Kalinin so plötzlich krank geworden? Diese Frage ging ihm nicht aus dem Sinn, während er diktierte. Und wieso hatte General Golitsyn ihn durch dieses unbekannte Mädchen ersetzt? War Anna Skriabine ein »Täubchen«?

»Täubchen«, so nannte man diese nützlichen Dunkeltypen, die für alle möglichen Zwecke benötigt wurden. Meist allerdings, um Männer außerhalb ihres Bereiches einzufangen. Sie waren alle gut trainierte Profis; manche arbeiteten als Maniküre in Luxushotels, als Verkäuferinnen in eleganten Geschäften, viele waren aber auch gut ausgebildete Sekretärinnen, die man an anspruchsvollsten Plätzen verwenden konnte. Manche waren in den Gesandtschaften der befreundeten Staaten eingesetzt, einige sogar im eigenen Stab.

Sverdlov zündete sich nachdenklich eine Zigarette an. Warum war gerade sie hier, um Kalinin zu vertreten?

»Wo ist Genosse Kalinin?« fragte er plötzlich.

»Ich weiß es nicht.« Dieselbe Antwort wie zuvor. »Soll ich bei ihm anrufen und fragen, ob er in seiner Wohnung ist?«

Sverdlov nickte.

Einer von Kalinins Kollegen war am Telefon. Das Mädchen stellte ihre Frage, hörte sich die Anwort an, bedeckte dann die Muschel mit der Hand und sagte: »Genosse Tretchin ist am Apparat. Er sagt, Igor Kalinin ist zu einem Erholungsurlaub nach Hause geflogen worden. Er sagt, er sei sehr krank gewesen, während Sie verreist waren.«

»Das höre ich sehr ungern«, Sverdlov blies den Rauch in die Luft. »Es paßt mir gar nicht. Gut. Danke, Sie können einhängen. Sie wissen nicht, was Kalinin gefehlt hat?«

»Nein, Genosse. Es hat nur geheißen, er sei sehr krank gewesen.«

Sie befeuchtete ihre Lippen mit der Zungenspitze. Sie hatte einen schönen vollen Mund, der mit einem modischen schillernden Lippenstift getönt war. Alle »Täubchen« waren auf sexuelle Verführung trainiert.

Sverdlov lächelte sie an, sein Mundwinkel zog sich dabei tief herab.

»Nun, vielleicht werden Sie dann für immer bei mir bleiben müssen«, sagte er. Er sagte es in freundlichem Ton und sah sie genauer an mit einem, wie es schien, erwachenden Interesse. Sie nahm die Arme zurück, so daß er die Form ihrer Brust sehen konnte. Sie trug einen schwarzen Pullover zu dem Rock, ihre Haare waren blond und mit gekonnter Einfachheit frisiert. In jedem ihrer kleinen Ohren trug sie eine große blanke Perle. Wirklich sehr hübsch. Sehr appetitanregend. Wie so ein kleines Fondant mit einem rosa Eisklecks obendrauf. Der Typ, der im Munde eines Mannes schmelzen konnte, ganz von allein.

Wenn er bisher unsicher gewesen war, nun war er es nicht mehr. Die Art, wie sie ihre Brust zur Schau stellte, verriet sie.

Golitsyn hatte also ein »Täubchen« auf ihn angesetzt. Vermutlich hoffte er, Sverdlov sei vom Urlaub her noch entspannt und nicht auf der Hut.

Er würde sie behalten. Wenn sie Kalinin absichtlich entfernt hatten, dann würde er auch nie wiederkommen. Und wenn er diese hier nicht behielt, würde man sie durch einen anderen Spitzel ersetzen.

»Und wie gefällt es Ihnen bei mir?« fragte er. »Würden Sie gern bei mir arbeiten?«

»O ja.«

»Es wird viel Arbeit sein. Daß Sie sich darüber klar sind.«

»Ich werde mein Bestes tun, um Sie zufriedenzustellen, Genosse Sverdlov.«

»Ja«, sagte er und lächelte immer noch. »Ja, ich zweifle nicht daran.«

5

»Setzen Sie sich, Richard. Tut mir leid, daß ich Sie stören mußte. Aber ich wollte Sie sprechen, ehe ich heute nachmittag nach New York fliege.«

Fergus Stephenson öffnete die Zigarettendose und schob sie über den Schreibtisch. Richard Paterson nahm sich eine Zigarette und zündete sie an.

»Aber ich bitte Sie, Sir. Ein herrlicher Tag heute, nicht?«

»Ja«, sagte Fergus, »ganz wunderbar. Hoffentlich bekommen wir dieses Jahr einen schönen Frühling. Voriges Jahr war wirklich sehr schlechtes Wetter. Aber da waren Sie ja noch nicht hier.«

»Nein«, antwortete Paterson. Er rauchte und wartete, was der Gesandte wollte. Die Technik war hier anders als beim Militär. Der Begriff diplomatisch verpflichtete nun einmal zu einer gewissen Verhaltensweise, unter anderem zu Takt und gesellschaftlichem Feingefühl. In der gewöhnlichen Sprache, in der Sprache der gewöhnlichen Welt, wurde der Begriff oft mißverstanden. Oder doch nicht? Man nannte es diplomatisch, wenn jemand etwas Unangenehmes auf angenehme Weise sagte.

Und das war es doch offenbar, was Fergus Stephenson tun wollte. Überdies war es so ganz und gar typisch englisch, Diplomatensprache oder nicht, zunächst einmal vom Wetter zu reden, als ob der herrliche Sonnenschein dieses Morgens ihnen auch nur im geringsten weiterhelfen konnte.

Richard beobachtete Fergus Stephenson und bemerkte nicht ohne Befremden, daß unter dem dünnen Haaransatz ein paar Schweißtropfen standen. Offensichtlich fiel es Stephenson schwer, zu sagen, was er zu sagen hatte.

»Immerhin, Sie haben sich doch hier gut eingelebt, nicht? Oder fühlen Sie sich nicht glücklich? Ich kann mir vorstellen, daß es im Anfang schwierig für Sie war, ich meine, als Ihre Frau noch nicht da war. Es ist nicht so einfach, ein Strohwitwer zu sein.«

»Danke, mir geht's gut. Ich fühle mich sehr wohl hier«, sagte Richard. »Und natürlich ist es viel besser nun, seitdem Rachel da ist. Es gefällt ihr sehr gut in Washington, sie ist froh, daß jedermann nett zu ihr ist. Besonders Ihre Frau. Rachel bewundert Mrs. Stephenson sehr.«

»Ah, ja? Das ist fein. Meine Frau mag Rachel sehr gern«, sagte Fergus. Also kamen sie der Sache schon näher, Paterson gab ihm genau die richtigen Stichworte.

»Ich hatte auch einige Positionen, wo ich allein blieb, weil Margret mich nicht begleiten konnte. Ich fühlte mich da immer sehr einsam. Und langweilig war es natürlich auch. Besonders die Abende, nicht? So ähnlich wird es Ihnen ja auch ergangen sein während der ersten Monate.«

Jetzt begriff Paterson, wo das hinführen sollte. Er drückte sorgfältig seine Zigarette aus und überlegte. Wenn er jetzt ungeschickt war, konnte ihm das bei seiner weiteren Karriere schaden. So wie er Stephenson beurteilte, würde es töricht sein zu lügen.

Er blickte Stephenson ernst und ein wenig reuevoll an. »Ich war verdammt einsam«, sagte er wie mit plötzlichem Entschluß. »Und um ehrlich zu sein, es gab seinerzeit Unstimmigkeiten zwischen Rachel und mir. Sie wollte England partout nicht verlassen. Aber mir lag sehr viel an diesem Posten. Zweifellos habe ich mich töricht benommen. Ich nehme an, das ist es, was Sie mit mir besprechen wollen, Sir.«

»Nein, nein«, sagte Fergus, »keine Vorhaltungen, um Gottes willen. Ich bin dagegen, sich in andrer Leute Privatleben einzumischen, Richard. Dazu hat meiner Meinung nach niemand ein Recht. Aber leider, die Sache ist ... nun ja, leider, sage ich, publik geworden. Sie hatten da – eh – eine Art freundschaftliche Beziehung zu einer jungen Dame in New York, nicht?«

»Ja«, gab Paterson zu. »Ja, das stimmt. Ich flog jede Woche hinüber, um sie zu treffen. Darf ich fragen, woher Sie das wissen?«

»Fragen Sie bitte nicht.« Fergus schüttelte bekümmert den Kopf.

»Ich kann es mir denken«, Paterson nahm sein Zigarettenetui heraus und bot Stephenson an. »Vermutlich ist ein Sicherheitstest über mich gemacht worden. Ich hätte damit rechnen müssen.«

»Ich finde es genauso unerfreulich wie Sie«, sagte Fergus. »Unerfreulich ist gar kein Ausdruck. Die eigenen Leute zu bespitzeln ... gräßlich. Aber keiner von uns ist davor sicher. Falls Ihnen das ein Trost ist. Und was ich Ihnen dazu sagen muß, Richard, ist schlicht und einfach folgendes: Erstens, wir wollen keine Skandale in der Botschaft haben. Sie verstehen. Ihre Frau erwartet ein Kind. Und der Botschafter ist in diesen Dingen sehr ... nun ja, sehr korrekt. Aber abgesehen davon, und das ist es, worauf es vor allem ankommt, diese junge Dame in New York, mit der Sie befreundet sind, muß heute als ein großes Sicherheitsrisiko angesehen werden. Sie müssen alle Verbindung zu ihr abbrechen. Und zwar sofort.«

Fergus sah den Schreck und das Erstaunen im Gesicht des jüngeren Mannes. Ein gutgeschnittenes Gesicht, männlich und seriös, genau die Art von Gesicht, das seine Frau an einem Mann liebte. Jetzt rötete sich dieses Gesicht, der Mund Richards öffnete sich ein wenig vor Verwunderung.

»Sicherheitsrisiko? Das verstehe ich nicht, Sir! Das ist unmöglich. Das kann ich nicht glauben.«

»Ich gebe das mit allem Vorbehalt wieder«, bemerkte Fergus und bewegte unbehaglich die Schultern. »Ich weiß, die Geheimdienstleute übertreiben gern, malen alles schwärzer, als es ist. Aber ich muß Sie informieren und muß es so tun, wie mir aufgetragen wurde. Mrs. Farrow wird verdächtigt, ob berechtigt oder nicht ... Sie gilt nicht mehr als zuverlässig. Wenn Sie die Verbindung zu ihr nicht abbrechen, wird man Sie zurückbeordern.«

»Mein Gott«, sagte Paterson. Er war sichtlich erschüttert, und Fergus ließ ihm einen Moment Zeit, sich zu fassen. Ob Paterson diese Frau geliebt hatte? Sein Instinkt und auch seine Erfahrung, bitter geworden durch die Erlebnisse in seinem eigenen Haus, sagten ihm, daß man von Liebe vielleicht nicht sprechen sollte. Zudem waren Männer wie Paterson mehr in sich selbst verliebt als in irgendeine Frau. Er kannte diesen Typ.

»Ich brauche Ihr Ehrenwort, daß es zu Ende ist. Auch kein Brief mehr, nichts.«

»Selbstverständlich«, sagte Paterson mechanisch. Ärger stieg in ihm auf. Unzuverlässig – was, zum Teufel, sollte das heißen? Was hatte das zu tun mit ihm und Judith, ihrer Liebe, ihren Zärtlichkeiten, ihren Gesprächen ...

»Sie haben mein Ehrenwort, Sir. Ich werde sie nicht wiedersehen und nicht mehr mit ihr in Verbindung treten. Tatsache ist, daß wir uns sowieso getrennt haben. Vor drei Wochen schon. Mein Gott«, sagte er wieder, »ich kann das einfach nicht glauben.«

Er hob den Kopf. »Sie arbeitet für Sam Nielson in der UN. Das ist ein sehr vertraulicher Job. Wissen das die Sicherheitsleute denn nicht?«

Nein, dachte Fergus, viel hat diese Frau ihm nicht bedeutet. Liebe war es nicht gewesen. »Sie wissen alles über sie«, sagte er.

»Man muß Nielson warnen.« Jetzt ging es Richard um die eigene Haut, jetzt verriet er sie. Er versuchte sich zu erinnern, ob Judith ihm jemals Fragen gestellt oder besonderes Interesse für seine Arbeit gezeigt hatte. Das konnte das Ende seiner Karriere sein.

Fergus wußte genau, was er dachte. Plötzlich empfand er Abneigung gegen Paterson. »Das überlassen wir am besten den Bluthunden«, sagte er.

»Von mir hat sie nie etwas erfahren, das brauche ich wohl nicht extra zu betonen. Und offen gesagt, sie hat auch nie versucht, etwas zu erfahren.«

»Sie ist keine Spionin«, sagte Fergus scharf. »Davon kann keine Rede sein. Sie wird, wie ich sagte, als Risiko betrachtet, und das hat seine Gründe. Wenn ich Sie wäre, würde ich das alles schnellstens vergessen. Vergessen Sie Mrs. Farrow.«

»Keine Sorge. Genau das werde ich tun.«

»Danke, Richard. Ich hoffe, unser Gespräch war nicht allzu unangenehm für Sie. Sie können mir glauben, daß ich solch ein Gespräch von Herzen verabscheue.«

»Sie haben es mir leichtgemacht, Sir«, sagte Paterson und stand auf. »Ich danke für die Warnung. Und ich wünsche einen schönen Tag in New York.«

»Es wird ganz gewiß kein schöner Tag sein«, antwortete Fergus. »Ziemlich langweilige Angelegenheit, als Beobachter einer Eröffnungssitzung des Sicherheitsrates beizuwohnen. Aber da unsere UN-Botschaft mich eingeladen hat, muß ich wohl.«

Den vorhergehenden Abend hatte Fergus mit Loder verbracht. Er hatte Loder eingeladen. Margret hatte sich geweigert, herunterzukommen, sie war nicht einmal dazu zu bewegen gewesen, einen Drink vor dem Essen mit ihnen zu nehmen, was schließlich zu den mindesten Höflichkeiten gehörte.

»Dieser ordinäre Kerl – so was wie der sollte an einer Kreuzung stehen und den Verkehr regeln anstatt mit gebildeten Leuten in einer Botschaft zu arbeiten. Es ist deine Sache, wenn du schon meinst, du mußt ihn ins Haus bringen. Mich geht das nichts an.«

So ihre Worte, ehe sie hinausging und die Tür hinter sich zuwarf, wie sie es meist tat.

Von Rechts wegen hätte Fergus ihr sagen müssen, daß es gerade sie etwas anging, wenn er Loder zu sich gebeten hatte. Denn Loder hatte sich gerade in dieser speziellen privaten Angelegenheit als außerordentlich taktvoll erwiesen.

Für Fergus war es eine der bittersten Stunden in seinem Leben gewesen, als er in Loders Büro war und sich verzweifelt bemühte, die passenden Worte zu finden, um zu erklären, daß seine Frau von irgend jemandem vertrauliche Informationen erhalten habe und sich weigerte, ihm zu sagen, von wem. Unausgesprochene Fragen und unausgesprochene Antworten – das Schweigen zwischen den beiden Männern sprach laut genug.

Loder hatte ihm eine Brücke gebaut. Well, da war irgendwo eine undichte Stelle. Und Mrs. Stephenson war nur zu fair, um jemanden in Verlegenheit zu bringen – so war es wohl. So etwa drückte Loder es aus. Und dann sagte er, der Gesandte solle ruhig alles ihm überlassen, er würde schon herausfinden, wo das Leck war. Weder er noch Mrs. Stephenson brauchten sich weiterhin Gedanken zu machen. Um sich irgendwie dankbar zu erweisen, hatte Fergus den Geheimdienstmann zum Essen eingeladen. Zunächst wollte Loder ablehnen, aber Fergus bestand darauf, daß er komme.

So hatten sie also zusammen diniert – allein, am Abend bevor Fergus mit Paterson sprach.

Erstaunlicherweise war es ein gelungener Abend gewesen. Anfangs fühlte sich Loder etwas befangen, doch Fergus machte es ihm leicht, erwähnte seine gute Arbeit, ohne zu dick aufzutragen, und nach einiger Zeit wurde Loder ganz natürlich, sehr aufgeschlossen, und es zeigte sich, daß er ein bemerkenswert kluges Köpfchen besaß. Was Fergus am meisten erstaunte, Loder war ein Kenner und Liebhaber der Klassiker und erging sich in langen, kenntnisreichen Ausführungen über Tacitus und seine historischen Schriften. Und damit nicht genug, liebte Loder auch noch alte Kirchenmusik. Und das war nun eine Neigung, die Fergus teilte. Er besaß eine ausgewählte Sammlung gregorianischer Musik, und der Abend endete damit, daß sie still beieinander saßen und den Platten lauschten.

Als er ging, suchte Loder eine Weile nach den richtigen Worten, und das war bei seiner sonstigen rüden Schnauze für ihn so mühselig, daß er einen roten Kopf bekam, was ihn nicht gerade attraktiver machte.

»Das war ein schöner Abend«, brachte er schließlich hervor. »Der schönste Abend, seit ich in Washington bin. Ich danke Ihnen, Sir. Es war wirklich eine Freude für mich.«

»Für mich auch«, sagte Stephenson. Und das war gar nicht gelogen. »Ich hoffe, Sie werden wieder einmal kommen.«

Er ging hinauf in sein Zimmer. Die Tür zum Schlafzimmer seiner Frau war angelehnt, und sie hatte noch Licht. Offensichtlich hatte sie auf ihn gewartet, denn sie rief ihn. Es klang ärgerlich und im Befehlston.

»Fergus! Komm her!«

Er betrat ihr Zimmer, blieb aber an der Tür stehen. Sie saß im Bett. Die blauen Augen blickten ihn voll Verachtung an.

»Na? Wie war der Abend?« Sie machte Loders Sprache nach. »Hat er dir erzählt, wer es war?«

»Nein«, antwortete er, »er hat deinen Freund nicht erwähnt. Und ich bin sicher, er wird sein Bestes tun, um dich zu schützen. Also mach dir keine Sorgen.«

»Ich mache mir keine Sorgen«, sagte sie. »Du bist derjenige, der sich Sorgen machen sollte, denn du bist der Blamierte.«

Aber ganz wohl war ihr nicht in ihrer Haut, das konnte er deutlich merken. Wenn sie so aggressiv war, dann fühlte sie sich unsicher.

»Loder würde uns niemals in einen Skandal verwickeln«, sagte Fergus. »Er ist ein Mann von Geschmack. Ich hatte heute abend Gelegenheit, ihn etwas besser kennenzulernen. Er gefällt mir.«

»Oh?« Die Augenbrauen über den feindseligen blauen Augen hoben sich. »Nein, wirklich? Nein, Liebling – ist er auch von der Sorte?«

Er ging hinaus und schloß die Tür hinter sich, ohne ihr zu antworten. Das war das beste. Bei einem Streit mit ihr zog er sowieso den kürzeren. Er war ein friedvoller Mensch, und er besaß nicht das Talent, mit Worten zu verwunden.

Wenn sie solche Bemerkungen machte wie eben jetzt, kam sie ihm geradezu obszön vor. Und er hatte dann nur einen Wunsch, sich möglichst schnell und möglichst weit von ihr zu entfernen.

Darum ging er jetzt auch nicht zu Bett, sondern wieder die Treppe hinab in sein Herrenzimmer, setzte sich hin und spielte noch mal die letzte Platte, die er eben mit Loder gehört hatte.

Es war das Kyrieeleison, gesungen vom Chor der St. Peterskirche. Irgendwie war es ein tröstlicher Gedanke, daß diese gleiche Musik schon vor achthundert Jahren erklungen war. Die Männer, die zu den Kreuzzügen aufbrachen, hatten sie gesungen zu ihrem Kampf gegen die Ungläubigen.

In Judiths Büro klingelte das Telefon, und die Telefonistin sagte: »Mrs. Farrow, hier ist ein persönliches Gespräch für Sie. Ein Mr. Sverdlov ist am Apparat. Soll ich verbinden?«

Ihr Herz begann sofort wild zu schlagen. Sie hob die Hand und preßte sie an die linke Brust, gleichzeitig dachte sie, wie lächerlich sie sich benahm, wie eine Heroine in einem alten Drama.

Das ganze Wochenende über, jedesmal wenn das Telefon läutete, hatte sie erwartet, seine Stimme zu hören.

Als nichts geschah, dachte sie, er würde wohl nie mehr etwas von sich hören lassen. Daß er im Büro anrufen würde, hatte sie nicht gedacht.

»Mrs. Farrow! Soll ich verbinden?«

»Ja«, sagte Judith. »Danke.«

Am Telefon hörte man seinen russischen Akzent deutlicher. »Hallo«, sagte er, »wie geht's?«

»Mir geht's gut«, sagte sie. »Und dir?«

»Mir geht's auch gut. Und damit wollen wir dieses Thema abschließen. Ich möchte dich sehen. Willst du heute abend mit mir essen?«

Sie schwieg. Was hatte Loder gesagt? ›Er wird den Kontakt

zu Ihnen wieder aufnehmen. Versprechen Sie mir, daß Sie mich sofort verständigen.‹

»Nein«, sagte sie mühsam. »Nein, ich denke, das sollten wir nicht tun.« Es fiel ihr nicht einmal eine glaubwürdige Entschuldigung ein.

»Oh! Du hast offenbar ... Besuch gehabt?«

»Ja. Genau wie du vorausgesagt hast.«

»Und nun hast du Angst, mich zu treffen?«

Seine Stimme! Wie vertraut sie war! Es kam ihr vor, als stünde er hier neben ihr im Zimmer.

»Ich habe keine Angst. Warum sollte ich?«

Sie hörte, wie er lachte. »Dann treffen wir uns, wenn du Dienstschluß hast. Wann ist das?«

Sie dachte an Loder.

»Um sechs, halb sieben. Aber bist du sicher, daß es richtig ist ... ich meine, auch für dich?«

»Ganz und gar richtig«, sagte er. »Richtig und wichtig und dringend nötig. Du hast mir so gefehlt. Mein Wochenende war trostlos.«

Plötzlich lächelte sie. »Meins auch. Wo treffe ich dich?«

»In einem Wagen. Gleich um die Ecke der 98. Straße. Halb sieben genau.«

»Gut. Halb sieben.«

Er sagte nicht auf Wiedersehen, legte einfach auf.

Sie saß bewegungslos und hielt den Hörer noch eine Weile in der Hand.

Die Tür zu Nielsons Zimmer war offen, er mußte jedes Wort gehört haben. Nun – das ergab nicht viel Sinn. Sie stand auf und ging zu ihm hinein, um die Nachmittagspost zu besprechen.

Pavlov Ilyievitsch Golitsyn war siebzig Jahre alt; geboren in der Ukraine, als der letzte Zar im sechsten Jahr das Russische Reich regierte.

Seine Urgroßeltern waren noch Leibeigene gewesen. Sein Großvater wurde ein freier Bürger durch die Verfügung des liberalen Zaren Alexander II., der zum Dank für sein fortschrittliches Denken von der Bombe eines Attentäters zerfetzt wurde.

Die Hütte, in der Golitsyn geboren wurde, stand in einem Dorf, das zum Besitz eines Moskoviter Großfürsten gehörte, den niemand je gesehen hatte. Der prächtige Palast, das endlose Land, Park und Garten wurden niemals von seinem Eigentümer besucht.

Dem Großfürsten gehörte alles, genau wie es dessen Vorfahren schon gehört hatte, nur daß früher auch die Menschen Eigentum des Großfürsten gewesen waren. Es gab eine Schule, die Golitsyn besuchte, und anders als die meisten anderen Kinder bemühte er sich, etwas zu lernen.

Als er die Schule verließ, um bei einem Zimmermann in die Lehre zu gehen, konnte er lesen und schreiben. Sie waren acht Kinder zu Hause, drei Mädchen und fünf Jungen, alles kräftige kleine Ukrainer. Sie besaßen weder Schuhe noch Strümpfe, und Fleisch bekamen sie höchstens zweimal im Jahr zu essen.

In einem Winter, als Pavlov zwölf Jahre alt war, starben eine seiner Schwestern und zwei kleine Brüder. Es gab keine Medizin für die Kinder, nicht einmal eine wärmende Decke für das sterbende kleine Mädchen. Seine Mutter rutschte auf den Knien vor einer simpel bemalten Ikone des heiligen Nikolaus herum und betete monoton um das Leben ihrer Kinder.

Ihr Sohn beobachtete sie dabei, und wenn manchmal die ganze Familie kniete und betete, blieb er stehen, nachdenklich und kritisch, und fragte sich, ob dieses Stück Holz mit dem gemalten toten Heiligen darauf wirklich imstande sein würde, das Leben seiner Geschwister zu retten.

Innerhalb von zwei Tagen starben die Kinder, und von da an war Pavlov Golitsyn ein Atheist. Er sprach nicht darüber. Soviel wußte er schon vom Leben, daß es besser war, manche Dinge für sich zu behalten. Man durfte nicht aussprechen, daß die totale Unterwerfung unter die Gebote des Zaren nichts anderes war als eine unerträgliche Tyrannei, ebensowenig wie man daran zweifeln durfte, daß es jenseits des Todes ein wunderbares neues Leben geben würde, wie es die Christlich-Orthodoxe Kirche verhieß.

Er lernte brav sein Handwerk, und in seiner freien Zeit las er die Bücher, die er sich vom Schulmeister lieh. Er las alles, was er bekommen konnte, fest entschlossen, soviel zu wissen und zu lernen, wie nur immer möglich sei. Er war vierzehn, als an einem Sommernachmittag die Polizei erschien und den Lehrer und seine Frau verhaftete. Ein Stapel revolutionärer Bücher und Schriften wurde in ihrem Hause gefunden und öffentlich verbrannt. Aber niemand fand die Bücher, die der Lehrer dem jungen Golitsyn gegeben hatte, denn die waren, eingehüllt in einen Segeltuchsack, in einem Graben hinter der Hütte der Eltern vergraben. Dort ließ er sie liegen, ein ganzes Jahr lang, ohne sie anzurühren.

Der neue Lehrer war ein alter Mann und selbst so unwissend, daß er kaum die eigenen Schulbücher lesen konnte, dazu war er großmäulig, schlampig und versoffen, es bestand keinerlei Gefahr, daß die Jugend des Distrikts durch ihn mit revolutionären Ideen in Berührung kam.

Es war Pavlov Golitsyn, der nach und nach die Aufgabe des verschwundenen Lehrers übernahm. Der war übrigens zu zwölf Jahren Zwangsarbeit in Sibirien verurteilt worden, seine Frau hatte Prügel und Folter im Arrest nicht überlebt.

Golitsyn ging mit äußerster Vorsicht zu Werke. Er besaß nichts von dem glühenden Kampfgeist mancher anderer junger Revolutionäre, die nur zu schnell in die Hände der zaristischen Ochrana gerieten. Er hielt nicht das geringste von Märtyrertum, dazu war die Sache zu ernst, es gab viel Arbeit zu leisten, besser man ließ sich auf kein Risiko ein. Er war ein Revolutionär von der Art seines Helden Lenin, der es fertigbrachte, in all den wilden, vom revolutionären Fieber geschüttelten Jahren nur vier Jahre im Gefängnis zu verbringen.

Als der Krieg begann, wurde es stiller um die Revolution. Die patriotischen Gefühle überwogen zunächst, die Revolutionäre arbeiteten im Untergrund.

Als die Moral der russischen Soldaten im Kriegsjahr 1917 zerstört war, kam die Stunde der Revolution. Die Armee holte den Zaren vom Thron, die Soldaten verließen die Front.

Einer der Anführer aus Volinskys Regiment, das zu jener Zeit in St. Petersburg lag, war Pavlov Golitsyn. Sie erschossen ihre Offiziere, hißten die rote Fahne und vereinigten sich mit der revolutionären Masse auf der Straße.

Fünfundvierzig Jahre später war er General, einer der letzten Überlebenden aus der Zeit des frühen Bolschewismus, ein Mann, dessen Vorsicht ihn auch die gefährlichen Jahre des Stalin-Regimes hatte überstehen lassen, unerschüttert in seinem Glauben, daß der totale Sieg des Bolschewismus kommen würde, und zwar durch Kampf und Stärke, niemals durch friedliche Kompromisse.

Er hatte sich kaum verändert, seit er als Siebzehnjähriger die rote Fahne an sein Gewehr gebunden und den Mob durch die Straßen von Petersburg geführt hatte. Er dachte und fühlte als alter Mann nicht anders als damals. Der absolute Gehorsam, den er der Partei, ihrer Autorität und ihren Gesetzen zollte, war im Grunde kein anderer als der Gehorsam, den sein Urgroßvater als Leibeigener dem Großfürsten entgegenbrachte, dessen Eigentum er war.

Golitsyn haßte Feodor Sverdlov. In seinen Augen war Sverdlov einer der gefährlichsten Männer im Geheimdienst, einer, der aufgeweicht und demoralisiert worden war im Umgang mit dem kapitalistischen Feind, ein Verräter, der Kompromisse und Koexistenz pries. 1919 war Golitsyn Mitglied der Tscheka geworden und hatte ohne Erbarmen und mit blutiger Gewalt die Konterrevolution bekämpft. Er tat seine Arbeit aus innerer Überzeugung, er akzeptierte Berijas Methoden ohne Einschränkung. Niemals war ihm die Idee gekommen, daß er mit vollem Einsatz ein Terrorregime unterstützte, nicht weniger unmenschlich als das, welches er als junger Mensch gehaßt und bekämpft hatte.

Endlich besaß er eine Fähigkeit, die ihn allen Wechsel in der Führung überstehen ließ, auch den Fall von Berija, er war ein Gefolgsmann, einer, der gehorchte, und nicht einer, der fragte und kritisierte und sich durch eigene ehrgeizige Ideen exponierte.

Zunächst war er ganz damit zufrieden, unter Feodor Sverdlov zu arbeiten, obwohl dieser soviel jünger war als er, denn er anerkannte Sverdlovs großes Können, seinen erstklassigen Ruf als fähiger Offizier, den er sich während des ungarischen Aufstandes erworben hatte. Persönliche Eitelkeit also hätten Golitsyn nicht gegen seinen Chef eingenommen. Erst als er Sverdlovs freie Haltung erkannte, dessen fortschrittliche, oder wie er es sah, abtrünnige Gedanken, wandte er sich gegen ihn. Dazu kam noch das natürliche Mißtrauen des einfachen Bauern gegen den Intellektuellen. Und schließlich war Sverdlov der Angehörige einer Generation, die weder Krieg noch Revolution aus eigener Anschauung kannte, die alles so leicht nahm, die nicht anerkannte, was die Generation vor ihr wirklich geleistet hatte.

Mißtrauisch abwartend, hinterhältig schließlich, beobachtete er den Jüngeren, der in seinen Augen die Partei durch seine liberale Haltung verriet.

Doch nun war die Stunde des Generals gekommen. Der Wechsel in der russischen Politik, die Rückkehr zu härterem Kurs würde Sverdlovs Karriere beenden.

Eigentlich hätte der General längst aus dem Dienst scheiden müssen, er war alt genug. Auf seinen Wunsch hatte man ihn auf seinem Posten gelassen. Er war Witwer, hatte erwachsene Kinder, die ihr eigenes Leben lebten. Wenn er pensioniert wurde, hatte sein Leben keinen Sinn mehr. Es war eine furchtbare Vorstellung für ihn, im Lehnstuhl zu sitzen und auf den Tod zu warten.

Anna Skriabine hatte ihm ihren ersten Bericht gegeben, nachdem sie drei Tage für Sverdlov gearbeitet hatte. Er studierte die Kopien von Sverdlovs Äußerungen zum Fall »Blau« und seine Ansichten zu dem vorgeschlagenen Gespräch zwischen Israel und den arabischen Staaten. Sverdlovs Report würde nach Moskau gehen, zum Dzershinsky-Platz.

Der General machte ein grimmiges Gesicht. Natürlich, wieder die weiche Tour, Verständigung, Gespräch, Verhandlung. Nur ein Verräter konnte empfehlen, daß der sowjetische Druck im Mittleren Osten gemildert werden solle. Der Rat, daß Ägypten einen Unterhändler von Tel Aviv empfangen solle, war ein weiterer Beweis von Sverdlovs Neigung zur kapitalistischen Welt. Dies fügte der General von sich aus dem Bericht zu.

Sverdlovs plötzlicher Entschluß, Ferien zu machen, hatte Golitsyn die langerwartete Gelegenheit gegeben, zu tun, was schon lange sein Plan war: Kalinin, Sverdlovs Sekretär, in die Hände zu bekommen.

Daß Kalinin so loyal mit Sverdlov zusammenarbeitete, war Grund genug, ihn zu verdächtigen. Für Golitsyn war es eine Kleinigkeit, seine Heimkehr zu verfügen. Dort war er verhaftet und ins Verhör genommen worden. Alles, was man aus ihm herausbringen würde, war dazu bestimmt, später bei Sverdlovs Prozeß Verwendung zu finden.

Fast hatte sich Golitsyn ein wenig gefürchtet, was Sverdlov sagen würde, wenn er den Verlust Kalinins entdeckte. Da er Sverdlovs Neigung zu hübschen Frauen kannte, hatte er den Ersatz für Kalinin sorgfältig ausgesucht.

Anna Skriabine war eines seiner besten Mädchen, bestens dazu ausgebildet, ihren jeweiligen Chef zu bespitzeln. Außerdem war sie ein Typ, der Sverdlov gefallen würde. Sverdlovs Schwäche für hübsche Frauen war bekannt. Ebenso, daß die Mädchen des Stabes immer darin wetteiferten, seine Aufmerksamkeit zu erregen. Es hatte diverse Beziehungen gegeben, sie waren aber immer nur kurz. Auch Anna Skriabine würde nicht lange benötigt werden. Nur so lange, bis man genug aus Kalinin herausgebracht hatte, um Sverdlov nach Moskau zu beordern.

Golitsyn war außerordentlich vorsichtig vorgegangen. Der Arzt der Botschaft mußte Kalinin untersuchen und hatte, wie es von ihm erwartet wurde, bei dem jungen Mann hochgradige nervöse Erschöpfung diagnostiziert und empfohlen, daß man ihn für einen längeren Urlaub in die Heimat schicken solle.

Kalinin hatte ziemlich energisch protestiert, erst gegen die Untersuchung, dann gegen den Befehl zur Heimkehr. Natürlich hatte es nichts genützt. Starke Beruhigungsmittel hatten ihn mattgesetzt. In einem Krankenwagen, begleitet von zwei Pflegern, war er zum Kennedy Airport gefahren und in das Flugzeug verfrachtet worden.

Montag morgen endlich hatte man Sverdlov das Attest des Arztes auf den Schreibtisch gelegt, beigefügt ein paar erklärende Worte von Golitsyn. Nun hielt der Alte die Zeit für eine Rücksprache für gekommen. Mit seinem schweren Schritt machte er sich auf den Weg zu Sverdlovs Büro.

Da war da noch die Sache mit der Engländerin auf Barbados. Es war ganz einfach gewesen, Sverdlov und die Frau beobachten zu lassen. Ein unscheinbarer kleiner Mann, der Golitsyn speziell für diese Gegend zur Verfügung stand, hatte das besorgt. Zusätzlich waren ein Ober im Hotel und das Zimmermädchen bestochen worden. Man hatte nichts Verdächtiges gefunden, nicht in Sverdlovs Bungalow noch in dem der Engländerin. Auch bei den gemeinsamen Unternehmungen und Ausflügen der beiden war nichts Außergewöhnliches beobachtet worden. Jedoch war jedes Detail seiner Freundschaft zu Judith Farrow festgehalten worden und befand sich bei dem Bericht, den der General nach Moskau schicken würde.

Anna Skriabine saß im Vorzimmer. Sie blickte auf, als der General eintrat, und erhob sich.

»Melden Sie Genosse Sverdlov, daß ich hier bin.«

Sie klopfte an die Tür, der General sah Sverdlov am Schreibtisch sitzen und dem Mädchen zulächeln.

Golitsyn und Sverdlov schüttelten sich die Hand, setzten sich und zündeten Zigaretten an.

Sverdlov sah gut aus, braungebrannt, ein wenig zugenommen hatte er auch, sein Gesichtsausdruck war heiter und gelöst. Golitsyn haßte den ironischen Mundwinkel. Man wußte nie, lächelte der oder machte er sich lustig über einen.

»Du siehst gut aus, Genosse«, sagte er. »Schöne Ferien gehabt?«

»In jeder Beziehung. Ich werde noch davon erzählen. Aber im Moment interessiert mich vor allem eins: Was ist mit Kalinin los?«

Das hatte Golitsyn erwartet. »Ich habe dir berichtet.«

»Ich habe es gelesen. Aber ich wüßte gern Details.«

»Er war sehr nervös, das konnte jeder deutlich sehen. Überarbeitet«, sagte Golitsyn. »Es hieß, daß er nachts nicht schlafen könne. Und er trank. Wußtest du das, Genosse? Nein? Man hat sein Zimmer durchsucht und leere Flaschen unterm Bett und im Schrank gefunden. Das machte mir Sorge. Du warst nicht da, und ich wußte, er hat Zugang zu vertraulichen Informationen. Ich ersuchte ihn, die Botschaft nicht zu verlassen, solange du abwesend seist. Er weigerte sich. Schließlich schickte ich ihn zur Untersuchung. Das Ergebnis steht in meinem Report. Bedauerlich.«

»Das ist untertrieben, Genosse«, sagte Sverdlov. »Kalinin ist für mich unersetzlich. Außerdem fühle ich mich verantwortlich für seine Krankheit. Möglicherweise hat er bei mir zuviel arbeiten müssen.«

»Ja.« Golitsyn nickte mit seinem würdigen grauen Haupt. »Das vermutet der Doktor auch. Falls du mit der Skriabine nicht zufrieden bist – ich kann dir auch einen Mann besorgen.«

»Sie macht ihre Sache ganz gut. Eine perfekte Sekretärin. Vielleicht werde ich sie behalten. Vielleicht nicht. Offen gestanden arbeite ich lieber mit einem Mann, er ist zuverlässiger. Frauen sind manchmal – nun ja, etwas zu persönlich. Du verstehst.«

Er beobachtete Golitsyn unter halbgeschlossenen Lidern. Der Mann war wie ein Fels. Saß hier mit der Miene eines Biedermannes, nachdem er ihm einen Spitzel vor die Nase gesetzt hatte, eine wahre Arsenikpille unter Zuckerglasur verborgen. Man durfte nicht den Anschein erwecken, als verschlucke man das Bonbon gar zu bereitwillig.

Sverdlov wechselte das Thema. »Ich habe alles durchgesehen, was sich in den zwei Wochen, die ich nicht da war, angesammelt hat. Interessant sind vor allem die Informationen von ›Blau‹. Ich habe meinen Kommentar dazu geschrieben.«

»Ich habe ihn gelesen«, sagte Golitsyn.

»Du bist andrer Meinung?« Die Frage kam gelassen.

Noch vor zwei Jahren hätte der General nicht gewagt, seine

wirkliche Meinung zu äußern. Vor zwei Jahren noch war Sverdlov der Herr über Leben und Tod, nicht nur was den General betraf, er war es für jeden in der Botschaft, den Botschafter selbst nicht ausgenommen.

Jetzt war es anders. Er wußte es nicht. Er spürte es nur. Und was er bestimmt noch nicht wußte — die Mündung der Pistole zielte genau auf sein Genick.

Golitsyn antwortete mit gleicher Gelassenheit.

»Meiner Meinung nach sollten wir keinerlei friedliche Annäherungen im Mittleren Osten unterstützen, Genosse. Denn wir sollten in jeder Ecke der Welt, wo es noch imperialistische Einflüsse gibt, den Kampf gegen den Kapitalismus in ungebrochener Härte weiterführen.«

»Man muß die anderen Teile der Welt auch beachten. Wenn Kambodscha ein Operationsgebiet Amerikas wird, besteht die Gefahr eines Eingreifens von China. Meiner Meinung nach können wir uns nicht länger mit dem arabisch-israelischen Konflikt binden. Wichtiger ist es, den Fernen Osten von chinesischem Einfluß frei zu halten. So sehe ich es, Genosse. Ob die Juden die Araber umbringen oder die Araber die Juden töten, ist für uns nicht von Wichtigkeit. Wichtig ist es, die sowjetische Macht gegen Mao zu behaupten. Das ist meine Überzeugung, und dafür stehe ich ein. Ich wundere mich, daß du anders denkst.«

»Ich glaube sowieso daran, daß wir unsere Differenzen mit China beenden können«, antwortete Golitsyn. Er begriff, daß er überprüft wurde. Aber er war sicher genug, seine Meinung zu vertreten.

»Unsere Ziele, Genosse, sind die gleichen. Die Mißverständnisse entstanden durch die laxe Führung der letzten Jahre. Unsere Haltung gegen unsere Feinde war zu weich. Die kapitalistische Welt muß zerstört werden, Genosse Sverdlov. Unsere Welt und ihre Welt können nicht zugleich existieren. Es gibt keine Koexistenz. Das Wort selbst ist Verrat an der Revolution. Wenn wir überleben wollen, müssen wir sie zerstören. Und dieses Ziel haben wir mit China gemeinsam.«

»Ich glaube nicht, daß wir gemeinsame Ziele haben«, sagte Sverdlov.

Das lief auf eine grundsätzliche Debatte hinaus. Sein alter Feind, der ihm hier gegenübersaß, hatte nie den richtigen Blick für politische Realität besessen. Eigentlich müßte er es so sehen, wie Sverlov es sah, es war nur allzu deutlich. Aber dieser Typ blieb in den Anfängen bolschewistischen Denkens stecken. Aus diesem Grunde war es wohl wirklich nötig gewesen, so viele von ihnen zu töten, nachdem die Revolution beendet war und Politik gemacht werden mußte.

»China ist geblieben, was es immer war — ein nationalistisches Reich mit imperialistischer Tradition, auch der Marxismus hat daran nichts geändert. Historisch gesehen hat sich China nicht vorwärts-, sondern zurückentwickelt. Die unmittelbare Vergangenheit, als es eine lose Vereinigung zerstrittener Provinzen war, regiert von einem Gangster wie Tschiang-Kai-schek, wurde abgelöst von einem Machtkomplex, der dem des achtzehnten Jahrhunderts gleicht. Ein riesiges gieriges Land mit der zahlreichsten Bevölkerung der Erde, regiert von Mao Tse-tung, Kaiser von China. Gewiß — sie werden die kapitalistische Welt zerstören und werden herrschen über das, was übrigbleibt. Falls etwas übrigbleibt. Aber sie werden auch uns zerstören, die einzige Macht, die ihnen gefährlich werden kann.

Ich liebe mein Land, General, ich glaube nicht, daß es möglich ist, den chinesischen Tiger zu reiten. Ich glaube nicht einmal, daß es möglich ist, ihm nahe zu kommen, ohne gefressen zu werden.« Golitsyn schüttelte den Kopf. Er hatte aufmerksam zugehört, ohne jedoch wirklich zu begreifen, was Sverdlov sagte. Er hatte nur registriert, daß Sverdlov China attackierte. Nicht den westlichen Kapitalismus.

»Du siehst es auf deine Weise«, sagte Golitsyn. »Ich sehe es anders.«

»Also sind wir uns einig, daß wir uns nicht einig sind«, sagte Sverdlov mit schiefem Mund, »aber das soll uns nicht daran hindern, jetzt mit der Arbeit fortzufahren. Hier zwischen uns wissen wir immerhin, wie Koexistenz aussieht.«

Er drückte auf die Klingel, Anna Skriabine erschien.

»Bringen Sie Tee für den General«, sagte er. »Und für mich den Whisky und ein Glas.«

Golitsyn wartete schweigend, bis der Tee kam. Und sah dann zu, wie das Mädchen vorsichtig eine geringe Menge Whisky in Sverdlovs Glas goß. Sverdlov nahm ihr die Flasche aus der Hand und goß das Glas mit purem Whisky halb voll. Dann trank er, als wäre es Wasser.

Das Mädchen ging hinaus, lautlos und graziös.

Sverdlov beobachtete sie aus dem Augenwinkel. Er kannte sie seit drei Tagen, und er konnte sie nicht ausstehen.

»Ich möchte wissen, wer ›Blau‹ angeworben hat«, sagte er plötzlich.

»Es heißt, daß du es warst, Genosse Sverdlov«, sagte der General. Er hatte es immer geglaubt, und auch alle übrigen Mitarbeiter des Geheimdienstes waren dieser Meinung.

»Ich weiß nicht einmal, wer ›Blau‹ ist«, sagte Sverdlov. »Niemand weiß es außer Panyushkin. Daran sieht man, wie wichtig er ist. Keiner, der je für uns gearbeitet hat, war so gut getarnt.«

»Eine kluge Vorsorge«, sagte Golitsyn. Er sah immer noch mit Staunen wie der Whisky weniger wurde. Das war wieder ein Zeichen der Degeneration. Wenn er Wodka getrunken hätte, wäre nichts daran auszusetzen.

»So kann ihn keiner auf unserer Seite verraten. Wir hatten Versager unter uns, die wußten von Fuchs und Nunn May. Das war ein großer Fehler.«

»›Blau‹ ist unsere beste Informationsquelle, und das für sehr verschiedenartige Objekte«, sagte Sverdlov. »Und alles, was von ihm kommt, ist von höchster Wichtigkeit. Ich habe Dutzende von diesen ›Blau‹-Mitteilungen in den letzten Monaten gesehen, und alle waren erstklassig und immer zutreffend. Kein unnötiges Wort, kein Irrläufer dabei.«

»Von welcher Nationalität?« fragte Golitsyn hinterlistig. Vielleicht verriet Sverdlov sich, falls er wirklich wußte, wer ›Blau‹ war.

»Ich weiß es nicht. Niemand weiß es. Bei der Gelegenheit hätte ich noch etwas zu berichten. Durch einen glücklichen Zufall konnte ich auf Barbados einen guten Kontakt herstellen.«

Golitsyn blickte ihn lauernd an. Ungewiß fühlte er eine leichte Enttäuschung.

»Auf der Insel habe ich eine Frau kennengelernt. Sie hat einen brauchbaren Job bei der UN und gute Beziehungen zur Britischen Botschaft. Wir haben uns angefreundet.«

Er lächelte schief aus dem Mundwinkel und leerte sein Glas.

»Ich werde diese Freundschaft vertiefen. Ich denke, es wird mir gelingen, sie anzuwerben.«

»Das wäre wohl sehr nützlich«, sagte Golitsyn sauer. Mrs. Farrow mußte also wohl aus seinem Bericht nach Moskau herausgenommen werden. Sie schien ein Plus zu sein, kein Minus.

Nach einer Stunde verabschiedete Sverdlov seinen Besucher.

Dann ließ er sich mit Judiths Büro im UN-Gebäude in New York verbinden. Vermutlich würde Anna Skriabine das Gespräch vom Vorzimmer aus mit anhören.

Er nahm das Vier-Uhr-Flugzeug nach New York.

Als Judith auf die Straße trat, war es fünf Minuten nach halb sieben. Sie wandte sich nach links und ging den Block entlang bis zur nächsten Straße. Kurz vor der Ecke parkte ein dunkelgrüner Mercedes. Als sie herankam, wurde das Fenster heruntergedreht, und er steckte den Kopf heraus.

»Hallo«, sagte er. Die Tür wurde geöffnet. Sie stieg ein. Er nahm ihre Hand, schüttelte sie erst, dann küßte er sie, erst den Handrücken, dann die Innenfläche. Und dann lächelte er sie an.

Sie versuchte kühl und distanziert zu bleiben. Aber es war unsinnig, es begann sofort wieder, dieses süße törichte Spiel, es begann nicht, es ging weiter, so als hätten sie sich vor einer Stunde zuletzt gesehen.

»Hast du lange warten müssen?«

»Zwanzig Minuten. Ich habe mich damit amüsiert, meinen Diplomatenpaß einem Polizisten vor die Nase zu halten, der mich verhaften wollte, weil ich falsch geparkt habe. Du siehst bezaubernd aus heute abend. Wie wär's mit einem Drink?«

»Ja gern«, sagte Judith. »Ich hatte viel Arbeit heute. Und nehmen Sie Ihre Hand weg, Mr. Sverdlov, Intimitäten auf offener Straße sind nicht erlaubt.«

»Alles ist erlaubt in diesem degenerierten Land.«

Er startete, und der Mercedes reihte sich in den lebhaften Abendverkehr ein.

»Nachdem man hierzulande neuerdings auf offener Bühne einen Beischlaf praktiziert, wird es wohl kaum verboten sein, wenn ein ehrlicher Sowjetbürger ein hübsches Mädchen in seinem Auto küssen will.«

»Nein, verboten ist es nicht. Ich wollte es ja auch nur dir verbieten.«

»Das wird dir noch leid tun. Wenn ich mich nun an das Verbot weiterhin halte?«

Sie gingen in eine Bar in der 67. Straße, ein dämmriges kleines Lokal mit winzigen Tischchen, im Hawaii-Stil dekoriert. Irgendwoher piepte Hula-Musik.

Er schien sich hier auszukennen und bestellte für sie eine Spezialität des Hauses, ein Monstrum von einem Südseecocktail, der in einer Kokosnußschale serviert wurde, die überdies noch mit allerhand Grünzeug garniert war. Es machte ihr allerhand Mühe, damit zu Rande zu kommen, worüber er sich königlich amüsierte.

Dabei blickte er sie unverwandt an. Sie sah anders aus, das war nicht mehr das schmale Mädchen im bunten Kleid, ohne Strümpfe, kaum geschminkt. Das war eine aparte, sehr elegante junge Dame, mit gekonntem Chic gekleidet, kein unnötiger Schmuck, kein billiger Pelz, sondern ruhige, vornehme Eleganz. Sie sah ein bißchen älter aus als auf Barbados. Und sie gefiel ihm.

»Warum siehst du mich so an?« fragte Judith.

Übrigens gingen ihr ähnliche Gedanken durch den Kopf. Sie hatte ihn niemals in einem normalen Anzug gesehen. Er war heute sehr konventionell gekleidet, ein dunkler Anzug, ein weißes Hemd, eine Krawatte ohne Muster. Ein wenig fremd kam auch er ihr vor.

»Du siehst ganz anders aus als auf der Insel«, sagte er. »Richtig seriös und sehr respekteinflößend. Noch eine Kokosnuß?«

»Nein, danke, eine genügt mir. Es hört sich an, als hättest du etwas an mir auszusetzen.«

»Nein, gar nicht. Wenn ich sage, daß du mir im Bikini am besten gefällst, so ist das ja kein Tadel, nicht? Du siehst richtig hübsch aus. Bezaubernd. Ich sagte das vorhin schon. Wie gefalle ich dir denn so im Alltagsgewand?«

»Ich weiß noch nicht«, sagte Judith. »Ich muß mich erst daran gewöhnen. Allerdings bin ich sehr überrascht, daß du keine rote Krawatte trägst.«

Er lachte. »Ich habe mich verkleidet. Ich bin ein russischer Spion, das weißt du doch inzwischen.«

»Bei Gott! Wenn ich es jetzt noch nicht wüßte, würde ich es nie kapieren«, sagte sie und seufzte. »Du hattest vollkommen recht, daß man mich befragen würde. Sie haben mich schon am Flughafen aufgegabelt, kannst du dir so was vorstellen?«

»Es tut mir leid«, sagte er — ohne Neckerei diesmal, und nahm ihre Hand in seine. Es tat ihr gut. Sie ließ ihm ihre Hand. Es war ein Gefühl — sie wußte nicht, was es war, sie wußte nur, daß es ihr gefehlt hatte in den letzten Tagen.

»Erzähl mir, was los war. Aber erst mußt du noch einen Drink haben. Ohne Kokosnuß diesmal. Ich wollte dich nur ärgern damit.«

»Das weiß ich. Und gerade darum hab ich's getrunken.«

»Also, erzähl! Am Flughafen schon? Da hatten sie es aber wirklich wichtig. Was taten sie?«

»Es waren zwei, zwei Männer. Sie fuhren mich zu meiner Wohnung und kamen einfach mit. Ich war vielleicht wütend.« Die Erinnerung an das Verhör machte sie erneut zornig. Ihre Augen wurden dunkler, eine Falte erschien auf ihrer Stirn. Feodor hielt weiter ihre Hand, sah sie an und wartete.

»Sie hielten mir vor, daß man mich mit dir gesehen hätte.

Warum lachst du, Feodor? Es war gar nicht lustig, das kann ich dir sagen.«

»Das glaube ich«, sagte er ruhig. »Ich mußte nur darüber lachen, weil du sagst, man hätte uns zusammen gesehen. Man hat uns beobachtet, so muß man es wohl besser nennen. Mindestens ein halbes Dutzend englischer und amerikanischer Bewacher waren es bestimmt. Bitte – erzähl weiter.«

»Der Mann, der mich befragte – das heißt eigentlich kann man es schon ein Verhör nennen, also, der, der mich verhörte, sagte: Du würdest wieder mit mir in Verbindung treten, und dann sollte ich das sofort melden.«

»Aha«, sagte er. »Und hast du es gemeldet? Hast du ihn wissen lassen, daß wir uns heute treffen?«

»Nein.«

Judith öffnete ihre Tasche und suchte nach Zigaretten. Der nahe, aufmerksame Blicke der hellen eindringlichen Augen irritierte sie. Es war fast wieder wie ein Verhör. »Nein. Ich habe nichts gemeldet.«

»Hat er sonst noch was gesagt?« Er sah, wie sie zögerte.

»Nein, nicht direkt. Nur halt so das Übliche wohl. Daß ich nicht mit Russen verkehren solle, ich hätte einen vertraulichen Job und so was alles. Du kannst es dir vielleicht vorstellen.«

»Sehr gut sogar.« Er hörte sich das amüsiert an.

»Und nun werde ich den Rest hinzufügen, den du mir taktvollerweise unterschlagen hast. Sie sagten dir, ich sei ein gefährlicher sowjetischer Agent, und mein ganzes Interesse an dir bestehe darin, dich als Spionin anzuwerben. Warum wirst du denn rot? Aber! Mach niemals den Versuch, mich zu belügen.« Er schüttelte den Kopf. »Ich kann durch dich hindurchsehen wie durch Glas. Und nun sag die Wahrheit: Glaubst du ihnen?«

»Ich wäre nicht hier, wenn ich es glauben würde.«

Sie sah ihn an, nicht weniger eindringlich als er. Sie wünschte so sehr, daß sie *ihm* glauben konnte. Nicht Loder. »Sag mir die Wahrheit! Haben sie recht?«

»Nein«, sagte er und blickte sie fest an. Und dann lächelte er. »Du wärst leicht zu täuschen, Judith. Du schaust mir in die

Augen, um zu sehen, ob ich lüge. Weißt du nicht, daß man auch mit den Augen lügen kann? Aber jetzt hör zu: ich sag dir die Wahrheit. Ich will dich nicht verführen, um dich danach zu erpressen, damit du mir erzählst, was Mr. Nielson zu U Thant gesagt hat. Obwohl ich meinen Leuten gesagt habe, gerade das ist es, was ich beabsichtige.«

Sie starrte ihn sprachlos an. »Du hast deinen Leuten ...«

»Ja. Ich habe gesagt, daß ich hoffe, dich anzuwerben. Auf diese Weise kann ich dich treffen, wann immer ich will, ohne Verdacht zu erregen.«

»Ich weiß überhaupt nicht mehr, was ich dazu sagen soll. Ich kann das alles nicht begreifen.«

»Ich werde dir sagen, was du tun mußt«, sagte er. »Zunächst einmal wirklich deinen Geheimdienstmenschen davon unterrichten, daß wir uns getroffen haben. Wenn du es nicht tust, wirst du allerhand Schwierigkeiten haben. Wirklich – ich meine es jetzt ganz ernst. Gib mir deine Hand wieder, ich will dich die erste Regel in diesem albernen Spiel lehren. Du mußt so weit wie möglich die Wahrheit sagen, du mußt ganz und gar mit offenen Karten spielen. Wenn du dann wirklich einmal lügen mußt, wird man dir glauben.«

»Du hast selbst gesagt, daß ich ein schlechter Lügner bin.«

»Ich werde dir alles beibringen, was du wissen mußt. Ich bin Experte in diesen Dingen. Auch im Lügen.«

»Es ist schrecklich, was du alles über dich sagst. Warum soll ich dir ein Wort glauben, wenn du selbst zugibst, nein, wenn du geradezu damit prahlst, ein elender Lügner zu sein. Ich will nicht lügen. Ich kann es wirklich nicht. Und wenn ich mich mit dir treffe, geht das niemand etwas an. Ich tue nichts Böses und ich werde nie etwas Böses tun. Nicht, was die denken. Also gut, ich werde anrufen und werde sagen, daß ich dich getroffen habe. Und daß ich recht habe und sie unrecht haben.«

»Sie werden dir sowieso nicht glauben«, sagte Sverdlov. »Man wird dir folgen und man wird dich beobachten. Tu lieber so, als wenn du ihr Spiel mitspielst. Dann können wir ungestörte Abende haben. Und vielleicht gelegentlich ein Wochenende, hm?«

»Nein. Kein Wochenende!«

Er verzog sein Gesicht. »Du bist hartherzig. Noch einen Drink für dich, einen Whisky für mich. Und dann gehen wir gut essen. Magst du auch mit mir tanzen?«

»Nein, nicht tanzen.« Sie lehnte sich zurück und lächelte ihn an. Auf einmal fühlte sie sich entspannt. Sie wollte an das alles nicht mehr denken. Er war hier, alles andere war nicht mehr wichtig.

»Ich kann nicht mit dir tanzen, du benimmst dich dabei zu schlecht.«

»Ich benehme mich nicht schlecht«, protestierte er. »Ich würde es gern, aber du läßt mich ja nicht.«

»Ich muß wirklich bald etwas zu essen haben«, sagte sie. »Was war bloß in dieser gräßlichen Kokosnuß? Das ist mir direkt in den Kopf gestiegen.«

Er warf den Kopf zurück und lachte laut. Ein junges Paar drehte sich erstaunt nach ihm um.

Seltsam, dachte Judith, ich kenne niemand, der so lachen kann wie er. Und es ist ihm ganz egal, wo er ist. Sie bemühte sich, ernst zu bleiben.

»Feodor! Was ist los? Was ist so komisch?«

»Wodka!« Er schlug vor Begeisterung aufs Knie. »Wodka war in der Kokosnuß. Das ist die russische Geheimwaffe, siehst du.« Draußen war es mittlerweile dunkel geworden, ein kalter Wind blies durch die Straßen. Im Auto legte er den Arm um sie. »Ich bin so froh, daß du da bist«, sagte er. Und obwohl sie sein Gesicht nicht sehen konnte, hörte sie, daß er es diesmal ernst meinte. Ehrlich sagte sie: »Ich bin auch froh, dich zu sehen.« Er machte nicht den Versuch, sie zu küssen, sondern fuhr an.

Sie gingen ins La Popotte, ein gutes Restaurant, in dem es fast ebenso dunkel war wie in der Bar. Er hatte im Hintergrund des Raumes einen Tisch reservieren lassen, wo man ruhiger saß, denn im vorderen Teil des Lokals plärrte überlaut die Diskothek.

Während sie durch das Lokal gingen, faßte er sie am Arm. Er suchte immer körperlichen Kontakt, es war etwas Besitzergreifendes in diesen Gesten, so als wolle er zeigen, daß sie ihm gehörte. Es war ihr schon bei früheren Gelegenheiten aufgefallen. Aber sie empfand es nicht als unangenehm, es war ganz natürlich, es paßte zu ihm, so war seine Art. Sie hatte auch nie den Wunsch, seine Hand abzuschütteln, es wäre ihr lächerlich vorgekommen.

Untergründig, ohne daß sie es sich klarmachte, mochte es ein rein weiblicher Instinkt sein, sich der Führung eines Mannes anzuvertrauen und sich dabei geborgen fühlen. Nur – mußte es eben ein Mann wie dieser sein. Richard Paterson hätte niemals in einem öffentlichen Lokal ihren Arm ergriffen. Er hätte auch niemals auf der Straße einen Arm um ihre Schulter gelegt. Es gab für ihn keine körperliche Berührung außer im Bett. Er war auch niemals mit ihr in eines der eleganten Restaurants gegangen, wie dieses Popotte oder das 21, er hatte immer Angst, sie könnten gesehen werden. Sie trafen sich in unbekannten kleinen Lokalen in Seitenstraßen, und nur ganz selten waren sie in einem Night Club gewesen, und das stets am Montag, an dem man annehmen konnte, in den Lokalen keine Bekannten zu treffen. In den sechs Monaten, die sie mit Richard verbracht hatte, waren sie meist in ihrer Wohnung gewesen.

Sie zündete sich eine Zigarette an und schaute den Tänzern zu. Sverdlov studierte die Weinkarte.

Mit Richard hatte sie nie so entspannt und friedlich irgendwo sitzen können, ohne den Zwang, ihn anzusehen und zu unterhalten. Er verlangte stets ihre volle Aufmerksamkeit. Genaugenommen erwartete er eine gewisse Zuvorkommenheit, so als sei es eine große Auszeichnung, daß sie bei ihm sein durfte. Wenn er zum Beispiel jetzt die Weinkarte vor sich hätte, dann müßte sie ihn ansehen, ihm zuhören, seine Miene beobachten, ganz auf ihn eingestellt sein. Sie war seine Freundin, seine Geliebte, auch das war eine Auszeichnung, und er hatte erwartet, daß sie diese Rolle spielte, wie er sich das vorstellte.

Sie hatte geglaubt, ihn zu lieben. Und er? War das wirklich Liebe gewesen? Heute glaubte sie nicht mehr daran. Wieso war es mit dem Russen anders? Nun, zunächst einmal deswegen, weil der ganze Mann anders war, selbstsicher, bestimmt, dabei ganz natürlich und ohne Allüren.

Aber ich bin auch anders, dachte Judith. Weil ich unabhängig bin, weil ich nicht seine Geliebte geworden bin. Und das soll so bleiben, ich werde nicht mit ihm schlafen. Noch einmal passiert es mir nicht, daß ich einen Mann liebe und mit ansehen muß, wie sein Interesse an mir immer geringer wird.

Und das geschieht, wenn ich erst einmal ›ja‹ gesagt habe.

Sie wußte, daß sie nicht ganz ehrlich zu sich selbst war. Eben hatte sie ja noch gedacht, daß dieser Mann hier so ganz anders war als Richard. Aber was das betraf – waren da nicht alle Männer gleich? Sie bemühten sich um das, was sie noch nicht hatten. Die Frau, die ihnen gehörte, wurde zur Gewohnheit. Und wurde eine Frau nicht mehr begehrt, dann war sie auch schon so gut wie überflüssig.

Sie war sich bewußt, daß sie ganz altmodische Ansichten vorbrachte, um ihre Standhaftigkeit zu stärken. Denn im Grunde wußte sie ja selbst nicht, wohin diese seltsame Beziehung führen würde. Viel zu sehr war sie beteiligt und engagiert, um kühl und sachlich darüber nachzudenken. Es war nicht nur Freundschaft, was sie mit ihm verband. Es war mehr als Freundschaft. Dieser Mann war kein Mann, mit dem eine Frau nur eine Freundschaft haben konnte.

»Hör auf, an diesen langweiligen Engländer zu denken!« Sie blickte auf. Er beobachtete sie, diesmal lächelte er nicht.

»Woher weißt du, daß ich an ihn denke?«

»Als ich dich zum erstenmal sah«, sagte Sverdlov, »machtest du genau so ein Gesicht. Es war kein glückliches Gesicht. Darum weiß ich es. Komm, las uns tanzen.«

Er war kein besonders guter Tänzer. Gewiß nicht im Sinne moderner Tanzsitten, er machte kein Gehopse, keine Verrenkungen. Er nahm sie fest in die Arme, zu fest, er wollte ihren Körper spüren, das war ihm die Hauptsache. Sie hatten etwa zehn Minuten auf der kleinen Tanzfläche getanzt, als sie hörte, wie er mit jemandem sprach. Ein anderes Paar war es, direkt hinter ihr. Sie verstand nicht, was er sagte, er sprach sehr leise, in einer fremden Sprache. »Das ist ein Mann aus unserer Botschaft«, erklärte er ihr danach. »Mit seiner Freundin, einer Amerikanerin. Ich habe ihn gebeten, nachher kurz auf einen Drink an unseren Tisch zu kommen. So in einer halben Stunde etwa, wenn wir genug getanzt haben.«

»In einer halben Stunde? Feodor, hör auf, mein Ohr zu küssen.«

»Du bist schon wieder rot geworden«, sagte er. »Aber es steht dir gut. Aber weniger gut steht es dir, wenn du immer nein zu mir sagst, Madame Molotov. Nein, Nein. *Nein!* Warum wirst du nicht gleich ein Kommunist und kommst mit mir nach Rußland?«

»Danke vielmals, kein Bedürfnis.« Sie bog ihren Kopf zurück, um seinen Lippen auszuweichen.

»Ich hab's ja gleich gesagt, ich kann mit dir nicht tanzen, du benimmst dich zu schlecht. Und rot steht mir absolut nicht. Ich bin treublau.«

»Treublau«, wiederholte Sverdlov. »Was bedeutet das? Hat das eine politische Bedeutung?«

»Ja. Und für manche Leute bedeutet es sehr viel. Treublau, das heißt durch und durch konservativ. Man beschrieb auf diese Weise zum Beispiel die Helden in alten viktorianischen Romanen, treublau der Königin und dem Empire.«

»Das ist seltsam«, sagte er. ›Treublau. Blau.‹ »Ich muß mir das merken.«

Als sie wieder an ihrem Tisch saßen, entdeckte Judith auch den anderen Russen mit seiner Freundin. Sie saßen halbwegs zwischen ihrem Tisch und der Tanzfläche. Der Mann blickte zu Sverdlov herüber, so als erwarte er ein Zeichen.

Und dann stand er so rasch auf, daß wirklich ein Zeichen erfolgt sein mußte, auch wenn sie es nicht bemerkt hatte. Das Mädchen kam ihm langsam nach.

Es war ein kleiner dunkelhaariger Mann mit einer Brille, jünger als Sverdlov. Das Mädchen war jung und blond, sehr hübsch, mit einem kunstvollen Make-up.

Sverdlov stand auf und stellte sie vor. Judith hörte den Namen Memenov oder so ähnlich, und die Mexikanerin hieß Miß Soundso. Die beiden setzten sich, der junge Mann schien sich unbehaglich zu fühlen. Er saß nur auf der Kante seines Stuhles und blickte Sverdlov konzentriert an. Für Judith hatte er nur einen kurzen Blick und ein kleines höfliches Lächeln gehabt.

»Er spricht nicht sehr gut englisch«, sagte Sverdlov.

»Entschuldigen Sie bitte«, sagte der Russe und erhob sich leicht von seinem Stuhl, er machte eine kleine Verbeugung.

Judith fragte sich, wie er dann wohl mit der Blonden zurechtkam. Aber die hatte es offenbar nicht so sehr mit dem Reden. Sie hatte gerade nur ›Hallo‹ gesagt, dann blickte sie sich im Raum um und schien ihnen nicht die geringste Aufmerksamkeit zu schenken.

»Du entschuldigst, wenn wir russisch sprechen?« fragte Sverdlov.

»Bitte sehr.«

Er lehnte sich näher zu ihr und sagte: »Nur ein paar Minuten, er wird nicht lange bleiben.«

Der Ober brachte die Drinks, und Judith tat es dem amerikanischen Mädchen nach, lehnte sich zurück, blickte in die Gegend und überließ die beiden Männer ihrem Gespräch.

Wie Sverdlov gesagt hatte, dauerte es nicht lange. Sverdlov sprach allein, der junge Mann hörte zu. Und obwohl Judith sich nicht um die beiden hatte kümmern wollen, war es doch interessant zu beobachten, wie Sverdlov in diesen zehn Minuten, die das Gespräch dauerte, ein anderer war. Er sprach ruhig, bestimmt, ohne Lächeln, ohne Gesten. Er bot dem anderen auch keine Zigarette an, war auf einmal hart, um den Mund hatte er einen grimmigen Zug. Es war ein anderer Mann – nicht der, den sie kannte.

Und dann mußte ein anderes Zeichen gegeben worden sein, der Befehl zu gehen, der genauso unsichtbar blieb wie der Befehl zu kommen. Der jüngere Mann leerte mit einem Schluck sein Glas, stand auf, zog das Mädchen vom Stuhl hoch, verbeugte sich und ging.

»Entschuldige bitte«, sagte Sverdlov, »das war sehr langweilig für dich. Ich dachte, die junge Dame würde sich mit dir unterhalten, aber sie war wohl nicht sehr gesprächig.«

»Sie ist offenbar daran gewöhnt. Wenn er nicht englisch spricht, werden sie nicht viel miteinander reden können.«

»Er braucht sie nicht, um mit ihr zu reden, sie hat vermutlich andere Talente. Und sie ist harmlos. Wir wissen alles über sie. Sie will kein Geld, sie will Geschenke. Eine Pelzjacke, kostbare Handtaschen, ein goldenes Zigarettenetui. Irgend etwas, was sie herzeigen kann. Damit ihre Freundinnen wissen, was für Erfolge sie bei Männern hat.«

»Und woher nimmt ein guter Sowjetsozialist das Geld, um Pelzjäckchen und goldene Zigarettenetuis zu kaufen? Es hört sich reichlich kapitalistisch an«, sagte Judith.

»Das Geld kriegt er von mir«, sagte Sverdlov.

Jetzt war er wieder er selbst, das ironische Lächeln, die hellen Augen. »Ich zahle seine Ausgaben, denn er ist ein guter Mann und mir treu ergeben. Er tut, was ich sage. Und gerade jetzt habe ich ihm einen Auftrag gegeben, und ich weiß, daß er das bestens erledigen wird. Wenn er kann.«

Sverdlov lehnte sich zurück, seine Hand spielte mit ihrem Haar. »Da kommt unser Essen. Es ist hier gut. Du wirst sehen.«

»Womit hast du ihn beauftragt?« fragte sie nach einer Weile. Sverdlov aß weiter und gab keine Antwort.

Judith legte ihre Gabel hin. »Ich weiß, was du jetzt denkst. Ich bin nicht mißtrauisch. Du brauchst es mir nicht zu sagen, wenn du nicht willst.«

»Du sprichst nicht russisch, du hast uns nicht verstanden. Also könnte ich dir sonstwas erzählen, nicht? Aber es handelt sich wirklich um etwas Wichtiges für mich. Er fliegt am Mittwoch nach Rußland. Und ich habe ihn gebeten, dort einmal nachzuforschen. Es handelt sich um meinen Sekretär. Während ich in Barbados war, ist er angeblich krank geworden und wurde nach Hause geschickt. Jetzt habe ich eine Aushilfe, die nicht viel taugt.«

»Er? Du hast einen männlichen Sekretär? Kein Mädchen?«

»Ich arbeite lieber mit einem Mann. Sie sind zuverlässiger. Jetzt habe ich allerdings ein Mädchen, ein sehr, sehr hübsches sogar.«

»Du Glücklicher!«

»Wirklich bildhübsch, mit goldenen Haaren und blauen Augen, wie ein Püppchen sieht sie aus. Bist du nun eifersüchtig?«

»Nein. Sie ist vermutlich fünfzig, trägt eine riesige Brille und hat einen Hängebusen.«

»Du *bist* eifersüchtig«, sagte Sverdlov befriedigt. »Aber du kannst beruhigt sein. Dich mag ich viel lieber. Ich mache mir nicht viel aus Blondinen.«

Er lächelte und streichelte ihr Knie.

Das Treffen mit Peter Memenov war wohlvorbereitet gewesen. Falls sie beobachtet wurden, sah es ganz natürlich aus, wenn er einen jungen Landsmann zu einem Drink einlud. Und natürlich war es eine Lüge, wenn er gesagt hatte, Memenov spreche kein Englisch. Die Wahrheit jedoch war, daß er ihn beauftragt hatte, nach Kalinins Verbleib zu forschen.

Memenov war einer der jungen Realisten, dessen Ansichten über die Zukunft der Sowjetunion mit denen Sverdlovs übereinstimmten. Er hatte zwei Jahre in New York verbracht und zuvor achtzehn Monate in London. Er kannte die westliche Welt und sah sie ohne das Vorurteil und den manchmal blinden Haß, den die älteren Männer aus heißem Krieg und kaltem Krieg zurückbehalten hatten.

Diese Jungen konnten sich im Westen ungeniert und ohne Mißtrauen bewegen und blieben dennoch gute Kommunisten und russische Patrioten. Er konnte mit einem amerikanischen Mädchen schlafen, ohne sich wie ein Verräter vorzukommen.

Mit einem Wort, er glaubte an die Koexistenz, er praktizierte sie und war der Meinung, daß der Sowjetsozialismus im Laufe der Zeit ganz von selbst die Oberhand gewinnen würde, ohne Krieg und ohne übertriebene Aktionen. Zwar gehörte Memenov nicht zu Sverdlovs Stab, aber er hatte schon manchmal gewisse delikate Missionen übernommen, die Sverdlov außerhalb seines Arbeitsbereichs abwickeln wollte. Sverdlov wußte, daß er dem Jüngeren vertrauen konnte, es war gegenseitige Sympathie, aber auch gemeinsames politisches Denken, das sie verband.

Er mußte wissen, was es mit Kalinins Krankheit auf sich hatte. So lange er das nicht wußte, war das wie ein bohrender Zahnschmerz. Er war sich klar darüber, daß Golitsyn ihn haßte, daß der alte Mann ihn beobachtete und auf seine Stunde wartete.

Ohne Zweifel ließ Golitsyn ihn heimlich bespitzeln in der Hoffnung, eines Tages doch etwas zu entdecken, womit er ihn vernichten konnte. Aber bisher war das immer untergründig geblieben. Doch nun, da Golitsyn ein ›Täubchen‹ auf ihn angesetzt hatte, wurde es gefährlich. Sverdlov hatte früher schon daran gedacht, Golitsyn aus der Botschaft zu entfernen. Aber Golitsyn war so eine Art nationales Monument der Revolution. Sein Ansehen in Moskau war immer noch groß, es wäre unklug gewesen, hier auf eine Entscheidung zu drängen. Zudem hatte Sverdlov Selbstvertrauen genug, die Zeit arbeitete für ihn. Er war jung, erst neununddreißig Jahre, er konnte abwarten, bis die Alten von selbst ausstarben und mit ihnen der alte Haß.

Aber plötzlich war alles anders. Die Vergangenheit war stärker als die Zukunft. Seit die Führung gewechselt hatte, war die liberale Epoche vorbei. Es wurde so ähnlich wie früher, man spürte das – Sverdlov spürte es. Die Luft wurde zunehmend eisig. Es war wieder kalt.

Er kannte diese andere, ihm so unverständliche Art von seiner eigenen Frau her. Sie gehörte zu den alten Kämpfern. Anfangs hatte ihm das sogar irgendwie imponiert, und gleichzeitig war es eine Herausforderung gewesen. Sie war eine Frau. Sie würde eines Tages auf seiner Seite sein. Abgesehen davon hatte er bewiesen, wie stark und gnadenlos auch er sein konnte, daß er entschlossen und ohne Erbarmen eine Konterrevolution bekämpfen konnte.

In Ungarn hatte er es bewiesen, es war der Beginn seiner Karriere gewesen. Es störte ihn nicht, wenn Blut floß. Er war Russe, und es bedurfte keiner Sowjetschulung, um ihn Grausamkeit zu lehren. Er hatte das gleiche getan, was seine Vorfahren in Polen taten, damals noch Untertanen des Zaren, eine Revolte mußte niedergeschlagen werden mit allen Mitteln.

In der Beziehung war er nicht anders als der alte Golitsyn. In dem Jahr, das dem ungarischen Aufstand folgte, waren sie glücklich gewesen, Elena und er.

Aber er hatte sich geändert, auch das war eine Tatsache. Jetzt saß er hier mit Judith Farrow und er fühlte sich wohl dabei. Wenn Elena jetzt hier statt Judith neben ihm säße, er hätte nicht gewußt, was er mit ihr reden sollte.

Sverdlov sah Judith an und lächelte. Sie hatte Mut, ein törichter Mut war es – und die Folgen würden nicht ausbleiben. Zu Hause in Rußland wäre es undenkbar, daß jemand tat, was sie tat. Wenn einer seiner Männer, einer der Geheimdienstleute, eine Russin in dieser Weise eingeschüchtert hätte, sie hätte getan, was man von ihr verlangte.

Freilich – hier war es anders. Sie würde vielleicht ihre Stellung verlieren. Aber sie war nicht in der Gefahr, ins Gefängnis zu kommen und zu fünfzehn Jahren Zwangsarbeit in Sibirien verurteilt zu werden.

Er verscheuchte diesen unerfreulichen Gedanken. Sie hatte samtweiche Haut und einen schmalen Nacken, ihr nußbraunes Haar war weich und seidig. Er hatte den Wunsch, sie anzufassen. Am Strand von Barbados war sie so gut wie nackt gewesen. Er wußte, wie gut sie gewachsen war und wie schön es sein mußte, sie im Arm zu halten. Das war es, was er sich wünschte.

Ja, er wollte sie haben. Am liebsten noch heute. Und er hatte nicht die geringste Lust, jetzt zur UN-Botschaft zurückzugehen, wo er übernachten würde.

Er bestellte Kaffee und Likör, dann tanzten sie wieder. Und

sie hatte Mühe, sich seiner Hände und seiner Lippen zu erwehren. Schließlich vergaß er allen Ärger und alle Ungewißheit. Er war glücklich, so als wäre nichts geschehen zwischen Barbados und hier, was ihn bedrohte. »Gute Nacht«, sagte er, als sie vor ihrer Haustür angekommen waren. »Wann werde ich dich wiedersehen?«

»Feodor, hör mir zu!« Sie blickte zu ihm auf, die Hand auf seinen Arm gelegt. Das gelbe Licht, das aus dem Hausflur kam, erhellte ihre Gesichter.

»Ich glaube, wir sollten nicht mehr zusammen ausgehen. Du verschwendest deine Zeit mit mir. Ich werde bestimmt keine Affäre mit dir haben. Und dann, all diese Komplikationen. Deine Leute beobachten dich, und ich werde ebenfalls bewacht, das ist so schrecklich. Es wäre anders, wenn ich – ich meine, wenn ich tun würde, was du willst. Aber ich tue es nicht. Und darum will ich fair sein, verstehst du? Ich will dich nicht an der Nase herumführen. Wir sollten einander Lebewohl sagen. Wirklich.«

Sein Gesicht verdüsterte sich.

»Du willst mich nicht wiedersehen. Was habe ich denn getan?«

»Ich versuche doch gerade, es dir zu erklären –«

Sie hob hilflos die Schultern. »Du hast nichts getan, ich will bloß nicht, daß du denkst, ich würde –, nun, ich würde eines Tages nachgeben und mit dir ins Bett gehen. Ich tu's nicht.«

»Wegen deines Engländers?«

»Ja. Das hat mir genügt. Ich war verheiratet und habe meinen Mann verloren. Und dann habe ich sechs Monate einen Mann geliebt, und der hat auf meine Kosten sein Vergnügen gehabt. Und jetzt du ... das ist wieder so ein komplizierter Fall. Nein, Feodor, wir werden uns nicht wiedersehen.«

Er tat, was sie nicht erwartet hatte. Trat zurück von ihr, drehte sich um und ging rasch fort. Judith zitterte am ganzen Körper, als sie den Wagen wegfahren hörte. Er hatte sich nicht einmal mehr umgesehen.

Nancy war nicht zu Hause. Die Tür zu ihrem Zimmer stand offen, sie schlief öfter eine Nacht woanders. Nancy war zu beneiden. Sie hätte ihn nicht so weggeschickt, sie wäre nicht allein in die leere Wohnung gekommen und hätte sich weinend ins Bett gelegt. Sie nicht.

Judith weinte immer noch, als das Telefon läutete. Sie fuhr hoch, nahm den Hörer ab und sagte ›Hallo?‹ mit tränenerstickter Stimme.

»Hör auf zu weinen«, sagte er. »Ich will gar nicht mit dir schlafen. Ich will dich nur sehen. Morgen mittag hole ich dich zum Lunch ab, bei mir im Büro.«

Sie wollte nein sagen, da hatte er schon abgehängt.

Sie stand auf, ging in die Küche und machte sich ein Glas Milch warm. Ehe sie wieder ins Bett ging, schnitt sie sich selbst eine Grimasse im Spiegel. Auf keinen Fall würde sie morgen das UN-Gebäude während der Mittagszeit verlassen. Das dachte sie noch, dann schlief sie ein.

6

»Ich finde das geradezu absurd«, sagte Margret Stephenson. »Du und dieser gräßliche Kerl! Jetzt gehst du auch noch mit ihm lunchen. Was ist bloß mit dir los?« Wie immer, ehe er das Haus verließ, war er in ihr Zimmer gegangen, um sich zu verabschieden, und bei der Gelegenheit hatte er sie wissen lassen, daß er zum Lunch nicht da sein würde.

Es war merkwürdig, daß sie trotz aller Verachtung, die sie für ihn hegte, immer außerordentlich neugierig war, was er tagsüber tat. Also hatte er ihr mitgeteilt, daß er sich mit Loder in einem Restaurant der Innenstadt treffen würde.

»Ich hätte ihn sehr gern hierher zu uns eingeladen«, sagte er, »aber wie ich weiß, legst du keinen Wert auf seine Gesellschaft.«

»Das kann man wohl sagen. Mir langt's schon, daß ich heute ein paar von diesen langweiligen Weibern zum Essen habe. Ich könnte dich gar nicht brauchen, geschweige denn den. Was findest du nur an dem Kerl?«

»Oh, nichts Besonderes«, erwiderte Fergus. »Ich habe nur das Gefühl, daß er ziemlich einsam ist. Niemand will etwas mit ihm zu tun haben. Dabei ist er ein kluger Kopf. Ein Mensch mit Geschmack dazu. Eine Seltenheit heutzutage.«

»Lieber Himmel, dir ist wohl wirklich nicht mehr zu helfen.« Sie wandte ihm verärgert den Rücken zu. »Ein mickriger Polizist, noch dazu schlecht angezogen. Wahrscheinlich hat er Füße und Hände wie ein Taglöhner. Ich muß das nächstemal darauf achten.«

Fergus ersparte sich die Antwort. Im Grunde verstand er ihre Abneigung gegen Loder, sie war ein Snob, und Loder beleidigte sie allein dadurch, daß er sich nicht von ihr imponieren ließ. Kam dazu, daß er mittlerweile zu viel über sie wußte – was sie sich ja denken konnte, – und, das schlimmste von allem, dank seines Eingreifens hatte sie offenbar ihren Liebhaber eingebüßt.

Fergus wußte es nicht, er dachte es sich nur. Wenn sie keinen Mann hatte, war sie besonders ekelhaft. An der Tür zögerte er. Fast tat sie ihm leid. Zwanzig Jahre hatte sie damit zugebracht, ihm das Leben zur Hölle zu machen, um ihn für sein Versagen als Mann zu bestrafen. Es hatte ihn nicht so berührt, wie sie es dachte, sein Leben war mit anderen Dingen ausgefüllt. Am Ende kam es darauf hinaus, daß sie nur sich selbst zerstört hatte. Und war das nicht in Wahrheit seine Schuld?

»Viel Vergnügen mit den Damen«, sagte er. »Wer kommt denn alles?«

»Wirtschaft, Kultur, Militär, Marine, Luft«, antwortete sie kurz angebunden. »Eine wie die andere eine Nervensäge. Außer Rachel Paterson, die geht einigermaßen. Gott sei Dank habe ich es dann wieder einmal für eine Weile hinter mir.«

»Aber du machst das doch immer ganz prächtig«, meinte er gutmütig, in dem Bestreben, ihr etwas Nettes zu sagen.

»Ich habe schließlich zwanzig Jahre Gelegenheit gehabt, das zu lernen. Die Themen liegen sowieso fest: die Kinder, die Schule, die Mode, was macht ihr im nächsten Urlaub. Es ist manchmal nicht zu fassen, wie beschränkt sie sind.«

Fergus ging. Sie fegte ungeduldig die Post beiseite, mit der sie sich bisher scheinbar eifrig beschäftigt hatte. Es war sowieso nichts Interessantes dabei. Der Brief einer Freundin, die ankündigte, daß sie im Sommer eine Reise in die Staaten vorhabe. Offensichtlich spekulierte sie auf eine Einladung. Dann noch die Mitteilung ihres zweiten Sohnes, daß er kein Geld mehr habe. Verdammter Fergus! Wie er mit ihr geredet hatte! So freundlich herablassend – aber du machst das doch immer ganz prächtig –, zum Teufel mit ihm! Als ob sie eine blutige Anfängerin sei, Frau eines Dritten Sekretärs, die ihre ersten schüchternen Gehversuche auf dem diplomatischen Parkett machte. Diese Töne konnte er sich sparen.

Sie dachte an Loder, und Zornesröte stieg in ihr Gesicht, sogar ihr Nacken färbte sich rot. Dieser Untermensch mußte doch wahrhaftig herausgefunden haben, daß sie mit Joe MacLeod, seinem eigenen Assistenten, ein Verhältnis hatte. Seit drei Wochen hatte MacLeod keine Zeit für sie, entschuldigte sich mit allen möglichen faulen Ausreden, keine Zeit, viel Arbeit, im Moment könne er sie leider nicht treffen – so ein albernes Gerede. Zweimal hatte sie vergebens in dem Motel am Potomac, zehn Meilen außerhalb der Stadt, wo sie ein Zimmer gemietet hatten, auf ihn gewartet.

Er war viel jünger als sie und ein aktiver Liebhaber, ohne unnötige Sentiments. Sie hatte es sehr genossen, denn im Bett legte sie ihre hoheitsvolle Attitüde ab. Sicher, MacLeod war auch nicht feiner als Loder, aber er war ein Meter fünfundachtzig groß, gutaussehend, kräftig und so wunderbar potent.

Es war das erstemal, daß sie sich mit so einem jungen Mann eingelassen hatte. Und nun kam sie sich erniedrigt vor, weil er sie einfach stehenließ. Es bewies, daß eine Frau alt wurde, wenn sie mit einem Mann schlief, der zur Generation ihrer Söhne gehörte.

Natürlich würde er diskret sein, es würde kein Geschwätz geben, keine schmutzigen Witze unter seinen Kollegen. Darauf hatte sie immer geachtet, daß ihre Männer diskret waren. Diskret sein mußten, wenn sie sich nicht selbst schaden wollten.

Denn in dem Umkreis, in dem sie regierte, konnte keiner es sich leisten, sie zum Feind zu haben. Wie auch immer, jetzt jedenfalls fehlte ihr ein Mann. So schnell bekam man auch keinen neuen. Und schuld daran war nur Fergus, weil er sich plötzlich wichtig tun mußte und mit diesem albernen Polizisten gesprochen hatte. Als sei die Sicherheit des Staates durch ihr Verhältnis gefährdet. Sie würde es ihm heimzahlen, darauf konnte er sich verlassen.

Wütend riß sie weiter ihre Briefe auf, las sie flüchtig und ohne Anteilnahme. Aus dem Kästchen, das auf ihrem Schreibtisch stand, nahm sie sich eine Zigarette und steckte sie zwischen die Lippen. Wo zum Teufel waren denn wieder die Streichhölzer? Das altmodische Feuerzeug, das hier herumlag, funktionierte schon lange nicht mehr. Sie fluchte und begann sämtliche Schubladen aufzureißen, aber natürlich, Tücke des Objekts, heute ging doch alles schief, nicht ein einziges Streichholz zu entdecken. Sie warf die Zigarette ungeduldig weg, nahm sie wieder, nun gerade — sie wollte jetzt einfach rauchen. Jetzt sofort, nichts auf der Welt war wichtiger als diese Zigarette in Gang zu setzen.

Sie stand auf und ging hinunter in Fergus' Arbeitszimmer. Ein sachlicher, schlicht eingerichteter Raum, all ihre Dekorationsgelüste waren an seinem Einspruch gescheitert. In diesem Zimmer habe er zu arbeiten, sonst nichts — also gab es nur einen großen glatten Schreibtisch, eine Lampe mit grünem Schirm, Bücherregale von der Decke bis zum Boden, einen kleinen Aktenschrank. Das einzige Persönliche in diesem Zimmer war eine Fotografie von ihr und den Kindern.

Zigaretten waren da. Aber weder Streichhölzer noch ein Feuerzeug. Gereizt wie eine hungrige Löwin, der man ihre Beute vorenthält, begann sie eine Schublade nach der anderen aufzureißen. In der dritten, links unten, fand sie schließlich, was sie suchte. Das heißt — beinahe hätte sie es übersehen —, da lag ganz hinten in der Ecke eine Lederhülle. In der Lederhülle war eine Schachtel, in der Schachtel war ein Feuerzeug.

Als sie das alles ausgepackt hatte und das Feuerzeug in der

Hand hielt, vergaß sie vor lauter Staunen, die Zigarette anzuzünden. Das Ding war ja aus Gold. Sie hatte es noch nie vorher bei Fergus gesehen. Und es sah so neu aus. Wie kam er dazu? Er kaufte niemals Luxusgegenstände für sich selbst. Ging es überhaupt? Doch — ja, es funktionierte.

Nachdenklich zündete sie eine Zigarette an. Dann betrachtete sie weiterhin ihren Fund von allen Seiten. Es war ein hübsches Stück, elegant geformt, schmal und lang, und es war wirklich aus hochkarätigem Gold, unten war ein Stempel eingraviert. Auf der Schachtel stand Tiffany. Also ein sehr teures Stück.

Wo hatte Fergus das her? Bestimmt nicht selber gekauft. Aber dann — vor Schreck verschluckte sie Rauch und mußte husten —, dann gab es nur eine Erklärung: Da war jemand. Er hatte jemand!

Eine Frau? Beim Himmel, nein, das durfte nicht sein. Das war zuviel, das konnte sie nicht mehr ertragen. Es war schlimm genug, mit einem Homosexuellen verheiratet zu sein. Vielleicht stellte sich jetzt heraus, daß er ganz normal war und ein Verhältnis mit einer Frau hatte? Keine Frau. Dann ein Mann. Fergus hatte einen Liebhaber. Ein reicher Liebhaber noch dazu, wenn er solche Geschenke machen konnte.

Sie stand jetzt mitten in seinem Arbeitszimmer, die Zigarette hing ihr im Mundwinkel. In der Hand, die sie weit von sich gestreckt hatte, hielt sie das Feuerzeug. Diese Hand zitterte. Nach all diesen fürchterlichen Jahren, nach all den Jahren, in denen sie ihn so beleidigt und gedemütigt hatte, so getreten und mißhandelt hatte, daß sie sicher sein konnte, von ihm sei nichts mehr übrig, da stellte es sich heraus, daß sie es war, die beleidigt, getreten, enttäuscht und verraten worden war. Sie bildete sich ein, sie habe ihn fertiggemacht? Er lachte sie heimlich aus, ging zu seinem Freund und amüsierte sich mit dem gemeinsam über sie. So war das also!

Sie nahm das Feuerzeug mit hinauf in ihr Zimmer. Sicher würde er es vermissen und würde es suchen. Am besten verbarg sie es in einer Handtasche, da sah er niemals hinein. Vielleicht fragte er sie eines Tages danach – und dann – bei Gott, dann würde er sich wundern!

Immer noch zitternd vor Wut blickte sie auf die Uhr. Schon halb zwölf. Sie mußte hinunter und mit der Köchin reden. Sehen, ob die Blumen geliefert waren. Die Gänse von Ehefrauen – die fehlten ihr heute gerade noch.

»Es ist recht interessant, das mitzuerleben«, sagte Loder. »Wirklich interessant. Ich bin neugierig, wie lange dieser Bastard das Mädchen noch an der Nase herumführt, bis er endlich ernst macht.«

»Das muß wohl an ihr liegen«, sagte Fergus, »daß es so lange dauert.« Er nahm einen Schluck von seinem Wein, es war ein leichter heller Riesling, gerade so, wie er ihn zum Fisch liebte.

Loder schien es auch zu schmecken. Er aß ausgiebig und redete dabei. Fergus hatte von seinem Gespräch mit Richard Paterson erzählt, Loder sagte nicht viel dazu, nur seine Miene drückte aus, was er von dem Group-Captain hielt. Und von da kamen sie natürlich auf Judith Farrow zu sprechen.

»Ich weiß«, sagte Loder, »daß sie im Grunde meine Arbeit verachten, Mr. Stephenson. Sie halten es für ein schmutziges Geschäft, in andrer Leute Privatleben herumzustochern. Aber es muß sein, und einer muß es tun.«

»Ich weiß, daß es sein muß«, sagte Fergus. »Aber es ist wirklich unerfreulich. Mir tut diese Mrs. Farrow leid. Vielleicht sagt sie die Wahrheit, und ihre Beziehung zu dem Russen ist ganz harmlos.«

»Doch«, erwiderte Loder erstaunlicherweise. »Sie sagt die Wahrheit. Am Anfang wußte ich es nicht, aber jetzt glaube ich ihr. Sie hat trotzdem keine Ahnung, worauf sie sich eingelassen hat. Eines Tages wird man ihr die Daumenschrauben anlegen. Ich habe sie gewarnt, aber sie will nicht hören. Sie kann ein ziemlich krötiges Stück sein.«

Fergus mußte lächeln. Normalerweise hätte so ein Ausdruck ihn schockiert, aber aus Loders Mund klang er ganz normal. Komisch, von Mal zu Mal mochte er Loder mehr leiden. Der

Mann gewann bei näherer Bekanntschaft. Auf jeden Fall hatten die Gespräche mit ihm etwas Erfrischendes, etwas Aufmunterndes an sich.

»Und warum sind Sie so sicher, daß Sverdlov sie unbedingt erpressen will? Vielleicht ist es wirklich nur – na ja, Freundschaft.«

»Bei dem nicht«, sagte Loder. »Über den wissen wir alles, Mr. Stephenson. Das ist ein Ungeheuer. Sie wissen, wie lange wir gebraucht haben, um ihn in seinem richtigen Loch zu entdecken. Achtzehn Monate war er hier, bis wir herausbrachten, daß er der Bluthund von Ungarn war.«

»Und wie brachten Sie es heraus?«

»Ein ganz ungewöhnlicher Test, so was sollte man öfter machen, aber wir sind ja mit so viel blödsinnigem Kram beschäftigt, der uns nur unnötig aufhält. Ich hab' mir mal alles angeschaut, was über ihn vorlag. Er ist vom Leutnant zum Colonel befördert worden innerhalb von zwei Jahren, kurz nach dem Aufstand. Und dann hatte er mal so'n popligen Posten in Kopenhagen. Das war eine absichtliche Irreführung. Er sollte dort ein bißchen auskühlen und in Vergessenheit geraten nach der Ungarnsache. Vier Jahre war er dort, angeblich. Dazwischen mal in Ost-Berlin. War mehr oder weniger Tarnung, in Wirklichkeit war er in Moskau. Und dann kommt er plötzlich hier an. Angeblich als Assistent von diesem alten Schlachtschiff Golitsyn. Da fing ich dann mal an zu stochern und fand raus, daß der Sverdlov hier und der von Budapest derselbe Mann waren. Also KGB, klar? Und *er* der Boß, nicht der verkalkte General. Also kann er kaum um Mrs. Farrow herumschwenzeln, weil ihm ihre schönen Augen gefallen. Dazu hat so einer wie der gar keine Zeit. Oder?«

»Kaum«, gab Stephenson zu, »wenn er so einer ist, wird er wohl seine Gründe haben.«

Loder zündete sich eine Zigarette an. »Er ist ein elender Henker, in Ungarn hat er gemordet und exekutiert, daß es eine Pracht war. Das habe ich ihr bis jetzt noch nicht erzählt. Aber ich werde es tun, wenn sie nicht bald Vernunft annimmt. Dann werden wir sehen, wie sie sich dazu stellt. Das dürfte sie wohl so fertigmachen, daß sie bereit ist, für uns zu arbeiten.«

»Aber wäre das nicht sehr gefährlich für sie?«

»Doch. Sehr gefährlich. Aber das ist der Preis, den sie bezahlen muß. Was läßt sie sich mit so einem Burschen ein. Ich werd' ihr schon zeigen, daß sie dafür bezahlen muß.«

»Nehmen Sie mir's nicht übel«, sagte Fergus, »aber das ist wirklich ein schmutziges Geschäft. Und ich muß noch mal sagen: Sie tut mir leid.«

»Die Hauptsache ist, ich habe die Amerikaner rausgehalten«, sagte Loder ungerührt. »Die überlassen uns das, ich gebe ihnen regelmäßig Bericht, die wissen, daß ich Mrs. Farrow überwache. Wenn es dabei bleibt, was sie mir vorhin sagten, daß Group-Captain Paterson sie nicht mehr treffen wird, so ist mir schon ein Stein vom Herzen.«

»Er war sogar bereit, gegen sie auszusagen. Bloß — er hatte nichts zu sagen, sie hat sich korrekt verhalten. Ich kann nicht sagen, daß er mir dadurch sympathischer geworden ist.«

Fergus zögerte und fuhr fort: »Meine Frau schätzt ihn auch nicht besonders.« Ab und zu erwähnte er Margret, das hatte er sich so angewöhnt, es wirkte normaler.

»Sie ist eine gute Menschenkennerin«, sagte Loder höflich. »Und er ist sicher kein Risiko. Er ist so einer, der seine eigene Mutter fallen ließe wie eine heiße Kartoffel, wenn es seiner Karriere nützte.«

Der Kaffee wurde gebracht, und Stephenson bestellte sich ein Glas Williams. Der Duft von Birnen stieg in Loders Nase. Er hatte schon beobachtet, daß Stephenson zwar wenig trank, aber nur von allem das beste. Er rauchte auch sorgsam. Von Williams-Birne hatte Loder noch nie etwas gehört, aber er fand, der Schnaps roch gut.

Ein merkwürdiger Mann, dieser Stephenson; höflich, freundlich, nicht ohne einen leichten Zynismus, aber niemals arrogant oder überheblich. Loder bemühte sich, seine besten Manieren zu zeigen. Er hätte es niemals für möglich gehalten, daß er einen wie diesen Stephenson leiden könnte. Aber jetzt fühlte er schon ganz freundschaftlich für ihn. Ja, es war Freundschaft – und er war stolz darauf.

Voll Verachtung dachte er an diese silberblond gefärbte Kuh mit ihrem dämlichen Getue. So einen netten Mann zu haben und sich dann so ein Stück Kerl ins Bett zu holen wie MacLeod. Wenn er an Mrs. Stephenson dachte, fielen Loder die ordinärsten Ausdrücke ein, die er kannte. Tochter von einem verdammten Peer und irgendwo im Hintergrund noch so ein vertrottelter schottischer Herzog. Auch schon was. Trifft sich mit einem Burschen, der gut ihr Sohn sein könnte, in einem schäbigen Motel, zweimal in der Woche. MacLeod hatte er vielleicht heimgeleuchtet. Er hatte nicht viel Worte gemacht, aber die, die er gebrauchte, die saßen. Der würde mit keiner Frau aus dem Stab der Botschaft mehr ins Bett gehen. Und selbstverständlich würde er das Maul darüber halten, das hatte er ihm auch klargemacht.

Nachdem er MacLeod am Boden zerstört hatte, war er zur Tagesordnung übergegangen.

Wie auch immer, MacLeod war ein guter Mann, sehr brauchbar. Und einen Fehler durfte jeder mal machen. Einen – wohlgemerkt. Loder war sicher, daß der junge Mann keinen zweiten machen würde.

Was ihn selbst betraf, so hatte Loder eine kleine Unkorrektheit begangen. Denn eigentlich hätte er seinem Chef in London diese Sache über Mrs. Stephenson berichten müssen. Er hatte es nicht getan. Nicht ihretwegen, Gott behüte. Nein – wegen ihres Mannes. Stephenson durfte keinen Schaden haben, es durfte keinen Skandal geben. Es war schlimm genug, daß Stephenson es wußte. Er tat Loder so leid. Ein Mann wie er und dieses Biest von Frau.

»Nehmen Sie eine Zigarette?« fragte er und bot Stephenson eine Zigarette an. Er hatte beobachtet, daß Stephenson Benson and Hedges rauchte, und hatte extra eine Schachtel von dieser Sorte gekauft.

»Danke«, sagte Stephenson. Dann faßte er in seine Tasche.

»Tut mir leid, ich habe kein Feuerzeug. Hab' ich wohl vergessen.«

Er dachte flüchtig an das andere Feuerzeug. In der linken unteren Schublade seines Schreibtisches.

Nachdem sie den Kaffee ausgetrunken hatten, zahlte Stephenson. Loder bedankte sich und fügte hinzu, ein wenig ungeschickt, es würde ihn freuen, wenn Stephenson, irgendwann im Laufe des Monats, einmal sein Gast sein würde.

Das würde er gern sein, meinte Stephenson, sobald es seine Zeit erlaube.

»Genosse Sverdlov?«

Er blickte auf zu Anna Skriabine, die ihm soeben die Post auf den Schreibtisch gelegt hatte, sorgfältig geordnet, und dann zögernd stehengeblieben war.

»Ja?«

Sie blickte zur Seite, dann sah sie ihn wieder an, ihre Hände spielten nervös mit ihrem Gürtel. »Ich habe einen Brief geöffnet, Genosse Sverdlov, es tut mir leid. Aber ich wußte nicht – es stand nicht darauf, daß er privat war.«

»Dann können Sie nichts dafür«, sagte Sverdlov. Sie machte ihn nervös, sie wand sich und machte ein Theater, als sei sonstwas passiert. Am liebsten hätte er sie gepackt und aus dem Zimmer geschoben. Ihr Verhältnis war sowieso nicht das beste. Sie hatte wohl inzwischen gemerkt, daß ihre Reize auf ihn nicht wirkten. Und anstatt ihre Technik zu ändern, wurde sie immer aufdringlicher. Typisch für eine Frau, die nur *eine* Art von Verführung kannte und nicht intelligent genug war, eine andere zu versuchen. »Welcher Brief ist es?«

»Dieser Genosse.« Sie lehnte sich vor und tippte mit dem Finger auf den Brief. Der Duft ihres teuren französischen Parfüms stieg Sverdlov in die Nase, und auch dieses Parfüm war ihm zuwider. Er schickte sie hinaus, nahm dann den Brief und las ihn.

Er war mit der diplomatischen Post gekommen, und der Absender war Gregory Tomarov, ein alter Bekannter, Zeuge bei seiner Hochzeit.

Das erste, was Sverdlov aus dem Umschlag zog, war das offizielle Dokument über das Scheidungsersuchen seiner Frau. Tomarov hatte einen vierseitigen handgeschriebenen Brief beigelegt.

Sverdlov las ihn langsam. Elena sei unglücklich. Sie habe sich über Einsamkeit und Vernachlässigung beklagt. Tomarov erging sich in blumigen Ausdrücken, so als müsse er Elena entschuldigen. Als sei eine Frau nicht berechtigt, sich einsam und vernachlässigt zu fühlen, wenn ein Mann seit drei Jahren in einem anderen Erdteil lebte.

Elena bilde sich ein, schrieb Tomarov, Sverdlov habe sicher eine andere Frau, und dieser Gedanke mache sie natürlich doppelt unglücklich.

Eine Scheidung – so Tomarov – sei nicht nur Unsinn, sondern auch ein ernsthafter politischer Fehler. Er würde Sverdlov dringend anraten, zu einem kurzen Besuch nach Hause zu kommen, um sich mit seiner Frau zu versöhnen, beziehungsweise sie zu beruhigen. Denn nach seiner, Tomarovs, Meinung, liebe ihn Elena nach wie vor und wolle sich im Ernst gar nicht scheiden lassen.

Dann folgten noch einige Sätze darüber, wie gern er sie beide habe, Elena und ihn, und daß es ihn sehr betrüben würde, wenn ihre Ehe so endete. Er bitte Sverdlov daher ganz dringend, so schnell wie möglich zu kommen, um die Scheidung zu verhindern.

Sverdlov legte den Brief aus der Hand, direkt auf das amtliche Dokument. Er zündete sich eine Zigarette an und dachte nach. Elena war also unglücklich und beschuldigte ihn der Untreue. Das klang ganz vernünftig. Ganz so, wie eine Frau sich benehmen sollte. War sie also doch schließlich eine normale Frau geworden, unsicher, abhängig, feminin? Vor einem Jahr noch hätte ihn der Brief Tomarovs gefreut. Er wußte, daß er Elena jederzeit zurückgewinnen konnte, er brauchte sie nur ins Bett zu legen. Das war immer seine Stärke ihr gegenüber gewesen, er wußte es. Er wußte allerdings auch, daß sie ihre Schwäche immer bereut hatte. Nachher. Und daß sie sich selbst verachtet hatte, daß sie sich von ihm besiegen ließ. Und dann zog sie sich wieder von ihm zurück.

Wenn er also jetzt heimkehrte und sie dazu brachte, das Scheidungsbegehren zurückzuziehen, würde sie dann endlich bereit sein, sich wie eine richtige Frau zu benehmen? Ihre Arbeit aufzugeben, ihn nach Washington zu begleiten und ein Kind zu bekommen?

Er nahm Tomarovs Brief in die Hand, legte ihn dann wieder hin. Wollte er das wirklich? Wie waren denn seine Gefühle nach drei Jahren Trennung?

Er brauchte sich diese Frage nicht zu stellen, die Antwort wußte er bereits. Nicht nur seine politische Einstellung hatte sich geändert, ebenso die Gefühle zu seiner Frau. Er liebte sie nicht mehr. Gleichzeitig wußte er, daß es besser sein würde, nach Hause zu fliegen und Elena zurückzugewinnen. Wenn es wirklich so war, wie es neuerdings den Anschein hatte, daß Golitsyn und seine Anhänger ihn bekämpften, dann würde es ihm schaden, wenn Yuri Maximovs Tochter ihn verließ. Man konnte ihm allzu leicht einen Strick daraus drehen.

Er drückte zornig die Zigarette aus und stieß einen Fluch zwischen den Zähnen hervor. Abgesehen davon, daß er wirklich genug Arbeit hatte, war seine Lust, nach Moskau zu fliegen, mehr als gering. Er war wütend auf Tomarov. Schrieb so einen albernen Brief, als seien sie ein junges grünes Paar und nicht seit zehn Jahren verheiratet. Zehn Jahre, die sie sowieso selten zusammen verbracht hatten. Elena war auch nicht zu Hause geblieben, als er noch da war. Sie war eine Karrierefrau, besessen von ihrem Beruf. Sie lebte ihr eigenes Leben, und ein Ehemann war für sie nicht wichtig. Das wußte er schließlich gut genug. Möglich, daß ihre Scheidung ein politischer Fehler war, einen seelischen Kummer bedeutete es für beide nicht.

Golitsyns Spionin hatte das also gelesen. Der Umschlag war so geschickt aufgerissen, daß man nicht mehr sehen konnte, ob ein Vermerk ›Persönlich‹ darauf gestanden hatte. Golitsyn wußte also auch Bescheid, es würde ihn tief befriedigen. Elena Maximova, die Tochter des Helden Maximov, ließ sich scheiden. Sicher bewunderte Golitsyn Elena sehr, eine moderne, selbstbewußte tüchtige Frau und schön dazu. Eine emanzipierte Frau!

Golitsyn hatte ein Mädchen aus seiner Heimat geheiratet, ein kleines pummeliges Ding, eine provinzielle kleine Gans, die nicht mal gewußt hätte, wie man das Wort Emanzipation schreibt.

Zweifellos – diese Scheidungsaffäre kam Golitsyn gerade recht. Er würde sie für sich nutzen.

Sverdlov dachte nicht gerade liebevoll an Elena.

Konnte sie ihm das nicht selbst schreiben?

Vorher. Ehe sie etwas unternahm?

Er schob den Brief in seine Schreibtischschublade und fluchte wieder.

Früher – noch vor zwei Jahren hätte er sich den Teufel darum gekümmert. Sollte sie sich eben scheiden lassen, wenn sie wollte. Aber jetzt – so wie es heute aussah, das veränderte Klima in Moskau –, er konnte es nicht riskieren.

Er mußte nach Hause fliegen und mit ihr sprechen.

Er klingelte nach Anna Skriabine und diktierte ihr ein Kabel an Tomarov und eines an seine Frau. Und dann beauftragte er das Mädchen, für Ende der Woche einen Flug nach Moskau zu buchen.

»Warte doch erst mal ab«, sagte Judith. »Vielleicht denkst du anders, wenn du sie wiedersiehst.«

Sie aßen zusammen in einer kleinen Trattoria in Manhattan, wo es eine besonders gute italienische Küche gab. Judith hatte das Lokal ausgewählt, weil sie sicher war, hier keine Bekannten zu treffen.

Sie hatten oft zusammen gegessen in den letzten Monaten, zwei- oder dreimal in der Woche, manchmal mittags, manchmal abends.

»Warum sollte ich? Es ist ein Irrtum, daß Trennung die Liebe vergrößert. Nur die Erinnerungen werden blasser.«

»Du willst nicht wieder mit ihr leben?«

»Nein«, sagte Sverdlov. »Der Gedanke, es auch nur zu versuchen, ist mir fern. Und schau mich nicht mit diesem edelchristlichen Blick an. Du kannst mich nicht dazu überreden, ich müsse ein braver Ehemann sein und heimkehren.«

»Ich will dich zu gar nichts überreden. Und edel bin ich schon gar nicht.«

»Dann rede dir auch nicht selbst ein, daß es dir nichts ausmacht. Daß du nicht eifersüchtig bist und daß es dich freuen würde, wenn ich meine Frau liebe.«

Er nahm ihre Hand und küßte sie.

Judith krallte ihre Nägel in seine Hand, so zornig war sie. »Das war aber gar nicht christlich«, sagte er. »Da schau mal, es fehlt nicht viel, und es blutet.«

»Das hast du verdient. Kannst du nicht eine Minute wie ein seriöser Mensch mit mir reden.«

»Bitte, wenn du partout willst, ich bin seriös. Mir ist nur niemals seriös zumute, wenn ich bei dir bin. Ich bin glücklich, wenn ich bei dir bin. Und ich wäre nicht glücklich mit meiner Frau. Ist das Antwort genug?«

»Nein. Denn dann verstehe ich dich erst recht nicht. Wenn du sie nicht mehr liebst und sie will sich scheiden lassen, warum willst du heimfahren und sie davon abbringen?«

»Ah!« er lehnte sich zurück und schloß halb die Augen. »Das ist schwer zu erklären. Es hat nichts zu tun mit Elena und mir, sondern mit Politik.«

»Das kann ich nicht begreifen. Was hat die Politik mit deiner Ehe zu tun? Es handelt sich doch um dein Privatleben.«

»Wie ist es denn hier bei euch im Westen? Willst du vielleicht behaupten, daß eine Scheidung oder sonst ein Skandal einem Mann bei seiner Karriere nicht schadet? Dann wüßtest du sehr wenig über die Gesellschaft, in der du lebst.«

»Ich spreche ja von deiner Gesellschaft, nicht von unserer. Ich dachte, bei euch ist eine Scheidung eine Kleinigkeit. So einfach wie — wie eine Abtreibung.«

»Das kommt darauf an, wer du bist. Ich weiß, das sollte keinen Unterschied machen, aber es macht einen. Lächle nicht, ich *bin* jetzt seriös. Meine Frau ist eine berühmte Frau. Und noch dazu aus einer berühmten Familie. Wenn sie sich von mir scheiden läßt, schadet es mir. Und das muß ich bedenken.«

»Ich wußte gar nicht, daß du so ehrgeizig bist.«

»Ehrgeizig? Ich möchte am Leben bleiben.«

»Du machst einen Witz!«

»Nicht ganz. Aber warum ißt du nicht – es wird ja alles kalt.«

»Feodor, hör auf, so mit mir zu reden. Du bist Offizier, du hast einen diplomatischen Posten inne – wieso kann eine Scheidung dich in Lebensgefahr bringen? Lieber Himmel, du bist nicht mit Stalins Tochter verheiratet.«

»Elenas Vater kannte Stalin sehr gut. Hat dir denn dein Geheimdienstvertrauter nichts über mich erzählt?«

»Nein«, sagte Judith. »Nichts. Ich läute ihn jedesmal an, wenn ich dich treffe, und damit hat sich's. Ich habe dir das erzählt.«

»Du magst mich?«

»Ja. Du weißt es.«

»Sehr?«

»Ziemlich.« Sie malte mit dem Finger ein unsichtbares Muster auf das Tischtuch. »Wirst du lange fortbleiben?«

»Ich weiß nicht. Kommt darauf an, wie lange ich brauche, um sie dazu zu bringen, daß sie ihre Meinung ändert. Hör auf, auf dem Tischtuch herumzukratzen, und sieh mich an. Wenn ich zurückkomme, sehen wir uns dann?«

»Vielleicht willst du mich dann nicht mehr sehen. Vielleicht hast du dich doch wieder in deine Frau verliebt. Wenn ich nichts von dir höre, weiß ich Bescheid. Ich – ich meine, das ist dann schon in Ordnung.«

Er lachte laut auf. »Das ist in Ordnung? Und warum machst du dann so ein unglückliches Gesicht? Jetzt hör mir zu: Ich bin kein kleiner Junge, der zu einer verlorenen Liebe zurückkehrt. Ich habe drei Jahre ohne sie gelebt und ich kann es sehr gut weiterhin. Ich muß zurück, um meine eigene Haut zu retten, ob du das nun verstehst oder nicht. Sie bedeutet mir nichts mehr. Ich wünsche ihr das beste, ich werde mich immer freuen, sie zu sehen, aber als Frau — das ist vorbei. Endgültig vorbei.«

Er schlug mit der Faust auf den Tisch.

»Und du — du hast keinen Grund, so ein Gesicht zu machen! Bisher hast du nur nein zu mir gesagt. Immer nur nein. Bist du eigentlich ein heimlicher Maoist?«

»Endlich bist du drauf gekommen«, sagt Judith und lächelte ein wenig. »Ich kann den Tag nicht beginnen, ohne in Maos Bibel zu lesen.«

»Mir würde es den ganzen Tag verderben, wenn ich das lesen müßte. Weißt du übrigens, daß von diesem Unsinn mehr Exemplare verkauft worden sind als von der christlichen Bibel?«

»Und was ist damit bewiesen?«

Er beugte sich zu ihr und küßte sie auf den Nacken. »Daß es viel zuviel Chinesen gibt.«

»Feodor? Es ist nicht wahr, was du gesagt hast. Daß du ernsthafte Schwierigkeiten hättest? Es war ein Witz, nicht?«

»Nein«, sagte er nun ganz ernst. »Es war absolut kein Witz. Du kannst es nicht verstehen. Wenn ich nicht wenigstens den Versuch machen würde, die Sache aufzuhalten, würde mich das verdächtig machen. Viele alte Freunde ihres Vaters sind noch in Amt und Würden. Oder besser gesagt, sie sind es wieder. Es ist alles anders geworden bei uns. Der Westen hat das nur noch nicht kapiert.«

»Aber du hast doch gesagt — du hast gesagt, du hättest den Glauben an das alles verloren.«

»Ich habe das Interesse verloren«, sagte er.

Sie tranken jetzt Kaffee, und er kippte schon den dritten Löffel Zucker in das kleine Täßchen. »Wenn du willst, kannst du es Glauben nennen. Früher glaubte ich wirklich einmal daran, daß unser Weg der beste sei, um mit den Problemen der Welt fertig zu werden.

Ich war niemals ein Fanatiker so wie Elena. Ich habe immer alles in Frage gestellt. In der Zeit nach Stalin hörte man auf, davon zu sprechen, daß man die halbe Welt vernichten müsse, um dem Kommunismus zum Sieg zu verhelfen. Es gab mehr Freiheit, mehr Toleranz. Das war meine Zeit. Daran konnte ich glauben, dafür konnte ich arbeiten.

Ich wünschte, es wäre noch so. Dann hätte sich für mich nichts geändert. Aber heute ist es anders. Leider.«

Judith sah ihn an. Er war niemals zuvor so ernst gewesen, nie so bedrückt.

»Es ist anders geworden. Wir sind wieder da, wo wir vor dreißig Jahren waren. Und darum habe ich den Glauben verloren. Wie du es nennst. Oder das Interesse, wie ich sagte, das klingt nicht so dramatisch. Aber dennoch möchte ich überleben. Ich sagte dir das schon, als wir auf der Insel zum erstenmal über dieses Thema sprachen. Es gibt keine Gerechtigkeit mehr, keine Ideale. Ich tue meine Arbeit, so gut ich kann, weil ich muß. Und damit mich das Leben noch freut, habe ich dich. Das Vergnügen, mit dir hier zu sitzen. Eine Zigarette?«

»Warum steigst du dann nicht aus, wenn du so empfindest? Du könntest in Europa das Flugzeug verlassen und einfach verschwinden.«

»Nein. Ich bin Russe. Und ich will nicht im Exil leben. Ich möchte auch gern mit meiner Arbeit weitermachen. Vielleicht wird es wieder einmal anders. Du willst mich doch nicht dazu veranlassen, zu desertieren?«

»Nein, du weißt, daß ich das nicht tue. Du sollst dein Volk nicht verraten, und das tätest du, wenn du zu uns kommst. Ich dachte nur – aufhören, einfach verschwinden. Aber es ist sicher dumm, so etwas zu sagen, wahrscheinlich ginge es gar nicht.«

»Nein«, sagte er, und das schiefe Lächeln zog seinen Mundwinkel herunter. »Es wäre für mich sehr schwierig, mich zu verstecken. Dazu brauchte ich Hilfe. Also – bleibt alles wie es ist.

Ich werde jetzt zahlen und dich zurückbringen zu den Vereinten Nationen, damit du weiterhin für den verrotteten westlichen Kapitalismus arbeiten kannst. Freitag fliege ich nach Moskau. Ich denke, daß ich in zehn Tagen wieder da bin. Vielleicht schon früher, wenn ich mit Elena klarkomme. Ich ruf dich an, wenn ich zurück bin.«

Schweigend fuhren sie in seinem Wagen zurück zu den Vereinten Nationen. Kurz vorher fuhr er den Wagen seitwärts in eine Biegung, nahm sie in die Arme und küßte sie.

»Leb wohl. Auf Wiedersehen, Dushinka!«

Im Laufe des Nachmittags traf Judith einen der Dolmetscher im Gang. Sie hielt ihn an und fragte, was das bedeute: Dushinka. Er grinste und antwortete: »Das heißt Liebling, auf russisch. Wer macht Ihnen auf diese Weise den Hof?«

»Danke«, sagte sie und ging in ihr Zimmer.

An diesem Tag brachte sie es nicht über sich, Loder anzurufen.

Loder war im Bett, als das Telefon läutete.

Es war der Code-Offizier, der in der Botschaft Nachtdienst hatte.

»Ich habe schon den ganzen Abend versucht, Sie zu erreichen, Sir.«

Loder war im Kino, und anschließend hatte er in einem chinesischen Restaurant gegessen. Allein – wie üblich. »Was ist los? Es ist ein Uhr in der Nacht?«

»Ein Kabel für Sie mit Dringlichkeitsvermerk. Soll ich es vorlesen, oder kommen Sie herunter?«

»Ist es ratsam, es vorzulesen?«

Loder war ganz wach. Soweit er wußte, war sein Telefon sauber. Aber man konnte nie wissen, die Methoden wurden immer raffinierter. Und er dachte dabei nicht einmal an den Osten, auch die Vorstellung, daß der CIA in seinem Telefon zu Gast war, gefiel ihm wenig.

»Es ist persönlich. Soll ich es vorlesen?«

»Schießen Sie los!« sagte Loder und griff nach dem Bleistift und dem Block.

»Daphne ist krank. Komme sofort. Zustand sehr ernst. Unterzeichnet ist es Vinney.«

»Danke«, sagte Loder. »Würden Sie bitte gleich zurückkabeln? ›Nehme den nächstmöglichen Flug, Jack.‹ Und schicken Sie es gleich los. Dringend.«

Er kletterte aus dem Bett und nahm sich eine Zigarette. Daphne war seine Frau. Aber Vinney war der Codename seines Chefs in Queen Anne's Gate in London. Der Wortlaut der Nachricht war Tarnung. Daß man diese persönliche Art gewählt hatte, bewies, daß etwas Ernsthaftes geschehen war. So wichtig und so geheim, daß niemand in der Botschaft, weder der Gesandte noch der Botschafter, wissen durften, daß man Loder aus dienstlichen Gründen nach England kommen ließ. Er ging wieder ins Bett und rief die Fluggesellschaft an, um einen Flug zu buchen.

»Könnte ich bitte Mrs. Farrow sprechen? Ist sie zu Hause?« Nancy Nielson öffnete die Wohnungstür ein Stück weiter und ließ die blonde junge Dame eintreten. »Sie ist noch nicht da, aber sie wird jeden Moment kommen. Am besten, Sie warten. Bitte!«

Nancy führte die Besucherin ins Wohnzimmer und konnte sie nun deutlicher betrachten als vor der Tür. Das Haar des Mädchens schimmerte metallisch-golden, sie trug eine lange Silbernerzstola über einem roten Kostüm, das zwar teuer, aber nicht elegant aussah.

»Wie war Ihr Name?« fragte Nancy.

»Sandy«, lächelte das Mädchen. »Sandy Mitchel. Hei!«

»Hei!« erwiderte Nancy. »Ich bin Nancy Nielson. Wollen Sie einen Drink?«

»Nein, danke.«

Das Mädchen ließ die Stola gekonnt über eine Schulter gleiten und setzte sich. Sie hatte bildschöne Beine, wie Nancy feststellte. Sie war überhaupt sehr hübsch. Vielleicht nicht ganz – nun ja, nicht die Art Mädchen, mit der Judith Farrow verkehrte. Wie ein Starlet sah sie aus oder eine Nachtklubsängerin, so was von der Art.

Während Nancy das Mädchen betrachtete, verengten sich ihre Augen leicht, genau wie bei ihrem Vater, wenn der über etwas nachsann. War es ein Fehler gewesen, sie hereinzulassen? »Sie kennen Judith gut?« fragte sie vorsichtig.

»Nein, nein. Ich kenne sie eigentlich gar nicht. Wir sind uns nur einmal kurz begegnet.«

»Aha«, sagte Nancy. »Dann werden Sie auch nicht erwartet?«

»Nein.« Ein rasches nervöses Lächeln huschte über das Gesicht des Mädchens. »Ich habe nur etwas auszurichten. Oh, ob sie das ist?«

Draußen war die Tür gegangen, Nancy stand auf: »Das wird sie sein. Ich werde ihr sagen, daß Sie hier sind.«

Sie schloß sorgsam die Tür hinter sich. Judith schüttelte den Kopf, als sie Nancy anhörte.

»Ich kenne niemanden, der Sandy Mitchel heißt ... na, mal sehen, was sie will.«

Als sie ins Zimmer trat, stand die Blondine auf. Judith erkannte sie sofort. Es war das Mädchen, das damals in der Begleitung des jungen Russen an ihren Tisch gekommen war. Memenov oder so ähnlich hatte der geheißen.

»Hello«, sagte sie.

»Sandy Mitchel«, sagte das Mädchen. »Sie erinnern sich an mich? Wir haben uns im Popotte getroffen, es ist schon eine Weile her...« Sie wirkte unsicher, wußte offensichtlich nicht, wie sie fortfahren sollte. Ihr Blick ging zu Nancy, die unter der Tür stand. »Mrs. Farrow, könnte ich Sie einen Moment allein sprechen?«

»Natürlich«, sagte Judith und wandte sich zu Nancy um, doch die war schon verschwunden. Sie setzten sich, und Judith fragte: »Warum wollen Sie mich sprechen, Miß Mitchel?«

»Ich bin die Freundin von Peter Memenov. Sie werden sich kaum mehr an mich erinnern, wir saßen mal kurz bei Ihnen am Tisch. Es ist so, Peter hat mich heute angerufen, er ist zur Zeit in Paris, und er hat mich dringend gebeten, daß ich Sie suche und mit Ihnen spreche. Es handelt sich um Ihren Freund, Colonel Sverdlov. Peter hat eine Nachricht für ihn.«

»Oh! Und warum wendet er sich nicht direkt an Colonel Sverdlov?«

»Ich weiß es nicht«, sagte das Mädchen und hob die Schultern. »Und ich will es auch gar nicht wissen, Mrs. Farrow. Und ich bin auch nicht gern hierher gekommen – ich tue es Peter zuliebe. Ich habe ihn gern. Und er hat mich wirklich sehr dringend darum gebeten. Er sagte, es sei schrecklich wichtig, daß ich Sie finde und daß Sie diese Nachricht an Ihren Freund weitergeben.«

»Also, wie lautet die Nachricht?«

»Ich hab's aufgeschrieben.« Sie öffnete ihre Handtasche und brachte einen kleinen Zettel heraus, den sie offensichtlich flüchtig abgerissen hatte. Judith streckte die Hand danach aus, aber Sandy Mitchel schüttelte den Kopf. »Er sagte, ich soll es aufschreiben, aber nicht aus der Hand geben. Auf keinen Fall. Wenn ich es Ihnen ausgerichtet habe, soll ich den Zettel verbrennen. Wirklich, Mrs. Farrow, es hört sich verrückt an, aber wenn er es so will, wird er ja wohl wissen, warum.«

»Also gut, dann lesen Sie es mir vor.« Judith dämpfte unwillkürlich die Stimme, so als hätte sie Angst, Nancy könnte sie draußen hören.

»›Kalinin ist in der Lubiyanka. Sie warten auf dich. Laß dich unter keinen Umständen dazu überreden, nach Rußland zu reisen.‹ Das ist alles.«

»Mein Gott!« flüsterte Judith.

»Ich versteh's nicht«, sagte das Mädchen. »Aber irgendwie klingt's unheimlich. So als wäre Ihr Freund in Schwierigkeiten.« Erschreckt sah sie die Engländerin an, die weiß wie eine Wand geworden war.

»Ich gehe dann wieder. Peter sagte, ich sollte es Ihnen so rasch wie möglich ausrichten.«

»Es ist Donnerstag abend«, sagte Judith verstört. »Er muß es heute nacht noch erfahren.«

Sie brachte Sandy hinaus und gab ihr die Hand. »Danke«, sagte Judith. »Danke. Ich danke Ihnen so sehr, daß Sie sich bemüht haben, mich zu finden. Ich danke Ihnen, daß Sie gekommen sind. Gehen Sie heim, und verbrennen Sie das wirklich. Und vergessen Sie alles.«

»Das werde ich«, sagte das Mädchen, sie war jetzt auch ganz blaß. »Ich kann mir ja nichts darunter vorstellen. Aber irgendwie klingt's gefährlich, nicht? Hoffentlich finden Sie Ihren Freund heute nacht.«

»Gott helfe ihm, wenn mir das nicht gelingt«, sagte Judith. »Morgen früh geht sein Flugzeug nach Moskau.«

Loders Chef in London war früher Industrieller gewesen. Nach dem Krieg hatte er in Anerkennung seiner Dienste in der Kriegsindustrie einen Titel bekommen und zusätzlich noch, für Dienste ganz anderer Art, einen hohen Orden.

Er war äußerlich eine ganz durchschnittliche Erscheinung, weder groß noch besonders gut aussehend, sein Haar war dünn, und seine Augen verbargen sich hinter dicken Gläsern. Als einzige Erinnerung an seine Militärzeit trug er einen sorgfältig gestutzten Schnurrbart.

Seine ersten Erfahrungen im Geheimdienst hatte er im Frieden erworben, im Mittleren Osten und in Indien, damals noch ohne militärischen Rang. Während des Krieges, als die Abwehr der Streitkräfte sich eine Zeitlang durch blamable Fehlgriffe ausgezeichnet hatte, besann man sich auf begabte Amateure, die man lose in der S. O. E. zusammenfaßte. Er wurde ziemlich schnell Brigadier und war schließlich in dem Teil des Intelligence Service tätig, der der Marine unterstand.

Dieser Mann gehörte zu den seltenen Persönlichkeiten in der Spionage, die sich zwar durch Mut und Initiative auszeichneten, aber zu gerissen waren, sich einfangen zu lassen und den Heldentod zu sterben. Er war ein großartiger Organisator, und besaß außerordentliche Erfahrungen im aktiven Einsatz, was man durchaus nicht von allen führenden Köpfen des Geheimdienstes der anderen Sektionen behaupten konnte. Außerdem hatte er die Gabe, die richtigen Leute am richtigen Platz einzusetzen, wobei er genau wußte, was er von jedem erwarten und verlangen konnte.

Nach dem Krieg war er zunächst wieder in der Industrie tätig, und als er schließlich geadelt wurde, zog er sich scheinbar in den Ruhestand zurück, womit für die Öffentlichkeit sein Berufsleben beendet schien. In Wahrheit wurde er zu jener Zeit der Kopf des gesamten S. I. S., des Secret Intelligence Service, und regierte nun in den geheiligten Hallen am Queen Anne's Gate.

Am Freitagnachmittag wurde Loder dort empfangen. Auch das war früher nicht üblich gewesen. Der Vorgänger des jetzigen Geheimdienstchefs hätte weder sein Büro nach dem Mittagessen aufgesucht, noch hätte er sein Wochenende, das Freitagmittag begann, durch irgendein Ereignis beeinträchtigen lassen, es sei denn, ein Krieg stände vor der Tür.

»Setzen Sie sich, Loder. Sie sehen gut aus. Washington bekommt Ihnen gut?«

»Ja. Sir. Ich komme gut zurecht.«

»Tut mir leid, daß ich Sie quasi über Nacht hierher beordern mußte. Wir haben ein Nummer-eins-Memo vom Geheim Außen gehabt.«

Der Chef liebte Abkürzungen, Loder kannte das schon. »Da ist offenbar eine große Schweinerei im Gange, und es ist nötig, daß das in der Familie bleibt. Daher benützte ich den Namen Ihrer Frau und die Krankheitssache in meinem Kabel.«

»Ich habe es so verstanden, Sir. Ich habe in der Botschaft mitgeteilt, daß ich nach London müsse, weil meine Frau krank sei. Das ist alles in Ordnung. Was ist los?«

»Mittlerer Osten. Eine verfluchte Ecke sowieso, eine Krise nach der anderen, Juden, Araber, mit allen der gleiche Ärger. Wie auch immer, da war etwas im Gange, angeregt vom State Department. Ein Vermittler aus Israel sollte einen von den führenden Ägyptern treffen, ganz inoffiziell, ganz geheim – Sie verstehen? Gut. Man muß alles mal versuchen. Wer nicht wagt, nicht gewinnt, na und so weiter.

Die israelische Regierung war einverstanden, solange das Gesicht gewahrt blieb, vor allem das Geheimnis. Sie hatten den richtigen Mann für diese Mission schon ausgewählt, und die Ägypter hatten zugestimmt, daß sich der Abgesandte von ihnen zur gleichen Zeit am gleichen neutralen Ort befinden würde, ganz zufällig natürlich. Selbstverständlich bestand auch Ägypten auf strikter Geheimhaltung.

Es wäre ein Versuch gewesen. Und mehr als das, Loder, Sie müssen es richtig sehen, es hätte gezeigt, von uns aus, vom Westen aus gesehen, daß Ägypten bereit wäre, sich vom russischen Einfluß zu lösen.«

»Und warum sollten sie das? Sie entschuldigen die Zwischenfrage, es interessiert mich nur«, sagte Loder.

»Die Frage ist berechtigt. Nun – man könnte sagen: zum Selbstschutz. Denn die Tätigkeit der arabischen Guerilla wächst ihnen langsam über den Kopf, sie können das nicht mehr kontrollieren. Das ist nicht mehr El Fatah allein, da gibt es noch eine ansehnliche, sich ständig vergrößernde Gruppe junger Kräfte, die so eine Art Che-Guevara-Revolution planen, mit fanatischen Kreuzzugideen, die nicht nur Palästina zurückerobern wollen, sondern gleichzeitig alles zerstören möchten, was mit der westlichen Welt in Verbindung steht. Da gibt es aber noch verschiedene Scheichtümer, die natürlich alles andere als kommunistisch gesinnt sein können, und denen diese linke Bewegung höchst unangenehm ist. Diese Leute zahlen insgeheim beträchtliche Summen an Ägypten. Nicht zuletzt dafür, daß der Kanal geschlossen bleibt.

Wenn die Juden wieder einmal die Geduld verlieren und es gibt wieder so ein Sechs-Tage-Aufräumen, und das kann man den Israelis nicht mal verdenken. Sie stecken eine ganze Menge von der Vereinigten Arabischen Republik ein, dann wird natürlich Ägypten wieder verlieren trotz ihrer russischen Maschinengewehre, und das dürfte dann die Stunde der jungen Fanatiker sein, die dort überall zu finden sind. Und die würden dann ihrerseits mit dem Schlachten beginnen. Und zwar oben. Bei den Reichen. Das hinwiederum würde den Russen recht gut gefallen.

Also kurz und gut, die Ägypter wurden einsichtig, es schien, als ob man mit ihnen reden könnte. Aber nun ist die ganze Sache geplatzt. Worüber nicht zuletzt das State Department recht erbost ist.«

Der Chef machte eine Pause und zog an seiner Nase. Loder

benutzte die Pause, die Zigaretten aus der Tasche zu holen, er bot dem Chef an, was akzeptiert wurde. Das war so eine Gewohnheit vom Chef, die der ganze Stab kannte. Er offerierte nie selbst Zigaretten, er ließ sich gern eine anbieten.

»Die Russen wissen von der Sache«, fuhr er dann fort, »und nicht nur etwa ein paar vage Andeutungen, sondern sie haben den ganzen Vorgang in der Hand – Dokumente, Briefe, Memos, Empfehlungen hin und her, sogar die Befürwortung des Präsidenten persönlich. Mit einem Wort, der ganze verdammte höchst geheime Plan ist in Moskau gelandet. Mit allen Einzelheiten. Sie haben das natürlich sofort den Ägyptern auf den Tisch des Hauses gelegt, und aus und vorbei. Die Juden sind wütend, daß alles herausgekommen ist, denn nun sieht es so aus, als seien sie in einer schwachen Position. Und ihre Heißsporne schreien jetzt nach Taten.«

»Und wie sind die Papiere in russische Hände gekommen?« fragte Loder. »Und vor allem, wieso wissen *wir* es, daß die Russen es haben?«

»Wir haben einen Freund in Kairo«, sagte der Chef. »Er hat die Fotokopien gesehen. Er war auch nicht sehr glücklich darüber. Zwar war sein Name nicht erwähnt, aber nachdem so viel verraten wurde, hätte das auch leicht passieren können. Ich fürchte, er wird in Zukunft nicht mehr mit uns zusammenarbeiten, was man ihm nicht verdenken kann.«

»Wenn sie Fotokopien haben«, sagte Loder langsam, »dann bedeutet das, daß einer von uns sie ihnen gegeben hat. Einer, der Bescheid weiß.«

»Ja.« Die Augen hinter den dicken Gläsern funkelten.

»Genau das. Das bedeutet es, Loder. Wir haben den Verräter mitten drin sitzen, an exponierter Stelle.«

»Das wird den Amerikanern den Arsch auf Grundeis gesetzt haben.« Loder war so erregt, daß er vergaß, seine Worte sorgsam zu wählen.

»Sie haben natürlich eine große Untersuchung begonnen, wo jeder, aber auch jeder, der mit der Sache zu tun hatte und Zugang zu der Korrespondenz hatte, durchleuchtet wird. Wie Sie es ganz richtig ausgedrückt haben, sie sind ganz schön sauer. Und natürlich beschuldigen sie uns. Es muß einer von uns sein — sagen sie.«

»Natürlich«, sagte Loder mißvergnügt, »das tun sie ja immer. Aber schließlich und endlich ist es ihre Suppe, in die da einer hineingespuckt hat, nicht? Sollen sie erst mal vor ihrer eigenen Tür kehren.«

»Das tun sie ganz gewiß«, sagte der Chef. »Aber man muß ihren Standpunkt auch verstehen. Wir haben ja in der Beziehung allerhand Dreck am Stecken. Ich saß noch nicht auf diesem Stuhl, als MacLean in Washington war. Ich bilde mir ein, ich hätte ihn erwischt, ehe er die ganzen Pläne der NATO-Verteidigung an die Russen verriet. Ich bete zum Himmel, daß es diesmal kein Engländer ist. Aber ich bin nicht sicher. Und darum sind Sie hier, Loder. Washington ist von jetzt an ein verdammt heißes Pflaster. Jedes Mitglied unserer Botschaft muß von Kopf bis Fuß durchgekämmt werden. Jedes.«

Er blickte Loder starr an und wiederholte mit Betonung: »*Jeder*. Vom Botschafter an abwärts. Nächste Woche schicke ich Ihnen zwei gute Leute. Bewährte Experten.« Loder überlegte, verengte die Augen. »Besser drei, Sir. Ich schicke MacLeod zurück.«

»Warum?«

»Er hat sich da mit einer Frau eingelassen.«

Nach wie vor war er entschlossen, Fergus Stephenson zu schonen, ihn und seine unwürdige Frau.

»Er ist ein ordentlicher Mann, ich kann nichts gegen ihn sagen, Sir, verstehen Sie mich recht. Nur eben, Frauengeschichten sind schlecht. Genügt schon, daß er mal ein Wort darüber fallenläßt, irgendwas Besonderes sei im Busch. Im Moment wäre es mir lieber, er würde abgelöst.«

»Gut. Soll geschehen. Selbstverständlich schlafen wir hier auch nicht. Am Montag werde ich in Downers berichten.«

Im ersten Moment verstand Loder nicht, dann kapierte er.

»Sie meinen, Sie werden mit dem Premierminister sprechen. In der Downingstreet?«

»Ja. Wenn wir das nicht aufklären, kann ich nach Hause gehen. So ernst ist die Sache. Diese ganze Mittel-Ost-Affäre war Topgeheimnis. Wer immer es an die Russen weitergab, *wußte*, wie wichtig es war. Und das bedeutet, ob nun englisch oder amerikanisch, wir haben auch einen Topverräter unter uns. Was das für die Sicherheit des Westens bedeutet, wissen Sie. Gegen diesen Burschen ist Mr. Philby ein Anfänger.«

»Großer Gott«, murmelte Loder, »ich hoffe, es ist keiner von uns.«

»Das hoffe ich auch«, sagte der Chef und zog wieder wütend an seiner Nase. »Aber ich werde Ihnen was sagen, Loder, ich hab' das verdammte Gefühl, es *ist* einer von uns. Instinkt? Nennen Sie es, wie Sie wollen. Ich rieche es.«

Er stand auf und reichte Loder die Hand. »Jetzt sind Sie dran. Also machen Sie's gut. Übrigens können Sie ein paar Tage in London bleiben, falls Sie Ihre Kinder sehen wollen.«

»Danke, Sir«, sagte Loder. Er hätte nicht gewagt, um diesen kleinen Aufschub zu bitten in der jetzigen Situation.

»Ich bleibe dann übers Wochenende, kann die Kinder sehen und fliege Sonntag nacht zurück. Es brennt mir auf den Nägeln, jetzt, wo ich das weiß. Auf Wiedersehen, Sir.«

Loder ging. Draußen war es Frühling, die Sonne schien. Er merkte nichts davon.

Er rief das nächste Taxi an, das vorüberkam, und fuhr zurück ins Hotel.

Sverdlov war nicht in seiner Botschaft in Washington. Judith telefonierte dreimal innerhalb einer Stunde. Das erstemal verlangte sie ihn zu sprechen, sie wartete fünf Minuten, dann war die Verbindung unterbrochen. Das zweitemal entschuldigte sich die Telefonistin umständlich, aber weiter kam auch nichts dabei heraus.

Endlich beim drittenmal hatten sie einen Mann am Apparat, der ihr in sorgfältig gewählten Worten – er sprach klassisches Englisch – mitteilte, daß Colonel Sverdlov nicht in Washington sei. Nein, weitere Informationen könne er nicht geben, aber vielleicht könne sie ihre Nummer zurücklassen und in einer halben Stunde noch einmal anrufen?

Beim nächsten Anruf hatte der Gesprächspartner, was sie nicht wissen konnte, die Sache inzwischen mit General Golitsyn besprochen. Als er den Namen Farrow gehört hatte, entschied Golitsyn, daß man ihr mitteilen solle, wo sich der Colonel Sverdlov aufhielt. Vielleicht hatte die Frau etwas Wichtiges, das sie Sverdlov mitteilen wollte, man durfte das nicht zurückweisen, es gab sonst Ärger. Zumal sie es sehr dringlich gemacht hatte, wie der Mann meinte, der mit ihr gesprochen hatte.

Judith war in ihrem Schlafzimmer. Sie hatte die Tür zugemacht, um zu vermeiden, daß Nancy sie fragte, wer diese Sandy Mitchel gewesen sei und was sie wirklich gewollt habe. Judith hatte nur kurz gesagt, es handele sich um die Adresse eines gemeinsamen Bekannten, nach der die Besucherin gefragt habe. Nancy hatte es offensichtlich nicht geglaubt, aber das war im Moment egal. Immerhin merkte sie, daß Judith nicht darüber sprechen wollte.

Als Judith schließlich wieder mit der Sowjetbotschaft in Washington verbunden war, befand sie sich am Rande eines hysterischen Ausbruchs.

Die Minuten, die sie warten mußte, bis die Verbindung hergestellt war, schienen sich zu Stunden zu dehnen. Sie mußte sich auf die Lippen beißen, um nicht in das Telefon hineinzuschreien oder in Tränen auszubrechen.

Dann endlich die gleiche Stimme wie zuvor. Colonel Sverdlov befinde sich in New York und sei unter der und der Nummer zu erreichen.

Das war ein Moment der Panik. Der Mann am anderen Ende wiederholte die Nummer langsam und deutlich, und sie hatte keinen Bleistift zur Hand, stotterte ihm die Nummer nach, brachte sie durcheinander, rief schließlich: »Warten Sie, warten Sie eine Minute«, nein, sie schrie es ins Telefon, als könne der andere sie nicht verstehen. »Ich habe nichts zum Schreiben hier, einen Moment, bitte bleiben Sie dran, nein, ich meine, ich habe keinen Bleistift, einen Stift zum Schreiben, verstehen Sie, ich muß die Nummer aufschreiben, einen Moment bitte, hängen Sie nicht ab . . .«

Und dann hatte sie einen Augenbrauenstift aus der Schublade ihres Toilettentisches gegriffen, etwas anderes war nicht da — und dann war die Nummer endlich aufgeschrieben.

Zehn Minuten später hatte sie Sverdlov am Telefon. Ihre Erleichterung war so groß, daß ihr Tränen in die Augen traten, und daß sie zuerst kaum sprechen konnte.

»Ich muß dich sprechen, sofort«, die Stimme gehorchte ihr kaum, er verstand sie nicht.

»Es ist schrecklich wichtig! Wir müssen uns sofort treffen.«

Einen Moment blieb es still, sie dachte schon, die Verbindung sei unterbrochen.

Dann sagte er: »Das ist schwierig. Ich bin im Moment sehr beschäftigt. Du weißt, daß ich morgen reise.«

Er schien nicht allein zu sein. Seine Stimme klang unpersönlich.

»Feodor, ich habe dir etwas Wichtiges zu sagen. Ich flehe dich an, sieh zu, daß du bald fertig wirst, was immer du tust. Wir müssen uns heute abend noch treffen. Hörst du! Du kannst auf keinen Fall morgen reisen!«

»Na gut, wenn es wirklich so dringend ist. Dann also dort, wo wir das letztemal waren. In einer Stunde etwa.« Er hängte ein, ohne auf Wiedersehen zu sagen.

Eine Weile saß sie bewegungslos, sie zitterte. Mühsam drängte sie die Tränen zurück. Jetzt hätte sie vor Erleichterung weinen können.

Er saß schon in der Trattoria, an demselben Ecktisch wie das letztemal, ein Glas Whisky vor sich, als sie kam. Er blickte auf und sah ihr entgegen, als sie durch das volle Lokal auf ihn zukam. Es war laut und lärmend, ein großer Tisch voll Italiener feierte irgendein Fest. Es roch nach italienischem Essen, Tomaten, Rosmarin, Öl.

Er stand auf, zog ihr einen Stuhl heran und legte für einen Moment seine Hand auf ihre Schulter. Sie schluckte, und dann sagte sie etwas Albernes, sie schämte sich, kaum, daß sie es ausgesprochen hatte.

»Du warst so kurz angebunden am Telefon. Ich hätte dich bestimmt nicht gebeten zu kommen, wenn es nicht so wichtig wäre.«

»Entschuldige«, sagte er. »Ich war in einem Zimmer voller Leute. Und ich war sehr überrascht, daß du anriefst. Wie hast du mich gefunden?«

»Deine Botschaft in Washington gab mir die Nummer. Hör zu, ich bin halb verrückt geworden, weil ich Angst hatte, dich nicht mehr zu erreichen. Du darfst morgen nicht nach Moskau fliegen.«

»Das sagtest du vorhin schon.« Er hielt ihr sein Glas hin. »Komm, trink einen Schluck. Du bist totenblaß. Beruhige dich, und dann erzähle mir, was geschehen ist.«

»Ich hatte einen Besuch heute abend, als ich aus dem Büro kam, wartete sie auf mich. Es war die Amerikanerin, die mit deinem Freund zusammen ist – du weißt doch, wir trafen sie im La Popotte – Memenov oder so. Peter Memenov, so sagte sie. Er hat ihr eine Nachricht geschickt und sie damit beauftragt, mich zu suchen.«

»Was für eine Nachricht?« Seine Stimme klang ganz ruhig, sein Gesicht war unbewegt.

»Sie hatte es aufgeschrieben, aber sie wollte mir den Zettel nicht geben. Ich habe es auswendig gelernt. ›Kalinin ist in der Lubiyanka. Sie warten auf dich. Geh auf keinen Fall zurück nach Rußland‹ – nein, warte, es hieß anders . . . ›laß dich auf keinen Fall dazu überreden, nach Rußland zu reisen‹.«

»Kalinin ist mein Sekretär«, sagte Sverdlov langsam. »Du bist sicher, daß . . . du bist ganz sicher, daß es geheißen hat Lubiyanka?«

»Ja. Ganz sicher, ich habe den Namen schon gehört. Es ist ein Gefängnis, nicht wahr?«

»Ja. In Moskau. Das Untersuchungsgefängnis des KGB.«

»Sie warten auf dich. Was heißt das?«

Sie umklammerte seine Hand. Und er ergriff ihre Hand, verflocht seine Finger so fest in die ihren, daß es schmerzte. »Das heißt, daß mein Sekretär verhaftet wurde«, sagte er. »Und verhört. Und es könnte bedeuten, daß man mich ...«

Er stockte. Sein Gesicht war wie aus Stein — »daß man auch mich in die Lubiyanka schickt, wenn ich zurückkomme.«

»O mein Gott«, flüsterte Judith. »Bloß wegen dieser Scheidung ...«

»Nein«, er schüttelte den Kopf. »Mit der Scheidung hat das nichts zu tun. Die ganze Scheidung ist nur ein Trick, um mich nach Hause zu locken.«

Er dachte an Tomarovs Brief, voll von salbungsvollen Worten und väterlichen Ermahnungen. Seine Augen wurden schmal, er sagte etwas in seiner Sprache, das Judith nicht verstand.

»Das ist eine weitaus ernstere Sache als eine Scheidung«, das schiefe Lächeln verzerrte seinen Mund zu einer bitteren Grimasse. »Sie haben Kalinin zurückgebracht, um gegen mich eine Anklage zusammenzubrauen. Die dürften sie jetzt zusammenhaben. Armer Kalinin! Und mein guter, alter väterlicher Freund schreibt mir dringlichst, ich soll nach Hause kommen. Und meine eigene Frau steckt da mit drin ...«

»Aber was hast du denn getan?« rief Judith. »Warum wollen sie denn eine Anklage zusammenbrauen? Ich kann das nicht verstehen ...«

»Nein, das kann man von dir auch nicht erwarten«, sagte er ruhig. »Du kannst das nicht verstehen. In der Welt, in der du lebst, passieren solche Dinge nur in Romanen. Spionagegeschichten, in denen sich der Held mit den Zähnen durch den elektrisch geladenen Stacheldraht beißt und glücklich im Dunkel der Nacht verschwindet. Aus der Lubiyanka entkommt keiner. Keiner. Es tut mir so leid um Kalinin. Hoffentlich hat er nicht versucht durchzuhalten.«

Er nahm sich eine Zigarette, gab auch ihr eine.

»So ist das nun also, Stalin lebt weiter. Die Jagd beginnt. Ich bin wirklich blind und blöd gewesen. Ich hätte es wissen müssen.«

»Aber warum du?« fragte Judith. »Was wollen Sie denn von dir?«

»Ich gehöre zu den sogenannten Liberalen. Ich glaube an Koexistenz. Ich habe daran geglaubt, daß man die kapitalistische Welt in Frieden erobern kann, geschickte Politik und der normale Verlauf der Geschichte würden genügen. Das war meine Meinung. Ich wollte keinen Krieg. Ich glaube nicht an die alte marxistische Theorie, daß eine Weltrevolution erst alles in Trümmer schlagen muß, um auf diesen Trümmern ein Paradies zu errichten. Du siehst ja selbst, wie korrupt ich geworden bin, ich trinke sogar schottischen Whisky. Hast du nicht selbst gesagt, am Anfang unserer Bekanntschaft, dies sei der Beweis für den Verlust meiner marxistischen Unschuld?«

»Du hast sie verloren«, sagte Judith. »Du denkst heute anders. Du hast es mir selbst erzählt, damals, in jener Nacht. Weißt du noch? Du hast den Glauben verloren, sagtest du damals. Und wichtig sei es nur noch zu leben. Zu überleben. Du mußt das zu deutlich gezeigt haben bei deinen Vorgesetzten. Oh, Feodor, warum konntest du nicht schweigen!«

Er lachte. »Nicht meine Vorgesetzten. Meine Untergebenen sind mir gefährlich. Besonders einer.«

Wieder wurden seine Augen schmal. »Trau niemals einem alt gewordenen Hund, auch mit einem Zahn kann er noch beißen. Das ist ein gutes russisches Sprichwort. Alle russischen Sprichwörter sind gut.«

»Hör auf, von albernen Sprichwörtern zu reden«, rief Judith heftig. Beschwörend fuhr sie fort:

»Kannst du nicht einmal etwas ernst nehmen? Wenn du jetzt nicht ernst bist, schreie ich. Du bist in schrecklicher Gefahr, man will dich einsperren – mein Gott, was geschieht, wenn du nicht nach Hause fährst? Sie werden dich mit Gewalt in ein Flugzeug schleppen, nicht wahr? So etwas tun sie doch, nicht wahr?«

»Nicht, ehe sie damit beauftragt werden«, sagte er. »Aber das würde wohl nicht lange auf sich warten lassen. Sobald sie merken, daß ich nicht kommen will, weil ich einen Verdacht habe, was mich erwartet.

Weißt du, was du für mich getan hast? Du hast mir eine Chance gegeben, zu überleben. Zunächst kann ich mal den Flug für morgen streichen lassen und für später buchen. Das gibt mir Zeit. Ich kann sagen, daß ich es deinetwegen tue. Daß ich dich jetzt soweit habe, für uns zu arbeiten. Und du hast eine wichtige Sache für mich. Du wirst in den nächsten Tagen Nielsons Safe sprengen und mir seine gesamte Korrespondenz ausliefern.«

»Ich verstehe nicht, wie du über das alles lachen kannst.«

Sie war so verängstigt und so besorgt um ihn, daß sie jetzt ehrlich wütend auf ihn war. »Es ist besser, als zu weinen«, sagte er. »Ich muß denken. Und darum darf ich mich nicht hineinsteigern. Bist du nicht hungrig? Wir werden etwas essen und trinken. Mein Glas ist leer.«

»Ich könnte keinen Bissen herunterbringen. Und du sollst nicht trinken, sondern einen klaren Kopf behalten. Alkohol kannst du im Moment nicht brauchen.«

»Dushinka«, sagte er, und seine Stimme war voll Zärtlichkeit, »mach nicht so ein verzweifeltes Gesicht. Du kennst doch meine Ansicht. Das Wichtigste ist zu überleben. Sie werden mich nicht kriegen. Ich verspreche es dir.«

»Aber was willst du gegen sie ausrichten? Was wirst du sagen?«

»Das kommt darauf an. Das kommt ganz darauf an, was ich tun werde. Und das eben muß ich überlegen. In Ruhe überlegen.«

Judith versuchte wirklich zu essen, aber es war ihr unmöglich. Sie trank Wein und rauchte, sie sprach kein Wort, unterbrach das Schweigen nicht. Es war alles so schwer zu begreifen. Wenn die Sache mit der Scheidung ein Trick war, wie er gesagt hatte, dann — dann gehörte auch seine eigene Frau zu seinen Feinden. Und von einem alten Freund hatte er auch gesprochen. Was waren das für Menschen! Waren Menschen überall so? Oder nur dort in diesem so unverständlichen Land?

Und während sie dasaß und ihn beobachtete, erkannte sie, daß er seine wahren Gefühle nur hinter diesen schlechten Scherzen verbarg. Das war kein Humor, das war bitterer Zynismus.

Wie wenig kannte sie ihn doch, was wußte sie von ihm? Sie kannte den charmanten, amüsanten Mann, der ihr den Hof machte. Er hatte noch ein anderes Gesicht. Flüchtig hatte sie es gesehen, an jenem Abend, als Memenov an ihrem Tisch saß. Und was empfand er nun? Wenn er Angst hatte, so verbarg er es gut. Daß er ärgerlich war, hatte er deutlich gezeigt.

Ärgerlich! Was für ein lächerliches Wort in diesem Zusammenhang. Dushinka! So hatte er sie wieder genannt. Liebling.

O Gott, dachte sie, wohin bin ich da nur geraten, was geschieht mit mir? Er bedeutet mir doch nichts, ein Ferienflirt, gerade recht, um Richard zu vergessen — Richard? Wer war das?

Im Moment stockte ihr der Atem. Sie hatte Richard Paterson so total vergessen, als hätte es ihn nie gegeben. Seit Wochen hatte sie nicht an ihn gedacht. Sie hatte nur an diesen Mann gedacht, der jetzt neben ihr saß. Sie hatte von einer Verabredung zur anderen gelebt. Das letzte Gespräch, als er von der Scheidung erzählte, von seiner beabsichtigten Reise, von der notwendigen Versöhnung mit seiner Frau — was hatte sie denn da empfunden?

Es war lächerlich, sich etwas vorzumachen. Vorhin, als sie ihm alles erzählt hatte und er seine faulen Witze machte, hätte sie ihm ins Gesicht schlagen können. War es wirklich so ernst? Dieser Fremde, von dem sie nichts wußte, der in ihr Leben gekommen war wie ein Wesen vom Mars, bedeutete er ihr so viel?

Er rückte seinen Stuhl näher zu ihrem, ihre Knie berührten sich.

»Kann ich heute abend mit zu dir kommen? In deine Wohnung?«

»Nancy ist da«, sagte Judith.

Bisher hatte sie Nancy immer als Ausrede benützt, um ihn von ihrer Wohnung fernzuhalten. Heute hätte sie gewünscht, es gäbe keine Nancy. Aber sie konnte es nicht riskieren, ihn mitzunehmen, Nancy war nicht so leicht zu täuschen. Nicht einen Moment dachte Judith daran, daß er aus demselben Grund mitkommen wollte wie sonst. Denn jetzt war er wirklich ernst geworden. Selbst im schummrigen Licht der Trattoria war sein Gesicht grau.

»Ich muß darüber nachdenken«, sagte er. »Ich kann das nicht so schnell entscheiden.«

»Ich werde anrufen«, sagte Judith. »Manchmal geht sie spät noch aus und bleibt über Nacht weg.«

Er sah ihr nach, wie sie durch das Lokal ging. Auch andere Männer sahen ihr nach. Sie war eine attraktive Frau. Und manchmal konnte sie schön sein. Wie damals, als er sie das erstemal gesehen hatte, in der Nacht am Swimming-pool – sie stieg aus dem Wasser, stand im Mondlicht und trocknete ihren nassen Körper. So würde er sie immer vor sich sehen.

Er zündete sich eine neue Zigarette an. Und begann von vorn.

Seine Frau hatte die Scheidung beantragt. War das nur Vorsicht, oder war sie daran beteiligt, die Falle für ihn aufzustellen? Bei Tomarov hatte er keinen Zweifel. Das war so ein Typ wie Golitsyn, einer, der nicht weiterdenken konnte, für den das, was ihm einmal eingehämmert worden war, bis ans Ende seines Lebens bestimmend blieb. Einer, der gehorchte.

Aber Elena – er hatte sie geliebt, hatte sie im Arm gehalten, er hatte sich so sehr ein Kind von ihr gewünscht. Was war diese Liebe für sie gewesen? Und selbst, wenn es keine Liebe mehr war, hatte sie kein menschliches Gefühl, konnte sie sich wirklich an dem Komplott beteiligen, ihn erbarmungslos an seine Feinde ausliefern? Würde sie unbewegt eines Tages im Gerichtssaal sitzen und zuhören, wie man sein Todesurteil sprach?

Nein. Er durfte ihr nicht unrecht tun. Sie war nicht falsch und hinterhältig, auch nicht fähig zu Grausamkeit. Aber die Hauptsache in ihrem Leben war dieses alte politische Ideal – das galt ihr mehr als alles andere. Wenn es gelungen war, sie davon zu überzeugen, daß er ein Verräter an der Sache war, die für sie das Wichtigste auf der Welt bedeutete, dann hatte sie sich von ihm abgewandt. Das genügte, um die Gemeinsamkeit der vergangenen Liebe auszulöschen, die Ehe zu beenden und ihn der

Vernichtung preiszugeben, so wie man ein faulendes Glied vom Körper trennte. Sie war schließlich Ärztin.

»Es ist zu dumm«, sagte Judith, als sie zurückkam, »aber Nancy bleibt heute zu Hause. Sie hat auch nicht die Absicht, noch auszugehen. Ich kann sie schlecht dazu überreden, nicht? Sie war so schon etwas befremdet von meiner Frage.«

Er blickte auf, sah ihr blasses angstvolles Gesicht und lächelte.

»Es macht nichts«, sagte er. »Jetzt bleiben wir erst noch eine Weile hier sitzen. Ich trinke auch keinen Whisky mehr, ich verspreche es dir.«

»Wenn ich nur wüßte, was du tun könntest. Das Ganze ist wie ein irrer Traum. Gibt es denn niemand, dem du dich anvertrauen könntest. Dein Botschafter? Kann er dir nicht helfen?«

»Nein.« Sverdlov schüttelte den Kopf und mußte lächeln über ihre Naivität.

Der Botschafter wußte bestimmt nichts davon, und er würde es nicht wissen wollen. Die Entscheidung, jemand wie Sverdlov zu verhaften, lag weit außerhalb seiner Kompetenzen. Wenn man selbst an der Spitze war, gab es keinen, der einem helfen konnte. Er dachte flüchtig an Panyushkin, der das Oberhaupt des KGB war. Er hatte kleine Zeichen von Sympathie empfangen, soweit es bei einem Mann in dieser gottähnlichen Position möglich war. Einmal war er mit Elena zu einem Wochenende am Schwarzen Meer eingeladen worden, in Panyushkins feudalen Landsitz. Es war eine höchst steife und feierliche Angelegenheit gewesen, so als besuche man einen regierenden Monarchen früherer Zeiten. Es wäre vollkommen sinnlos, sich direkt an Panyushkin zu wenden. Er mußte schließlich die Genehmigung zu Kalinins Entführung und Verhaftung erteilt haben. Und diese Tatsache bewies, wo er stand.

Auch Panyushkin war nicht unsterblich. Sicher hatte er Berija nicht vergessen, den härtesten und am meisten gefürchteten Chef des KGB. Berija fiel, als er die Zeichen der Zeit nicht verstand, als er den Wechsel in der Politik nicht erkannte. Chrustschow und die Liberalen waren es damals, die ihn stürzten.

Jetzt ging es anders herum. Wie auch immer. Es war so, wie er zu Judith gesagt hatte: *die Jagd begann.*

Panyushkin würde ihn empfangen, würde ihm versichern, daß er nichts zu fürchten habe, und dann würde er hinter dem Vorhang sitzen und zuhören, wenn man ihn folterte.

»Feodor! Was wirst du tun? Kannst du nicht einfach verschwinden? Ich sagte das vor einigen Tagen schon, ich weiß, und da war es nicht so ernst gemeint – aber jetzt meine ich es ernst. Du gehst hier zur Tür hinaus und verschwindest. Ich kann dir Geld geben . . .«

»Danke, aber das ist nicht möglich. Glaube mir, das wäre niemals möglich. Die Welt wäre nicht groß genug.

Es gibt nur zwei Möglichkeiten, und ich muß mir rasch überlegen, für welche ich mich entscheide. Entweder ich fahre nach Hause, verteidige mich, so gut ich kann, was sowieso zwecklos ist, und werde erschossen. Oder ich tue, was andere vor mir getan haben, ich bitte um politisches Asyl.«

Judith verschlug es die Sprache, nachdem er es nun doch gesagt hatte. Natürlich hatte sie daran gedacht, aber nicht gewagt, es auszusprechen. Er selbst mußte davon anfangen.

»Du kannst mir glauben«, sagte Sverdlov langsam, »wenn ich die geringste Chance hätte, würde ich nach Hause fahren. Aber ich kann genausogut in mein Zimmer in der Botschaft gehen und mir eine Kugel in den Kopf schießen. Das wäre natürlich der leichteste Weg.«

»Bitte«, sagte sie, ihre Augen waren dunkel vor Verzweiflung, »bitte, sag das nicht. Sag so etwas nicht. Es macht mich krank.«

»Es gibt immer mal einen Moment, in dem man denkt, daß es leichter ist zu sterben als zu leben«, sagte er ruhig. Dann lehnte er sich zu ihr, nahm ihre Hand und küßte sie. Die Hand war kalt wie ein Stück Eis.

»Aber es ist nicht mein Weg. Ist dir schon mal aufgefallen, daß es das Allheilmittel unseres Jahrhunderts ist? Auf alle Probleme der Welt haben wir eine Antwort – Tod. Zu viele Kinder werden geboren – Abtreibung. Zu viele Menschen leben zu lange, eine Last für den Staat, eine Plage für die Familie – Euthanasie. Politische Gegner – man tötet sie.

Erst war Krieg, dann die Revolution, dann war noch ein Krieg, aber nun ist das Töten eine ganz zivile Sache geworden. Es heißt dann immer, es sei die beste Lösung für diejenigen, die im Wege sind. Besser für die Alten und Kranken, besser für die unerwünschten Kinder, die keine Liebe bekommen, besser für die Farbigen und die Hungrigen, die keiner haben will. Und am besten auch für die, die anders denken, als man es brauchen kann.

Zweifellos – es wäre das Klügste, was ich tun könnte: mich still und heimlich erschießen und ihnen damit den ganzen Zirkus ersparen. Erstklassige Haltung für einen Offizier und Gentleman. Aber ich bin weder das eine noch das andere, wenn es darauf ankommt. Besser, du weißt das gleich. Ich werde mich nicht töten und ich lasse mich nicht töten für etwas, was ich nicht einsehe. Und darum brauche ich deine Hilfe. Wirst du mir helfen?«

»Du weißt es. Ich tue alles für dich, was ich kann.«

Sie sagte es leise, blickte an ihm vorbei. Das Restaurant war fast leer geworden. An dem großen Tisch, wo die Italiener den Geburtstag oder was auch immer gefeiert hatten, wurde die Rechnung bezahlt. Sie waren laut und lustig, manche sangen, einer erzählte dem Wirt des Lokals einen Witz, die Frauen kreischten vor Vergnügen.

Sverdlov nahm ihre Hand und küßte sie lange.

»Sie werden denken, wir sind ein Liebespaar«, sagte er, »und es wird ihnen nichts ausmachen, wenn wir noch sitzen bleiben. Für die Liebe haben sie viel übrig, die Italiener. Ein gefühlvolles Volk. Würdest du noch einmal für mich telefonieren?«

»Ja, natürlich, aber es ist schon so spät. Mitternacht. Wen soll ich denn anrufen?«

»Deinen Freund von der Botschaft, Mr. Loder. Sag ihm, daß ich ihn gern sprechen möchte.«

Judith war verwirrt. »Aber, es ist schon spät«, wiederholte sie. »Es wird keiner mehr da sein.«

»Es ist immer einer da. Und man wird ihn verständigen. Bitte, ruf ihn an.«

Dies war der einzige sichere Weg, mit dem britischen Geheimdienst Kontakt aufzunehmen. Falls man ihn beobachtete, sah das alles ganz normal aus. Er saß hier mit einer Spionin in spe, und ab und zu suchte die Dame die Toilette auf. Das Telefon befand sich in der selben Richtung.

Er hob die Hand, und der Besitzer des Lokals kam selbst. Er war in bester Stimmung, sein Gesicht war gerötet, er hatte mit seinen Gästen gefeiert. »Signore? Wo ist die schöne Lady?«

»Ich nehme an, sie pudert ihre Nase«, sagte Sverdlov. »Könnten wir noch einen Kaffee haben? Oder ist es schon zu spät?«

»Nein, nein, Sie können haben, was Sie wollen. Wir schließen noch nicht.« Er lehnte sich über Sverdlov und flüsterte mit glimmernden Augen: »Ich werde Ihnen noch einen Strega bringen. Für die Lady. Das wirkt sehr anregend. Sie verstehen?« Er gluckerte vergnügt und ging, rief etwas in italienisch.

Sverdlov stand auf, als Judith wieder zum Tisch kam.

»Er ist nicht da«, sagte sie. »Ich habe mit jemandem gesprochen, der mir sagte, er sei verreist. Sie wissen nicht, wann er zurückkommt.«

Sie sah ihn unglücklich an. »Ich hab's ganz dringend gemacht. Es sei sehr wichtig, und ich müsse ihn unbedingt so bald wie möglich sprechen. Seine Frau ist angeblich krank, und er ist zu ihr gefahren. Ich hab' dann nach dem anderen gefragt, seinem Assistenten, aber der war auch nicht da. Mein Gott, Feodor, was machen wir denn nun?«

»Immer noch dasselbe, nachdenken. Sie wissen nicht, wann er zurückkommt, sagst du? Und der andere, der Assistent ist auch nicht da?«

»Nein, der Mann, mit dem ich sprach, war ziemlich unfreundlich. Irgendeiner vom Nachtdienst. Mehr könne er mir nicht sagen. MacLeod sei auch nicht in Washington.«

»Trink deinen Strega«, sagte Sverdlov. »Empfehlung vom Wirt. Es ist ein Aphrodisiakum. Wir werden uns lieben heute nacht, und dann werden wir weiterdenken.«

»Mir ist nicht nach Scherzen zumute«, sagte sie. »Das ist alles so schrecklich. Ich weiß überhaupt nicht mehr, was man tun soll. Feodor! Wie wär's mit den Amerikanern? Kennst du da keinen?«

»Sicher. Ich kenne mehrere. Aber ich werde mich nicht dem CIA ausliefern. Wenn, dann gehe ich zu den Briten, nicht zu den Amerikanern. Dein Volk ist neutraler. Die Amerikaner sind die größten Feinde meines Volkes. Du weißt, daß man Informationen von mir erwartet. Ich bekomme Hilfe und Schutz nicht umsonst. Nein – Mister Loder oder niemand.«

»Wir können nicht ewig hier sitzen«, sagte Judith. »Wir sind die letzten. Warum kann denn bloß Nancy heute nicht mit einem ihrer verdammten Kerle unterwegs sein? Ausgerechnet heute ist sie zu Hause.«

»Was hast du gemacht, wenn Richard Paterson dich besuchte?« fragte er. »Seid ihr in ein Hotel gegangen?«

»Nein. Ich habe es ihr vorher gesagt. Und er kam sowieso meist am Nachmittag. Sie arbeitet oft bis um sieben Uhr.«

»Judith!« Sein Blick war wach, er sah sie aufmerksam an.

»Ja? Was ist? Warum siehst du mich so an ...? Oh, nein, nein, nicht er. Nicht Richard.«

Er hob die Schultern. »Na gut, ich verstehe, war nur so eine Idee von mir.«

»Ich will nicht mehr mit ihm zusammentreffen«, sagte sie unglücklich. »Bitte – gibt es denn keinen sonst?«

»Sicher, laß uns nachdenken. Es wird uns etwas einfallen.«

Er winkte und bestellte die Rechnung.

Sie saßen schweigend, bis er bezahlt hatte.

Draußen auf der Straße nahm er ihren Arm.

»Ich bring dich heim«, sagte er. »Und dann fahr ich zurück zur Botschaft. Mach dir keine Sorgen mehr.«

Er drückte ihren Arm an sich. »Bis morgen früh wird mir etwas eingefallen sein. Vielleicht ist Loders Assistent dann zurück.«

»Oh, sei doch nicht dumm«, rief sie und brach in Tränen aus. »Natürlich werde ich Richard anrufen. Gleich morgen früh.«

Rachel Paterson bekam jetzt manchmal in der Nacht quälende Leibschmerzen. Nicht weil sie zu viel gegessen hatte, sondern weil das kleine Ding in ihrem schwer gewordenen Leib sich heftig regte.

Natürlich war das auch am Tage nicht angenehm, aber die Nächte waren das schlimmste, fand sie. Keine Nacht konnte sie ruhig durchschlafen. Richard war ins Gästezimmer gezogen. Er müsse schließlich arbeiten und brauche seinen Schlaf, hatte er kühl gesagt. Rachel war ein wenig gekränkt, denn sie hatte sich immer bemüht, ganz leise zu sein, wenn sie nachts aufstand. Aber bis sie sich aus der gemeinsamen Bettdecke herausgewühlt hatte, wachte er auf und reagierte ziemlich unfreundlich auf die Störung seiner Nachtruhe.

Es war jedoch eine ganz gute Lösung, sah sie nachher ein, nun konnte sie jederzeit aufstehen, wenn sie sich nicht wohl fühlte. Manchmal schlief sie dann dafür am Morgen lange. Auch an diesem Sonnabend morgen war sie noch einmal fest eingeschlafen. Sie freute sich immer auf das Wochenende, da war Richard meist besserer Laune. Am Vormittag ging er zum Golfspielen, nachmittags gingen sie ins Kino, oder es kamen Freunde zum Bridge.

Abgesehen von den Belästigungen ihres Zustandes fühlte sich Rachel ganz wohl. Der Arzt hatte ihr versichert, daß sie gesund sei und alles gutgehen würde. Ihre Mutter hatte ihr geschrieben, daß sie zur Geburt des Kindes herüberkommen werde, auch sonst waren alle Leute nett zu ihr, und mit Richard ging es besser als erwartet.

Gegen acht erwachte sie plötzlich vom Läuten des Telefons. Schlaftrunken langte sie nach dem Telefonhörer.

»Hallo! Ist dort Washington 275680?« fragte eine Frauenstimme.

»Ja«, murmelte Rachel noch halb im Schlaf, doch da hörte sie bereits die Stimme ihres Mannes von einem anderen Anschlußapparat.

»Hallo?« sagte er.

»Richard? Hier ist Judy.«

Das machte Rachel wach. Sie preßte den Hörer ans Ohr. Judy! Und das morgens um acht.

Eigentlich hätte sie den Hörer auflegen müssen, aber nun war sie doch neugierig, wer das sein könnte. Es ging auch gleich sehr interessant weiter.

»Richard! Ich muß dich sprechen. Und zwar heute noch.« Zugegeben, Richard verhielt sich ablehnend. Er war kurz angebunden und schien sogar ärgerlich zu sein über den Anruf. Unter anderem sagte er zu der Fremden, daß er sie nicht zu sehen wünsche, alles sei ja nun wohl vorbei und erledigt, und sie möge sich bitte daran halten. Doch die Frau gab nicht nach, ihre Stimme klang eindringlich, direkt beschwörend, und schließlich sagte sie, sie würde nach Washington kommen und ihn aufsuchen, falls er nicht seinerseits sofort zu ihr käme.

An dieser Stelle warf Rachel den Hörer wütend auf die Gabel, es war ihr egal, ob man es hörte.

Fünf Minuten später erschien Richard bei ihr im Schlafzimmer. Es war dunkel, die Vorhänge noch zugezogen, Rachel lag im Bett und schluchzte.

Richard war wütend. Erstens über den Anruf, zweitens, daß seine Frau mitgehört hatte.

Stephensons Warnung klang ihm noch im Ohr. Judith galt als unzuverlässig, vom Umgang mit ihr sei abzuraten. Und nun drängte sie ihn, sie zu treffen. Drohte ihm sogar, falls er nicht spätestens am Nachmittag bei ihr sein würde, komme sie nach Washington – zu ihm ins Haus.

So etwas paßte gar nicht zu ihr. Doch dann hatte sie gesagt: Es geht um Leben und Tod. Und es hat nichts mit unseren früheren Beziehungen zu tun.

Das klang höchst dramatisch, aber die wenigen Andeutungen, die sie ihm noch machte, ließen ihn unsicher werden. Am Ende war es doch etwas Wichtiges. Richard wußte nicht, was er tun sollte. Und dazu noch das alberne Benehmen seiner Frau! Am liebsten hätte er sie angeschrien, sie solle still sein und sich nicht wie eine Verrückte gebärden. Aber er beherrschte sich, er hatte sich nun einmal dazu entschlossen, diese Ehe weiterzuführen. Ein Kind war unterwegs, und dazu kam noch, daß Rachel sich seltsamerweise bei Mrs. Stephenson beliebt gemacht hatte. Wenn Richard einen Menschen auf der Welt fürchtete, dann war es Mrs. Stephenson. Er mochte sie nicht, er mochte Frauen ihrer Art überhaupt nicht. Und er wußte gut genug, wie gefährlich sie einem werden konnten, wenn man bei ihnen in Ungnade geriet.

»Darling, du hast das ganz falsch verstanden. Hör doch auf zu weinen. Ich erzähle dir alles ganz genau, aber weine nicht mehr.«

»Du brauchst mir nichts mehr zu erzählen, ich habe genug gehört«, schluchzte Rachel. »Sie hat dich ja förmlich angefleht, zu ihr zu kommen. Und wenn du nicht kommst, kommt sie hierher. Es ist deine Freundin. Ich will nach Hause. Ich bleibe nicht länger hier. Du wolltest ja sowieso gar nicht, daß ich herkomme, und jetzt weiß ich auch warum. Weil du eine andere hast. Darum. Morgen – morgen mit dem ersten Flugzeug . . .«

Er war nahe daran, ihr mitzuteilen, daß bereits am Nachmittag eine Maschine nach London starte und daß er ihr einen guten Flug wünsche. Vor einem Jahr noch hätte er das getan. Aber jetzt nicht mehr. Wenn er seine Karriere nicht gefährden wollte, mußte er es mit diesem dummen Frauenzimmer aushalten. Wenigstens solange er noch in Washington arbeitete.

»Ich bin einige Male mit ihr ausgegangen«, sagte er, »ich war schließlich verdammt allein, nicht? Sie ist Engländerin. In Gottes Namen, sei doch nicht so kindisch, Rachel – da ist doch nichts dabei. Es war absolut nichts zwischen uns, kein Verhältnis oder so. Vielleicht war sie ein bißchen in mich verliebt, du weißt ja, wie das so ist mit diesen Mädchen, die allein in Amerika leben. Sie sind immer darauf aus, sich einen Mann zu angeln. Als ich merkte, daß sie es ernster meinte, habe ich mich zurückgezogen.«

»Und was will sie denn jetzt von dir?«

»Ich weiß es auch nicht. Irgendeine diplomatische Sache, sagte sie. Mein Gott, Darling, hättest du doch lieber bis zum Ende mitgehört, dann wüßtest du, daß ich die Wahrheit sage.«

»Ich habe genug gehört«, schluchzte Rachel verbohrt. »Sie will dich sprechen, hat sie gesagt. Sofort. Heute noch.«

»Ja, sicher, das hat sie gesagt. Sie steckt offenbar in irgendwelchen Schwierigkeiten.«

Er bemühte sich, geduldig zu sein, und sprach leise und beherrscht, betrachtete dabei voll Abneigung das verheulte Gesicht seiner Frau.

»Es handelt sich um einen Russen. Einer, der überwechseln will. Und er will darum jemanden von unserer Botschaft sprechen.

Darum hat sie angerufen. Darling! Hättest du bis zum Ende mitgehört, hättest du auch das gehört.« Rachel legte sich zurück und schloß die Augen. Sie glaubte ihm kein Wort. Von einem Russen war überhaupt nicht die Rede gewesen, es hörte sich total unsinnig an.

Schließlich nahm Richard sie in die Arme und streichelte sie, bis sie sich beruhigt hatte.

»Du hast wirklich nicht mit ihr geschlafen? Du schwörst es, Richard?«

»Ich schwöre es. Wir waren ein paarmal zum Dinner aus, das ist alles. Ich habe ihr nicht einmal einen Kuß gegeben. Jetzt sei lieb, Darling, nimm eine Beruhigungspille und versuche ein bißchen zu schlafen. Du mußt dich nicht so aufregen, daß ist nicht gut für das Baby. Ich fliege nachher schnell nach New York und höre dann, was eigentlich los ist.«

Er schwieg, zwei scharfe Falten auf der Stirn.

»Wenn es sich wirklich um einen Überläufer handelt — ich kann das nicht einfach ignorieren, vielleicht wäre es für mich ganz nützlich.«

Er küßte Rachel auf die Wange, seine Gedanken waren weit fort. Ein Russe aus der Sowjetbotschaft in Washington. Wer konnte das sein? Das naheliegendste wäre natürlich, Loder zu verständigen. Aber der Gedanke, so etwas allein auf die Beine zu stellen, hatte natürlich auch etwas Verführerisches. Das würde ihm bestimmt Anerkennung eintragen.

Wenn es wirklich so war, wie Judith angedeutet hatte, dann

konnte er, Richard Paterson, selbst mit der Sensation zum Botschafter gehen.

Loder konnte dann den Rest übernehmen.

7

Das Feuerzeug war nicht da. Er räumte die Schubladen bis zum letzten Winkel aus. Dann durchsuchte er den ganzen Raum. Dann sein Schlafzimmer. Er fand es nicht. Darauf durchsuchte er sämtliche Taschen sämtlicher Anzüge. Sogar die Taschen des Morgenrocks. Obwohl er wußte, daß das sinnlos war.

Schließlich läutete er nach dem Mädchen, das hier aufräumte. Sie hatte kein Feuerzeug gefunden, sie hätte auch niemals eines gesehen, sagte sie. Und er wußte, daß es stimmte, denn er hatte es noch nie herumliegen lassen. Es lag verborgen in der Schachtel und der Lederhülle in der hintersten Ecke der unteren Schublade links. Seit eh und je.

Anfangs hatte er die Schublade immer abgeschlossen. Seit drei Jahren etwa war er leichtsinniger geworden und hatte die Schublade nicht mehr verschlossen.

Er stand mitten in seinem Arbeitszimmer und überlegte sorgfältig, wann er es zuletzt benützt hatte. Er brauchte nicht lange zu überlegen, er wußte es. Und er wußte auch, daß er es wieder an seinen Platz gelegt hatte. Noch einmal begann er mit der Suche. Ergebnislos. Wenn es gestohlen worden war . . .!

Seine Stirn war naß von Schweiß. Er nahm ein Taschentuch und trocknete sich Gesicht und Hände. Niemand kam in sein Arbeitszimmer. Nur das Mädchen, das aufräumte, und seine Frau . . . Seine Frau!

Er brauchte das Feuerzeug heute. Aber auch wenn er es nicht gebraucht hätte, er mußte dieses Rätsel lösen. Einen Moment lang ergriff ihn Panik. Doch dann nahm er sich zusammen. Er war ein Mann von guter Erziehung, man hatte ihm beigebracht, sich zu beherrschen und der Gefahr ins Auge zu sehen.

Er ging hinauf zum Zimmer seiner Frau und klopfte. Sie stand vor dem Spiegel ihres Toilettentisches und zog sich gerade einen Handschuh an. Sie war sehr elegant gekleidet, in Zartlila, und trug einen breitrandigen Hut, der einem Sombrero glich.

»Margret«, sagte er, »entschuldige, daß ich dich störe. Aber ich suche etwas – ein Feuerzeug – du hast es nicht zufällig gesehen?«

Sie hob langsam den Kopf und sah ihn an. In ihrem Gesicht war ein Ausdruck, den er nie zuvor darin gesehen hatte. Er kannte viele Variationen ihres Gesichts – Haß, Wut, Verachtung. Manchmal war sie dann eine häßliche Frau, keine schöne, wie sonst.

Sie antwortete ihm nicht, blickte ihn nur stumm an mit diesem seltsamen starren Ausdruck.

Ihr Schweigen veranlaßte ihn zum Reden.

»Ich habe mein Feuerzeug verloren. Du hast es nicht zufällig gefunden?«

Sie öffnete langsam ihre Handtasche, griff hinein, nahm die Hand wieder heraus und öffnete sie.

»Ich habe das hier gefunden«, sagte sie. »Es sieht aus wie ein Feuerzeug. Es gefiel mir zunächst gut, und ich habe es benutzt. Und dann wollte ich es neu füllen und drückte auf den falschen Knopf.«

Das Feuerzeug lag in ihrer offenen Hand. Und er sah, was sie gesehen hatte. Der Deckel, der die winzige Kamera verbarg, war geöffnet. Und in einer Ecke war er verbogen. »Ich habe zuerst nicht gewußt, was das sein soll«, sagte Margret Stephenson. »Ich habe es kaputtgemacht, wie du siehst. Du wirst damit nicht mehr fotografieren können.«

»Nein«, sagte Fergus.

Wenn ihr Verhältnis ein anderes gewesen wäre, hätte er versucht, sie zu bluffen. Sicher gab es eine Menge Erklärungen für die verborgene Kamera. Und jede andere Frau hätte sich belügen lassen. Aber zwanzig Jahre Zusammenleben mit dieser Frau hatten ihn gelehrt, daß er sie nicht täuschen konnte . . .

Sie hatte immer dominiert, mit einem Wort oder einem Blick hatte sie jeden Widerspruch vernichtet. Er selbst hatte ihr die Waffe dazu geliefert. Was immer er sagte, sie würde wissen, daß es eine Lüge war. Und daher versuchte er gar nicht, sie zu belügen. Irgendwie paßte es zu allem, daß er von ihr entdeckt und verraten wurde.

»Ich hätte diese verdammte Schublade zuschließen sollen«, sagte er. »Ich wußte nicht, daß du an meinen Schreibtisch gehst. Es ist meine Schuld.«

Auch Margret beherrschte sich vorbildlich. Nur ihre Hand schloß sich so fest um das Feuerzeug, daß es ihr weh tat. Ihre Stimme war voll Verachtung, als sie die unvermeidliche Frage stellte.

»Was tust du mit so einem Ding? Was fotografierst du heimlich? Was für eine miese Schweinerei ist es diesmal?«

Er begriff gar nicht, in welche Richtung sie zielte. In seinen Augen war seine Schuld so offensichtlich, daß er gar nicht auf die Idee kam, sie spüre einer sexuellen Affäre nach.

»Es ist keine miese Schweinerei«, sagte er. »Aber du wirst es sowieso nicht verstehen. Du hattest niemals in deinem Leben ein Ideal.«

»Ein was!?« Sie wurde auf einmal blaß unter ihrem schönen Hut. *»Ideal?«*

»Ideal!« wiederholte Fergus. »Das Ideal, das Los der Menschen zu verbessern. Ich glaube daran. Du nennst es eine Schweinerei. Verrat, irgend so etwas. Aber ich sehe es anders. In meinen Augen ist das, was ich tue, recht und gut.«

Er stand gerade aufgerichtet vor ihr. Und ihr war, als seien ihre Beine plötzlich abgebrochen. Sie sank in den Sessel, der vor dem Toilettentisch stand, und umklammerte den Tisch mit beiden Händen. Ihre Hände zitterten so, daß die Fläschchen, die darauf standen, klirrten.

»Verrat!« flüsterte sie. »Verrat ... Lieber Gott! *Das* ist es, was du tust?«

Ihr Mund war geöffnet. In ihren Augen stand ein so nacktes Entsetzen, daß Fergus unsicher wurde.

»Wer bezahlt dich?«

Er schüttelte den Kopf. »Ich werde nicht bezahlt dafür, Margret.«

»Die Russen – Haben sie dich in der Hand? Weil du ein Schwuler bist?«

»Nein«, sagte er. »Du verstehst immer noch nicht. Keine Erpressung. Niemand zwingt mich. Ich tue es freiwillig. Aus Überzeugung. Ich habe daran geglaubt seit meiner Zeit in Cambridge.«

»Geglaubt? An was?« Sie spuckte die Worte fast aus. Langsam wich die Lähmung, ein Haß stieg in ihr auf, so gewaltig, so überwältigend, daß sie ihm am liebsten mit den Händen das Gesicht zerkratzt und dann den Hals zugedrückt hätte.

»Kommunismus«, sagte er gelassen. »Ich bin ein Kommunist. Ich war es schon, bevor ich dich kannte.« Er hob in einer leichten, eleganten Geste die Hand. »Tut mir leid, ich weiß, das ist ein neuer Schock für dich. Ich wünschte nur, du könntest verstehen, was ich fühle. Aber es war ja nie möglich, mit dir über Dinge zu sprechen, die wirklich wichtig sind.«

Er wandte sich ab, er war nicht im mindesten aufgeregt. Jetzt nicht mehr. Nur schwach fühlte er sich, ihm war übel. Trotz allem verletzte er sie ungern.

Zu seinem Erstaunen brach sie in Tränen aus. Er wußte nicht, wann er sie das letztemal hatte weinen sehen, es war viele Jahre her. Der Anblick ängstigte ihn, er fühlte sich nun schuldbewußt. Er zog ein Taschentuch heraus und näherte sich ihr unsicher. Mit einer wilden Bewegung schlug sie nach seiner Hand.

»Komm mir nicht nahe! Wage es nicht, mir nahe zu kommen, du dreckiger, elender Verräter! Ein Verräter! Ein Kommunist! Ein Spion! Da stehst du und sagst mir ins Gesicht, du seist ein Kommunist! Und hast noch die Stirn, mir vorzuwerfen, ich verstehe dich nicht.«

»Schrei nicht so. Es könnte dich jemand hören.«

»Ja«, schrie sie, noch lauter, »ja, das könnte wohl sein. Jetzt hast du wohl Angst? Hier, nimm das gemeine Ding!« Sie warf mit Vehemenz das Feuerzeug nach ihm, verfehlte ihn, es prallte gegen die Wand.

Mit bebenden Händen begann sie auf ihrem Toilettentisch herumzusuchen, verstreute Puder, starrte in ihr weißes Gesicht im Spiegel. »Mach, daß du rauskommst«, sagte sie. »Mach, daß du rauskommst aus meinem Zimmer! Ich habe eine Verabredung mit den Marches, ich bin sowieso schon zu spät dran. Geh mir aus den Augen!«

Er hob das Feuerzeug auf. Es lag schmiegsam und glatt in seiner Hand, seine Finger umschlossen es geradezu liebevoll. Es war seine Erfindung, war nach seinen Angaben gefertigt worden. Er steckte es in die Tasche und ging aus dem Zimmer, die Tür leise hinter sich schließend. Er machte niemals Lärm, wenn es sich vermeiden ließ.

Seine Großmutter, eine würdevolle und schöne Frau, hatte einmal gesagt, er war damals noch ein Kind: Ein Gentleman wirft niemals die Tür hinter sich zu.

Es galt einem Mann, einem Bekannten der Familie, der die Tür unbeherrscht geschlossen hatte. Nach diesem Urteilsspruch der Großmama wurde er im Hause nicht mehr vorgelassen.

Fergus ging langsam und bedächtig die Treppe hinab, zurück in sein Arbeitszimmer. An seine Kindheit dachte er gern zurück, man hatte ihn sorgfältig erzogen, er war ein umgängliches freundliches Kind gewesen, das niemandem Schwierigkeiten machte. Dort war der Grund für seine spätere Entwicklung nicht zu suchen. Am meisten hatte er sein Kindermädchen geliebt. Sie war groß, gütig und verständnisvoll, sie bedeutete ihm mehr als seine Mutter. Seine Eltern sah er überhaupt nur selten; wenn er aus dem Kinderzimmer gerufen wurde, um sie zu begrüßen, war er immer ein wenig befangen.

Eine gute Schule, dann das Studium. Die erste große Erschütterung für ihn war die Entdeckung seiner abseitigen Veranlagung auf sexuellem Gebiet. Doch auch das war nicht der Grund für seine ungewöhnliche politische Bekehrung, nicht direkt. Vielleicht jedoch ein wenig der Anlaß, der Anstoß dazu, Freunde und Gefährten zu finden, die sein Leben erfüllten. Und dann natürlich das Ideal. Untergründig, ihm selbst nicht bewußt – jedenfalls am Anfang – hatte er immer nach einer großen Idee gesucht, nach dem, was er ein Ideal nannte. Eine Zeitlang bedeutete ihm die Kirche viel. Vielleicht wäre das ein Weg für ihn gewesen. Aber die anglikanische Kirche um 1930 herum war zu trocken, wirkte nicht sonderlich anziehend auf einen begeisterungsfähigen jungen Mann. Die katholische Kirche wäre das richtige für ihn gewesen. Aber in den Kreisen, in denen er aufgewachsen war, betrachtete man Katholiken als Menschen einer niedrigen Klasse.

Er selbst gehörte einer gesellschaftlichen Oberschicht an. Doch er hatte sehr früh die Ungerechtigkeit dieser Klassenordnung begriffen und wurde davon abgestoßen. Es mußte doch eine Gemeinschaft der Menschen geben, etwas, das sie verband und ihnen allen ein glückliches Leben erlaubte.

Das waren aber mehr oder weniger unausgegorene, nicht zu Ende gedachte Gedanken und Gefühle. Dann also das unbefriedigende Liebeserlebnis, der Schock, daß er homosexuell war, die bittere Tatsache, daß der Geliebte ihn verließ. Übrigens war das Objekt seiner großen Liebe unschuldig an seiner politischen Entwicklung. Der hatte überhaupt kein Interesse für Politik besessen und bejahte es als Selbstverständlichkeit, Mitglied einer Oberschicht zu sein. Fergus' Sehnsucht nach einer besseren und gerechteren Welt hätte ihn nur zum Lachen gebracht.

Kurz nachdem diese Liebesaffäre zu Ende war, als er noch litt und Trost suchte, fand er den Weg zum Kommunismus. Auf einer Party traf er einen damals bekannten kommunistischen Autor. Es war die Zeit, in der die meisten Studenten kommunistische Neigungen hatten, besonders jene, die aus besseren Kreisen stammten. Es galt als schick, es war Mode, Kommunist zu sein, man schwärmte für Marx und sang die Internationale. Dieser Schriftsteller, den Fergus eines Tages kennenlernte, war ein aktiver Sozialist und wurde daher von den jungen Leuten sehr bewundert und gefeiert. Sie verschlangen seine Bücher und diskutierten nächtelang darüber.

Fergus Stephenson wurde sein eifrigster Jünger. Die wilde

leidenschaftliche Glut des kleinen, eher häßlichen Mannes, seine mit Überzeugung vorgetragenen Thesen über die neue, so unendlich bessere Welt, die es zu schaffen galt, dieses so ganz andere, so unbegreifliche Bild einer neuen Welt und Menschheit wirkte auf den jungen Fergus wie eine Verheißung. Ja, man konnte es so nennen, es war eine Art religiöser Wahn, der ihn ergriff, und der von dem Autor, der selbst einem religiösen Fanatiker des Mittelalters glich, rasch erkannt und ausgenützt wurde.

So fand Fergus sein Ideal. Sein Leben bekam einen Sinn, einen Inhalt.

Plötzlich waren alle Menschen seine Freunde. Auch die Menschen jener Klassen, die für ihn gar nicht existiert hatten. Er wollte sie lieben, er würde sie lieben, auch wenn sie zunächst seine Liebe nicht erwidern konnten. Er gehörte dennoch zu ihnen. Es war zu jener Zeit überaus wichtig für ihn, einen Platz zu haben, auf den er gehörte, eine seelische Heimat gewissermaßen. Denn er wußte, daß er aus der Welt, in der er bisher gelebt hatte, ausgestoßen sein würde, wenn man sein Geheimnis kannte.

Ein Homosexueller war ein Verachteter, ein Gemiedener, einer, den man bedrohen, bestrafen, erpressen konnte. Er war gezwungen, mit einer Lüge zu leben.

Seine neuen Freunde hingegen waren großzügig, waren frei, sie nahmen das Leben wie es war. Plötzlich gehörte er zu einer Gruppe, und das war es, was er immer ersehnt hatte. Er war nicht stark genug, um allein zu bleiben.

Dann kam der Krieg. Fergus kämpfte in Nordafrika und in Italien. Die anderen Offiziere wunderten sich manchmal, warum so ein ruhiger Mensch wie Stephenson die Nazis mit so wilder Entschlossenheit bekämpfte, gerade so, als wären sie seine ganz persönlichen Feinde.

Nach dem Krieg kam er dann ins Foreign Office, und nicht lange danach heiratete er Margret. Dieser tragische Fehler trieb ihn erst recht zurück zu seinen politischen Utopien, die vorübergehend etwas verblaßt waren. Denn nun blieb ihm endgültig nichts anderes als nur das eine: der Traum von der besseren Welt, von dem neuen Menschen.

Und so kam es dann eines Tages zu der Entscheidung, nicht nur zu glauben und zu träumen, sondern auch zu handeln. Daß die Amerikaner versuchten, Nazideutschland, den Rest der davon übriggeblieben war, am Leben zu erhalten und in die westliche Welt zu integrieren, gab den Ausschlag. Ein starkes Deutschland würde ein unüberwindliches Bollwerk gegen den Kommunismus sein.

Nun war es an der Zeit, zu kämpfen. Für sein Ideal, für den Kommunismus.

Er machte keine Umwege, auf direktem Weg bot er den Russen seine Dienste an. Der erste, mit dem er darüber sprach, war ein führendes Mitglied der Sowjet-Botschaft in London. Dieser Mann wurde bald darauf nach Moskau zurückgerufen, Fergus sah ihn nie wieder. Kurze Zeit darauf bekam er einen Verbindungsmann, und dann wählte er einen Codenamen — Blau. Treues konservatives Blau.

Niemals begriff er den unsinnigen Widerspruch seiner Existenz. Er hielt sich für treu, er war der Meinung, das, was er tue, sei gerecht und gut und diene der Menschheit. Und niemals in all den Jahren geriet sein Glauben ins Wanken. Er glaubte so bedingungslos und kritiklos, wie nur ein Konvertit glauben konnte.

Nun saß er hier in seinem Arbeitszimmer, ein distinguierter Herr von vierundfünfzig, der eine brillante Karriere gemacht hatte, und dachte darüber nach, was wohl seine Frau tun würde.

Sie haßte ihn. Er erkannte an, daß sie ein gewisses Recht dazu besaß. Denn er hatte unrecht getan, sie zu heiraten, das war Betrug an ihr gewesen. Eine Frau wie sie konnte es nicht verzeihen, daß ihr Mann ein Versager war und sie damit um die Erfüllung ihres Lebens als Frau geprellt wurde. Seit sie sein Geheimnis kannte, hatte sie Rache genommen. Sie hatte ihm ihre Verachtung gezeigt, hatte Liebhaber genommen, wann und wo sie ihr paßten, hatte ihn im Zweifel gelassen über die Herkunft seines jüngsten Sohnes. Aber das war immer noch nicht genug, um den impotenten Mann für ein enttäuschtes Frauenleben zu bestrafen.

Doch nun besaß sie die richtige Waffe. Nun konnte sie sein Leben zerstören. Er kannte sie so lange, aber er wußte nicht, was sie tun würde.

Fergus stand auf und ging.

Die Kamera war zerstört, er mußte die Details der heutigen Besprechung aus dem Gedächtnis übermitteln. Es war gut möglich, daß es die letzte Information war, die sein Verbindungsmann von ›Blau‹ bekam.

»Ich kann dir nicht sagen, wer es ist«, sagte Judith. Sie stand vor Richard Paterson und sah ihn ruhig an. Genauso ruhig und gelassen, wie sie ihn begrüßt hatte. Daß ihre Ruhe nur Maske war, blieb ihm verborgen. Auch Richard bemühte sich, möglichst formell und kühl aufzutreten, er hatte ihr nicht einmal die Hand gereicht. Als erstes hatte er gefragt, wer der Russe sei. Und sie lehnte es nun zum zweitenmal ab, seinen Namen zu nennen.

»Dann hätte ich mir die Reise hierher ersparen können«, sagte er. »Ich bin keineswegs verrückt darauf, in diese Sache verwickelt zu werden. Wahrscheinlich ist es so ein kleiner Bürodiener, der für gewöhnlich die Papierkörbe leert und der sich nun einbildet, er kann dem Westen das Geld aus der Nase ziehen...«

»Du täuschst dich. Er ist genau das Gegenteil. Ich kenne den Mann sehr gut, um den es sich handelt. Er ist in großer Gefahr und bittet um politisches Asyl. Glaube mir, Richard, nichts auf der Welt hätte mich veranlassen können, mich an dich zu wenden, wenn es nicht wirklich um Leben oder Tod ginge.«

»Ich bin sehr erleichtert, das zu hören«, sagte er steif. »Meine Frau hörte zufällig unser Gespräch mit und war sehr erregt. Ich hatte allerhand zu tun, um sie zu beruhigen.«

Judith betrachtete ihn kühl. Wie gleichgültig er ihr war! Kein Mensch auf der Welt konnte ihr gleichgültiger sein als dieser Mann. Das hatte Sverdlov fertiggebracht.

»Das tut mir wirklich leid«, sagte sie. »Aber ich konnte nicht bis Montag warten, und nur deshalb habe ich in deiner Wohnung angerufen. Was mein Freund verlangt, ist folgendes: die Zusicherung, daß die Briten ihn aufnehmen und daß er nicht an die Amerikaner und natürlich auch nicht an seine eigene Botschaft ausgeliefert wird. Das hat er mir aufgetragen, dir zu sagen. Ich habe versucht, den Mann vom Intelligence Service zu erreichen, den ich kenne, aber er ist in England. Ich wußte sonst niemand, an den ich mich hätte wenden können.«

»Ich kann keine verbindliche Zusage geben, das übersteigt meine Kompetenzen«, sagte Richard. »Alles, was ich tun kann, ich kann dem Botschafter berichten. Wenn es wirklich ein hohes Mitglied der Sowjet-Botschaft ist, wie du behauptest, dann muß das auf Botschaftsebene abgewickelt werden. Ich werde natürlich auf jeden Fall erst mit dem Gesandten sprechen.«

»Das dauert alles zu lange. Geh gleich zum Botschafter. Eine bindende Zusage des Botschafters würde genügen. Du kannst dem Botschafter sagen, dieser Mann wäre eine wertvolle Erwerbung für unser Land.«

Sverdlov hatte ihr das alles vorgesagt, sie hatte es nicht verstanden, bis er ihr erklärte, daß in solchen Fällen mit dem Wert eines Menschen gehandelt wurde wie mit dem Wert einer Ware.

»Wenn du mir nicht einmal seinen Namen nennen willst«, meinte Richard, leicht irritiert durch die Sicherheit, mit der sie sprach, »weiß ich nicht, wie ich das machen soll. Auf welchem Gebiet arbeitet dieser Mann? Kannst du mir das wenigstens sagen?«

»Militär«, antwortete Judith. Mehr – so hatte Sverdlov ihr eingeschärft, mehr dürfe sie nicht sagen. Das genüge schon, um den Appetit anzuregen.

»Hm. Das kann alles mögliche bedeuten. Du nennst ihn deinen Freund . . .« Er sah sie an, eine leichte Anklage im Blick. »Dann weißt du auch seinen Namen. Warum vertraust du mir nicht? Ich muß schließlich etwas in der Hand haben, wenn ich zum Botschafter gehe, das ist alles so verdammt vage.«

»Tut mir leid, mehr darf ich nicht sagen. Ich habe dir alles erzählt, was ich erzählen darf: er ist wichtig, er will herüberkommen, es eilt. Ich weiß, Richard, du bist einer, der den Dienstweg bevorzugt. Aber wenn du den erst Schritt für Schritt entlangschleichst, wird es zu spät sein, ihm zu helfen.«

»Ich habe keinen Grund, diesem Mann zu helfen«, sagte er. »Ich bin gekommen für den Fall, daß er uns hilft. Es gibt immer solche Überläufer, die sich zum höchstmöglichen Preis verkaufen wollen, weil sie gerade in Schwierigkeiten sind oder einer Strafe entgehen wollen. Manchmal kommen Soldaten aus Ost-Berlin herüber, bloß weil sie betrunken waren und Angst haben vor Arrest.«

Er wußte, daß dieser Fall anders lag. Aber ihre Haltung verstörte ihn geradezu. Er hatte nicht erwartet, daß sie so kühl, so sachlich mit ihm reden konnte. Sie waren zusammen im Bett gewesen, aber sie schien das total vergessen zu haben. Sie blickte ihn an wie einen Fremden. Das einzige, was sie interessierte, war Sicherheit für ihren sogenannten Freund.

»Oh, mein Gott«, rief Judith heftig, »mein Gott, niemals hätte ich gedacht, daß ich mich danach sehnen würde, diesen ekelhaften Loder zu sehen. Aber ich gäbe Jahre meines Lebens dafür, wenn er jetzt vor mir stände statt deiner. Wenn du nicht imstande bist, zu helfen, dann bringe mir wenigstens einen von den Intelligence-Service-Leuten, einer wird ja wohl greifbar sein. Das ist alles, was ich will. Du brauchst nicht zum Botschafter zu gehen und du brauchst dich überhaupt nicht mehr darum zu kümmern ... vielleicht, wenn alles schiefgeht, trägt deine allmächtige Karriere noch einen Schaden davon, wenn ich auch verdammt sein will, wenn ich wüßte wieso!«

»Ich werde mich mit Loder in Verbindung setzen, wenn der Botschafter mir die Anweisung dazu gibt«, sagte er steif und ging zur Tür. »Ich weiß nicht, Judith, in was du da geraten bist. Aber es hört sich nicht gerade erfreulich an. Vielleicht solltest du dich daran erinnern, auf welche Seite du gehörst. Ich melde mich morgen bei dir.«

Sie lief ihm nach zur Tür. »Wir haben nicht viel Zeit, denke daran. Eine Woche, höchstens zehn Tage. Ich flehe dich an, mache ihnen das klar.«

»Ich kann dir keine Zeitgarantie geben«, sagte er kurz. »Es bleibt dabei, was ich gesagt habe. Ich werde an höchster Stelle berichten und dir morgen Bescheid geben.«

Er ging rasch durch den Gang zum Lift.

Sie schloß die Tür.

Sverdlov kam aus dem Schlafzimmer, in der Hand hielt er eine Zigarette, die er ihr gab.

»Hast du gehört?« fragte Judith, noch außer Atem, weil sie zornig war.

»Ja, war ja ganz befriedigend. Er wird zum Botschafter gehen, und der Botschafter wird zweifellos den Geheimdienst verständigen. Du hast es sehr gut gemacht.«

»Warum glaubst du, daß es so sein wird? Angenommen, Richard tut überhaupt nichts. Du hast doch gehört, er will nicht hineinverwickelt werden. Er wird jetzt erst mal vor- und rückwärts darüber brüten.«

»Ich kenne das besser als du«, sagte Sverdlov. »Er wird es genauso machen, wie er gesagt hat. Er hofft, sich selbst damit einen dicken Pluspunkt zu verschaffen. Er wird zum Botschafter gehen und wird sagen: Sir, ich kenne einen hohen und wichtigen russischen Offizier, der zu uns herüberkommen will. Dann wird das alles sein Verdienst sein und er darüber glücklich. Ich persönlich werde nichts mit ihm zu tun haben, worüber ich sehr froh bin. Ich mag ihn nicht.«

Judith blickte auf ihre Uhr.

»Wir verschwinden lieber von hier, ehe Nancy von ihrem Rendezvous zurückkommt. Feodor, mußt du zur Botschaft zurück? Der Gedanke macht mich ganz verrückt. Wenn sie nun einen Verdacht haben?«

»Haben sie nicht«, sagte er. »Irgendwie ist es direkt komisch. Derjenige, der versucht, mich in einer Falle zu fangen, muß jetzt erst mal annehmen, ich habe dich gefangen. Das muß er abwarten, bevor er sein großes Geschütz abschießt, denn dann bist du sein Spionchen. Das sind alles so alte Tricks, weißt du, aber sie funktionieren immer. Wenn du in einer Hand etwas hast, was ein Feind haben will, dann zeige ihm, daß du in der anderen Hand auch etwas hast, was er möchte. Dann weiß er nicht, was er zuerst nehmen soll.«

»Wieder mal ein russisches Sprichwort?« fragte Judith ungeduldig.

Er sah nicht mehr ganz so abgespannt aus wie am Abend zuvor. Aber die Ereignisse hatten ihre Spuren zurückgelassen, er hatte tiefe Ringe unter den Augen, und an seinem Mund zuckte immerfort ein kleiner Nerv. Auch sie hatte den Rest der vergangenen Nacht kaum geschlafen, war nur manchmal kurz eingenickt, und den ganzen Tag über hatte sie auf ihn gewartet, nervös, aufgeregt, erfüllt von Angst, daß er niemals kommen und sie also niemals erfahren würde, was aus ihm geworden war.

»Wir könnten in ein Kino gehen«, sagte er, »da kann ich im Dunkeln deine Hand halten.«

Plötzlich schloß er sie heftig in die Arme, so daß sie die Balance verlor, und dann küßte er sie.

»Du liebst diesen Engländer nicht mehr, nicht wahr?«

»Warum denkst du das?«

»Weil du mich so küßt, wie du mich eben geküßt hast«, sagte er. »Komm, gehen wir ins Kino und setzen uns in die letzte Reihe.«

Judith erinnerte sich danach nicht, was für einen Film sie gesehen hatte. Er bestand darauf, den Arm um sie zu legen. Sie versuchte sich frei zu machen, aber er war stärker. Es fiel nicht weiter auf, rundherum taten alle dasselbe. Aber plötzlich lag sein Kopf auf ihrer Schulter – er war eingeschlafen.

Sie saß in der Dunkelheit und wagte nicht, sich zu rühren, auch wenn sie bald steif und krumm war von seinem Gewicht. Die Situation war so unvorstellbar, so dramatisch, daß alles, was da vorn auf der Leinwand vorging, lächerlich dagegen erschien.

Sie wirkten wie ein Liebespaar. Keiner, der sie gesehen hätte, wäre auf die Idee gekommen, daß der Mann, der an ihrer

Schulter schlief, nur eine kurze Rast einlegte auf seiner Flucht vor Haft und sicherem Tod.

Ein Liebespaar – waren sie das? Eine Ferienbekanntschaft – weiter nichts. Es hatte begonnen unter der Sonne von Barbados: spazierengehen, schwimmen, lachen, der Strand, das Meer, die Palmen, ein paar hübsche Abende, der Tanz mit ihm, die ersten Küsse – all das war ganz normal, das kam jeden Tag vor. Wie konnte das daraus werden, was es jetzt war? Eine tödliche Gefahr, dunkler, drohender Schatten, die große Angst.

Die Angst um ihn.

Sie war auf die Insel gekommen, um ihren Kummer zu vergessen. Was für einen Kummer eigentlich? Diese lächerlich kleine Liebesaffäre, die überhaupt keine Rolle mehr spielte? Warum war ihr das bloß so wichtig vorgekommen? Ein langweiliges Durchschnittsleben ohne besondere Höhepunkte. Und jetzt?

Der Mann, der an ihrer Schulter schlief, hatte alles verändert. Nie mehr würde ihr Leben das sein, was es gewesen war.

Ich liebe ihn doch nicht, dachte sie und starrte blicklos auf die Leinwand da vorn. Ich liebe ihn keineswegs, es wäre albern, sich jetzt so etwas einzureden. Ich habe ja nicht einmal Richard Paterson geliebt, wie sich jetzt gezeigt hat. Ich kann gar nicht lieben.

Wenn es aber keine Liebe war, was war es dann? Warum diese Angst um ihn, warum zitterte sie bei dem Gedanken, daß ihm etwas passieren könne?

Hier neben ihr, in diesem Moment, war er geborgen. Und sie hätte immer so sitzen bleiben mögen, wenn das ein Schutz für ihn sein konnte. Denn nichts durfte ihm geschehen, niemand durfte ihn verletzen, ihn quälen, ihn töten. Er sollte am Leben bleiben, er sollte dasein. Dieses Gefühl, dieser Wunsch waren so stark, so überwältigend, daß ihr Tränen in die Augen stiegen. Keine Liebe – was war es denn? Sie grub vorsichtig mit einer Hand in der Tasche nach einem Taschentuch.

Er war so sicher, daß Richard ihnen helfen würde, doch sie traute Richard nicht. Und natürlich hatte sie alles ganz falsch gemacht, diese aggressive und hochfahrende Art, in der sie mit

Richard gesprochen hatte, das war natürlich töricht gewesen. Sie kannte doch Richard, wußte, wie eitel er war. Sie hätte ihn bitten müssen, hätte die Schwache und Hilflose spielen müssen, das hätte ihm gefallen. Und es war falsch gewesen, immer von einem Freund zu reden — das hatte seinen Stolz verletzt, ihn vielleicht sogar eifersüchtig gemacht.

Im Geist memorierte sie ihr Gespräch mit Richard, änderte ihre Sätze, seine Antworten. Ganz, ganz falsch hatte sie alles gemacht. Und sie begann den stummen Dialog aufs neue. Und dazu Feodor, der so unvernünftig war, immer noch lachte und alberne Witze machte. Sie mußte ihm einmal energisch sagen, was sie davon hielt.

Nein — sie wußte es besser. Es war eine Art Selbstschutz für ihn. Er hatte ja Angst. Er kannte die Gefahr. Sein fahles, übermüdetes Gesicht, der zuckende Nerv an seinem Mund, die Ringe unter seinen Augen und jetzt dieser erschöpfte Schlaf an ihrer Schulter, das alles sprach eine deutliche Sprache.

Wenn doch bloß — o Gott, wenn doch bloß . . .

Volltönendes Crescendo der Musik, dann ging das Licht an. Der Film, was immer für einer es gewesen sein mochte, war zu Ende. Sie bewegte sich vorsichtig, er erwachte und saß sofort kerzengerade. »Tut mir leid«, sagte er, »eigentlich wollte ich ja mit dir schmusen.«

»Du warst todmüde. Sicher hat es dir gutgetan, ein bißchen zu schlafen.«

»War der Film gut?«

»Ich weiß nicht. Ich hab' nicht aufgepaßt. Feodor, ich hab' mir etwas überlegt. Am besten wird es sein, du ziehst zu mir.«

»Und deine Freundin Nancy?«

»Ich werde ihr sagen, du bist der Ersatz für Richard. Sie wird keine Fragen stellen. Ich kümmere mich ja auch nicht darum, was sie treibt. Jeder lebt sein Leben für sich. Ich kann ja sagen, du bist ein ›Weißrusse‹.«

Er fing an zu lachen. Er lachte so laut, daß die Leute sich herumdrehten und zischten, denn mittlerweile hatte ein neuer Film begonnen.

»Das ist mein Freund Feodor Sverdlov, der Weißrusse. Oh, Darling, was für ein Dummchen du bist. Komm, wir gehen. Ich habe noch zu tun. Und morgen bekommst du Nachricht aus Washington.«

Er brachte sie in einem Taxi nach Hause, und unterwegs küßte und umarmte er sie ununterbrochen, so ungestüm und wild, daß sie schließlich ärgerlich wurde. Es war nicht mehr vernünftig mit ihm zu reden. Immerzu wiederholte er ihren Ausspruch von dem Weißrussen, und dann lachte er wieder.

Erst als sie im Bett lag, verstand sie auf einmal, warum er nicht mitgekommen war. Sie hatte ihm angeboten, bei ihr zu sein, mit ihr zu schlafen. Das, was er die ganze Zeit gewollt hatte. Und nun, anstatt die Gelegenheit zu nutzen, hatte er es abgelehnt.

Er war in größerer Gefahr, als er zugeben wollte. Und er wollte sie nicht gefährden. Das war es. Ein kleines Apartment in Manhattan, in dem sich zwei Frauen befanden, würde seine Leute nicht davon abhalten, ihn dort herauszuholen. Er zog es vor, in der Botschaft zu bleiben. Dort war es *seine* Gefahr. Aber nicht ihre. Ihr konnte nichts geschehen.

Die Tage vergingen; Sonntag, Montag, und immer noch kein Anruf von Richard Paterson. Sie stürzte sich in die Arbeit, mit aller Kraft, die noch in ihr war. Sie verließ auch zum Lunch das Büro nicht, holte sich Kaffee aus dem Automat, der im Gang stand. Jederzeit konnte ein Anruf kommen. Es mußte einer kommen.

Sie machte viele Fehler beim Diktat, Nielson mußte mehrmals wiederholen.

»Entschuldigen Sie bitte«, sagte Judith immer wieder.

Und dann das Telefon in ihrem Büro. Sie blickte Nielson bittend an, rannte hinaus, ohne ein Wort zu sagen. Sie war so aufgeregt, daß sie einfach »Richard!« sagte, als sie den Hörer in der Hand hielt.

»Mrs. Farrow?«

Sie krampfte die Hand um den Hörer. Loders Stimme. »Ja«, flüsterte sie. »Ja, ich – ich habe versucht, Sie ...«

»Kein Wort!« sagte er kurz. »Hören Sie zu und bleiben Sie ruhig. Ich weiß, was los ist. Ich bin heute früh zurückgekommen und habe die Nachricht vorgefunden. Ich komme mit der Abendmaschine rüber nach New York. Soviel ich verstanden habe, ist es eilig.«

»Oh, ja. Ja, schrecklich eilig. Bitte kommen Sie heute abend.«

»Ich nehme an, es ist unser Freund, der mich sprechen will?«

»Ja«, sagte Judith wieder. Egal, was Sverdlov ihr erlaubt hatte zu sagen und was nicht. Nur geschehen sollte etwas. Endlich. Die Maschine sollte anlaufen.

»Okay. Also dann«, sagte Loder. Seine Stimme klang verändert. Wenn er nicht so ein phlegmatischer Mensch gewesen wäre, hätte sie gedacht, seine Stimme klänge aufgeregt.

»Machen Sie heute abend einen Spaziergang mit ihm. Gehen Sie die Fünfte entlang. Direkt an der Ecke am Park steht ein Taxi. Neun Uhr dreißig genau. Sie steigen beide ein. Ist alles klar? Ecke am Park. Neun Uhr dreißig, heute.«

»Ja, ja, ich habe verstanden«, antwortete Judith. Sie fühlte geradezu körperlich, wie Sam Nielson auf sie wartete. Er rauchte und wartete. Er mußte noch eine Zigarette rauchen, denn nun versuchte sie, Sverdlov zu erreichen. Und sie hielt sich nicht damit auf, Sam Nielson um Erlaubnis zu fragen.

Sie wählte die Nummer, die er ihr gegeben hatte. Er war immer noch in der UN-Botschaft in New York.

»Können wir heute abend zusammen essen«, sagte sie. »Ich habe Zeit. Holst du mich im Büro ab — halb sieben, wie immer?«

»Wie schön. Wird es eine Party sein?« Sie sah sein schiefes Grinsen vor sich. Sie war so glücklich, daß sie ihn erreicht hatte, daß sie seine Stimme hörte, daß er noch da war. Sie lachte auf, nervös, fast hysterisch.

»Ja, ja. Eine Party. Es ist alles vorbereitet.«

»Hast du gut geschlafen?«

»Nicht besonders. Und du?«

Zum Teufel mit Sam Nielson. Sie hörte, wie er sich ärgerlich räusperte und mit den Papieren raschelte.

»Nicht so gut wie auf deiner Schulter«, sagte die Stimme. »Schlaflosigkeit ist eine schlimme Krankheit. Man muß etwas dagegen tun.«

»Halb sieben«, sagte Judith. »Ich werde pünktlich sein. Auf Wiedersehen.«

Sie legte auf und ging zurück in Sam Nielsons Zimmer. »Mr. Nielson«, sagte sie, »bitte verzeihen Sie die Unterbrechung. Es war wirklich etwas sehr Wichtiges. Aber nun ist es gut. Jetzt stört uns niemand mehr.«

Loder war nach einem Nachtflug am Morgen gelandet, er war voll Tatendrang, ein Jäger auf einer heißen Spur. Ein Verräter in den eigenen Reihen, einer, der für den KGB arbeitete, einer, der höchst wichtige, höchst geheime Dinge verriet.

Diese arabisch-israelischen Friedensbemühungen waren so eine Art diplomatischer Zeitbombe gewesen, die still im Verborgenen vor sich hin tickte und dann eines Tages hochgehen sollte, um diesen verdammten Sowjeteinfluß im Mittleren Osten zu zertrümmern. So war es geplant gewesen. Und statt dessen?

Die Bombe war ihnen in der Hand explodiert. Für lange Zeiten waren wieder einmal alle Verhandlungswege zwischen Israel und Ägypten blockiert.

Wer immer dieser Bastard von Verräter war, Loder haßte ihn höchstpersönlich. Vielleicht machte das einen guten Teil seines Erfolges aus, daß er bei aller kalten Überlegung und wohlüberlegten Taktik, mit der er vorging, sich doch ganz emotionell von seinem Beruf angesprochen fühlte.

Agenten mußten sein, auf dieser und auf jener Seite. Es gab sie nun einmal, damit fand man sich ab, da man sie ja schließlich selbst auch benötigte. Aber Verräter, die für die andere Seite, für den Feind arbeiteten, die mußten vernichtet werden. Es gab keine Entschuldigung für diese Verbrecher. Erpressung war keine, denn es gab immer die Möglichkeit, sich jemandem anzuvertrauen, und Behörden waren in diesem Punkt großzügig. Und am hassenswertesten fand er die Gewissenstäter, diejenigen, die aus Überzeugung handelten, Atom-Wissenschaftler zum

Beispiel, die ihre Erfindungen an den Feind weitergaben, an den Unterdrücker, der halb Europa unter seiner erbarmungslosen Faust zermalmte – diese Typen hätte Loder am liebsten mit *einer* Kugel zusammen erschossen.

Wer mochte es diesmal sein? War es möglich, daß es wieder ein Engländer war? Hatten sie nicht schon genug Schande eingesteckt?

Loder saß aufrecht während des ganzen Fluges in seinem Sessel, und der Ärger und der Zorn waren wie ein körperlicher Schmerz. Als er in sein Büro kam, sah er müde und alt aus. Schlechter Laune war er auch.

Der Botschafter wünschte ihn zu sprechen, war das erste, was er hörte.

Der Botschafter war ein großer stattlicher Mann, von besten Manieren und tadelloser Haltung natürlich, er hatte dennoch eine Art, die einschüchternd wirkte. Man hatte immer das Gefühl, er blicke auf den, mit dem er sprach, von sehr oben herab. Das geschah natürlich ohne Absicht, aber Loder fand es dennoch lästig. Viel lieber hatte er mit seinem Freund Stephenson zu tun.

Der Botschafter machte es kurz. Group-Captain Paterson hatte ihn während des Wochenendes aufgesucht und viel Wind gemacht um einen Russen, angeblich ein Botschaftsmitglied, der offenbar um politisches Asyl nachsuchen wollte. Er habe, so sagte der Botschafter, dem Group-Captain mitgeteilt, daß dies keine Angelegenheit der Botschaft sei. Der Group-Captain solle sich da heraushalten. Und hiermit sei die Sache an Loder übergeben.

Loder raffte die kurze Notiz, die Paterson zurückgelassen hatte, an sich und rannte in sein Büro zurück. Die Möglichkeit, daß es Sverdlov sein könnte, war so überwältigend für ihn, daß er sich gewaltsam zur Ruhe zwingen mußte, um einigermaßen aufmerksam Patersons kurzen Bericht zu lesen. Das Gespräch mit Mrs. Farrow. Ihre Weigerung, den Namen des Russen zu nennen. Ihr Appell, daß es wichtig und eilig sei. Sehr, sehr eilig.

Hölle und Teufel, dachte Loder, wenn es wirklich Sverdlov

war, dann dürfte eilig und wichtig eine gelinde Untertreibung sein.

Er befinde sich ›in großer Gefahr‹, und es seien höchstens noch ›eine Woche oder zehn Tage‹ Zeit. So Mrs. Farrows genau zitierte Worte.

Sverdlov! Er mußte es sein. Das war der Grund, warum er sich der Farrow auf Barbados genähert hatte. Nicht um sie anzuwerben, sondern um sich selbst einen Weg zur Flucht zu verschaffen. Himmel! Wer wäre auf so eine Idee gekommen!

Vierhundert Meilen entfernt in New York hatte Judith keine Ahnung, wie Loder vor Aufregung schwitzte, als er mit ihr telefonierte und die eine entscheidende Frage stellte: »Ist es unser Freund?«

Und dann ihre schlichte Antwort: »Ja.«

Nichts weiter. Ja. Es war Sverdlov. Der Oberste. Der größte Fisch des KGB in den Vereinigten Staaten. Es war kaum zu glauben. Und er kam zu den Briten, nicht zu den Amerikanern.

Commander Buckley, seine CIA-Allmächtigkeit, würde sich glatt auf den Hintern setzen.

Loder glaubte, der Kopf müsse ihm platzen. Er schluckte zwei Aspirin und trank mehrere Tassen Tee, dann verfaßte er ein längeres Memo an seinen Chef in London. Und dann ließ er sich zum Washington-Flugplatz fahren, um den Airbus nach New York zu erreichen.

General Golitsyn hatte sich entschlossen, selbst nach New York zu fliegen. Während des Wochenendes hatte er ausführlich darüber nachgedacht, erstens über die Situation an sich und zweitens, was er als Klügstes tun konnte. Die ganze Sache verlief nicht planmäßig, er hatte die Übersicht verloren.

Sverdlov hatte seinen Flug nach Rußland verschoben. Er hatte Golitsyn sehr höflich darüber informiert, es seien wichtige Gründe vorhanden, so daß er seine persönlichen Belange zurückstellen müsse, so sehr es ihm auch danach verlange, mit seiner Frau zu sprechen. Aber die Angelegenheit mit Mrs. Farrow scheine nun zum Abschluß zu kommen. Lange genug habe er daran gearbeitet, und, so fügte er noch geheimnisvoll hinzu, sie hätte weitaus wichtigere Informationen zu bieten, als er zunächst angenommen habe.

Golitsyn, der schließlich Sverdlovs Untergebener war, konnte nicht viel dazu sagen. Von Anna Skriabine erfuhr er kurz danach, daß sie angewiesen worden war, einen Flug nach Moskau für die nächste Woche zu buchen. Er sei in bester Laune, gab sie noch als persönlichen Eindruck weiter.

Was also konnte Golitsyn tun? Nichts. Er verständigte Moskau, daß der Verdächtige noch nicht kommen würde, erst eine Woche später. Die Gründe hierfür seien stichhaltig. Er werde auf jeden Fall aber den Verlauf der Dinge genau beobachten und warte auf weitere Instruktionen.

Er nahm das Flugzeug um fünf und war um sieben in der UN, wo die Sowjets, wie alle bei den Vereinten Nationen akkreditierten Staaten, ihre ständigen Büros besaßen.

Er wurde mit gebührendem Respekt empfangen, galt er ja offiziell als Chef der Militärmission in Washington. Der sowjetische UN-Botschafter kam selbst in die Halle herab und begrüßte ihn. Dann geleitete man ihn in eine luxuriöse Suite, die für hohe Besucher zur Verfügung stand, ein Schlafzimmer, ein Büro. Die Räume, die speziell dem KGB zur Verfügung standen, befanden sich in einem anderen Teil des Gebäudes und wurden zur Zeit von Sverdlov bewohnt.

Der alte Mann war müde. Er flog nicht gern, selbst ein kurzer Flug erschöpfte ihn und verdarb ihm die Laune. Vielleicht würde es wirklich bald Zeit, in die Heimat zurückzukehren und sich mit dem Lehnstuhl abzufinden. Nur diese eine Sache mußte er noch zu Ende führen, diesen Dienst mußte er seinem Vaterland noch erweisen. Er mußte diesen korrupten Schwächling vernichten, dann konnte er den Ruhestand akzeptieren.

Soweit er dazu beitragen konnte, Rußland von Sverdlovs zu befreien, wollte er das tun. Und wenn es die letzte Aufgabe seines Lebens war.

Sverdlov sei ausgegangen, erfuhr er auf seine Frage. Golitsyn bestellte sich Wodka. Man brachte ihm die Flasche auf einem

Tablett zusammen mit gewürzten Gurken, schwarzem Brot und Salz. So gehörte sich das. Diese albernen westlichen Cocktailhappen waren nichts für ihn.

Als nächstes bestellte er den Major Stukalov von der Sowjet-Luftwaffe zu sich. Stukalov war ebenfalls Ukrainer, ein vierschrötiger blonder Mann Mitte der Dreißig, einer der besten KGB-Offiziere, die man in Amerika zur Verfügung hatte, und ein besonderes Protektionskind des Generals.

Er kam und stand in Habachtstellung vor dem Alten.

»Major«, sagte der General, »ich muß dich in eine sehr delikate Angelegenheit einweihen. Befehl von General Panyushkin.« Er biß ein kräftiges Stück von dem schwarzen Brot ab, auf das er zuvor reichlich Salz gestreut hatte, und nahm einen Schluck Wodka darauf.

Die Augen des Majors wurden starr, als er den gefürchteten Namen hörte. Panyushkin war zwar nicht so ein Schreckgespenst wie sein Vorgänger Berija, aber immerhin ein Mann, den seine Untergebenen entsprechend fürchteten. Er regierte den Geheimdienst mit der absoluten Macht eines Zaren. Seine Befehle erforderten blinden Gehorsam. Seine Strafen für Ungehorsame waren fürchterlich.

»Zu Ihrer Verfügung, General. Ich erwarte Genosse Panyushkins Befehle.«

Golitsyn wies auf den Wodka. »Schenk dir ein, und dann hör mir zu, Genosse Major. Hast du zwei Leute zur Hand, denen du absolut vertrauen kannst? Ich meine, so vertrauen, wie du dir selbst vertraust. Oder wie *ich dir* vertraue?«

»Ja, General. Mehr als zwei, falls sie benötigt werden.«

»Zwei genügen. Es handelt sich um eine sehr ernste Angelegenheit. Was du dir denken kannst, wenn die Befehle von Genosse Panyushkin selbst kommen. Auch ich befolge in diesem Fall nur seine Befehle.«

Der General machte eine Pause und ließ den jungen Mann schmoren. Er vertraute Stukalov wirklich. Aber noch mehr vertraute er der Furcht, die alle vor Panyushkin hatten. Furcht mußte Stukalov daran hindern, seinen Chef zu warnen.

»Deine beiden Männer sollen Colonel Sverdlov überwachen«, sagte Golitsyn. »Er ist unter Verdacht der Konterrevolution geraten.«

Eine Weile herrschte tiefes Schweigen.

Der General beendete es schließlich mit einem kurzen Husten, nahm noch einen Schluck Wodka und fuhr sich mit dem Taschentuch über den Mund.

»Ich bin sehr betroffen, das zu hören«, sagte Major Stukalov. »Meine beiden Männer werden ihn Tag und Nacht überwachen. Ich werde sie meinerseits überwachen, General.«

»Du berichtest *mir*. Sonst niemand. Panyushkin hat es in meine Hände gelegt. Sverdlov wird demnächst in Rußland erwartet. Sollte er durch irgend etwas gewarnt werden und seine Reise dadurch verzögert werden, mache ich dich verantwortlich, Major. Dich und deine beiden Männer. Verstanden?«

»Ich habe verstanden, Genosse General.«

Golitsyn sagte: »Da ist noch eine Frau im Spiel. Eine gewisse Mrs. Farrow. Sie arbeitet für Nielson hier in der UN. Sverdlov ist dabei, sie anzuwerben. Ich denke, daß du der Richtige sein wirst als ihr Verbindungsmann, wenn er fort ist. Wie ich gehört habe, kannst du gut mit Frauen umgehen.«

»Ich weiß nicht, General. Aber ich werde es gern mit Mrs. Farrow versuchen, wenn ich dazu bestimmt werde.«

»Sie könnte sehr wichtig für uns sein«, sagte der General. »Wenn du sie richtig behandelst, würdest du sicher bald befördert werden. Auf meine Empfehlung hin, Major. Aber warten wir erst mal ab. Das kommt dann später, wenn Sverdlov von hier verschwunden ist. Beginne mit der Überwachung, wenn er heute abend zurückkommt. Du kannst jetzt gehen, gute Nacht.«

Der General suchte sich sorgfältig eine der kleinen grünen Gurken aus und trank bedächtig noch einen Wodka. Soweit war er zufrieden mit sich. Es war alles auf dem besten Wege.

Es war dunkel in dem Taxi. Sverdlov hatte es herangewinkt, als es langsam am Bordstein entlangfuhr, präzise um einundzwanzig Uhr dreißig. Und es hatte direkt vor ihnen gehalten.

Als Judith einstieg, sah sie Loder in der Ecke sitzen. Er sprach kein Wort. Sverdlov stieg nach ihr ein. Alle drei saßen sie nebeneinander im Fond. Judith in der Mitte. »Mein Name ist Loder, ich bin von der Britischen Botschaft. Wie ich hörte, wünschen Sie mich zu sprechen.«

»So ist es.«

Darauf blieb es wieder still. Sie fuhren langsam um den nächsten Block. Sverdlov zündete sich eine Zigarette an, bot ihr auch an, sie lehnte ab.

»Na gut«, begann Loder wieder, es hörte sich kurz und unfreundlich an. »Was ist los? Was wünschen Sie?«

»Politisches Asyl. Die üblichen Garantien und eine besondere dazu: kein Handel mit den Amerikanern. Ich möchte nach England gehen.«

»Aha. Wie ich gehört habe, wäre es eilig für Sie. Stimmt das?«

»Ja«, antwortete Sverdlov.

Er sprach ganz anders wie sonst, er hatte den kalten autoritären Ton in der Stimme, in dem er offenbar zu Untergebenen sprach. So hatte er mit Memenov gesprochen. Judith blickte aus dem Fenster. Es war ein Alptraum. Keiner der beiden Männer beachtete sie. Vermutlich wünschten beide, daß sie nicht dabei wäre.

»Ich muß innerhalb der nächsten Woche von hier verschwinden. Sonst könnte es sein, daß man mich daran hindert. Haben Sie die Kompetenz, mir die gewünschten Garantien zu geben?«

»Ich habe sie«, sagte Loder. »Allerdings habe ich Ihnen noch nicht zugesagt, daß wir Ihnen Asyl gewähren. Es könnte der Anlaß für Komplikationen werden. Sie könnten die englisch-sowjetischen Beziehungen sehr belasten, Colonel. Das muß zuvor bedacht werden.«

»Das verstehe ich«, sagte Sverdlov. »Aber ich komme nicht mit leeren Händen.«

»Das habe ich auch nicht erwartet«, erwiderte Loder.

»Sie für den Rest Ihres Lebens vor Ihren eigenen Leuten zu

schützen, ist nicht gerade ein billiges Unternehmen. Was würden Sie mitbringen? Für den Fall, wir wären bereit, Ihnen Gastfreundschaft zu bieten.«

»Nur eine einzige Information.«

»Eine? Ist das nicht ein bißchen wenig? Ich würde es nicht wagen, meinem Chef diesen Vorschlag zu machen. Vermutlich würde er mir sagen, ich solle Ihnen mitteilen, sich um sich selbst zu kümmern.«

»Eine einzige Information«, wiederholte Sverdlov in ruhigem Ton, als wäre er nicht unterbrochen worden. »Und sie dürfte für Ihr Land nützlicher sein als all die wilden Geschichten über den Sowjetischen Sicherheitsdienst, die meine Vorgänger vermutlich berichtet haben. Was hätten Sie denn gern, Mr. Loder — die Namen von einem Dutzend Agenten, die für uns in Europa arbeiten? Den Codeschlüssel, der sowieso geändert wird, spätestens vierundzwanzig Stunden nach meiner Flucht? Oder eine Information darüber, wer westliche Topgeheimnisse an uns verrät, und zwar jetzt zu dieser Stunde. Falls Sie das nicht interessiert, dann lassen Sie halten — und ich steige aus.«

Er wandte sich zu Loder, und die Männer blickten sich in dem vagen Halbdunkel ins Gesicht.

Wie sehr Loder sich diesen Sverdlov wünschte! Er wünschte ihn sich so sehr, daß seine Kopfschmerzen sich zu einem jähen Schwindelgefühl steigerten. Aber er wollte es dem Bastard nicht zu leicht machen. Wenn er wirklich in Gefahr war, dann sollte er um Hilfe winseln, sollte sich hier vor ihm klein und häßlich machen.

Aber er wußte bereits, daß so etwas bei diesem Mann unmöglich war. Nie würde das geschehen. Er war bereit überzulaufen. Aber man durfte seine Selbstachtung nicht antasten. Sonst — das erkannte Loder, würde er versuchen, auf eigene Faust davonzukommen. Oder er würde mit dem den Russen eigenen Fatalismus ertragen, was über ihn kam. Loder hatte keine Ahnung, was Sverdlov zu fürchten hatte, daß er veranlaßt war, zu fliehen. Und nur Gefahr konnte einen Mann wie ihn dazu veranlassen. Er war keiner, der es für Geld oder aus idealistischen Gründen tat. Worin bestand also die Gefahr? Oder was hatte er getan, daß er seine eigenen Leute fürchten mußte?

»Natürlich sind wir an dieser Information interessiert«, sagte Loder und bemühte sich, seine Stimme gleichgültig klingen zu lassen. »Aber da ist noch etwas, was wir zuvor wissen müssen. Warum ersuchen Sie um Asyl? Was haben Sie verbrochen?«

»Ich muß befürchten, daß man mich vor Gericht stellen wird, wenn ich nach Rußland komme«, sagte Sverdlov. »Und daß ich zum Tode verurteilt werde. Und was ich verbrochen habe? Ja. Ich habe ein Verbrechen begangen. Ich habe es abgelehnt, meine politische Meinung rechtzeitig zu ändern, als es notwendig wurde und darum zweckmäßig gewesen wäre. Ich bin ein liberaler Kommunist, Mr. Loder. Ich bin nicht der einzige in meinem Land. Und ich denke, daß man uns alle liquidieren wird. Und wie das so üblich ist, fängt man in dem Bereich an, in dem ich arbeite.«

»Welche Ehre für Sie!« Ein wenig Hohn konnte Loder sich nicht verkneifen. Es fällt auf dich zurück, du Bastard, was du in Ungarn getan hast. Diesmal kriegst du es, dachte er.

»Und das ist alles?« fragte Loder. »Ihre Genossen werden ihr Bestes tun, um Sie in Mißkredit zu bringen, also können Sie gleich alles gestehen.«

»Ich bin weder ein Säufer, noch ein Süchtiger. Und ich gehe mit Frauen ins Bett und nicht mit Männern.« Judith blickte immer noch mit starren Augen aus dem Fenster. Es war alles so schrecklich. Und doch – überwältigend war das Gefühl der Erleichterung, daß Loder hier war. Mochte er sich noch so biestig benehmen, Hauptsache, er war da. Sie bemerkte, daß Sverdlov sie ansah.

»Ich bin kein Dieb und kein Spieler«, fuhr er fort. »Mrs. Farrow kennt mich ein wenig. Ich denke, sie würde eine Referenz für mich leisten.«

Sie wandte ihm ihr Gesicht zu und sah ihn lächeln. Tränen würgten sie im Hals. Es war ein Traum – so etwas gab es nicht. Gleich mußte sie erwachen.

Loder zündete sich eine Zigarette an.

»Sie sprachen von einem Topagenten. Ich müßte darüber genaueres wissen.«

»Ich kenne seine Identität nicht. Aber ich kenne seine Berichte und die Fotokopien, und ich verspreche, daß ich ein Originaldokument mitbringe. Danach müßten Sie ihn eigentlich identifizieren können. Was wir zuletzt von ihm bekamen, waren die Unterlagen für die geplanten Waffenstillstandsverhandlungen zwischen Israel und Ägypten.«

Loder bekam den Hals voll Rauch. Er vergaß zu atmen. Das Spiel war zu Ende, jetzt wurde es ernst.

»Sie können so ein Papier mitbringen? Garantiert?«

»Das ist das Geschäft, das ich Ihnen biete«, sagte Sverdlov ruhig. »Es ist kein schlechtes Geschäft für Sie, würde ich sagen. Ich will bezahlen für Ihre Hilfe. Er hat einen Codenamen – ›Blau‹. Ich habe darüber nachgedacht, was es bedeuten könnte, und kam zu keinem Ergebnis. Aber wie ich weiß, gibt es einen englischen Ausdruck, der lautet Treublau. True Blue.«

Judith öffnete den Mund vor Staunen. Sie war nahe daran auszurufen, daß er das von ihr erfahren hatte. Aber was spielte das jetzt für eine Rolle.

»Die Amerikaner haben diesen Ausdruck nicht«, fuhr Sverdlov fort. »Aus diesem Grund glaube ich, daß unser Agent ein Engländer ist. Sie bekommen das Dokument von mir, wenn ich mich an Bord eines Flugzeugs befinde, das nach England fliegt.«

»Okay«, sagte Loder abschließend. »Der Handel gilt. Sie bringen die Information, und wir werden Sie für den Rest Ihres Lebens gut behüten. Nun, Colonel Sverdlov, wie, wann und wo? Die Details müssen Sie selbst ausarbeiten. Sie sagen mir, wann und wo wir Sie übernehmen. Von da an ist es unsere Arbeit.«

»Ich werde diese Woche alles Nötige zum Abschluß bringen«, sagte Sverdlov. »Wie verständigen wir uns?«

»Über Mrs. Farrow«, antwortete Loder. »Es dürfte unverdächtig sein, wenn Sie sie treffen. Sie haben es ja bisher auch getan. Unverdächtiger als ein neuer Kontakt. Werden Sie überwacht?«

»Ich weiß es nicht.«

Judith konnte spüren, wie Sverdlov sich entspannte, sie hörte es seiner Stimme an. Sein Körper neben ihrem war warm. Sie hatte den Wunsch, ihr Gesicht an seine Brust zu legen und zu weinen.

»Möglicherweise fährt mein Überwacher dieses Taxi«, fuhr er fort. »Ich hoffe allerdings, daß dies nicht der Fall ist. Könnten wir an Mrs. Farrows Apartment vorbeifahren? Wir werden dort aussteigen.«

»Zufällig«, sagte Loder, »ist der Fahrer einer von meinen Leuten.«

Als sie ausgestiegen waren, griff Sverdlov nach Judiths Arm. Dann fragte er ganz normal den Fahrer, was er schuldig sei. Er gab ihm auch ein Trinkgeld. Loder – zusammengesunken in seiner Ecke – war nicht zu sehen.

»Das sind so Kleinigkeiten, die man beachten muß«, sagte Sverdlov zu ihr. »Falls ich wirklich überwacht werde, muß ich ein Taxi ordentlich bezahlen und dich zu deiner Haustür bringen. Und damit es ganz echt aussieht, werde ich dich küssen.«

»Es wird alles gut werden«, flüsterte Judith, als sie wieder Luft bekam. »Nein – hör auf, Feodor, ich muß eine Minute mit dir reden. Es wird doch alles gut werden, nicht wahr?«

»Ich glaube, dieser Loder ist auf Draht, er wird keine Fehler machen. Und ich mache niemals Fehler, das weißt du ja. Und du? Weißt du, was du jetzt bist? Ein Briefkasten. Ein lebendiger Briefkasten. Kein hohler Baum und kein Mülleimer vor der Hoftür . . .«

Und wieder stürzte er sich über ihren Mund wie ein Verhungernder. Es dauerte eine Weile, bis sie sich freigekämpft hatte. Er war stark, und ihr Widerstand half wenig. »Was redest du da für einen Unsinn!«

»Du bist mein geliebter kleiner Briefkasten.« Wieder umarmte er sie. »Ich rufe dich morgen an. Wirst du mit mir kommen? Wirst du mit mir zusammen in England leben?«

»Nein! Natürlich nicht. Hast du nichts anderes jetzt zu denken?«

»Warum machst du dir immer noch Sorgen?«

»Mein Gott, Feodor! Du treibst mich zum Wahnsinn. Warum ich mir Sorgen mache? Ich bin nicht so leichtsinnig wie du, für mich ist das alles kein Spaß.«

»Wenn es kein Spaß ist, wird es ein Trauerspiel. Wenn man mich fängt und heimbringt, bin ich so gut wie tot. Ist das kein Trauerspiel? Auf jeden Fall für mich. Und vielleicht auch ein bißchen für dich. Oder täte es dir gar nicht leid um mich? Aber noch ist es nicht so weit. Im Moment ist es eben ein Spaß, in einen Briefkasten verliebt zu sein.«

Judith war atemlos, als sie endlich die Haustür hinter sich schloß. Und sie kannte sich in ihren Gefühlen weniger aus als sonst. Nie hatte ein Mann sie so wunderbar und so stürmisch geküßt, aber es war nicht die Zeit dafür, sich romantischen Gefühlen zu überlassen. Die Angst war stärker. Dennoch war alles so ungewiß. Ein Ziel immerhin hatte sie erreicht: Loder. Das bedeutete für sie eine große Erleichterung, denn irgendwie hatte sie großes Zutrauen zu dem kleinen Mann, ganz egal, wie sehr sie sich früher über ihn geärgert hatte. Eins war ihr jedoch klar, jetzt fing es erst an. Und jede Stunde war gefährlicher als die vorhergehende.

Auch Sverdlov wußte das. Es war eine schöne milde Nacht. Er ging langsam durch die Straßen. Und auch seine Gefühle wechselten, manchmal war er von Zorn erfüllt, von ohnmächtiger Wut über die Geschehnisse, dann wieder sah er ein, daß ihm nichts anderes blieb, als sich in sein Schicksal zu ergeben. Er verließ das Viertel der ruhigen Wohnblocks und kam in das Geschäftsviertel der Park Avenue, die an diesem warmen Frühlingsabend von Menschen erfüllt war.

Manchmal blieb er stehen und blickte abwesend in die hell erleuchteten Schaufenster, die bunt und lockend ihre vielfältige Ware anboten. Es kam ihm zum Bewußtsein, daß er eigentlich noch nie die Schaufenster dieser Stadt betrachtet hatte — heute zum erstenmal, und unwillkürlich verglich er sie mit den trübseligen Auslagen der Moskauer Geschäfte.

Nun gut — und was sonst? Die Ware in Moskau war grau

und langweilig, und hier verlockend und verführerisch. Warum sollte man das nicht erkennen? Das war doch noch kein Verbrechen. Er konnte nicht einsehen, warum es ein Verbrechen sein sollte, zu kritisieren. Nur durch Kritik kam man vorwärts, sie war kein Hindernis, sie war ein Ansporn. Der blinde Gehorsam, die schwachsinnige Bestätigung allem Vorhandenen gegenüber war in seinen Augen keine Tugend, sondern ein Beweis der Dummheit, zumindest der Gedankenlosigkeit. Warum verlangte sein Staat das von ihm? Begriffen sie denn nicht, daß sie dann niemals die Gefolgschaft der einigermaßen intelligenten Menschen haben konnten? Mußte jeder dumm sein und dumm bleiben, um diesem Staat und seiner Gesellschaft ein willkommener Bürger zu sein?

Seine Frau fiel ihm ein. Sie war gewiß nicht dumm. Aber sie hatte nie kritisiert. Und seine Kritik, mit der er sie oft herausgefordert hatte, war ihr ein ständiges Ärgernis gewesen. So wie es war, war es gut in ihren Augen. Und etwas anderes wollte sie gar nicht erst kennenlernen. Das hatte immer zwischen ihnen gestanden, darum konnte ihre Ehe nicht funktionieren. Eine vorübergehende Befriedigung im Bett wog es nicht auf.

Er aber hatte kritisiert, immer schon. Früher weniger, zunehmend mehr. Er war so ein Narr gewesen zu glauben, daß er seinem Volk nützen konnte. Das war der große Irrtum seines Lebens gewesen. Der große Fehler, den er gemacht hatte. Der tödliche Fehler. Ob er ihn überleben würde, war zweifelhaft. Aber auch wenn er mit dem Leben davonkam, bedeutete es das Ende seines Lebens. Es blieb wirklich nur das Überleben. Einmal hatte er das zu Judith gesagt, damals war es ein Spiel gewesen. Jetzt war es ernst. Überleben also — und was sonst?

Niemals hatte er sich gewünscht, in einem anderen Land zu leben. Er war Russe, dachte, fühlte und benahm sich wie ein Russe. Nie hatte er den Wunsch gehabt, seine Heimat zu verlassen und zu verlieren. Er hatte ihn auch jetzt nicht. Aber es war ein teurer Preis, den er bezahlen mußte, wenn er die Heimat behalten wollte: sein Leben.

Verräter — ein vielgebrauchtes Wort in dieser Zeit. Ein leichtfertig gebrauchtes Wort, wenn es schon genügte, eine andere Meinung zu haben, um als Verräter bezeichnet zu werden.

Wenn es ihm gelang zu entkommen, würde man ihn auch einen Verräter nennen. Zweifellos würde es Momente geben, in denen er sich selbst so nannte. Das wußte er. Genau wie er wußte, wieviel Heimweh und Enttäuschung das Exil ihm bringen würde.

Floh er nicht, war ihm der Tod gewiß. Es war keine Frage des Mutes oder der Verantwortung mehr. Sein Land war so und so für ihn verloren. Es würde ihn töten, oder er würde ein gehaßter und gejagter Verräter sein. Die Maschinerie dieses Staates war erbarmungslos. Keiner hielt sie an, wenn sie einmal angelaufen war. Wer wußte das besser als er. Dieser Staat sah sich als eine Gottheit. Er war unfehlbar und so gnadenlos gegen Abtrünnige und Andersdenkende wie der Gott der christlichen Religion, wie der Gott jeder anderen Religion, die verkündet: ich bin die Wahrheit.

Nie im Leben war er so einsam gewesen wie in dieser Nacht. Einsam inmitten der Menge um sich herum, es waren Fremde, Amerikaner, sie kamen aus den Kinos und Theatern und Restaurants. Sie blickten noch ein wenig in die Schaufenster, sie gingen heim.

Er war allein. Und versuchte sich vorzustellen, wie das Leben aussehen würde, das er führen mußte, das Leben im Exil. Nicht ein gewöhnliches Exil, er war kein Emigrant wie andere, er war einer, der sich maskieren mußte. Er mußte ein Leben im Verborgenen führen, denn für den Rest seines Lebens war er ein Mann, der sich verstecken mußte, der sich verbergen mußte im tiefsten Dunkel, denn jeder, der ihm hinfort begegnete, konnte sein Mörder sein.

Ein falscher Name, ständig wechselnde Orte, ständig unter Bewachung, vielleicht später die Möglichkeit, still und zurückgezogen irgendwo zu leben, doch immer auf den Schutz des fremden Volkes, das ihn aufnahm, angewiesen. Mit der Zeit würde ihr Interesse, ihn zu schützen, nicht mehr so groß sein. Wenn man ihn tötete, würden sie die Achseln zucken. Das war eben so, das war sein Risiko gewesen. Weder Frieden noch Heimat würde es für ihn geben, nie wieder. Ein Gejagter, ein Verfolgter, ein zum Tode Verurteilter. Sie würden nicht aufhören, nach ihm zu suchen. Hohes Lob und Auszeichnung erwarteten den, der ihn fand und tötete.

Wie ein Gefangener würde er leben. Loders Gefangener. Englands Gefangener – und er mußte ihnen noch dankbar sein, daß er ihr Gefangener sein durfte, denn nur so konnten sie seine Beschützer sein. Er mußte tun, was sie wollten, gehen, wohin sie wollten, bleiben, wo sie bestimmten. Und in ihren Augen würde er ständig eine Drohung lesen, die Drohung, ihn auszuliefern.

Aber es blieb ihm keine andere Wahl. Es war immer noch besser, als nach Monaten der Gefangenschaft in der Lubiyanka nur noch das zerstörte, wimmernde Wrack eines Menschen zu sein. Um dann doch hingerichtet zu werden, für das einzige Verbrechen, das er begangen hatte, das Verbrechen, sich ein paar selbständige Gedanken zu machen.

Er ging immer schneller, schob sich mit gesenktem Kopf durch die Menge, die ihn wie ein Schutzwall umgab. Nicht mehr lange, dann würden die Straßen leer und verödet sein. Die anständigen Leute machten, daß sie nach Hause kamen. In der Nacht war diese Stadt ein mörderischer Dschungel, in ihr herrschten Gewalt, Raub und Tod. Nur die Mutigsten oder die Verzweifelten wagten sich in den späten Nachtstunden noch auf die Straße oder waren so tollkühn, eine U-Bahn zu besteigen.

Dieses Land Amerika – ein Land der Freiheit, wie es hieß. Er fand den Unterschied gar nicht so groß zu seinem eigenen Land. Die bunten Schaufenster allein machten es nicht aus. Europa würde besser sein. England und die Engländer würden erträglicher sein.

Nicht, daß er sich törichte Illusionen machte, auch die Engländer waren kein Volk von friedlichen Lämmern. Ein Sechstel der Erde hatte dieses kleine Inselvolk einst erobert und beherrscht, diese Tatsache allein sprach eine deutliche Sprache. Man gewann ein Weltreich nicht ohne Brutalität, Unrecht und Blut.

Aber heute war Großbritannien kein Weltreich mehr, und dieses Volk war klug genug, es zu wissen.

Loder wußte es zweifellos auch. Und wie wichtig es war, sich dennoch zu behaupten.

Sverdlov kannte die traditionelle Rivalität zwischen dem Intelligence Service und dem CIA. Die Engländer würden ihr Versprechen halten und ihn nicht an die Amerikaner ausliefern.

Plötzlich war er müde. Er blieb stehen und hielt nach einem Taxi Ausschau. Er wollte nicht mehr nachdenken, es war sinnlos. Im Augenblick war es nur wichtig, den nächsten Schritt, den nächsten Tag zu bedenken. Er durfte keinen Fehler machen.

Als er im Taxi saß, dachte er an Judith. Er brauchte ihre Hilfe, und er nahm diese Hilfe. Doch es hatte nichts mit dem zu tun, was er für sie empfand. Es war für ihn eine Belastung, daß er sie in all dies hineingezogen hatte. Eine Frau gehörte für ihn in einen anderen Teil des Lebens, eine Frau sollte Freude, Sorglosigkeit und Glück bedeuten. Das war es ja, was er versucht hatte, mit Elena zu erreichen. Er wollte sie lieben und umsorgen, sie sollte der sorgfältig behütete Teil seines Lebens sein — seine Arbeit, seine Karriere, das gehörte in den anderen Teil. Elena hatte diese Teilung nicht gewollt. Ihrer Meinung nach hatte kein Mensch, auch keine Frau, ein Recht auf ein individuelles Privatleben. Ihr Leben gehörte dem Staat. Alles gehörte ihm, das Denken, das Fühlen, die Arbeit. Individualismus war ein Verbrechen.

So dachte Elena. Und so hatte er nie gedacht. Er wollte die Welt des Alltags, die Welt der Arbeit fernhalten von der Frau, die er liebte. Er wollte sie im Arm halten, sie küssen und lieben, mit ihr lachen und scherzen, er wollte sie glücklich machen und dabei selbst glücklich werden, weil er alles andere bei ihr vergessen konnte.

So hatte es angefangen mit Judith. Schade, daß er sie jetzt in diese ganze traurige Affäre seiner Verfolgung und Flucht hineinziehen mußte.

Aber selbst jetzt noch, wenn er bei ihr war, konnte er lachen, und wenn er sie küßte, vergaß er die Qual des Geschehens.

Kurz nach elf kam er in der Botschaft an.

Seine Rückkehr war das erste, was seine Bewacher, Stukalovs Männer, in ihrem Report registrierten.

Es war nicht das erstemal, daß Loder seine Befugnisse überschritten hatte, aber er wußte genau, wann es nötig war und vor allem, was er dann zu tun hatte.

Zur selben Zeit, als Sverdlov in seinem Zimmer in der Botschaft ankam, startete Loders Maschine vom Kennedy Airport. Er war immer noch sehr erregt, kaute Schokolade und machte sich Notizen.

Sverdlov! Der erste Mann des KGB in den Vereinigten Staaten!

Er konnte noch immer nicht an sein Glück glauben. Und nicht bloß, daß er diesen großen Fisch fing, er, Jack Loder, brachte auch noch eine extrafette Beute mit an Land. Der große Unbekannte, der gefährlichste Agent der Sowjets im Westen, der Mann, den sein Chef in London die größte Bedrohung der westlichen Sicherheit nannte, der Mann, nach dem alle verzweifelt suchten, ohne nur die geringste Spur zu haben, wo sie ihn suchen sollten, der Mann, der der gesamten NATO schlaflose Nächte bereitete, weil er Topgeheimnisse an die Sowjets verriet ... der Teufel verbanne ihn in die tiefste Hölle ... dieser Mann würde greifbar sein. Er, Jack Loder, würde ihn greifen können.

Man vermutete ihn in hohen diplomatischen Kreisen. Weil er Zugang zu höchst vertraulichen Papieren besaß.

Wenn Sverdlov Originaldokumente mitbrachte, würde sie das ausreichend informieren, um zu wissen, wo man ihn suchen konnte. Dann konnte man die Falle aufstellen, in der er sich fing.

Blau. Treublau. Das konnte ein Hinweis sein oder auch nicht. Loder war geneigt, Sverdlov zuzustimmen, daß diese selbstgewählte Bezeichnung auf einen Engländer hinwies. Vorausgesetzt, daß sie selbstgewählt war, was man nicht wußte. Vielleicht gab es ein ganzes Netz von Agenten, die nach verschiedenen Farben benannt wurden, vielleicht gab es noch einen Spion mit Decknamen Grün oder Braun oder Gelb ...

In Washington gelandet, holte Loder seinen Wagen vom Parkplatz und fuhr in die Botschaft.

Die Mannschaft vom Nachtdienst spielte Rommé. Ein albernes Spiel, fand Loder. Aber es war in letzter Zeit Mode geworden.

Loder sandte ein langes Codetelegramm nach London.

Dann ging er ins Bett, was ganz überflüssig war, denn er wußte vorher schon, daß er sowieso nicht schlafen konnte. Seine Gedanken liefen im Kreis. Er begann immer wieder von vorn.

Das, was geschehen war. Und das, was jetzt geschehen mußte. Denn die Arbeit begann ja erst.

Nach einer Weile stand er wieder auf und ließ sich ein Bad einlaufen. Er machte sich eine Kanne von seinem Lieblingstee und stellte sie neben die Badewanne. War er nicht ein Glückspilz? So einen Fang zu machen. Ganz von selbst.

Wenn alles gutging, konnte die ganze Geschichte in wenigen Tagen erledigt sein. Denn schnell mußte es gehen, soviel war klar. Je länger es dauerte, je mehr Vorbereitungen, um so größer die Gefahr der Entdeckung.

Wenn die Russen nur den geringsten Verdacht schöpften, war alles verloren.

Dann war Sverdlov ein toter Mann. Toter als tot. Loder erinnerte sich noch gut an jenen Fall in Ankara. Damals wollte auch einer herüberkommen, man hatte gezögert, überlegt, diplomatische Verwicklungen befürchtet und schließlich den Fall an den Chef vom F. O. übergeben, zuständig für englisch-sowjetische Beziehungen. Das war damals Philby gewesen. Eine Ironie der Weltgeschichte. Und natürlich hatte man von dem Russen nie mehr etwas gesehen und gehört.

Wenn man Sverdlov erst in einem Flugzeug hatte, das nach London flog, war das Schlimmste überstanden. In London gab es eine Spezialabteilung für solche Fälle, die mußten sich dann den Kopf darüber zerbrechen, wie sie ihn vor seinen eigenen Leuten schützten.

Wenn Sverdlov erst in London war, ging es Loder nichts mehr an.

Aber bis er in London war, konnte man für sein Leben keinen Penny geben, soviel war sicher. Dem KGB würde jedes Mittel recht sein, die Flucht zu verhindern. Nur die geringste Ahnung, und sie würden ihn ermorden. Er würde einen Verkehrsunfall haben oder einen Herzanfall, und man würde mit großer Trauer seine Beisetzung in Szene setzen. Das war alles eine Kleinigkeit für die. Aber das wußte Sverdlov sicher selber gut genug. Er mußte eben gut auf sich selbst aufpassen, bis man ihn fortbringen konnte.

Es mußte gelingen.

Es würde gelingen.

Loder ließ noch einmal heißes Wasser über seinen Bauch laufen. Er war jetzt bei bester Laune.

Ein Tag wie dieser entschädigte ihn für vieles – für Mißerfolge, ungelöste Probleme, unbeantwortete Fragen, auch für private Enttäuschungen.

Dies aber war zweifellos der Höhepunkt seiner Laufbahn. Etwas Besseres konnte ihm nicht mehr passieren, als Feodor Sverdlov, Haupt der KGB in den Vereinigten Staaten, beim britischen Geheimdienst in London abzuliefern.

Da – habt ihr ihn. Kleines Präsent von Jack Loder!

8

Fergus Stephenson und seine Frau fuhren zu einem Galadinner in die Brasilianische Botschaft. Stumm saßen sie nebeneinander im Rolls, Margret in einem pompösen weißen Abendkleid, geschmückt mit ihrem kostbaren Diamantenhalsband und schweren Ohrgehängen, die aufblitzten, wenn im Vorüberfahren ein Lichtschein darauf fiel. Sie wirkte sehr hoheitsvoll in dieser Aufmachung, eine kühle, stolze Königin. Nichts war zu bemerken von dem leidenschaftlichen Feuer, das hinter dieser glatten Stirn glühte.

Seit dem Morgen, an dem sie ihn mit dem Feuerzeug konfrontierte, hatte sie kein Wort mehr mit ihm gesprochen. Und er hatte nicht versucht, das Schweigen zu brechen. Er war in ihrer Hand, er mußte abwarten, was sie tat. Er konzentrierte sich auf seine Arbeit, erfüllte seine täglichen Pflichten mit jener Disziplin, die man ihm von Kindheit an anerzogen hatte. Nur daran, daß er ununterbrochen rauchte, konnte man seine Nervosität erkennen. Er rauchte auch an diesem Abend im Wagen und bot ihr ebenfalls eine Zigarette an.

»Danke, nein. Und paß auf, du hast Asche auf mein Kleid fallen lassen.«

»Entschuldige«, sagte Stephenson.

Der Duft des Parfüms erfüllte das Wageninnere, ein starker bittersüßer Duft, der alles übertönte. Das Parfüm paßte zu ihr. Und er haßte diesen Geruch. Am liebsten hätte er ein Fenster geöffnet.

Zu seiner Überraschung brach sie auf einmal das Schweigen.

»Das dürfte ganz interessant heute abend werden. Wie ich gehört habe, steht ein Wechsel in der Brasilianischen Botschaft bevor.«

»Ja«, erwiderte er. »Es geht das Gerücht.«

»Ist denn das für dich nicht interessant? Mußt du nicht all diese Gerüchte aufsammeln, um sie deinen Freunden mitzuteilen?«

»Nein«, sagte er ruhig. »So etwas nicht.« Jetzt war es also soweit. Sie würde sprechen.

»Du beschäftigst dich wohl nur mit wichtigen Geheimnissen, wie?«

»Das stimmt.«

»Nur Hochverrat. Wennschon, dennschon. Was würde mit dir passieren, wenn es herauskommt?«

»Dasselbe, was mit anderen passiert ist. Es sei denn, ich wäre gewarnt und könnte vorher fliehen.«

Er beugte sich vor, um sich zu vergewissern, daß die Scheibe zwischen dem Fond und dem Fahrersitz geschlossen war. »Ich versuche mir vorzustellen, wie du in einem dreckigen kleinen Zimmer in Moskau lebst. Trotz deiner komischen Ideale würdest du dich etwas merkwürdig dort ausnehmen, finde ich. Aber es wäre vermutlich immer noch besser als im Gefängnis.«

»Darf ich dich bei dieser Gelegenheit fragen, zu welchem Entschluß du gekommen bist?«

Sie wandte langsam den Kopf und blickte ihn an. Ihr Gesicht war wie aus Stein.

»Ich bin zu dem Entschluß gekommen, das zu tun, was für *mich* das beste ist. Ich schwöre dir, Fergus, ich täte nichts auf der Welt lieber als dich anzuzeigen, damit du die Strafe bekommst, die du verdienst. In den letzten beiden Tagen habe ich nichts anderes getan, als mir den Kopf darüber zerbrochen, was ich tun soll. Ich hasse dich, du hast mein Leben verdorben. Ich bin nie glücklich mit dir gewesen. Und seit damals, als ich erfuhr, warum ich nicht mit dir glücklich sein konnte, ist mein Leben verdorben. Mit einem Schwulen verheiratet zu sein — darüber kann ich nie hinwegkommen. Das ist schlimmer als alles.

Das einzige, was mich entschädigt hat, was mir Freude gemacht hat, ist meine gesellschaftliche Stellung. Wir haben uns von Posten zu Posten durchgearbeitet, jetzt könnte ich belohnt werden für dieses elende Leben an deiner Seite, jetzt wirst du endlich Botschafter werden — das ist die nächste Station. Dafür lebe ich. Und nun kommt das! Nun erzählst du mir seelenruhig diese ungeheuerlichen Dinge. Fergus! Ich kann dich vernichten. Und du kannst mir glauben, es gibt nichts auf der Welt, was ich lieber täte. Ich sage es noch einmal. Es wäre mir eine Genugtuung, dich für den Rest deines Lebens im Gefängnis zu wissen. Und am besten wäre es, wir hätten noch die Todesstrafe, und ich könnte zusehen, wie man dich aufhängt. So sind meine Gefühle dir gegenüber, damit du dir darüber klar bist.

Aber ich denke zuerst an mich. An mich und an die Kinder. Wenn du zugrunde gehst, mit diesem Skandal zugrunde gehst, bin ich auch erledigt. Ich will verdammt sein, wenn ich das auch noch hinnehme.«

Sie öffnete die Handtasche, zog ein Taschentuch heraus und tupfte sich nervös über die Lippen.

»Ich habe mein Leben lang für deine Karriere gearbeitet. Nicht für dich! Für deine *Karriere*! Denn deine Karriere ist meine Karriere. Ich will endlich eine Botschaft haben. Ich will sie für mich, nicht für dich. Und ich werde sie bekommen.«

»Ich verstehe«, sagte er. Er war wie narkotisiert von dem Haß und der Verachtung, die ihm aus ihren Worten, aus ihren Augen entgegenschlugen. Im Moment empfand er gar nichts. »Du hast dich also demnach entschieden, das — diese Sache für dich zu behalten. Ich danke dir.«

»Wage es nicht, mir zu danken, du Schwein!«

Ihr Gesicht war plötzlich so nahe vor ihm, daß er ihren Atem spürte.

»Wage es nicht, mir zu danken! Hast du denn nicht verstanden, was ich sagte? Du könntest vor die Hunde gehen, ich würde mich nicht einmal nach dir umsehen. Ich denke nur an mich. An *mein* Leben. An meine Interessen. Ich denke auch an die Kinder. Du hast mir früher immer vorgeworfen, ich sei keine mütterliche Frau. Das stimmt. Aber in diesem Fall denke ich an die Kinder. Du wirst ihr Leben nicht verderben, wie du meines verdorben hast. Darum werde ich schweigen. Aber du wirst sofort aufhören damit, das verlange ich von dir. Denn du bildest dir doch nicht ein, daß man dich nicht doch eines Tages erwischen wird. Jeder wird erwischt. Du bist nicht klug genug, ich habe dich ja jetzt auch erwischt. Das beweist, daß du nachlässig wirst.

Fergus! Du wirst mir versprechen — ich verlange dein Ehrenwort, falls man den Begriff wie ein Ehrenwort auf so etwas wie dich überhaupt noch anwenden kann, daß du sofort aufhörst.«

»Ich kann das nicht versprechen«, sagte er. »Wirklich, ich kann dir kein Versprechen geben, denn es liegt ja nicht allein an mir. Aber ich will es versuchen.«

»Ich möchte dir sehr ernsthaft empfehlen, daß es nicht nur bei einem Versuch bleibt. Ich kann meine Meinung jederzeit ändern.«

Der Wagen bog in die Auffahrt zur Brasilianischen Botschaft ein. Gerade gingen Richard Paterson und seine Frau die Stufen zum Portal hinauf.

Stephenson war benommen. Alle Glieder taten ihm weh. Er hatte das Gefühl, daß es ihm unmöglich sein würde, aus diesem Auto zu steigen.

»Das sind die Patersons«, sagte er in dem Bemühen, zu einem alltäglichen Ton zurückzufinden. »Ist sie immer noch ein Protegé von dir?«

»Sie ist ein nettes kleines Ding«, sagte Margret. »Und er ist so ein eiskalter egoistischer Bursche. Sie braucht jemanden, der ihr mal ein nettes Wort sagt. Ich wünschte, ich hätte einmal im Leben jemanden gehabt, der sich um mich gekümmert hätte.«

»Du hast nie jemanden gebraucht. Du bist so stark.«

»Ich mußte es sein. Und darum bin ich es geworden. Das ist ein Verdienst, das du dir anrechnen kannst.«

Der Chauffeur öffnete den Wagenschlag, sie stieg aus, den langen Rock ihres Kleides mit der Hand raffend. Stephenson folgte ihr mit steifen Beinen. Und dann schritten sie nebeneinander, Margret und Fergus Stephenson, langsam und würdig die Stufen empor, die in helles Licht getaucht waren. Ein schönes stattliches Paar, wie einem Hollywood-Film entstiegen.

Rachel Paterson tat ihr Bestes, um sich mit ihrem Tischnachbarn zu unterhalten. Sie beantwortete die höflichen Fragen, wie lange sie in Washington sei, wie es ihr gefalle, ob sie schon dies gesehen und jenes gehört habe, mit ebenso höflichen Banalitäten, und lächelte nichtssagend dazu. Ihr Blick wanderte immer wieder zu Richard, der ihr schräg gegenüber an der Tafel saß und der sich ausgezeichnet mit einer bildschönen Südamerikanerin zu unterhalten schien. Es war die Frau des chilenischen Luftwaffenattachés, wie Rachel wußte. Es war eine Pein zuzusehen, wie sie mit blendend weißen Zähnen lachte und Richard mit riesigen schwarzen Augen anblitzte. Manchmal hob sie mit einer graziösen Geste die Hand und legte sie auf ihre linke Brust, die sowieso durch ein gewagtes Dekolleté halb entblößt war. Eine geradezu schamlose Geste, fand Rachel. Denn seit neuestem war sie eifersüchtig. Seit sie das Gespräch aus New York mit angehört hatte.

Nachts lag sie oft wach und dachte an die unbekannte Frau, deren Stimme so vertraut mit ihm gesprochen hatte. Zwar hatte er hoch und heilig geschworen, daß nichts gewesen sei zwischen ihm und dieser Frau, nicht einmal geküßt habe er sie. Und als er von seinem kurzen Besuch in New York zurückgekommen war, hatte er lang und breit erzählt, warum und wieso sie ihn hatte sprechen wollen. Rachel hatte sich das still angehört und ihm sowieso nicht geglaubt.

Jetzt also beobachtete sie, wie er sich eigentlich benahm mit anderen Frauen. Mit einer Frau, die ihm gefiel. Er sah amüsiert und angeregt aus, nichts von seiner kühlen abweisenden Miene, die sie so gut kannte, war zu entdecken. Er lächelte in die verführerischen dunklen Augen hinein, er flirtete ganz offensichtlich, und nicht einmal warf er einen Blick zu seiner Frau herüber.

Rachel bemühte sich zu essen, aber ihr Magen revoltierte. Darum griff sie immer wieder zum Weinglas, sie trank mehr als sonst, sie lächelte verkrampft ihren beiden Nachbarn zu, bloß um nicht immer ihren Mann ansehen zu müssen, der da drüben ungeniert mit dieser halbnackten Negerin kokettierte.

Als das Dinner zu Ende war, hatte sie einen kleinen Schwips, ihr war schwindlig und übel. Die Damen gingen mit der Gastgeberin hinauf in den ersten Stock, versammelten sich in einem französisch möblierten Boudoir, das rundherum mit Spiegeln ausgestattet war, die strahlend das Licht reflektierten. Rachel sank in einen seidenen Sessel und schloß gepeinigt die Augen. Am liebsten hätte sie geweint.

»Fühlen Sie sich nicht wohl?« Rachel öffnete die Augen. Margret Stephenson stand bei ihr und blickte freundlich auf sie hinab.

»Nein, gar nicht. Ich weiß auch nicht ... es wird gleich vorbeigehen.«

»Kommen Sie mit mir. Hier ist ein kleines Gastzimmer auf der Etage, dort können Sie sich ein Weilchen hinlegen.«

Rachel folgte Mrs. Stephenson erleichtert.

»Legen Sie sich hin«, sagte Margret. »Tun Sie ruhig die Füße hinauf. Ich weiß, wie elend man sich in diesem Zustand fühlen kann. In ein paar Minuten wird Ihnen besser sein.«

Eine dicke Träne rann über Rachels Wange.

»Ich habe zuviel getrunken«, murmelte sie, »es ist nur ... ich bin so unglücklich.«

Margret setzte sich auf die Bettkante und holte ein Taschentuch aus ihrer Handtasche. »Da, nehmen Sie das. Was ist los, Mrs. Paterson?«

»Ach, es ist wegen Richard«, stieß Rachel hervor. »Er ist ... ich sollte nicht darüber sprechen. Richard wäre wütend. Ach, ich bin so unglücklich. Darf ich einen Moment in diesem Zimmer bleiben? Ich komme dann später herunter. Verzeihen Sie bitte, ich hätte nichts sagen dürfen.«

»Man muß auch einmal darüber sprechen, wenn man Kummer hat«, meinte Margret. »Sie können ganz beruhigt sein, von mir erfährt niemand etwas. Vielleicht kann ich Ihnen helfen. Hier ist bloß jetzt nicht der richtige Ort. Wollen Sie morgen zum Lunch zu mir kommen? Ach nein ... das geht ja nicht, ich habe schon eine Verabredung. Aber vielleicht am Vormittag zu einer Tasse Kaffee, ja? So gegen halb elf? Und dann können Sie mir erzählen, was Sie so unglücklich macht. Sie werden sehen, das wird Ihnen guttun. Ihr Mann erfährt davon nichts.«

Sie drückte beruhigend Rachels Hand. Natürlich war es nicht nur der Wunsch, Rachel zu helfen, der sie zur Trösterin machte. Sie erfuhr immer ganz gern einiges aus dem Privatleben der Botschaftsangehörigen, das gab ihr eine gewisse Macht. In diesem Fall kam noch dazu, daß sie Richard Paterson nicht leiden konnte. Ihn so wenig wie andere Männer. Denn trotz oder gerade wegen ihrer sexuellen Abhängigkeit haßte Margret im Grunde alle Männer. Auch das gehörte zu dem, was sie ihr verdorbenes Leben nannte. Sie haßte ihre Liebhaber genauso wie ihren eigenen Mann. Er war ein Versager, und darum brauchte sie die anderen, die sie eigentlich gar nicht wollte.

Richard Paterson war ihr auch vom Typ her unsympathisch,

sie erkannte sehr wohl, daß er ein rücksichtsloser, skrupelloser Charakter war — im Grunde ihr sehr ähnlich. Und dazu diese törichte kleine Frau, ein Musterstück ihrer Gattung, dazu geboren, von Männern benutzt, verbraucht und schließlich weggeworfen zu werden.

»Sie müssen nicht mehr hinuntergehen«, sagte sie. »Ich werde Sie bei der Botschafterin entschuldigen, sie wird es gut verstehen, sie hat neun Kinder geboren. Ich sage Ihrem Mann Bescheid, er soll mit Ihnen nach Hause fahren. Bleiben Sie hier liegen, ich lasse Sie dann herunterholen. Und nicht vergessen, morgen halb elf.«

Als wenig später ein Mädchen kam und Rachel holte, war sie ängstlich, was Richard sagen würde — sicher würde er ärgerlich sein. Aber er wartete bereits in der Halle auf sie und war sehr lieb und verständnisvoll. Sie bereute es, Mrs. Stephenson eine Andeutung über ihre Unstimmigkeiten mit Richard gemacht zu haben. Vielleicht würde es besser sein, am nächsten Morgen abzusagen. Eine Ausrede ließ sich leicht finden. Doch dann teilte Richard ihr mit, daß er den chilenischen Attaché und seine Frau für das nächste Wochenende eingeladen habe. Er hätte sie wenigstens fragen können, fand sie.

»Sie ist sehr attraktiv, diese Chilenin, wie?«

»Geradezu umwerfend«, erwiderte er ungerührt. »Und dazu intelligent. Man kann sich wunderbar mit ihr unterhalten.«

»Ich hatte die ganze Zeit Angst, ihr Busen würde herausshopsen.«

»Es wäre der Clou des Abends gewesen.«

Um zehn Uhr am nächsten Morgen, es war Freitag, machte sie sich auf den Weg zu dem Haus der Stephensons.

Am Donnerstagmorgen hatte Nancy ihrem Herzen Luft gemacht.

»Was zum Teufel ist eigentlich mit dir los, Judy? Du bist dreimal heute nacht aufgestanden. Um vier Uhr hörte ich dich in die Küche gehen. Um sechs bist du auch schon wieder herumgewandelt. Nimm zur Kenntnis, daß du miserabel aussiehst.«

Das stimmte. Judith war blaß und hatte Ringe unter den Augen. Man sah ihr an, daß sie kaum geschlafen hatte. Aber noch schlimmer fand Nancy diesen starren Ausdruck von Angst in ihrem Gesicht, eine angespannte, nervöse Angst, die sie offenbar durch ständiges Rauchen zu betäuben versuchte.

Nancy, rosig, gepflegt und sorgfältig zurechtgemacht, wirkte dagegen wie ein Girl, das einer Kosmetikreklame entstiegen war. Mit hartem, prüfendem Blick betrachtete sie die Freundin.

»Ich konnte nicht schlafen«, sagte Judith. »Gibst du mir noch eine Tasse Kaffee, bitte.«

»In was für einem Schlamassel steckst du denn diesmal?« fragte Nancy und goß Kaffee ein. »Wer ist der Kerl?«

»Niemand, den du kennst, und es ist nicht so, wie du denkst. Ich meine ... es ist etwas anderes, ich habe ein paar Sorgen, aber es wird bald in Ordnung sein.«

»Erzähl mir, was los ist. Vielleicht fällt mir was dazu ein. Denn weißt du, mein Schatz, wenn du schon ohne Schlaf auskommen kannst – ich kann es nicht. Ich brauche den Schlaf für meine Schönheit. Wenn du mehrmals in der Nacht aufstehst, störst du mich.«

»Es tut mir leid, bitte entschuldige. Wirklich – es ist nur vorübergehend.«

Judith zündete sich eine Zigarette an und vermied Nancys forschenden Blick. Nancy hatte recht, sich zu beklagen. Ihr ruheloses Herumlaufen in der Nacht mußte sie ja stören. Die Versuchung, Nancy alles zu erzählen, war groß. Endlich einmal darüber mit jemand sprechen können! Nancy war gescheit und realistisch. Und sie war eine sehr verständnisvolle Freundin gewesen, als es zum Bruch mit Richard Paterson kam und Judith Trost und Halt gebraucht hatte. Aber sie konnte nicht über Feodor mit ihr sprechen. Sie durfte nichts von dem erzählen, was ihr jetzt Sorge bereitete und was viel schlimmer war als diese alberne, längst vergessene Liebesaffäre mit Richard. Diesmal war die Situation tödlich ernst. Das wußte sie. Das wußte auch Feodor. Seine zynischen Scherze, mit denen er die Gefahr überspielen wollte, täuschten sie nicht. Es war so seine Art. Er würde sterben mit einem albernen Scherz auf den Lippen. Nancy konnte nicht helfen. Niemand konnte helfen.

Loder! Nur er. Er war der einzige. An ihn klammerte sie sich in Gedanken.

»Kann ich dir wirklich nicht helfen?« fragte Nancy.

Judith schüttelte den Kopf. »Nein. Wirklich nicht. Kümmere dich nicht um mich, Nancy. Ich sage dir ja, es geht bald vorbei.«

Sie quälte sich ein kleines Lächeln ab und versuchte es auch einmal mit einem Scherz. »Du wirst sehen, eines Tages finde ich doch noch einen lieben braven Mann fürs Leben.«

»Du nicht«, meinte Nancy gelassen. »Du bist zum Opfer geboren, mein Schatz. Dir ist nicht zu helfen, weil du dir nämlich einbildest, wenn du es mit einem Mann zu tun hast, hätte das was mit Liebe zu tun.«

»Von Liebe ist in diesem Fall gar keine Rede«, sagte Judith eifrig. »Also da täuschst du dich wirklich. Ich bin nicht verliebt.«

»Oh, Gott schütze mich!« rief Nancy und stand auf. »Wenn du dir schon selber etwas vormachen mußt, versuche es nicht bei mir. Ich bin nicht so blöd. Mir kannst du nichts vormachen.«

Die Tür hinter sich zuschlagend verschwand sie aus der Küche.

Sverdlov war nach Washington geflogen und hatte seine Arbeit aufgenommen, als sei alles ganz normal. Anna Skriabine saß mit braver Miene und artig aneinandergelegten Knien neben seinem Schreibtisch und nahm das Diktat auf. Sie sollte ihn beobachten, war ihr aufgetragen worden, und aufpassen, ob irgend etwas an ihm anders sei als sonst.

Sie fand nur, daß er schlecht aussah, sehr müde, mit Löchern in den Wangen und dunklen Schatten unter den Augen.

»Möchten Sie jetzt Ihren Tee, Genosse Sverdlov?« fragte sie besorgt.

Er blickte auf und lächelte. Er haßte ihre sanfte kehlige Stimme, den sanften hingebungsvollen Blick. Jedesmal, wenn er sie ansah, mußte er an Kalinin denken. Kalinin, der früher hier gesessen hatte, tüchtig und korrekt, und sachlich und intelligent für ihn gearbeitet hatte. Kalinin, ein Sowjetrusse der neuen Generation, freier und unabhängiger, als es die Väter waren, befähigt zu eigenem Denken, mit offenem Blick und klugem Urteil. Und dann dachte er daran, was dieser Kalinin jetzt war – ein zerbrochenes geschundenes Stück Mensch, nur noch am Leben erhalten, damit er für ihn, für Sverdlov, das Grab bereiten konnte.

»Ja«, sagte er, »bringen Sie mir den Tee Genossin. Dann werden wir einen Brief an meine Frau schreiben.«

»Sie sehen müde aus, Genosse«, wagte sie zu sagen. »Ich hoffe, Sie hatten keinen Ärger.«

»New York war ziemlich anstrengend.«

Sverdlov lehnte sich zurück und betrachtete sie leicht amüsiert. »Besonders anstrengend ist es, wenn man einer widerspenstigen Dame den Hof machen muß, die sich nicht entscheiden kann. Sagen Sie Anna – wie ist das denn mit den Frauen? Sind sie wirklich so schwer zu erobern?«

»Das müßten Sie doch besser wissen.«

»Es ist verschieden, nicht? Bisher hielt ich es immer für leicht. Ich werde offenbar alt. Oder ich mache es ganz falsch.«

»Darauf kommt es eben an.«

»Worauf?«

Er blickte sie sehr genau an. Sein Blick glitt über ihr Gesicht, ihre Brust, er tat so, als betrachte er sie zum erstenmal genauer. Sein Blick machte ihr Angst. Sie hatte mit vielen Männern geschlafen, es gehörte meist zu ihrer Arbeit, und sie hatte sich nicht viel dabei gedacht. Bei dem Gedanken, mit Sverdlov ins Bett zu gehen lief ihr ein Schauer über den Rücken.

»Also – worauf kommt es an?«

»Auf die Frau. Und auch auf den Mann natürlich. Was er wirklich von ihr will. Und was sie glaubt.«

Ein leichtes Rot stieg in ihre Wangen, sie sah außerordentlich hübsch aus. Kein Vergleich mit Kalinin, der würde zur Zeit weniger wiegen als sie.

»Sie soll glauben, daß ich sie liebe«, sagte Sverdlov. »Und

es gelingt mir offenbar nicht, daß sie es glaubt. Vielleicht denke ich zuviel an eine andere Frau.«

Wieder ein Blick von ihm, der sie noch unsicherer machte. »Ich sollte mich besser beherrschen. Sie muß einfach glauben, daß ich sie liebe. Wenn eine Frau das glaubt, dann tut sie alles, was ein Mann will, nicht wahr?«

»Ja. Ja, das ist so, Genosse.«

»Na, dann sind wir uns ja einig«, er lächelte sein schiefes Lächeln aus dem Mundwinkel. »Ich muß mich nur ein bißchen anstrengen. Das mach' ich übers Wochenende. Und wenn ich dann die Dame so weit habe, kann ich endlich wieder ausschlafen. Dann fliege ich nach Moskau, und wenn ich wiederkomme – nun, wir werden sehen.«

Das Mädchen lächelte, ihre Lippen öffneten sich ein wenig, die rosige Spitze ihrer Zunge war zu sehen.

»Ich hole Ihnen Tee«, sagte sie.

Als sie mit dem Tee wiederkam, sagte er: »Ich habe es mir überlegt, ich schreibe keinen Brief, wir schicken ein Telegramm, das geht schneller. Sie können es gleich zum Code-Offizier bringen.«

Es mußte so aussehen, als sei er ungeduldig. Und ein Brief wurde unnötig aufgehalten, Golitsyn mußte ihn erst öffnen und lesen, das Telegramm konnte Anna ihm im Vorübergehen zustecken. ›Bin leider noch für einige Tage verhindert. Bitte unternimm nichts, ehe wir uns gesprochen haben. Ich erhoffe eine Versöhnung. Feodor.‹

Das klang Golitsyn gut in den Ohren, und das würde, was noch wichtiger war, Panyushkins langen Arm, der schon nach ihm ausgestreckt war, noch ein bißchen in der Schwebe halten.

Von Golitsyns Trip nach New York hatte Sverdlov inzwischen erfahren. Der Alte blieb ihm also auf den Fersen. Ohne Zweifel ließ er ihn überwachen. Nur seine Arbeit an Mrs. Farrow gewährte ihm eine geringe Bewegungsfreiheit. Es würde gut sein, mit Golitsyn darüber zu sprechen.

Sein Kopf arbeitete mit gewohnter Präzision und Konzentration. Er dachte so klar wie lange nicht mehr. Damals, ehe er nach Barbados fuhr, war er träge und unlustig gewesen, seine Arbeit befriedigte ihn nicht mehr, alles kam ihm sinnlos vor.

Jetzt mußte er sein Leben retten. Jetzt kämpfte er um die Zeit, die ihm blieb. Das hatte seine Aktivität zurückgebracht. Es war ein Kampf auf Leben und Tod, und er kannte seine Feinde. Tomarov, der Freundschaft heuchelte, um ihn ans Messer zu liefern, Elena, seine Frau, mit ihrem übersteigerten Fanatismus, die es kaltblütig zuließ, daß man ihn tötete. Golitsyn, dieser bösartige alte Wolf, mit dem alles begonnen hatte, der ihn belauert und bespitzelt hatte, um ihn zu vernichten. Der Kalinin auf dem Gewissen hatte und ihm diese Zuckerpuppe hier ins Büro gesetzt hatte, die um ihn herumsäuselte. Sie waren seine Feinde, und er haßte sie alle.

Dieser Haß gab ihm die Kraft für diesen erbarmungslosen Kampf. Es gab keine Gerechtigkeit, sie hatten ihn verdammt, ohne ihn zu hören. Sie würden ihn nicht kriegen, nicht lebendig. Sie hatten ihn verraten, und das gab ihm das Recht, sie ebenfalls zu verraten. In den vergangenen Tagen hatte er sich der Reihe nach alle möglichen Pläne ausgedacht, um zu entkommen. Der einfachste Weg bestand natürlich darin, in die Britische Botschaft zu gehen und um Asyl zu bitten. Mit einem Dokument aus der Akte ›Blau‹ würden sie ihn sicher gern aufnehmen. Obwohl ihnen natürlich der Protest der Sowjets und der damit verbundene Ärger unangenehm sein würde.

Dieser einfachste Weg war zugleich der gefährlichste. Wenn er überwacht wurde, woran er nicht zweifelte, würde es ihm nicht gelingen, lebendig die Botschaft eines westlichen Landes zu erreichen.

Nein – die beste Art wäre es, auf irgendeine harmlose plausible Weise die Vereinigten Staaten zu verlassen. Und dort mußten Loders Leute ihn in Empfang nehmen, sie mußten vor dem KGB da sein. Was schwierig war, denn er wußte schließlich, wie tüchtig der KGB war, es war seine eigene Organisation. Der kleinste Fehler, die winzigste Unachtsamkeit würde verhängnisvoll sein.

Seine Gedankengänge bewegten sich gewissermaßen auf zwei

Ebenen: er spielte die Rolle des Verfolgten und die Rolle des Verfolgers. Er brauchte nur darüber nachzudenken, was er tun würde, wenn er noch an diesem Schreibtisch sitzen und einen Entflohenen wieder einfangen oder, falls nötig, töten wollte.

Langsam nahm ein Plan in seinem Kopf feste Gestalt an. Und in der vergangenen Nacht, in der er kaum geschlafen hatte, war ihm die Lösung eingefallen.

Erst einmal ein Gespräch mit Golitsyn, ein ganz gewöhnliches Routinegespräch. Er beauftragte Anna Skriabine, dem General seinen Besuch anzukündigen.

General Golitsyn sah auch nicht gerade gut aus, er schien in wenigen Tagen älter geworden. Zur Begrüßung stand er auf wie immer und erkundigte sich höflich, ob Genosse Sverdlov Tee oder Whisky wünsche. Sverdlov wählte Whisky. In den letzten Tagen hatte er wenig getrunken, um einen klaren Kopf zu behalten. Nun jedoch war es besser, den angebotenen Whisky zu akzeptieren, er mußte sich davor hüten, auch nur die geringste Veränderung seiner Gewohnheiten zu zeigen.

Golitsyn war durchaus höflich, von der Feindschaft, die man manchmal gespürt hatte, war nichts mehr zu merken. Sverdlov trank ihm zu und verzog den Mund zu seinem schiefen Lächeln. Eine Weile sprachen sie über alltägliche Arbeitsvorgänge, dann sagte Sverdlov in gleichmütigem Ton: »Übrigens habe ich Schwierigkeiten mit Mrs. Farrow.«

»Oh«, meinte der General, »wie schade! Ich dachte, das wäre so gut wie erledigt.«

»Das dachte ich auch. Aber es wird erst erledigt sein, wenn sie mir den ersten Report geliefert hat, dann kann sie nicht mehr zurück. Offen gestanden, ich habe mir eingebildet, ich hätte sie soweit. Aber sie ist eine recht sensible junge Dame, voller Hemmungen. Und dazu etwas romantisch veranlagt. Aber ich hoffe, daß ich es am nächsten Wochenende schaffe. Ich muß einfach ein paar Tage lang ununterbrochen mit ihr zusammen sein. Manchmal kann es recht schwierig sein, eine Frau zu verführen, wie du vielleicht weißt, Genosse.«

»Ich bin zu alt, um mich daran zu erinnern«, sagte der General. »Immerhin — ich könnte mir vorstellen, je schwieriger die Vorbereitungen, um so — eh, angenehmer das Ergebnis.«

Sverdlov grinste wieder aus dem Mundwinkel. »So kann man es sehen. Für gewöhnlich würde ich es vielleicht sogar genießen. Aber zur Zeit bin ich etwas abgelenkt. Und in Eile. Ich möchte möglichst bald zu meiner Frau fahren. Diese ungewisse Situation belastet mich. Ich habe ihr heute ein Telegramm gesandt.«

»Ich verstehe«, sagte der General. »Es ist im Moment für dich nicht so leicht, eine Entscheidung zu treffen, Genosse.«

»Ich habe mich natürlich für meine Pflicht entschieden«, sagte Sverdlov mit dem Pathos, von dem er wußte, es würde dem General gefallen. »Diese Frau wäre außerordentlich wertvoll für uns. Sie hat Zugang zu Nielsons gesamter Korrespondenz, nicht nur die offizielle, auch die persönliche. Er hat keinerlei Geheimnisse vor ihr. Sie hat es mir selbst erzählt. Sie hat sogar den Schlüssel zu seinem Safe. Nielson hat sehr gute Verbindungen zum Präsidenten, er kennt den halben Senat, er trifft diese Leute bei vielen gesellschaftlichen Anlässen. Es war wirklich ein glücklicher Zufall, daß ich Mrs. Farrow kennenlernte, und es wäre unverzeihlich, wenn ich jetzt aufgeben würde. Sie könnte einer unserer wichtigsten Agenten hierzulande werden. Nein, ich kann jetzt nicht aufgeben. Du kennst ja das Sprichwort, Genosse: Frauen und Pferde darf man nicht stehenlassen, man muß sie ständig bewegen. Ich habe mir gründlich überlegt, was zu tun ist, und bin zu dem Entschluß gekommen, daß ein ganzes zusammenhängendes Wochenende mit Mrs. Farrow wohl sehr hilfreich wäre. Ich denke, daß ich es dann geschafft habe und mich endlich meinen eigenen Angelegenheiten widmen kann. Sie wird mir die Kopie eines wichtigen Briefes von Nelson mitbringen, dann ist sie festgenagelt.«

»Hast du schon darüber nachgedacht, wer sie betreuen soll, solange du verreist bist? Gerade am Anfang sollte man sie nicht ohne ständigen Kontakt lassen. Frauen sind manchmal launenhaft, man muß besser auf sie aufpassen als auf Männer.«

»Wüßtest du jemand, der mich vertreten könnte?« fragte Sverdlov lauernd.

Golitsyn zögerte. *Er* hatte sich bereits für Stukalov entschieden. Erstens um ihn für die Bewachung Sverdlovs zu belohnen, zweitens weil es hieß, daß er mit Frauen umgehen könne. Vor zwei Jahren hatte er ein Mädchen in Den Haag angeworben. Es hatte wie üblich mit einer Liaison begonnen und endete, auch wie üblich, mit Erpressung. Sie hatte achtzehn Monate für den sowjetischen Geheimdienst gearbeitet, dann wurde sie entdeckt und landete im Gefängnis. Zu der Zeit war Stukalov längst versetzt. Es kam nie heraus, daß er mit der Sache zu tun gehabt hatte, das Mädchen kannte ihn unter einem anderen Namen. »Wie wär's mit Gregory Stukalov?« meinte der General in gleichmütigem Tone. »Man sagt, daß er den Frauen gefällt. Er könnte Mrs. Farrow übernehmen, solange du verreist bist.«

»Ich überlasse es dir«, sagte Sverdlov, »Stukalov ist eine gute Wahl. Wenn sie ihn leiden mag, kann er den Fall ganz übernehmen. Aber er muß natürlich mit Vorsicht handeln. Sie ist keine dumme Frau.«

»Natürlich, natürlich«, antwortete Golitsyn. »Geduld ist das wichtigste in solchen Fällen. Ja, dann hoffe ich, daß du bald reisen kannst, Genosse. Ich hoffe auch, es wird dir gelingen, Elena Maximova die Scheidung auszureden. Sie ist eine großartige Frau. Es wäre schade, wenn du sie verlierst.«

»Ich werde sie nicht verlieren. Im Gegenteil. Ich hoffe, daß ich sie mit hierher bringen kann.«

»Das würde mich freuen«, sagte der Alte. In seiner Tasche hatte er den Text des Telegramms an Elena, den Anna ihm bereits gebracht hatte. Es gab keine Widersprüche. Noch das Wochenende mit der Engländerin. Das war kein Problem, man konnte sie beide überwachen.

Sverdlov ging zurück in sein Büro. Anna Skriabine blickte von der Schreibmaschine auf und lächelte. Er lächelte zurück und ging in sein Zimmer.

Dort nahm er einige beschriebene Seiten Papier von seinem Schreibtisch, Teile des Reports, die heute eingelaufen waren, faltete sie zusammen und steckte sie in seine Jackentasche. Nachdenklich zündete er eine Zigarette an. Hatte er auch keinen

Fehler gemacht? Golitsyn schien alle Erklärungen geschluckt zu haben. Man durfte diesen Gegner nicht unterschätzen, der General war kein Dummkopf. Sie belauerten sich gegenseitig, so viel war klar. Sverdlov mußte sich davor hüten, sich durch Kleinigkeiten zu verraten, wie es der General tat. Denn daß er sich bereits Gedanken darüber gemacht hatte, wer Mrs. Farrow übernehmen sollte – Stukalov war zu schnell auf der Bildfläche erschienen – bewies, daß er mit Sverdlovs Rückkehr nicht mehr rechnete.

Sverdlov stand auf. Jetzt kam ein schwieriger Teil des Unternehmens. Wichtig war es ruhig zu sein. Ruhig und so wie immer. Im Vorzimmer blieb er bei Anna Skriabine stehen. »Viel zu tun?«

»Ja, Genosse Sverdlov. Brauchen Sie mich?«

»Heute nicht mehr«, sagte er und ließ es bedeutungsvoll klingen. Er stand nahe bei ihr und blickte auf sie herab, und sie blickte ein wenig unsicher zu ihm auf.

»Über das Wochenende bin ich nicht da. Am Montag sehen wir uns kurz, und dann fliege ich nach Moskau. Soll ich Ihnen etwas von zu Hause mitbringen?«

Sie errötete. »Das ist sehr freundlich, Genosse. Ich weiß nicht – es fällt mir im Moment nichts ein.«

»Ich bleibe nicht lange. Eine Woche. Höchstens zehn Tage. Wenn ich zurück bin, würde ich gern einmal mit Ihnen zum Abendessen gehen. Würde es Ihnen Spaß machen?«

»O ja. Ja, das wäre fein.«

»Wir werden einen hübschen Abend zusammen verbringen. Ich freue mich jetzt schon darauf.«

Er verließ sein Büro, ging den Gang entlang zum Lift und fuhr die zwei Stockwerke hinunter zur Aktenabteilung. Als er hereinkam, standen alle auf, der Chef der Abteilung kam ihm entgegen.

»Ich brauche von der Akte ›Blau‹ die Nummer 23«, sagte Sverdlov geschäftig. »Das Signaturbuch brauchen wir nicht, ich will bloß etwas nachsehen.«

Der Safe mit den Geheimakten war in einem Extraraum, und

der Safe durfte nur auf seine oder Golitsyns Anweisung geöffnet werden. Selbst der Botschafter brauchte ihre Genehmigung, wenn er Einsicht nehmen wollte.

Der Beamte öffnete das Safe und suchte die gewünschte Akte heraus. Sverdlov nahm sie und legte sie auf einen halbhohen Schrank und beugte sich darüber. Eine Weile studierte er scheinbar aufmerksam den Report 23. Der Abteilungschef zog sich etwas zurück, blieb aber im Raum, das war so Vorschrift.

Sverdlov ließ sich Zeit. Dann sagte er: »Geben Sie mir bitte Nummer 22 auch.«

Während der Mann die Akte 22 heraussuchte, zog Sverdlov mit ruhiger Hand die letzten Seiten aus dem vorliegenden Bericht heraus, faltete sie und steckte sie in die rechte Tasche. Aus seiner linken Tasche nahm er die vorbereiteten Blätter, die er mitgebracht hatte, und fügte sie in die entstandene Lücke ein.

Der Tausch war in Sekunden vollzogen. Als ihm Nummer 22 überreicht wurde, las er immer noch mit gerunzelter Stirn in 23.

»Danke«, sagte er und nahm Akte 22.

Auch darin las er eine Weile, machte dann »Ah!«, so als habe er gefunden, was er suchte. Er gab beide Akten zurück und wartete, bis alles wieder im Safe verstaut war.

»Vielleicht sollte ich besser doch unterzeichnen?« fragte er.

»Nicht nötig, Genosse. Es hat ja kein Stück die Abteilung verlassen.«

Sverdlov nickte und wandte sich zum Gehen.

»Guten Morgen«, sagte er, »vielen Dank.« Wieder standen alle auf, als er durch den größeren Raum schritt, langsam, wie in Gedanken versunken.

Auf dem Gang draußen steckte er die Hand in die Tasche und berührte die Papiere der Akte ›Blau‹. Der Kaufpreis für seine Freiheit. Nun war es an Loder, herauszufinden, von wem diese Kopien kamen.

Eine Stunde später ließ er sich von einem Wagen der Botschaft zum Flugplatz fahren, um die frühe Nachmittagsmaschine nach New York zu erreichen.

Frühling im Centralpark. Es erinnerte Judith an alte Filme, die man jetzt manchmal im Fernsehen zu sehen bekam. Oder an einen Song von Cole Porter.

Die Bäume blühten, das Gras war leuchtend grün, der Himmel blau und ohne Wolken. Dieses Stück Landschaft inmitten der Stadtwüste war immer wieder ein Wunder. Am Tag! Denn in der Nacht konnte keiner hier spazierengehen, da gehörte der Park den Verbrechern, den Räubern und Mördern. Aber jetzt spielten hier die Kinder, schoben Mütter den Kinderwagen, schlenderten Liebespaare über die Wege.

Sie wirkten auch wie ein Liebespaar. Sverdlov hatte den Arm um Judiths Taille gelegt und sprach leise auf sie ein. Sam Nielson war etwas ungnädig gewesen, als sie ihn bat, ihr für den Nachmittag freizugeben. Aber es war etwas in ihrem Blick gewesen, etwas Wildentschlossenes und zugleich Verzweifeltes, so daß er nichts sagte, nur stumm nickte. Wie gewöhnlich wartete Sverdlov im Taxi auf sie. Er schien guter Laune zu sein, küßte sie und wies den Fahrer an, zum Park zu fahren. Es sei so ein herrlicher Tag, meinte er, und darum wolle er gern mit ihr spazierengehen.

Judith begriff, daß dies für den Fahrer gesprochen war. Sverdlov traute keinem mehr. Sie auch nicht.

Im Rückspiegel versuchte sie zu erspähen, ob der Mann am Steuer sie beobachtete. Aber der machte ein gleichgültiges Gesicht, blickte stur vor sich auf die Straße und schien ihnen nicht die geringste Aufmerksamkeit zu schenken.

Die ersten Minuten gingen sie schweigend nebeneinander. Sverdlov hielt ihre Hand in seiner.

»Du siehst nicht gut aus«, sagte er. »Du schläfst nicht, du machst dir Sorgen. Ich glaube, du liebst mich doch.«

»Da glaubst du falsch. Ich mache mir Sorgen – das stimmt. Und ich kann nicht schlafen. Aber mit Liebe hat das nichts zu tun. Feodor, wie lange soll das noch so weitergehen? Wann geschieht etwas?«

»Jetzt. Ende dieser Woche. Am Freitagnachmittag werde ich in ein Flugzeug steigen, das mich zu einem Wochenende zu dieser hübschen kleinen Insel bringt, auf der ich dich kennengelernt habe.«

»Du willst nach Barbados? Was willst du denn dort? Warum kannst du dich denn nicht einfach mit Loder verabreden und ... ich meine, du triffst ihn, und dann läßt du alles andere ihn machen?«

Sie war mitten auf dem Weg stehengeblieben, er zog sie am Arm und ging mit ihr weiter.

»So soll es ja sein«, erklärte er. »Er bekommt die Zeit und den Ort, wo er mich trifft, alles andere ist dann seine Sache, genau wie du sagst. Du mußt mit mir kommen, Judith. Wirst du das tun?«

»Ich verstehe dich nicht«, sagte sie und war nahe daran, in Tränen auszubrechen oder ihn anzuschreien.

Sie war einfach mit den Nerven fertig. Und jetzt machte er noch alles so kompliziert.

»Warum das ganze Theater? Du brauchst doch weiter nichts zu tun, als in die Britische Botschaft zu gehen.«

»Ich würde niemals lebend zur Britischen Botschaft kommen«, sagte er. »Ich bin ganz sicher, daß man mir folgt. Und ich kann mich nur frei bewegen, solange sie nicht wissen, was ich vorhabe. Bitte, vertraue mir. Ich weiß, was ich tue. Ich kenne dieses Geschäft.«

»Du hast es mit dem KGB zu tun«, sagte sie, als sei sie es, die ihn daran erinnern müsse. »Vergiß das nicht!«

»Ich vergesse es nicht. Und darum muß ich das Theater machen. Für den KGB mache ich einen Wochenendtrip nach Barbados mit dir, um dich endgültig zu verführen und als Agentin zu gewinnen. Du bist ein schwieriger Fall – habe ich gesagt, ein romantisches Mädchen, das nur unter Palmen geliebt sein will. Ich habe ihnen den Mund so wässerig gemacht. Du bist eine der wichtigsten Personen von der ganzen UN und hast sogar Zugang zu Nielsons Safe.«

»So ein Unsinn, das können sie doch unmöglich glauben.«

»Doch, sie glauben es, und sie bewundern mein Pflichtgefühl und die Ausdauer, die ich aufbringe, um dich anzuwerben.

Denn genaugenommen halte ich es vor Sehnsucht nach meiner Frau nicht aus. Extra deinetwegen verschiebe ich die Reise in die liebenden Arme meiner Gattin. Gut, wie?«

»Du bist abscheulich.«

»Gewiß. Und für dich wird auch weiterhin gut gesorgt. Da steht ein sehr gutaussehender junger Russe parat, der dich von mir übernehmen wird. Es ist alles schon vorbereitet. Zunächst aber müssen wir nach Barbados. Und du mußt mich begleiten. Dort kann dann Mr. Loder in Aktion treten.«

»Es ist ein unnötiges Risiko«, sagte Judith. »So ein furchtbarer Umweg, es macht alles so kompliziert. Barbados ist doch nur eine winzige Insel, was kann dir dort alles passieren. Man kann sich da nicht verstecken.«

»Mir kann dort nicht mehr passieren, als wenn ich hier mit dir spazierengehe. Mein Leben hängt an einem seidenen Faden, wo ich auch bin. Ich bin in New York nicht sicherer als auf Barbados. Außerdem ist Barbados britisches Territorium. Loder hat da sicher gewisse Möglichkeiten. Hier, in dieser Stadt, bin ich wehrlos. Wirst du mitkommen?«

»Ja, natürlich. Wenn das der einzige Weg ist, dir zu helfen, dann komme ich selbstverständlich mit.«

Sie schauerte zusammen. »Mir ist kalt. Ich will nicht mehr spazierengehen.«

Es hatte nichts mit der Temperatur zu tun, daß sie plötzlich fror, es war warm und sonnig. Sie fror aus Angst. Er legte den Arm fester um sie. »Nur noch ein kleines Stück – bis zum Ende dieses Weges, dann kommen wir auf die Straße und suchen uns eine hübsche kleine Bar. Aber dort können wir nicht mehr reden, weißt du. Das ging nur hier im Park. Woanders kann man uns zuhören.«

»Du denkst wirklich, daß uns jemand nachgeht? Jetzt?«

»Ich bin ziemlich sicher. Und du weißt, es gibt so kleine Apparate, damit kann man alles hören, was in einem Umkreis von dreißig bis vierzig Metern gesprochen wird.«

»Mein Gott«, sagte Judith, »das ist ja ein Alptraum, so etwas gibt es ja gar nicht. Bist du sicher, daß man uns hier nicht zuhören kann?«

»Wir gehen ziemlich schnell, und niemand ist nahe genug, um uns zu hören. Jetzt paß gut auf. Wenn wir uns heute getrennt haben, mußt du versuchen, Loder zu erreichen.«

»Er erwartet meinen Anruf. Ich habe ihm schon mitgeteilt, daß ich dich heute treffe.«

»Von wo hast du angerufen? Von Nielsons Büro?«

»Nein. Ich dachte, es wäre besser, von einer Telefonzelle aus anzurufen.«

»Sehr gut«, er drückte ihren Arm an sich. »Kluges Mädchen. Also du sagst ihm folgendes: Wir fliegen Freitag nachmittags um vier Uhr vom Kennedy Airport nach Barbados. PANAM 238. Ich habe schon gebucht, und ich habe auch im selben Hotel Zimmer bestellt. Wir kommen um acht Uhr dreißig an, gehen ins Hotel, es sei denn, er gibt dir andere Instruktionen. Die gewünschten Papiere werde ich bei mir haben – sag ihm das auch.«

»Das geht so schnell«, sagte Judith unlogischerweise. »Wird er denn das alles bis Freitag arrangieren können?«

»Ich denke schon. Er braucht ja weiter nichts zu tun, als ein Flugzeug herauszufinden, mit dem ich nach London fliegen kann. Sage ihm, es wäre gut, wenn ich schon am Sonnabend fliegen könnte. Spätestens am Sonntag. Angenommen, sie merken, daß aus Akte ›Blau‹ etwas fehlt, und ich bin nicht da, dann geht die Jagd los. Dann sind wir auch in Barbados nicht mehr unseres Lebens sicher. Kannst du dir das alles merken?«

»PANAM 238, vier Uhr ab. In Barbados um acht Uhr dreißig. Ist das New Yorker Zeit oder Barbados-Zeit?«

»Barbados-Zeit«, sagte er. »So – jetzt sind wir draußen und suchen uns eine richtig hübsche kleine Bar, und du bekommst einen Drink. Wir reden über alles mögliche, vor allem über das bevorstehende Wochenende. Und du könntest wenigstens so *tun*, als seist du verliebt in mich. Das würde sich gut machen.«

»Ich werd's versuchen.«

»Danke«, sagte er ernst. »Ich könnte mir vorstellen, daß du das sehr gut kannst.«

Rachel Paterson weinte. Sie weinte lieb und manierlich, heulte nicht auf so unbeherrschte Art, wie es manchmal junge Frauen taten und wie es Margret Stephenson im Lauf ihres Lebens als Diplomatenfrau oft genug erlebt hatte. Da gab es welche, die schnieften und schluchzten vor lauter Heimweh, und andere jammerten nach der Mami, und am lautesten heulten die, die sich auf diplomatischem Parkett blamiert hatten.

Margret hörte sich das oft an, oft recht amüsiert. Sie blieb dabei ungerührt und kalt. Aber heute war es weder amüsant, noch blieb sie kalt, nachdem sie von Rachels Kummer gehört hatte.

Genau wie Fergus war Margret zu Haltung und Selbstdisziplin erzogen. Sie zeigte nicht, was sie empfand, sie saß neben Rachel auf dem Empire-Sofa, tätschelte den Arm der jungen Frau, aber in ihrem Kopf rasten die Gedanken.

»Ich kann ihm einfach nicht mehr vertrauen«, sagte Rachel. »Seit diese Frau angerufen hat, ist alles anders geworden.«

Sie trocknete die Augen und putzte sich dezent die kleine Nase. »Es war nie leicht, mit ihm auszukommen. Aber es gab nie etwas mit anderen Frauen. Auf die Idee bin ich gar nicht gekommen. Aber da habe ich mich sehr in ihm getäuscht.«

»Übertreiben Sie nicht ein wenig? Vielleicht war diese Frau in New York wirklich nur eine flüchtige Bekanntschaft, und nach dem, was Sie eben erzählt haben, hatte sie ja wirklich einen triftigen Grund, ihn anzurufen, nicht? Sie würde sich ja kaum eine Geschichte von einem russischen Überläufer ausdenken – mit dem sie sich offenbar gut versteht –, wenn es ihr darauf ankäme, Ihren Mann zu becircen. Das wäre wirklich ein unsinniger Umweg.«

Aber dies alles sagte Margret eigentlich mehr zu sich selbst als zu Rachel. Den ersten Teil von Rachels Klage hatte sie sich mit der gebührenden Anteilnahme, jedoch ohne größeres Interesse angehört. Es bestätigte nur, was sie sowieso schon wußte:

Richard Paterson war selbstsüchtig, nur auf seine Karriere bedacht. Seine Liebe oder Zuneigung, oder wie immer man das nennen wollte, was er für seine Frau empfand, waren nie sehr groß gewesen und hatten stetig nachgelassen. Dann kam Rachel zu dem morgendlichen Anruf aus New York. Da Margret von dem Vorhandensein einer New Yorker Geliebten wußte, war das auch keine besondere Überraschung. Doch dann kam der Schock.

Während Rachel weinte und sich weiter durch ihre Erzählung sammelte, begann Margrets Kopf fieberhaft zu arbeiten. Sie war intelligent genug und gut genug geschult in politischen und diplomatischen Spielregeln, daß sie sofort begriff, was für eine Gefahr da im Anzug war. Ihr Kinn wurde hart, ihre Augen schlossen sich halb.

Das konnte diese Frau sich nicht ausgedacht haben. Irgend jemand von der Russischen Botschaft wollte überlaufen. Und Überläufer kamen meist mit Geheimnissen als Gastgeschenk.

»Ich gebe ja zu, er blieb nicht lange in New York«, so weit war Rachel nun in ihrem Bericht, »er kam am Abend zurück, und er ging wirklich sofort zum Botschafter. Er ist also nicht bei ihr geblieben . . .«

»Natürlich nicht. Und wenn er wirklich beim Botschafter war, beweist es doch, daß die Geschichte wahr ist. Hat er gesagt, der Russe sei ein wichtiger Mann?«

Rachel blickte harmlos. Der Russe war ihr ganz egal.

»Das weiß ich nicht. Ja – ich glaube, er hat so was gesagt. Ich habe nicht weiter zugehört. Ich war total erschüttert, daß er da ein Mädchen hat. Er hat zwar geschworen, daß er niemals mit ihr geschlafen hat – denken Sie, daß er die Wahrheit gesagt hat?«

»Sicher«, sagte Margret.

Wenn Paterson zum Botschafter gegangen war, dann stimmte die Geschichte. Und der Russe mußte ein wichtiger Mann sein, sonst hätte Paterson bestimmt nicht den Botschafter damit behelligt. Und wenn der Russe ein wichtiger Mann war, dann wurde die Gefahr immer größer.

»Ich glaube nicht, daß er Sie betrogen hat«, sagte Margret abwesend. »Und so schlimm ist es ja wirklich nicht, wenn er mal ein Mädchen zum Essen einlädt.«

Wenn einer herüberkam, mußte er dafür bezahlen. Er bezahlte damit, daß er Agenten und Spione und Geheimnisse verriet.

»Vielleicht habe ich es wirklich zu schwer genommen«, meinte Rachel, schon leicht getröstet, nachdem sie sich alles von der Seele geredet hatte.

Margret blickte auf ihre Uhr. Elf Uhr fünfzehn. Wo zum Teufel war Fergus? In seinem Büro? Bei einer Konferenz? »Genauso ist es«, sagte sie, »und nun nehmen Sie sich zusammen, Rachel. Sie haben einen gutaussehenden Mann, und nichts ist alberner, als wenn eine Frau ständig und überall eifersüchtig ist. Damit bringen Sie ihn erst auf dumme Gedanken.«

»Aber ich sehe momentan so scheußlich aus!«

»Das geht vorüber.«

Margret stand nervös auf. Sie mußte Rachel loswerden, sie mußte sofort Fergus sprechen.

»Hören Sie auf meinen Rat, Kind. Wenn er eine andere Frau hübsch findet, stimmen Sie ihm zu. Sagen Sie: ja, die ist wirklich ganz reizend, und Sie werden sehen, damit ist das für ihn schon nicht mehr so interessant. Aber nun, leider, habe ich keine Zeit mehr. Es ist so schade, aber ich habe in zehn Minuten eine Verabredung.«

Sie ließ Rachel von ihrem Chauffeur nach Hause fahren, streichelte ihr die Wange beim Abschied, und dann rannte sie fast die Treppe hinauf in ihr Wohnzimmer, schlug die Tür hinter sich zu und riß den Telefonhörer hoch.

Fergus' Sekretärin meldete sich. Margret hatte eine recht schroffe Art, mit Sekretärinnen umzugehen. Wer auch immer bei Fergus gearbeitet hatte, keine mochte Margret leiden.

»Hier spricht Mrs. Stephenson. Mr. Stephenson, bitte!«

»Es tut mir leid, er ist in einer Konferenz mit Mr. Hopkirk.«

»Ich muß ihn dringend sprechen. Sagen Sie ihm, er möchte mich sofort anrufen.«

Sie warf ungeduldig den Hörer hin. Zum Teufel mit ihm!

Das war wiederum typisch für ihn – wenn man ihn brauchte, war er nicht da.

Sie war wütend auf Fergus, aber gleichzeitig war sie dem Schicksal dankbar, das ihr Rachel Paterson mit ihren dummen Kümmernissen über den Weg geschickt hatte. Man mußte einfach Glück haben. Das war es. Von ihr war es mehr oder weniger eine Laune gewesen, daß sie sich ein bißchen um Rachel Paterson gekümmert hatte, und gestern abend in der Brasilianischen Botschaft ein wenig Verständnis, ein paar freundliche Worte – zum Dank dafür wurde sie über die Gefahr informiert, die ihr und Fergus drohte.

Vielleicht war es gar nicht so gefährlich. Der Russe, wer immer es sein mochte, wußte vielleicht gar nichts von Fergus. Vielleicht hatte er gar nichts mit Agenten zu tun. Vielleicht. Vielleicht aber doch.

Sie war alarmiert. Sie würde handeln. Oder vielmehr Fergus mußte handeln.

Nicht um seinetwillen. Sie hatte die Wahrheit gesprochen, als sie ihm sagte, daß sein Untergang für sie tiefste Befriedigung bedeuten würde. Ihre Gefühle gegen ihn waren grausam, keine Strafe, auch nicht der Tod, waren hart genug für ihn. Aber seine Vernichtung – war ihre Vernichtung.

Erst komme ich, dachte Margret wild. Erst komme ich. Ich lasse mir mein Leben nicht kaputtmachen. Ich will eine Botschaft haben. Paris, Moskau, New York. Eine von den drei großen.

Paris natürlich würde ihr am liebsten sein. Keine andere Frau würde besser dorthin passen. Margret Stephenson, Herrin der Britischen Botschaft im Faubourg St.-Honoré.

Sie war so nervös, daß sie am liebsten etwas zertrümmert hätte. Am Sonnabend war Paterson nach New York geflogen, um diese Frau zu sprechen. Am Abend noch war er beim Botschafter gewesen. Heute war Freitag. Dieser verdammte Russe konnte längst übergelaufen sein. Sie riß wieder das Telefon hoch.

»Ich möchte sofort meinen Mann sprechen. Verbinden Sie

mich!« Die Einwendungen der Sekretärin zischte sie ungeduldig nieder. Und dann war Fergus am Apparat, leicht indigniert.

»Margret? Ich bin im Moment sehr beschäftigt.«

»Du mußt sofort nach Hause kommen«, sagte sie scharf. »Sofort! Es ist etwas Schreckliches geschehen. Es hängt zusammen mit deinem Feuerzeug.«

Er schwieg. Dann hustete er.

»Aha. Gut. Ich beeile mich. Reg dich nicht auf. Ich bin in einer Viertelstunde da.«

»Allmächtiger Gott!« rief Loder aus. »Freitag! Sagten Sie diesen Freitag? Das ist morgen. Das ist reichlich knapp.«

»Es geht nicht anders«, Judiths Stimme aus New York klang scharf und bestimmt. »Diesen Freitag muß es sein, ich soll Ihnen das ausrichten. Wir fliegen mit dem ebengenannten Flugzeug nach Barbados und wohnen dort im Beach Hotel St. James. Sie wissen ja, daß es eilt. Er wird überwacht. Werden Sie alles vorbereiten können?« Ihre Art, mit ihm zu sprechen, irritierte ihn. Sie hatte die Sache mit dem Russen so zu ihrer eigenen gemacht, daß sie in einem geradezu aggressiven und befehlenden Ton mit ihm sprach. Aber sie war ja von vornherein auf der Seite des Russen gewesen, er erinnerte sich gut daran.

»Ist das alles, was er gesagt hat?«

»Die Dokumente bringt er mir. Und er sagt, daß er Sonnabend, spätestens Sonntag nach London fliegen müßte. Wenn es nach mir ginge, müßte es schon Freitag nacht sein. Mich macht diese Reise nach Barbados noch krank. Ich halte es für unsinnig. Kommt *Ihnen* das denn vernünftig vor?«

»Was heißt in so einem Fall vernünftig«, sagte Loder unfreundlich. »Er muß wissen, was er tut. Sie bringen ihn auf Barbados genauso um wie hier, wenn sie ihn erwischen. Was soll man da mit Vernunft anfangen? Freitag nacht nach London ist unmöglich. Man gibt mir einen gewissen Vorrang auf englischen Linienmaschinen, aber vierundzwanzig Stunden brauche ich dazu schon. Sonnabend müßte es klappen. Sagen Sie ihm, daß im Hotel eine Schutzwache für ihn sein wird, und daß er auf keinen Fall sein Zimmer verlassen soll. Haben Sie das verstanden? Sie bleiben beide im Zimmer, bis meine Jungen kommen, um ihn zu holen. Okay?«

»Ich werd's ihm sagen. Sie können sich darauf verlassen. Ich werde dafür sorgen, daß er im Zimmer bleibt.«

»Gut. Und Ihnen möchte ich noch klarmachen, daß nicht beabsichtigt ist, Sie auf diesen Flug nach London mitzunehmen. Das ist nicht möglich.«

»Das können Sie sich sparen«, sagte Judith ärgerlich, »davon war sowieso keine Rede. Ich fliege nach Barbados mit, als Tarnung gewissermaßen. Als Schutz für ihn. Ich habe durchaus nicht die Absicht, ihn nach London zu begleiten, Mr. Loder. Ich wünsche mir nichts weiter, als dann endlich wieder in Ruhe leben zu können und meine Arbeit zu tun. Falls ich bis dahin meinen Job nicht verloren habe, was mich nicht wundern würde.«

Sie knallte den Hörer hin, und Loder grinste. Krötiges kleines Frauenzimmer! Sie tat immer noch so, als bedeute ihr der Russe nichts. Dabei war es klar genug, wie verliebt sie in ihn war.

Aber dann vergaß er Judith. Der Zeitplan. Sonnabend oder Sonntag. Er beauftragte seine Sekretärin, die Direktverbindungen zwischen Barbados und London festzustellen. Und nach London sandte er ein Codetelegramm mit der Bitte um grünes Licht für seine Operationen. Er brauchte möglicherweise die Unterstützung des Botschafters. Das ging nur über London.

Wie machte man es nun am besten auf Barbados? Unter Umständen brauchte er die Hilfe der Kanadier. Andererseits war die Vorstellung, daß der gesamte kanadische Secret Service um das Beach Hotel aufmarschierte, auch nicht gerade erheiternd. Damit machte man sich nur verdächtig. Nein — entschied er, die Kanadier mußten draußen bleiben. Zwei seiner Männer würden Sverdlov und Judith morgen auf dem Flug nach Barbados begleiten und aufpassen.

Seine Sekretärin kam mit der Information zurück, daß es nur einen Non-Stop-Flug am Sonnabend von Barbados nach London gab, und zwar abends sieben Uhr dreißig. Die Alitalia flog Sonntag vormittag um elf und machte vier Zwischenlandungen,

Trinidad, Nassau, Bermuda, London. Von dort nach Rom. Beide Flüge waren ausgebucht.

Für den Nachtflug der British Airlines standen sogar Passagiere auf der Warteliste.

Loder fluchte. Er fluchte so gemein, daß seine Sekretärin errötete. »Machen Sie mir eine Verbindung zum Boß der BOAC in New York«, befahl er. »Sagen Sie ihm, daß ich ihn dringend sprechen muß.«

Auch das ging schief. Der Boß der britischen Übersee-Fluggesellschaft war nicht in der Stadt, sein Assistent gab sich alle Mühe, ihn abzuschirmen, aber er kannte Loder nicht. Schließlich hatte Loder vier Telefonnummern zur Auswahl. Unter einer sei der BOAC-Chef möglicherweise zu erreichen.

Anderthalb Stunden später hatte er den Gesuchten endlich in der Leitung. Was auch nicht reibungslos vor sich gegangen war, denn der Mann saß zunächst in der Badewanne, und eine energische Frauenstimme weigerte sich, ihn aus dem Wasser zu holen.

Als Loder ihn endlich sprach, war sein Ton ziemlich barsch. Er benötigte drei Flüge erster Klasse, von Barbados nach London. Ja – ganz recht, es sei ihm bekannt, daß die Maschine ausgebucht sei. Er wisse auch, daß man üblicherweise Passagiere, die gebucht und bezahlt hätten, nicht wieder an Land setze – aber das spiele im Moment keine Rolle. Er frage nicht nach einem Entgegenkommen der Britischen Airlines, sondern fordere Zusammenarbeit in einer staatswichtigen Angelegenheit, und er spreche hier mit voller Autorität der Regierung Ihrer Majestät. Morgen würden die schriftlichen Unterlagen dazu folgen, daß er zu dieser Autorität ermächtigt sei. Falls man ihm Schwierigkeiten mache, werde sie die BOAC zu büßen haben, man würde sie für das entstandene Unheil verantwortlich machen. Damit beendete er das Gespräch. Gleich darauf klingelte das Haustelefon auf seinem Schreibtisch. Loder war immer noch in Rage, immer noch im Kampf mit der BOAC, und darum klang seine Stimme nicht besonders freundlich, als er sich meldete.

Fergus Stephenson war am Apparat. Es war ungefähr einen

Monat her, daß sie zusammen gegessen hatten, und Loder hatte längst beabsichtigt, Stephenson wieder einmal zu treffen. Aber da kam seine plötzliche Reise nach London, und kaum war er zurück, begann der Fall Sverdlov. So gern er Stephenson hatte, momentan hatte er nur seine Arbeit im Kopf. Darum mußte er die Einladung zum Essen, die Stephenson aussprach, ablehnen.

Das bedaure er sehr, sagte Stephenson, viel Arbeit also, aha. Er hoffe dann auf demnächst einmal.

Loder bestellte sich ein Sandwich und Orangensaft ins Büro. Seiner Sekretärin teilte er mit, daß es keinen Feierabend geben würde und daß er sie bis in die Abend- oder Nachtstunden brauchen würde. Das Mädchen nickte bereitwillig. Irgend etwas Großes war im Gange, die Aufregung wirkte ansteckend. Sie arbeitete gern mit ihm. Abgesehen von seiner manchmal rüden Sprache, war er sachlich und gerecht, manchmal auch freundlich, und wenn sie viel geleistet hatte an besonders heißen Tagen, pflegte er sich dafür zu bedanken.

»Loder will dich also nicht treffen?« fragte Margret. »Was wirst du nun tun?«

Ihr Mann goß sich einen Sherry ein. Die Tatsache, daß er Sherry trank in dieser Situation, reizte Margret bis zur Weißglut. Einen Brandy oder einen Whisky, das hätte sie verstanden. Aber dieses weibische Glas Sherry hätte sie ihm am liebsten aus der Hand geschlagen.

Dabei war es offensichtlich, wie verstört er war. Als er vom Büro kam, hatte sie ihm von ihrem Gespräch mit Rachel Paterson erzählt. Unbewegt, den Kopf leicht geneigt, eine Hand in der Tasche, stand er vor ihr und hörte ihr zu.

Dann hatte sie die entscheidende Frage gestellt. Ob er es für möglich halte, daß der Überläufer von ihm etwas wisse.

Fergus erwiderte, das käme darauf an, wer der Mann sei. Ein Offizier von niedrigem Rang, überhaupt ein Mann ohne große Bedeutung wisse bestimmt nichts über ihn. Handle es sich jedoch um einen höheren Sowjet-Offizier, so wäre es möglich, daß er eine Ahnung habe. Wenn der britische Geheimdienst erst einmal einige Hinweise hätte, und sie würden aus dem Flüchtling herausholen, was sie könnten — da seien sie hartnäckig —, so bestehe durchaus die Gefahr der Entdeckung.

»Erinnere dich«, sagte er, »es hat zwei Jahre gedauert, bis man MacLean aufspürte. Sie haben gegraben und gegraben, bis sie ihn gestellt hatten. Es geht manchmal langsam, aber am Ende bekommen sie es immer heraus. Vor allem muß ich wissen, wer der Überläufer ist.«

Er rief also Loder an, Margret stand neben ihm, während er telefonierte, und nagte an ihrer Unterlippe.

Danach goß er sich den Sherry ein.

»Verflucht noch einmal, was wirst du tun?« rief Margret wütend. »Du tust, als wenn dich das nichts anginge. Dein hochgepriesener Polizist will dich also nicht treffen — großer Gott, ob er etwa schon . . .«

»Nein, nein«, sagte Fergus beruhigend, »noch ist nichts passiert. Du mußt Ruhe bewahren. So schnell geht das nicht. So etwas kann unter Umständen Wochen dauern, dazu sind einige Vorbereitungen nötig. Ich muß vor allen Dingen jetzt herausfinden, wer der Russe ist.«

Margret stand mitten im Sonnenschein, der durch die breiten Fenster in ihr liebevoll eingerichtetes Zimmer strömte. Sie hatte die Hände zu Fäusten geballt, der Blick, mit dem sie ihren Mann ansah, war voll Haß. Da stand er und nippte an seinem Tio Pepe, während der Boden unter seinen Füßen wankte.

»Und wenn du es nicht herausfindest?«

»Ich werde es herausfinden. Zunächst werde ich die Sowjetische Botschaft warnen, die wissen dann schon, was sie zu tun haben. Abgesehen von mir, ich täte das sowieso, wenn mir solch ein Fall bekannt würde. Ganz egal, wer es ist. Er ist ein elender Verräter und muß bestraft werden.« Margret war unfähig, darauf etwas zu erwidern. Ihr Mund war vor Staunen leicht geöffnet, als sie ihn betrachtete, wie ein seltsames fremdes Tier, das sie noch nie gesehen hatte. Was das tollste war, er sprach im Ernst. Keine Spur von Ironie in seiner Stimme.

War das der Mann, mit dem sie immerhin seit zwanzig Jahren verheiratet war? Der Mann, den sie glaubte in- und auswendig zu kennen? Groß und hager stand er vor ihr, der sorgenvolle Ausdruck seines Gesichts galt weniger seiner eigenen gefährdeten Existenz – er galt dem Wohlbefinden der Sowjetunion.

Fergus blickte sie an. »Von deinem Standpunkt aus gesehen, sieht es natürlich anders aus. Für dich heißt es: der Russe oder ich. Du sagtest mir ja gestern, daß du dich für mich entschieden hast. Also überlasse alles mir, ich mache das schon.

Danken wir Gott, daß wir die Warnung rechtzeitig erhalten haben. Ich gehe jetzt ins Büro zurück und werde so bald wie möglich mit dem Botschafter sprechen. Wenn Paterson bei ihm war, weiß er vielleicht mehr. Also mach dir keine Sorgen.«

Sie brachte immer noch kein Wort heraus, aber sie zweifelte langsam an ihrem eigenen Verstand. Sie stand da und starrte auf die Tür, als er längst das Zimmer verlassen hatte. Auf dem Tischchen vor dem Kamin stand das halbgefüllte Glas mit Sherry. Vor ihren Augen drehte sich plötzlich alles, eine Welle von Übelkeit stieg in ihr auf. Sie schwankte ins Badezimmer und übergab sich.

»Ich kann's nicht glauben«, sagte Judith, »nein, ich glaube nicht daran, daß wir morgen abend fort sein werden.«

Sverdlov hatte den Arm um sie gelegt und blickte sie zärtlich an. »Doch«, sagte er, »du wirst es sehen.«

Spät am Abend hatte er angerufen und gefragt, ob sie Lust habe, mit ihm auszugehen. In einen Night-Club oder irgend so etwas. Judith hatte entschieden abgelehnt – in einen Night-Club, was für eine Idee. Sie war von Angst und Sorgen zermürbt und fühlte sich total erledigt. Den ganzen Abend war sie ratlos von einem Zimmer ins andere gegangen. Sie war allein, Nancy war bereits zum Wochenende weggefahren.

Als er anrief, war sie froh, seine Stimme zu hören. Und ärgerlich, daß diese Stimme so fröhlich und unbeschwert klang. Er könne auf einen Drink zu ihr kommen, ließ sie ihn wissen.

Doch als er dann kam, verschwand ihr Ärger. Seine fröhliche Stimme am Telefon war Täuschung. Er sah nicht weniger erschöpft und müde aus als sie.

»Was für ein Unsinn!« sagte sie. »In einen Night-Club! Du siehst aus, als hättest du seit Tagen nicht geschlafen. Komm, setz dich.«

»Ich wußte nicht, daß ich zu dir kommen darf«, sagte er. »Ich wollte dich nur sehen. Natürlich ist es hier bei dir besser.« Er nahm ihr Gesicht in die Hände und küßte sie sanft auf den Mund.

Sie machte ihm etwas zu essen zurecht und kochte Kaffee. Und dann saßen sie nebeneinander auf dem Sofa.

»Es ist schön bei dir«, sagte er. »Und du kochst so einen guten Kaffee. Wir sind beide müde. Es tut mir so leid, daß ich dir so viel Sorgen mache.«

»Das macht nichts«, sagte Judith.

Sie war glücklich, daß er bei ihr war. Sie war glücklich, daß er neben ihr saß, lebendig und gesund, wenn auch müde, daß er seinen Arm um sie legte, daß sie ihn spürte.

»Ich wünschte nur, die nächsten zwei Tage wären schon vorüber. Ich möchte nur dieses Flugzeug starten sehen, das dich nach England bringt.«

»Wirst du mich vermissen?«

»Ja. Ja, ich werde dich vermissen. Aber das ist wirklich nicht wichtig. Wichtig ist nur, daß du heil und sicher von hier wegkommst und genauso heil und sicher nach London. Feodor, bist du immer noch der Meinung, daß es so richtig ist, wie wir es machen?«

»Doch. Es ist die beste Möglichkeit. Glaube es mir. Und es ist die am wenigsten gefährliche Möglichkeit. Wenn es ein ernsthaftes Risiko wäre, würde ich dich nicht mitnehmen. Und ich denke, daß Loder es gut machen wird.«

»Das wird er. Und er hat alles in die Wege geleitet. Er ist ein gräßlicher Kerl, aber ich glaube, er ist sehr tüchtig in seinem Beruf.«

Sverdlov blickte ihr in die Augen. »Verachtest du mich, wegen dem, was ich tue? Denkst du, ich bin ein Verräter und ein Feigling? Es entspricht sicher nicht altenglischem Rittertum, einfach wegzulaufen, nicht?«

Sie entzog sich ärgerlich seiner Umarmung. »Gut, wenn dir so zumute ist, dann scher dich nach Hause und laß dich erschießen. Oh, du machst mich wahnsinnig, so einen Unsinn zu reden, nach all der Aufregung, die wir hinter uns haben.«

Er lachte. »Du bist immer noch recht temperamentvoll. Weißt du – ich liebe temperamentvolle Frauen. Was soll ich bloß ohne dich in England tun?«

»Das weiß ich auch nicht«, sagte sie. Niemals in ihrem Leben war sie in einem so tiefen Konflikt gewesen. Und nie so unsicher über ihre eigenen Gefühle. Sie war zornig, sie war zärtlich, sie liebte und sie haßte ihn zugleich, sie hätte weinen mögen und wünschte nichts anderes, als seine Arme um sich zu fühlen, seinen Mund auf ihrem. Er fragte, was er ohne sie in England tun sollte? Was tat sie ohne ihn in Amerika?

Er schien ihre Gefühle zu begreifen, drückte sie an sich. Dann zündete er eine Zigarette an und steckte sie ihr in den Mund. Eine Weile saßen sie schweigend.

Dann sagte Judith: »Ich mußte heute darüber nachdenken, wie das alles gekommen ist. Wenn ich Richard nicht kennengelernt hätte und das alles mit ihm erlebt hätte, was nachher kam, dann wäre ich nie nach Barbados geflogen und ich hätte dich nie getroffen. Was hättest du dann getan, wenn – ich meine – wärst du auf jeden Fall herübergekommen?«

»Das weiß ich nicht. Vielleicht, wenn ich dich nicht gekannt hätte, vielleicht wäre ich dann den leichteren Weg gegangen. Ich hätte mich nicht einsperren lassen. Kein Schauprozeß. Keine Hinrichtung als Verräter.

Wenn ich sterben muß, dann nicht für eine politische Lüge. Eine Lüge, die sie meinem Volk erzählen. Wahrheit hat doch einen absoluten Wert, ich habe das von dir gelernt.«

»Auch Glaube«, sagte sie. »Ich habe für dich gebetet. Und wenn du willst, kannst du jetzt darüber lachen.«

»Ich lache nicht. Ich brauche alle Helfer, die ich bekommen

kann. Sogar deinen nichtexistierenden Gott. Sei nicht wieder böse. Vielleicht gibt es einen Gott. Vielleicht gibt es auch einen Tamarindenbaum, der für die Unschuld eines Mannes zeugte. Du glaubst an diese Dinge, ich nicht. Vielleicht bist du so geworden wie du bist, weil du glauben kannst. Und dann hätte ich keinen Grund, gegen deinen Glauben etwas zu sagen. Denn ich liebe dich. So wie du bist. Glaubst du mir das?«

»Du solltest das nicht sagen. Oh, bitte, sag es nicht.«

»Gut. Ich nehme es zurück. Dann kann ich es dir später wieder sagen. Und jetzt werde ich gehen.«

»Du weißt, daß du hierbleiben kannst, wenn du willst.«

»Nein«, sagte er. »So nicht. Es soll anders sein, wenn ich bei dir bleibe. Ich gehe. Und nun küß mich. Wünsch uns Glück für morgen.«

»Ja«, sagte Judith, »ja, wir werden es brauchen können.«

9

Der Botschafter war es, der Fergus zu sich bitten ließ. Ein Codetelegramm, mit dem Vermerk höchster Dringlichkeit, war in den frühen Morgenstunden von London gekommen, und der Botschafter hatte es sofort beim Betreten seines Büros bekommen. Also war es auch das erste, was er an diesem Tage von seiner Korrespondenz las. Er verzog mißgelaunt das Gesicht. Eine höchst geheime, höchst gefährliche Secret-Service-Angelegenheit lief hier im Rahmen seiner Botschaft, und so etwas mochte kein Diplomat.

Diplomatie war eine Sache, Geheimdienste eine andere. Diplomaten wollten möglichst damit nichts zu tun haben. Der Botschafter wurde sehr höflich, aber unmißverständlich aufgefordet, jedwede gewünschte Hilfeleistung zu gewähren. Loder war der Mann des Tages, seine Operationen hatten Vorrang. Was er wünschte, was er brauchte, was er anordnete, hatte zu geschehen. Das schloß auch, falls erforderlich, die Dienste aller sonstigen britischen Dienststellen, Firmen und Bürger ein, die im Bereich der Botschaft lebten. Mit einem Wort, falls Loder den Mond haben wollte, mußte man den für ihn herunterholen.

Der Botschafter war ein alter, erfahrener Diplomat, erzogen in bester Tradition. Zusätzlich besaß er einen ganz altmodischen Sinn für Verantwortung und Loyalität. Und darum betrachtete er jedes Ereignis, das sein Amt mit Intrigen oder etwa einem Skandal in Zusammenhang bringen konnte, mit höchstem Mißfallen.

Die Nachricht aus London teilte mit, daß Loder ermächtigt sei, einen Überläufer der Sowjetunion aufzunehmen, und daß er für alles, was mit diesem Vorgang zusammenhing, freie Hand hatte. Der Botschafter war sich klar darüber, daß dies offenbar mit der Sache zusammenhing, von der ihm sein Luftattaché kürzlich berichtet hatte. Davon hatte er Loder Mitteilung gemacht, in der stillen Hoffnung, daß der ganzen Angelegenheit keine Bedeutung zukam und daß er nie wieder davon hören würde.

Das war ein Irrtum gewesen. Der Befehl aus London ließ erkennen, daß es sich bei dem Überläufer um einen Mann von größter Wichtigkeit handelte. Um so unangenehmer, so sah es der Botschafter. Für ihn war alles, was mit Spionage und Agenten zusammenhing, eine widerwärtige Sache, höchstens zu tolerieren in Kriegszeiten. Und die Loders dieser Welt waren ihm von Herzen unsympathisch. Er ließ also Stephenson rufen, den er ganz besonders schätzte, sowohl als Diplomat wie auch als Mensch. Überdies mochte er Mrs. Stephenson auch. Sie war eine Frau von Haltung und Charme, in den Augen des Botschafters eine Frau, die ihre Rolle mit Perfektion spielte und es überdies immer verstanden hatte, mit seiner Frau, der Botschafterin, gut auszukommen. Dazu kam, daß der Botschafter beabsichtigte, ein verlängertes Wochenende in Kalifornien zu verbringen, schon darum also mußte Fergus Stephenson, Gesandter und Kanzler dieser Botschaft, in die Vorgänge eingeweiht werden, da er vermutlich während der Abwesenheit des Botschafters Loder zur Verfügung stehen mußte.

»Ich kann gar nicht sagen, wie zuwider mir so eine Sache ist«, sagte der Botschafter. »Genaugenommen sollte ich formell protestieren. Was geht uns der Geheimdienst an? Sie haben kein Recht dazu, uns in ihre schmutzigen Geschäfte hineinzuziehen. Natürlich wird herauskommen, daß die Botschaft von dem Unternehmen wußte, man könnte annehmen, ich hätte damit zu tun. Ich *werde* protestieren. Obwohl es natürlich nichts nützt.«

»Dieses Telegramm hat einen reichlich übertriebenen Ton«, bemerkte Fergus. »Dieser Russe muß wirklich eine wichtige Persönlichkeit sein. Wenigstens könnten sie so höflich sein, uns wissen zu lassen, wer es ist. Das ist es, was ich vor allem zu beanstanden habe. Man wird zur Mitarbeit und Hilfe aufgefordert, und zwar sehr weitgehend, und trotzdem vertraut man uns offensichtlich nicht.«

»Ich will gar nicht wissen, wer es ist«, sagte der Botschafter. »Als Dick Paterson mir neulich davon erzählte, habe ich ihn sowieso gleich weggeschickt und ihm gesagt, daß uns das nichts angehe. Überläufer und Spione und Doppelagenten sind kein Umgang für uns. Paterson war ziemlich erregt über diese Sache. Offenbar hat er sich eingebildet, es würde ihm als Verdienst angerechnet, wenn er mit so was ankommt. Ich sagte ihm, das sei Loders Angelegenheit.«

Bei diesen Worten des Botschafters lüftete sich für Stephenson der Schleier. Als seine Frau ihm von dem Gespräch mit Rachel Paterson erzählt hatte, war er zwar schockiert und erschreckt gewesen, aber er hatte das Ganze nicht zu Ende gedacht. Dabei hätte er gleich die Zusammenhänge erkennen müssen. Der Anruf aus New York, die Freundin von Paterson – natürlich, er hatte ja Paterson selbst davor gewarnt, weiter mit dieser Frau Beziehungen zu haben, da sie als sicherheitsgefährdend angesehen wurde. Sie hatte Umgang mit einem Russen, von dem man annahm, daß er sie anwerben wollte. Loder hatte ihm bei einem früheren Mittagessen den Namen des Russen genannt. Es war Sverdlov. Feodor Sverdlov.

Vor Stephensons Augen verschwamm das Gesicht seines Chefs. Sein ganzer Körper bedeckte sich mit kaltem Schweiß.

Sverdlov, von dem man annahm, daß er das geheime Oberhaupt des russischen Geheimdienstes sei, das wichtigste Mitglied der Sowjet-Botschaft. Der Mann, der als erster die Papiere von ›Blau‹ in die Hand bekam.

Stephenson war wie gelähmt. Er wußte nicht, wie er aufstehen, wie er dieses Zimmer verlassen sollte.

Der Botschafter bemerkte davon nichts. Er redete weiter, erging sich noch eine Weile in Mißfallensäußerungen zu diesem ganzen Fall, und Stephenson gelang es, sich ein wenig zu sammeln, eine Antwort zu formulieren.

Schließlich sagte der Botschafter: »Na schön, mein Lieber, ich muß diesen ganzen Schlamassel Ihnen überlassen. Ich bin übers Wochenende bei den Vanderholdens eingeladen. Geben Sie diesem Loder in Gottes Namen, was er haben will, aber sehen Sie zu, daß die Botschaft möglichst aus der Affäre herausgehalten wird.«

»Natürlich«, hörte Fergus sich sagen. »Selbstverständlich. Sie können unbesorgt sein.«

Mit steifen Beinen verließ er das Büro des Botschafters. Auf dem Weg zurück zu seinem Büro, schlüpfte er in einen Waschraum, ließ kaltes Wasser über seine Hände laufen und trocknete sein schweißnasses Gesicht, das ihm fahl aus dem Spiegel entgegenstarrte.

Sverdlov! Kein Wunder, daß London sich so stark machte und Loder alle Befugnisse erhielt. Darum auch hatte Loder keine Zeit gehabt, mit ihm zu lunchen. Sverdlov!

Wenn er herüberkam, so brachte er das halbe Agentennetz der Sowjets zum Einsturz. Nicht nur in Amerika, in der ganzen Welt. Für den Augenblick vergaß Fergus, wie verhängnisvoll seine Situation war. Die Sowjetunion würde einen weltweiten Prestigeverlust erleiden, wenn Sverdlovs Flucht gelang. Das mußte er verhindern. Und er durfte nicht zögern. Die Dringlichkeit, die aus dem Londoner Telegramm herauszulesen war, zeigte, daß der Fall eilte. Also mußte auch er sich beeilen.

Er besaß eine geheime Telefonnummer, die er bisher nie benutzt hatte, sie war nur für den Fall höchster Gefahr bestimmt. Für seine üblichen Informationen hatte er einen anderen Weg.

Ein großes Schallplattengeschäft in der City war gewissermaßen sein hohler Baumstamm. Er war dort regelmäßiger Kunde, seine Vorliebe für klassische Musik, speziell auch für alte Musik, war bekannt. Jede Woche einmal ging er in das Geschäft, ließ sich Platten vorlegen und auch vorspielen, und hier und da kaufte er etwas.

Er benutzte immer die gleiche Vorspielkabine, und wenn er eine Nachricht weiterzugeben hatte, steckte er den kleinen Zylinder, der den Mikrofilm enthielt, in ein bestimmtes Loch der schalldichten Wand. Da seine Besuche in dem Geschäft stets zu einer bestimmten Zeit stattfanden, war auch sein ihm unbekannter Kontaktmann zur selben Zeit in dem Laden. Der holte sich dann den Film aus dem Versteck und leitete ihn weiter.

Heute war dieser Weg zu umständlich. Er mußte telefonieren. Nachdem er ruhiger geworden war, verließ er den Waschraum. Er durfte nichts Unbedachtes, nichts Auffälliges tun. Natürlich durfte er auch nicht aus dem Botschaftsgebäude telefonieren. Das war eine Regel seines Doppellebens, die er immer streng beachtet hatte: nie etwas tun, was sich in die Botschaft zurückverfolgen ließ. Telefonieren also mußte er aus der Stadt. Zunächst aber hatte er zwei Verabredungen, zwei Besprechungen, die er nicht absagen konnte. Nur die Nerven nicht verlieren. Keine Panik. Es war Freitag mittag. Wenn er nach seinen Besprechungen irgendwohin fuhr, wo er ungestört telefonieren konnte, blieb ihnen Zeit genug, alles Nötige zu veranlassen. Das Wochenende war eine günstige Zeit dafür.

Man konnte Sverdlov unbemerkt an Bord einer Ilyushin bringen und nach Rußland fliegen, das würde keinem auffallen.

Fergus Stephenson betrat mit ruhiger Miene sein Büro und erledigte die beiden Besprechungen mit gewohnter Routine und Gelassenheit.

Nur seine Hände zitterten ein wenig. Und er rauchte ununterbrochen.

Judith hatte schon am Morgen Sam Nielson in seiner Wohnung angerufen. Sie hatte sich gut überlegt, was sie sagen wollte, denn Nielson war in letzter Zeit ein wenig ungeduldig und gereizt gewesen. Kein Wunder bei ihrer Zerstreutheit und ihrer häufigen Bitte, früher gehen zu dürfen. Besser, sie versuchte es diesmal mit einer Lüge.

Seine Frau war am Apparat. Judith bemühte sich, heiser zu sprechen. Sie habe eine Halsentzündung und Fieber, sagte sie, leider könne sie nicht ins Büro kommen. Aber sie hoffe, bis Montag wieder gesund zu sein. Sie hustete noch ein bißchen und hängte rasch ein, ehe Sam Nielson selbst ans Telefon kam.

Nancy war mit ihrem neuen Freund bereits zu einem längeren Wochenende weggefahen, das war sehr günstig.

Judith betrachtete sich längere Zeit im Spiegel. Nancy hatte ganz recht. Sie sah wirklich miserabel aus. Auch in der vergangenen Nacht hatte sie kaum geschlafen. Feodor Sverdlov kostete sie mindestens zehn Jahre ihres Lebens.

Sie hatte keinen Appetit auf ihr Frühstück, der Kaffee schmeckte bitter. Sie trank zwei Gläser Orangensaft und packte dann ein kleines Köfferchen. Sie würde ja höchstens nur ein oder zwei Tage unterwegs sein.

Bis jetzt hatte sie noch nicht darüber nachgedacht, wie sie von Barbados zurück nach New York kommen würde, aber es gingen ja genug Flugzeuge, in einem würde sie schon Platz finden. Es war unmöglich, jetzt darüber nachzudenken. Ihre Gedanken endeten immer nur bei dem Moment, wo Feodor endlich in der Maschine sitzen würde, die nach London flog. Alles was nachher kam, war fernste Zukunft.

Warum hatte sie nur so schreckliche Angst? Das bestimmte Gefühl, daß etwas geschehen würde, etwas, woran sie nicht gedacht hatten. Sverdlov war viel zuversichtlicher als sie. Nur noch ein paar Stunden. Um drei würde er sie abholen, um vier Uhr startete das Flugzeug nach Barbados. Dann würde sie sich besser fühlen. Der Tag wollte nicht vergehen. Einige Male war sie nahe daran, Sverdlov in der UN-Botschaft anzurufen. Es hätte sie schon beruhigt, nur seine Stimme zu hören.

Er liebe sie, hatte er gestern abend gesagt. Und sie glaubte es ihm. Nervös begann sie in der kleinen Wohnung aufzuräumen, holte sich den Staubsauger, aber das Geräusch machte sie noch nervöser. Vielleicht klingelte das Telefon, und sie hörte es dann nicht. Vielleicht rief er an. Oder Loder. Es konnte sich ja noch etwas ändern. Eine Weile beschäftigte sie sich damit, Nancys Blusen zu bügeln. Dann setzte sie sich wieder vor den Spiegel und machte sorgfältig ein Make-up. Wie eine Gefangene kam sie sich vor. Würde sie jemals wieder wie ein normaler Mensch denken und handeln können? Nein, nie mehr.

Sie machte sich ein Sandwich, das sie mühselig herunterwürgte. Dann versuchte sie zu lesen.

Plötzlich läutete das Telefon. Entsetzt sprang sie auf. Aber es war nur ein Mann, der Nancy sprechen wollte. Kurz vor drei stellte sie das Köfferchen neben die Tür. Betrachtete sich noch einmal im Spiegel. Sverdlov mußte jeden Moment kommen. Sie solle ein fröhliches Gesicht machen, hatte er ihr eingeschärft.

Glücklich und verliebt müsse sie aussehen, denn sie seien ein Liebespaar, das einen Wochenendtrip machte.

Es war bereits zehn Minuten nach der vereinbarten Zeit. Ihr Blick hing an der Tür, sie war unfähig, sich zu rühren.

Er war immer pünktlich. Er kam nie, nie zu spät. Dann klingelte es an der Tür.

General Golitsyn war in seinem Sessel eingeschlafen. Mittags hatte er gut gegessen, und in den frühen Nachmittagsstunden fühlte er sich immer müde und abgespannt. Draußen schien eine helle Frühlingssonne, es war bereits sehr warm. Er hatte die Jalousie etwas herabgelassen und die Klimaanlage eingeschaltet.

Als die Nachricht von Fergus Stephenson eintraf, war er gerade aufgewacht und trank ein Glas Tee, um vollends munter zu werden. Dieser kleine Mittagsschlaf hinterließ immer eine träge Lethargie, die er schwer abschütteln konnte. Früher, als junger Mann, hatte er die Technik vollendet beherrscht, wo immer er stand und ging, eine kleine Schlafpause einzulegen, sogar in Zügen, Flugzeugen oder Autos, und sofort danach wieder hellwach zu sein. Jetzt brauchte er dazu einige Zeit.

Darum begriff er auch im ersten Moment nicht die ganze Tragweite der Mitteilung. Er las die kurze Notiz zum zweitenmal. Dann stieß er einen Schrei aus. Darauf folgten einige Flüche, die seine Sekretärin im Vorzimmer erbleichen ließen. Sein Assistent eilte herbei.

Der General stand breitbeinig mitten im Zimmer. Sein Gesicht war dunkelrot, er brüllte. In der Hand hielt er den Zettel mit der kurzen Nachricht, die man ihm Sekunden zuvor gebracht hatte. Kurz darauf stand Anna Skriabine vor ihm, bleich und zitternd, und erklärte Sverdlovs Reisepläne. Ein Flug von Washington nach New York. Und dann von New York nach Barbados. Die Maschine startete in New York kurz nach vier Uhr.

Golitsyn starrte ungläubig auf seine Uhr. Es war dreißig Minuten nach vier. Das Flugzeug nach Barbados war in der Luft.

Golitsyn hob die Hand und schlug mit aller Kraft Anna Skriabine ins Gesicht, rechts und links, und noch einmal. Dabei brüllte er, sie habe nicht nur versagt, sie habe ihn wissentlich getäuscht. Denn ihr Auftrag lautete, Sverdlov zu beobachten und über jeden Schritt und jeden Plan Bericht zu erstatten.

Das Mädchen bedeckte ihr Gesicht mit den Händen und weinte vor Angst. Der alte Mann blickte sie drohend an und befahl ihr, sich in ihr Zimmer zu begeben und sich nicht fortzurühren. Sie werde erfahren, was ihre Strafe sei. Die nächste halbe Stunde verbrachte der General am Telefon. Er erfuhr, daß einer von Stukalovs Leuten bereits mit einer früheren Maschine nach Barbados geflogen sei, und Sverdlov dort erwarten würde, um ihn weiterhin zu bewachen. Aber ein Mann war zuwenig. Außerdem hatte der Mann nicht den Auftrag, Sverdlov zu töten, nur ihn zu bewachen.

Der General las noch einmal die Warnung in seiner Hand. Kein Zweifel – der Britische Geheimdienst hatte bereits die Hand im Spiel. Es war auch deutlich ausgedrückt, daß die Britische Botschaft Kenntnis von dem Vorgang hatte. Und der Flug nach Barbados, als Wochenendausflug getarnt, um eine Agentin anzuwerben, war in Wirklichkeit eine Flucht, war ein klug gewählter Weg, Amerika auf harmlose Weise zu verlassen und sich in eine frühere britische Kolonie zu begeben. Sverdlov handelte nach kühner Geheimdienstmanier – nicht im geheimen, sondern im hellen Tageslicht, unter aller Augen mußte eine gewagte Operation ausgeführt werden.

Sverdlov hatte die Vereinigten Staaten verlassen. Sein Ziel war eine westindische Insel, wo es weitaus schwieriger sein würde, etwas zu unternehmen, ihn zu entführen oder zu töten, ohne die Öffentlichkeit daran teilnahmen zu lassen.

Golitsyn war es nicht gewöhnt, ohne Befehl zu handeln. Also kabelte er zunächst einmal nach Moskau an Panyushkin und erbat Instruktionen.

Der General war einem Schlaganfall nahe. Nur zu klar war er sich über sein eigenes Versagen. Er hatte diese ganze Sache angefangen, er hatte Sverdlov mißtraut, hatte ihn bespitzelt und bewacht, hatte Kalinin unter Drogeneinfluß nach Moskau bringen lassen, wo man in der Lubyianka aus ihm herausgeholt hatte, was man wissen wollte. Er hatte Anna Skriabine auf den Gehaßten angesetzt, aber alles, was er schließlich erreicht hatte, war die Tatsache, daß Sverdlov zu den westlichen Feinden überlief. Die Strafe von Panyushkin würde furchtbar sein.

Das einzige, was zu tun blieb: Er mußte Sverdlov finden und an Bord eines Flugzeuges bringen, das in den Osten flog. Oder er mußte ihn töten.

Der General sprach mit Stukalov in New York, sparte auch dort nicht mit Vorwürfen und Drohungen, er sprach mit dem Sowjetischen UN-Botschafter und schließlich mit dem eigenen Botschafter in Washington. Hier bekam er den klugen Rat, auf den er eigentlich selbst hätte kommen müssen.

Wenn Sverdlov wirklich überlaufen wolle, sagte der Botschafter kühl, was ja wohl bis jetzt nur eine Vermutung sei, so könne man annehmen, daß er nicht mit leeren Händen zu seinem britischen Gastgeber kommen würde. Hatte man sich schon davon überzeugt, ob in den Geheimakten etwas fehle?

Der zitternde Chef der Geheimakten-Abteilung öffnete in Gegenwart Golitsyns und des Botschafters das Safe. Er erinnerte sich genau an Sverdlovs gestrigen Besuch und welche Akten eingesehen worden waren.

Die letzte Kopie von ›Blau‹ fehlte. War durch einige nichtssagende Blätter aus einem anderen Bericht ersetzt. In dem Aktenraum der Geheim-Abteilung herrschte tödliches Schweigen. Alle waren sich darüber klar, was geschehen war. Und alle hatten Angst.

General Golitsyn brach das Schweigen. Er hatte einen Entschluß gefaßt.

Bisher hatte er nur zweimal in seinem Leben in einer wichtigen Frage ohne Befehl gehandelt: als er die verbotenen Bücher seines Lehrers versteckte und als er die rote Fahne auf sein Gewehr band und für die Revolution marschierte. Dies war der dritte Fall. Und gewiß der letzte in seinem Leben.

»Ich kann nicht auf General Panyushkins Befehle warten«, sagte er. »Sverdlov hat Dokumente von ›Blau‹ gestohlen. Wir müssen ihn finden.«

Keiner gab eine Antwort. Der Botschafter trat mit eisiger Miene zur Seite, als Golitsyn den Raum verließ.

Spät in der Nacht startete von San Francisco eine gecharterte Maschine mit vier Passagieren an Bord. Sie landete in den frühen Morgenstunden, gegen fünf Uhr, auf dem Seaways Airport auf der Insel Barbados.

Die vier Passagiere, alles Männer, waren ihrem Paß nach Kanadier. Sie schienen sehr gut gelaunt zu sein, reiche Müßiggänger, unterwegs zu ihrem Vergnügen. Einer war ein wenig betrunken und erzählte dem verschlafenen Zollposten, daß sie eine Tour durch die Insel vorhätten.

Sie verlangten einen Wagen zu mieten, was zu dieser frühen Stunde einige Schwierigkeiten machte. Sie mußten eine Weile auf den Wagen warten, worüber sie laut schimpften. Als Adresse auf der Insel gaben sie das schickste Hotel an der Atlantikküste an. Es war früher der Landbesitz des reichen Grundbesitzers

Sam Lord gewesen, der auch als höchst erfolgreicher Schmuggler in die Geschichte Barbados' eingegangen war.

Daran erinnerten sich die beiden Männer von der Zoll- und Paßkontrolle noch, als später die Untersuchungen begannen. Allerdings war der Wagen mit den vier frühen Touristen niemals auf Sam Lord's Castle angekommen.

Es war bereits dunkel, als sie auf dem Seaways Airport landeten. Die Nacht war sehr schwarz, so kam es Judith vor, der weiße Mond von Barbados, an den sie sich so gut erinnerte, war diesmal nicht zu sehen.

Ein kühler, stetiger Wind bewegte die Bäume und die Palmen. Und als sie über das Flugfeld gingen, glitzerten Regenpfützen im Licht der hohen Lampen. Es war die Regenzeit. Daran hatte sie nicht gedacht.

Sverdlov hielt ihren Arm. Er ging mit großen Schritten, und sie hatte Mühe, an seiner Seite zu bleiben. Der Flug war ihr endlos vorgekommen. Über der Karibischen See waren sie durch eine kurze Sturmzone gekommen, die das Flugzeug heftig geschüttelt hatte. Es war die schrecklichste Reise ihres Lebens gewesen. Sie hatte jeden Menschen mit Argwohn betrachtet, die wenigen Geschäftsleute, die Urlaubsreisenden, die mit ihnen flogen. Wer von ihnen gehörte dem KGB an, wer beobachtete sie?

Sie hatte ihre Befürchtungen Sverdlov flüsternd mitgeteilt, und er sagte: »Du brauchst keine Angst zu haben. Schon möglich, daß jemand mit uns fliegt. Aber im Moment geschieht nichts. Sei ganz ruhig. Lies ein Magzin und halte meine Hand.«

Als er sie abgeholt hatte, war er in seiner üblichen heiteren Stimmung gewesen, er scherzte auf dem ganzen Weg zum Kennedy Airport mit ihr. Übrigens hatte er zum erstenmal einen offiziellen Wagen der Botschaft mit Chauffeur benützt. Im Flugzeug dann änderte sich seine Stimmung. Er war ernst, legte seine Hand auf ihren Arm, und in seinen hellen Augen war plötzlich so ein verlorener, hilfloser Ausdruck, daß sie es war, die ihm tröstend zulächelte.

Aber nun, in der Ankunftshalle des Flugplatzes Barbados, während sie auf Paß- und Zollabfertigung warteten, hatte Judith das Gefühl, am Ziel zu sein. Es war natürlich lächerlich, ein heimatliches Gefühl für diese Insel zu haben, sie war gerade zwei Wochen hier gewesen, aber es kam ihr dennoch wie eine langersehnte Zuflucht vor. Und alles war vertraut, die weiche Luft, der sanfte Wind, der vielfältige Duft der tropischen Blüten, jetzt noch kräftiger durch den Regen, auch der breite Akzent der Einheimischen, den sie nun schon ein wenig besser verstand als beim erstenmal.

Das war total unlogisch, hielt sie sich selbst vor. Die Insel war eine Durchgangsstation, zumindest für Sverdlov. Er war noch lange nicht in Sicherheit. Sie mußte gut auf ihn achtgeben.

Schweigend fuhren sie zum Hotel. Er hatte sich zurückgelehnt und die Augen geschlossen. Er sah so müde aus. Und mager und elend. Diese letzten Tage hatten ihre Spuren an ihm zurückgelassen. Impulsiv schob Judith ihre Hand unter seinen Arm. Er öffnete die Augen und lächelte ihr zu.

»Keine Angst«, wiederholte er zum hundertsten Male.

»Jetzt sind wir hier. Es wird alles gutgehen.«

Nein, dachte sie. Ich glaube es nicht. Vielleicht bin ich hysterisch. Nein, ich bin es bestimmt, was ja kein Wunder wäre, aber es wird nicht gutgehen, ich spüre es.

Beinahe hätte sie es ausgesprochen. Das kurze Gefühl der Entspannung, das Aufatmen nach der Ankunft war bereits wieder vergangen.

Sie trugen sich in der Rezeption ein. Alles kam ihr verändert vor. Es war doch gar nicht so lange her, aber der Raum wirkte schäbig, die Pflanzen traurig, sogar der Manager schien viel älter geworden zu sein.

Sie wandte sich um. Betrachtete alles auf einmal mit ernüchterten Augen. Hatte sie noch kurz zuvor das Gefühl gehabt, in eine vertraute, geliebte Welt zu kommen? Ganz im Gegenteil, es war eine fremde, häßliche, feindliche Welt. Sie roch nach Gefahr.

Sie drehte sich nervös wieder um, nahe daran, etwas Unsinniges zu tun oder zu sagen. Da lächelte der Manager sie an und reichte ihr die Hand, erkundigte sich nach ihrem Befinden. In seinen Augen war ein neugieriger Blick. Ein schmieriger, unverschämter Blick, wie sie fand. Es war leicht vorstellbar, was er dachte. Es fiel ihr schwer, zu lächeln, es war mehr eine verzweifelte Grimasse.

»Möchtest du noch irgendwohin gehen?« fragte Sverdlov sie.

»Um Gottes willen, nein. Ich wüßte nicht, wohin. Ich . . .« Sie beherrschte sich, ihre Stimme klang schrill.

Der Bungalow war genau wie derjenige, in dem sie damals gewohnt hatte. Ein kleiner Vorraum hinter der Eingangstür, der große Wohnraum dahinter mit der breiten Schiebetür, die auf die Terrasse führte. Die winzige Küche. Die schmale Treppe führte hinauf zum Schlafzimmer und dem Bad. Sie hörte, wie das Meer unten am Strand rauschte, hörte die Zikaden, die in den Bäumen sangen. Sverdlov gab dem Mann, der ihr Gepäck gebracht hatte, ein Trinkgeld, dann kam er zu ihr.

»Wollen wir schwimmen gehen? Es würde uns beiden guttun.«

»Nein«, sagte Judith rasch. »Nein. Loder hat gesagt, du sollst den Bungalow nicht verlassen. Du sollst nicht vor die Tür gehen.«

»Ich soll zwei Tage lang nicht vor die Tür gehen . . .?«

»Feodor, um Himmels willen, sei vernünftig. Das hat er ausdrücklich gesagt. Du sollst dich nicht vor die Tür rühren, bis dich jemand holen kommt.«

Er wandte sich zur Treppe, die nach oben führte.

»Ich bin müde, und mir ist heiß. Ich möchte schwimmen gehen. In den Pool, wo ich dich zum erstenmal gesehen habe.«

»Sei nicht so ein eigensinniger Idiot! Warum kannst du nicht tun, was Loder sagt?«

Er gab keine Antwort und ging hinauf. Sie zitterte vor Angst. Warum konnte er nicht tun, was Loder für richtig hielt? Der wußte bestimmt, warum er das gesagt hatte. Man durfte einfach kein Risiko eingehen.

Sie rannte die Treppe hinauf, er hatte sich bereits ausgezogen, trug eine Badehose und hatte sich ein Handtuch über die Schulter gelegt.

»Wenn du Angst um mich hast, komm doch mit.«

Als sie herunterkam zum Swimming-pool, schwamm er bereits lässig auf dem Rücken durch das klare Wasser.

»Es ist wunderbar«, rief er ihr zu. »Es wird dir auch gefallen.«

Judith warf ihm nur einen wütenden Blick zu und tauchte mit einem Hechtsprung ins Wasser. Er schwamm neben ihr, dann tauchte er, faßte mit einer Hand die Stange am Bassinrand, mit der anderen umfing er ihren Körper.

»Ich weiß schon, was ich tue«, flüsterte er ihr zu. »Mir ist ganz bestimmt jemand hierher gefolgt und bewacht mich. Ich muß mich ganz normal benehmen. Das ist die einzige Chance, die ich habe, um lebendig Mr. Loders Flugzeug zu erreichen. Ich muß mich benehmen wie ein verliebter Mann, der ein Wochenende mit dir verbringt. Hör auf nach mir zu treten.«

»Es ist mir egal, was du sagst«, flüsterte Judith, während er sie fest an seine nackte Brust preßte. »Loder hat gesagt, du sollst . . .«

Sverdlov ließ die Stange los, und zusammen gingen sie unter. Dann riß er sie mit einem jähen Griff wieder hoch, schloß sie in beide Arme und küßte sie.

»Ich weiß es besser als Loder. Viel, viel besser. Ich habe dich nie so im Arm gehabt. So nahe bei mir . . . Weißt du, daß ich dich hier beobachtet habe, damals, gleich in der Nacht, nachdem du angekommen warst? Ich habe mich da oben hinter dem letzten Bungalow versteckt. Du sahst so schön aus.«

Nach dem Baden wollte er noch einen Drink an der Bar haben. Dann endlich gelang es ihr, ihn wieder in den Bugalow zu verfrachten. Er kam ihr nach in den ersten Stock. Sie war im Schlafzimmer, er stand unter der Tür, sie trugen beide noch Badekleidung, ihre Körper waren naß. Einen Moment blickten sie sich schweigend an.

Judith wußte, was er dachte. Sie spürte noch den festen Griff, mit dem er sie unter Wasser umklammert hatte. Und sie würde nicht die Kraft haben, ihn zurückzuweisen – sie wußte es.

»Ich bin nicht deswegen mitgekommen«, sagte sie leise.

»Könntest du wirklich nein zu mir sagen?«

»Bitte, frag mich nicht. Jetzt nicht. Mir ist kalt. Und ich habe so Angst.«

Er legte die Hand um ihren Nacken, zog ihren Kopf heran und küßte sie sanft. Sein Mund war warm, sein Kuß zärtlich. Es war ein Versprechen – später, unsere Zeit kommt, wir wissen es beide.

»Stell dich unter die warme Dusche«, sagte er. »Und wenn du partout nicht weggehen willst, dann lasse ich uns etwas zu essen kommen. Wir bleiben heute abend hier, genau wie es Mr. Loder angeordnet hat.«

Unten in der Bar saßen zwei jüngere Männer, tranken ihr Bier, rauchten und schienen den Frieden der tropischen Nacht zu genießen. Sie waren auch an diesem Tag angekommen, sie hatten kein Zimmer bestellt und verlangten sofort den Hotelmanager zu sprechen. Als Ergebnis dieser Unterredung bekamen sie den Bungalow neben jenem, den kurz darauf Sverdlov und Judith bezogen. Der Manager hatte zunächst versucht ihnen zu erklären, daß dieser Bungalow für ein kanadisches Ehepaar reserviert sei, das immer im selben Bungalow zu wohnen wünschte. Aber für seine Erklärung bestand kein Interesse. Die beiden Männer erklärten ihm, daß sie diesen und keinen anderen Bungalow brauchten, es sei sowieso nur für zwei Tage, dazu wiesen sie ihm ihre Ausweise vor, die jeden weiteren Einwand überflüssig machten.

Dann verlangten sie noch den hiesigen Polizeichef zu sprechen, und kurz darauf trafen zwei kräftige junge Männer im Hotel ein, die den Service in den beiden fraglichen Bungalows übernahmen. Sehr zur Verwunderung des Personals, denn das Hotel war nicht ausverkauft, zusätzliche Arbeitskräfte waren nicht vonnöten. Dazu kam noch, daß sich diese beiden neuen Hilfskräfte als außerordentlich fleißig erwiesen. Sie begnügten sich nicht damit, die Bungalows in Ordnung zu halten, sondern hielten sich fast ausschließlich in der Nähe ihres Arbeitsplatzes auf, begannen sogar ausführlich die Blumen und Büsche zu begießen, was in der Regenzeit gar nicht nötig war. Außerdem war es auf der Insel üblich, daß sämtliche Gartenarbeiten von Frauen ausgeführt wurden.

Nicht zuletzt deswegen hatte der Manager Judith und Sverdlov so neugierig bei ihrer Ankunft betrachtet, was Judith so gestört hatte. Noch nachts als er neben seiner großen Negerin im Bett lag, dachte er darüber nach, was das wohl zu bedeuten habe. Zwei Männer vom britischen Geheimdienst beobachteten den Russen, und einheimische Polizei war auch noch dabei. Da war irgend etwas los, das war einerseits sehr spannend, aber andrerseits auch etwas unheimlich. Hoffentlich passierte nichts.

Die Nacht verlief ohne Störung. Am frühen Morgen ging die Sonne strahlend auf, nur an der Westküste sammelten sich schwarz die jahresüblichen Regenwolken.

Nicht viel später segelte eine kleine schnittige Yacht um das Vorgebirge, die bei gutem Wind, leicht geneigt, elegant durch das dunkelblaue Wasser glitt. Gerade auf der Höhe des St.-James-Hotels wurden die Segel eingeholt, die Yacht warf Anker. Einige Zeit darauf sprangen zwei Männer ins Wasser und schwammen um die Yacht herum. Ein dritter setzte sich an Deck und begann zu angeln. Dann war da noch ein vierter Mann, ein kräftiger älterer Mann mit kurzgeschnittenem grauem Haar, der vom Mast aus mit einem Fernglas die Küste betrachtete. Das tat er ohne Pause, bis er nach einer halben Stunde von dem Angler abgelöst wurde. Die Schwimmer waren wieder an Bord gegangen und nahmen ein Sonnenbad. Zu ihrer eigenen Überraschung hatte Judith tief und fest geschlafen, seit Tagen das erstemal. Sie war ziemlich bald ins Bett gegangen, nachdem sie mit Feodor einige Whiskys getrunken hatte. Erst hatte sie protestiert, als der Whisky kam. Doch er meinte, sie werde dann besser schlafen, womit er recht gehabt hatte. Sie war mit gemischten Gefühlen hinauf ins Bett gegangen. Sie lag wach und wartete, ob er nicht auch käme, und sie wartete, was dann geschehen würde. Darüber war sie eingeschlafen.

Als sie erwachte, war das zweite Bett leer. Und unberührt. Panik überkam sie. Sie sprang aus dem Bett und rannte zur Tür. »Feodor! Feodor!«

»Guten Morgen!« Er stand unten an der Treppe und blickte ihr entgegen.

»Ich dachte, du seist fortgegangen«, stammelte Judith. Von dem Schreck hatte sie Kopfschmerzen bekommen.

»Ich bin hier«, sagte er.

»Wo hast du geschlafen?«

»Auf der Couch unten.«

Sie ging langsam die Treppe hinunter, ohne daran zu denken, daß sie ein hauchdünnes Nachthemd trug.

»Und ich dachte, du seist nicht da«, sagte sie kindlich. Dann sah sie die leere Whiskyflasche auf dem Tisch. Er bemerkte ihren Blick. »Keine Angst, ich bin nicht betrunken. Aber tu mir den Gefallen und zieh dir etwas an. Du darfst nicht zuviel von mir verlangen.«

Sie lachte und lief die Treppe hinauf. Während sie im Bad war und sich dann eine Hose und eine Bluse anzog, hörte sie ihn in der kleinen Küche hantieren. Als sie wieder herunterkam, hatte er Kaffee gekocht.

»Du hast gut geschlafen«, sagte er. »Ich war einmal oben und habe dich angesehen. Es hat dir gut getan zu schlafen, du hast es gebraucht.«

»Du nicht? Du hast dich statt dessen betrunken. Warum machst du so etwas? Wenn nun irgend etwas geschehen wäre, irgend etwas Unvorhergesehenes, dann hättest du keinen klaren Kopf gehabt.«

»Ich behalte immer einen klaren Kopf. Das bißchen Whisky ändert daran nichts.«

Sein Aussehen strafte ihn Lügen, er sah immer noch elend aus, die Schatten unter seinen Augen wirkten wie schwarze Löcher. Sie blickte ihn an, als er seinen Kaffee trank, sagte aber nichts.

»Ich glaube, wir sollten die Tür aufmachen«, sagte sie, »es ist warm hier drinnen.«

Sie ging zu der breiten Schiebetür, aber das Schloß klemmte, sie kam nicht damit zurecht. Er kam und half ihr. »Du siehst süß aus, wenn du schläfst. Gib mir einen Gutenmorgenkuß und schimpfe nicht wegen des Whiskys. Wenn ich nicht getrunken hätte, dann wäre ich nicht so brav gewesen.«

An Bord der kleinen Yacht, die draußen in der Bucht ankerte, hatte wieder der grauhaarige Mann das Fernglas vor den Augen. Ununterbrochen glitt sein Blick über die Reihe der Bungalows. Es war still an Bord, keiner sprach. Und dann plötzlich wurde eine der Schiebetüren geöffnet, man sah zwei Gestalten, einen Mann und eine Frau. Der Mann hob den Kopf, und für zwei Sekunden erfaßte das Fernglas genau sein Gesicht.

Der Grauhaarige ließ das Fernglas sinken.

»Da ist er. Der zweite Bungalow von hinten.«

Der Fischer legte die Angel hin und nahm das Glas.

»Die Tür ist offen«, sagte er.

Dann standen die beiden anderen auf, die in der Sonne gelegen hatten, und blickten ebenfalls durch das Glas. Alle vier standen sie nunmehr nebeneinander.

»Sehr unvorsichtig«, sagte der Grauhaarige. »Wirklich, sehr unvorsichtig. Laßt das Dinghy ins Wasser. Wir müssen uns beeilen.«

»Es regnet«, sagte Judith. »Es sieht fast so aus, als ob es Sturm gibt. Schau mal das Segelboot da draußen – ich bin froh, daß ich da nicht an Bord bin.«

»Segelst du nicht gern?«

Sverdlov trat neben sie und blickte hinaus. Das Meer war unruhig geworden. Die Yacht tanzte auf den Wellen wie ein Spielzeug.

»Nicht bei rauher See. Mein Mann war ein leidenschaftlicher Segler, ihm konnte es gar nicht stürmisch genug sein.«

»Du hast mir niemals von deinem Mann erzählt. Nur von diesem englischen Liebhaber – nie von deinem Mann. Warum?«

»Vielleicht weil ich mich irgendwie schuldig fühle«, sagte Judith.

»Der Wind nimmt noch zu. Wir müssen die Tür zumachen. Nein, laß mich. Du solltest gar nicht ans Fenster kommen.«

Er setzte sich auf die Couch. Die Tür bewegte sich geräuschlos, nur im letzten halben Meter klemmte sie wieder, da war offenbar die Laufschiene etwas verbogen. Judith mußte sich anstrengen, ein kleiner Spalt blieb trotzdem offen.

»Warum fühlst du dich schuldig?« fragte Sverdlov. »Was hast du ihm angetan?«

Sie kam und setzte sich neben ihn, er legte den Arm um sie.

»Ich habe ihm nichts angetan. Es war bloß . . . ich hab dir ja erzählt, daß er bei einem Verkehrsunfall ums Leben kam. Wir waren zwei Jahre lang verheiratet. Und eigentlich hatte ich nachher das Gefühl, daß ich ihn gar nicht geliebt habe. Jedenfalls bestimmt nicht mehr in der letzten Zeit. Darum fühle ich mich schuldig. Mit mir ist nicht viel los . . . Erst er, dann Richard . . . Das ist alles, was ich erlebt habe. Für eine moderne Frau sehr kläglich.«

»Finde ich nicht« sagte Sverdlov. »Mir gefällst du so. Und wenn du ihn wenigstens eine Zeitlang geliebt hast, da hat er doch allerhand gehabt. Er war bestimmt sehr glücklich.«

»Das war er.« Judith blickte nachdenklich hinaus in den Regen. Es goß jetzt. Der Himmel war grau, das Meer kaum mehr von Himmel und Sand zu unterscheiden.

»Er war von Natur aus ein glücklicher Mensch. Ein ganz und gar unkomplizierter Mensch, der sich über alles freuen konnte. Das Leben war für ihn eine einzige Party. Und er lachte den ganzen Tag. Ich bin sicher, er hat es gar nicht gemerkt, daß ich ihn nicht mehr liebte. Die ersten Monate – ja, da war es ganz schön, aber dann hatte ich einfach genug. Ich wäre bestimmt nicht bei ihm geblieben, ich hätte ihn verlassen.«

»Mich wirst du nicht verlassen«, sagte er bestimmt.

»Schau, wie es regnet. Erinnerst du dich, als wir das erstemal miteinander sprachen, draußen auf der Terrasse, da fing es kurz darauf auch zu regnen an. Ich warnte dich vor dem vergifteten Baum.«

»Der Machineel«, sagte sie. »O ja, ich erinnere mich. Ich wollte lesen und allein sein mit meinem Kummer. Aber du warst sehr hartnäckig. Du bist überhaupt der hartnäckigste Mann, der mir je begegnet ist. Feodor, sag mir eins . . .«

»Ja?«

»Bist du sehr unglücklich, daß es so gekommen ist? Daß du jetzt im Exil leben mußt und dich verstecken mußt?«

»Ich verstecke mich nicht«, lächelte er leichtsinnig, »ich warte nur, bis es aufhört zu regnen, dann gehe ich schwimmen. Und ob ich unglücklich bin . . .?« Er hob die Schultern und preßte sie an sich.

»Ich bin ein Russe. Wir glauben an das Schicksal. Genaugenommen haben wir es erfunden, ebenso wie die Märchen. Ich bin ein Fatalist. Wenn etwas schiefgeht, dann ist man nicht selber schuld, es ist Schicksal. Natürlich bin ich nicht glücklich, daß ich fortlaufen muß und nun von Mr. Loders Gnaden leben muß. Aber ich wäre auch nicht glücklich, wenn ich in der Lubiyanka auseinandergenommen würde. Wie es anderen geschieht und geschehen ist, die ich kannte. Und die es auch nicht verdient haben. Wann wirst du nach England kommen? Nächsten Monat? Bis dahin könnte Nielson eine andere Sekretärin haben.«

»Feodor, ich komme nicht nach England. Du weißt es. Hör auf, diese albernen Witze zu machen. Jetzt ist nicht der Moment, davon zu reden. Ich wünschte, wir hörten endlich etwas von Loder. Ich möchte wissen, ob du heute fliegen kannst. Warum läßt er nichts hören?«

»Er wird sich schon melden, wenn es soweit ist. Ich kann jederzeit gehen. Mein Koffer ist gepackt.«

»Diese Papiere, mit denen es ihr so wichtig habt, dieses ›Blau‹ . . . ich weiß noch genau, wie wir davon sprachen, von diesem Ausdruck Treublau. Es war an dem Abend, an dem du mit Memenov sprachst – ich denke auch, daß es ein Engländer ist. Mit einem reichlich perversen Sinn für Humor. Was ist? Wohin gehst du?« Sverdlov war aufgestanden.

»Es hat aufgehört zu regnen. Ich rasiere mich jetzt. Und dann gehen wir schwimmen. Sag nicht wieder, daß ich nicht darf und daß Loder es verboten hat. In England kann er mich ja dann als Gefangener behandeln, hier noch nicht. Hier ist es nicht nötig.«

Ehe Judith Einwände machen konnte, lief er die Treppe hinauf. Und gleichzeitig läutete das Telefon.

»Mrs. Farrow?«

»Ja? Wer ist da?«

Oben im Badezimmer hörte sie die Dusche rauschen und Sverdlov laut singen.

»Heute abend sieben Uhr dreißig geht das Flugzeug. Sagen Sie Ihrem Freund, er soll um sechs Uhr fertig sein. Wir kommen und holen ihn ab.«

»Gott sei Dank«, sagte Judith aus tiefstem Herzensgrund. »Oh, Gott sei Dank, wie froh bin ich! Ich habe schon gedacht, es ist etwas schiefgegangen. Ah, hören Sie — noch etwas, er ist so unvernünftig, er will partout nicht im Bungalow bleiben. Was soll ich denn bloß tun? Jetzt will er gerade schwimmen gehen.«

Eine Weile blieb es still, dann hört Judith ein Gemurmel. Ihr Partner sprach offenbar mit jemand. Dann sagte er zu ihr: »Aber er weiß doch, daß er nicht hinausgehen darf.«

»Natürlich weiß er das. Ich hab's ihm ausdrücklich gesagt. Aber er ist gestern abend schon zum Schwimmen gegangen, obwohl ich mich darüber aufgeregt habe. Verdammt noch mal, jetzt kommt die Sonne raus, jetzt wird er erst recht nicht mehr zu halten sein . . .«

»Gut, Mrs. Farrow. Regen Sie sich nicht auf. Gut, daß Sie es uns gesagt habe, wir werden aufpassen.«

Der unsichtbare Partner hatte eine sympathische Stimme, sie klang freundlich, aber doch sehr bestimmt. Judith legte den Hörer auf und blickte hinab zum Strand. Der Sand war dunkel vom Regen, die Heftigkeit des Gusses hatte seine glatte Oberfläche aufgerissen. Aber nun, ganz plötzlich, wie ein strahlender Sieger, erschien die Sonne, und in Windeseile wurde der Himmel blau, ein heftiges, leuchtendes Blau, das bis zum Horizont reichte.

Da waren auch wieder die ersten Urlauber am Strand. Drei

Männer bummelten da unten entlang, dicht am Wasser, der eine hatte einen Fußball, den er dem anderen zukickte.

Oben war es still geworden. Kein Wasser lief mehr, kein Gesang ertönte. Judith seufzte vor Erleichterung auf. Es klappte alles. Heute abend ging das Flugzeug. Bis dahin waren es noch sechs Stunden, die würden auch vorübergehen. Loders Männer waren hier und paßten auf. Heute abend würde er in Sicherheit sein. Sie rannte die Treppe hinauf und trommelte an die Badezimmertür.

»Telefon!« rief sie. »Alles in Ordnung. Um sechs wirst du abgeholt und zum Flugzeug gebracht.«

Plötzlich gaben ihre Knie nach, sie lehnte sich an die Badezimmertür. »Ich bin am Ende«, fügte sie leiser hinzu. »Ich habe mir solche Sorgen um dich gemacht. Aber nun ist es bald vorbei.«

»Wir werden ganz fein zusammen essen«, rief er innen. Auch seiner Stimme hörte man die Erleichterung an.

»Wir trinken Champagner, ja? Jetzt zieh dich mal schnell aus und komm zum Swimming-pool. Dushinka – du bist so tapfer. Was täte ich ohne dich!«

Die Tür ging auf, und seine Hand, von der das Wasser tropfte, streckte sich ihr entgegen.

Judith griff nach dieser Hand, und einen Moment lang hielten sie einander in festem Griff. Keiner sprach. Es war ein Versprechen. Sie hatten einen Bund geschlossen, sie wußten es beide.

Und daran mußte sie später immer wieder denken – ihre beiden Hände, die sich umklammert hielten, das stillschweigende Einverständnis: Wir gehören zusammen.

Daran dachte sie, das konnte sie nicht vergessen.

Sie ging ins Schlafzimmer, saß einen Augenblick auf dem Bettrand, sie war so froh. Dann hörte sie, wie er hinunterging. Sie zog sich eilig aus und streifte den Bikini über.

Sie war so glücklich. In ein paar Stunden würde alles vorbei sein. Loders Männer waren hier. Sie war wirklich übertrieben ängstlich, er hatte recht. Aber plötzlich war es, als griffe eine Faust nach ihrem Herzen. Sechs Stunden – was konnte da noch alles passieren? Er durfte nicht hinausgehen, er mußte im Haus bleiben. Sie hatte immer noch Angst — immer wieder — immer noch. —

Sie öffnete den Mund wie zu einem Schrei.

Bleib hier . . .

Bleib hier . . .

Draußen vor dem Bungalow schüttelte der Wind die Bäume, ein paar Schwimmer wagten sich ins Meer, das heftig bewegt war, die kleine Yacht da draußen schaukelte immer noch auf den Wellen.

Als Sverdlov herunterkam, sah er, daß die Schiebetür sich von selbst wieder geöffnet hatte. Der Wind hatte sie ein Stück zurückgeschoben. Nun, das machte nichts, so kam wenigstens Luft herein.

Er pfiff leise vor sich hin und ging zur Tür.

Unten am Strand lungerten immer noch die drei Männer mit ihrem Ball herum. Für einen Augenblick war Sverdlovs Gestalt deutlich sichtbar, als er von der Treppe kommend durchs Wohnzimmer zur Tür ging. Die Schiebetür, die ins Freie führte, war ungefähr zwei Meter weit geöffnet.

Der Mann am Strand ließ den Fußball fallen.

Plötzlich standen die drei Männer zu einem Dreieck geordnet, wie eine Mannschaft zu einem bestimmten Spiel. Und der eine, der in der Mitte, ein kräftiger, stämmiger Mann mit kurzgeschnittenem grauem Haar, hob den Arm in weitem Schwung. Sein Körper spannte sich, und irgend etwas, klein und schwer, flog vom Strand herauf zu den Bungalows und traf genau in den offenen Spalt der Schiebetür. Judith wollte gerade das Schlafzimmer verlassen. Sie hörte ein Krachen, wie von einem Feuerwerkskörper. Unter ihr schien die Erde zu beben, und dann schoß auch schon eine steile gelbe Flamme empor, die eine Wolke von vernichtender Hitze mit sich brachte.

Ein Vulkan schien sich geöffnet zu haben, die Erde explodierte, die tödliche Sonne von Barbados schien herabgestürzt und in ihrem Feuermeer verglühte die Insel.

Judith stürzte zurück. Sie schrie, sie schrie. Bis das brausende Feuer ihr Schreien erstickte.

Es war Stephensons Gewohnheit, die wichtigsten englischen und amerikanischen Zeitungen durchzusehen, ehe er in sein Büro ging. Er frühstückte in seinem Arbeitszimmer, Toast, bittere Marmelade und Tee, und dabei blätterte er die Zeitungen durch, erst die englischen, dann die dicken amerikanischen.

Es war eine breite Überschrift, eine schwarze Schlagzeile: ›Sowjetbürger in einem Strandhotel auf Barbados tödlich verunglückt.‹

Stephenson stellte die Tasse behutsam hin. Die Nachricht war nur kurz, enthielt aber die notwendigste Information. Ein russischer Tourist, der sich als F. G. Sverdlov eingetragen hatte, war das Opfer einer Feuersbrunst geworden, die aus ungeklärten Gründen in einem Bungalow des St.-James-Hotels an der Westküste von Barbados ausgebrochen war. Eine Engländerin, die bei dem Brand verletzt wurde, konnte gerettet werden und befand sich im Krankenhaus von Barbados. Man vermutete, daß ein Kurzschluß zu dem Brand geführt habe, fuhr der Bericht fort. Der Bungalow war total zerstört worden, die danebenliegenden Gebäude stark beschädigt.

Das war alles. Stephenson blickte auf das Datum. Vor drei Tagen war das passiert. Ein russischer Tourist F. G. Sverdlov. Seine Warnung war also noch rechtzeitig gekommen. Er strich den Bericht an. Seine Sekretärin, die später die Zeitungen durchsah, schnitt die angestrichenen Abschnitte aus.

Stephenson goß sich noch einmal Tee ein, doch sein Frühstück schmeckte ihm nicht mehr. Er dachte an die Frau. Hoffentlich war sie nicht zu schwer verletzt.

Eine Stunde später rief er Loder an und lud ihn zum Lunch ein.

Sie trafen sich in einem bekannten Restaurant in der Stadt. Es wurde vorzugsweise von Journalisten besucht. Fergus kannte viele von ihnen. Er begrüßte sie, als er kam, und sprach sie mit

Namen an. Er hatte immer Wert darauf gelegt, ein gutes Verhältnis zur Presse zu haben.

Nachher saßen sie an einem Ecktisch am Fenster, wovon man eine gute Aussicht auf die breite Avenue hatte. Loder sah schlecht aus, wie Fergus fand, er wirkte deprimiert und irgendwie abwesend.

»Ich habe diesen Bericht gelesen von dem Russen, der da in Barbados verbrannt ist«, sagte Fergus. »Das ist doch die Sache, über die wir vor einigen Wochen sprachen, nicht? Die frühere Freundin von Dick Paterson, nicht?«

»Ja«, sagte Loder.

Er hatte Melone und gebackenes Huhn bestellt. Er mochte die riesigen amerikanischen Steaks nicht, die sich über den ganzen Teller ausbreiteten. Fergus aß Hummersalat und eine Omelette.

»Eine ziemlich seltsame Geschichte ist das«, sagte Stephenson in nebensächlichem Ton.

»Das ist sehr milde ausgedrückt«, erwiderte Loder und löffelte grimmig seine Melone aus. »Das ist der größte Reinfall meines Lebens. Und es ist meine Schuld.«

»Oh«, machte Fergus bedauernd. »Das kann ich mir nicht vorstellen. Können Sie mir erzählen, was geschehen ist?«

»Warum nicht?« Es sah aus, als sei Loder ganz froh, darüber sprechen zu können, dankbar für das Interesse und die Sympathie des Gesandten.

»Ich habe es von Anfang an falsch verstanden. Sverdlov wollte keineswegs Mrs. Farrow anwerben. Er wollte zu uns herüberkommen. Es war alles bestens vorbereitet, sie fuhren zusammen nach Barbados, als Tarnung gewissermaßen. Von dort sollte er nach England geflogen werden.«

»Großer Gott!« sagte Fergus.

»Er war der Oberste von den Russen hier. Es wäre eine phantastische Sache gewesen, der größte Erfolg meines Lebens. Aber jemand muß ihn verraten haben. Sie waren bereits auf der Insel und haben ihn fertiggemacht.«

»Und wie kam es zu dem Brand? War es ein Unfall?«

»Unfall!« Loder gab ein böses, bitteres Lachen von sich.

»Man kann kaum von Unfall sprechen, wenn es sich um Napalm handelt.«

»Napalm?« Fergus schauderte. Er wünschte, Loder hätte ihm das nicht erzählt. »Das kann ich mir nicht vorstellen. Was ist mit dem Mädchen?«

»Brandwunden«, sagte Loder. »Ein Wunder, daß sie es überlebt hat. Sie hatte insofern Glück, daß sie oben in dem Zimmer war, man konnte sie durchs Fenster rausholen.«

»Und wo war Sverdlov?«

»Na, unten. Er hatte nicht die geringste Chance. Napalm ist schon schlimm genug im Freien. Jetzt stellen Sie sich vor, was in einem geschlossenen Raum damit passiert . . .«

»Ich möchte es mir lieber nicht vorstellen.« Fergus nahm einen Schluck von seinem Wein. »Eine schreckliche Sache.«

Er sah ganz blaß aus.

»Sie haben mal gesagt, es sei ein schmutziges Geschäft«, bemerkte Loder. Er aß — doch ohne Appetit. »Das ist durchaus richtig ausgedrückt. Ich muß nächstens Mrs. Farrow besuchen, ich glaube, ich bin es ihr schuldig. Nicht, daß ich mich darum reiße.«

»Sie haben Ihr Bestes getan«, sagte Fergus. »Es war nicht Ihre Schuld.«

»Vielleicht erzählen Sie das mal meinem Chef«, sagte Loder. »Das Hühnchen ist gut, wirklich.«

»Ja, man ißt hier gut, das stimmt.« Auch Fergus wollte über den üblen Fall nicht mehr sprechen.

Sie saßen etwa zwei Stunden zusammen, sprachen über Bücher und eine moderne Kunstausstellung, die widersprüchsvolle Meinungen hervorgerufen hatte. Verlegen sagte Loder, daß er diese Ausstellung gern einmal besuchen wolle. Das hätte er auch vor, meinte Stephenson, und sie vereinbarten schließlich einen Tag, an dem sie zusammen nach New York fliegen würden.

Fergus kehrte sehr zufrieden in sein Büro zurück. Er konnte beruhigt sein, alles war erledigt. Und er mochte Loder wirklich. Schade, daß er mit diesem Fall Ärger gehabt hatte. Er ließ seine

Sekretärin kommen und begann zu diktieren. Alle Angst war vergangen, die Gefahr gebannt, sein Kopf war klar, seine Energie kehrte zurück.

Sverdlov war tot. Und was er von ›Blau‹ gewußt hatte, war mit ihm gestorben. Napalm in ein Haus! Daran durfte er nicht mehr denken. Das vergaß man besser. Er hatte vieles vergessen müssen im Laufe seines Lebens. Man durfte sich niemals mit Vergangenem belasten. Nur die Gegenwart war wichtig.

Die ganze Affäre war abgeschlossen. Er würde nicht einmal Margret davon erzählen. Sie hatte die ganze Sache nie mehr erwähnt, und er war sicher, daß sie es in Zukunft nicht tun würde. Ihr würde es am liebsten sein, das alles zu vergessen. Genau wie er jetzt vergessen konnte. Er war in Sicherheit. Die Gefahr war vorüber.

Das Zimmer im St.-Patricia-Hospital war ruhig und kühl. Drei Wochen lang hatte Judith nun von ihrem Fenster aus immer dasselbe gesehen – ein Stück Garten mit einem tiefgrünen Rasen, der sorglich jeden Tag gesprengt wurde, ein breites ordentliches Beet mit karmesinroter Callas, ein herrlich blühender Busch, dessen Namen sie nicht kannte. Der Duft seiner Blüten kam manchmal wie eine Woge zum Fenster hereingeweht.

Seit sie aufstehen konnte, sah sie auch ein Stück vom blauen Meer, das im Sonnenlicht glitzerte, manchmal zog ein Schiff, ein weißer Bäderdampfer über den Horizont. An manchen Tagen gab es kurze heftige Stürme, und der Regen schlug gegen die Scheiben. In der Nacht sah sie nur die Sterne. Als der Mond hochkam, erhellte er den Garten. Sie sah die Büsche und in der Ferne die Palmen in seinem Licht. Der weiße helle Mond von Barbados. Er war auch jetzt noch da – so, als sei nichts geschehen. Der mitleidslose weiße Mond, den das alles nichts anging.

Etwas seitlich vom Fenster stand ein hoher Tamarindenbaum. Die Zweige der Tamarinde bewegten sich anmutsvoll im Wind, sie hingen voller langer schmaler Früchte – noch geschlossen, bald würden sie reif sein.

Als es ihr besser ging, saß sie in einem Sessel am Fenster

und blickte in den Raum. Sie mochte nicht lesen. Sie lehnte das Radio ab, das man ihr hereinstellen wollte. Sie saß nur immer da, blickte in den Garten, auf das Meer, auf den Baum.

Die Brandwunden an ihren Beinen, Brandwunden zweiten Grades, heilten gut. An ihrem rechten Arm hatte sie eine tiefe Wunde. Dort hatte sie sich an der Fensterscheibe verletzt, als sie versuchte, aus dem Fenster zu springen, um den Flammen zu entkommen. Eine Narbe würde zurückbleiben.

Ihre Erinnerung an das Geschehene war nur vage. Es war alles so schnell gegangen. Ihr war es endlos vorgekommen – das Feuer, das wie ein brüllendes Tier von unten heraufstieg, die Treppe, die brach, Flammen und Rauch, die sie erstickten. Als die beiden Männer von der Barbados-Polizei, die dort eingesetzt waren, sie durch das Fenster zogen, war sie halb bewußtlos gewesen. Da brannte das Schlafzimmer schon, die Flammen erreichten ihre Beine noch, der Boden krachte bereits unter ihr. Zwei Minuten, nachdem man sie herausgebracht hatte, stürzte der Bungalow in einer Flammenhölle in sich zusammen.

Statt in das neue Krankenhaus von Bridgetown hatte man sie zu den Nonnen von St. Patricia gebracht. Hier war es leichter, sie zu bewachen und ein Auge auf die Besucher zu haben. Aber niemand hatte sie besucht, niemand hatte ihr etwas antun wollen. Lebendig oder tot, sie war nicht von Bedeutung.

Sie hatten Sverdlov – das genügte. Nach einiger Zeit zog der britische Geheimdienst die Schutzwache ab. Nur ein einheimischer Polizist blieb zurück, es war mehr eine freundliche Geste als eine Notwendigkeit.

In der zweiten Woche kam Nancy Nielson zu ihr, saß an ihrem Bett, brachte Grüße von ihrem Vater, redete all das übliche Zeug. Es würde ihr bald besser gehen, sie solle sich keine Sorgen mehr machen, alles werde wieder gut.

Die Schmerzen ließen nach. Sie tauchte langsam aus dem Schleier der schmerzstillenden Medikamente wieder auf. Doch dann begann erst die wirkliche Pein. Die körperlichen Schmerzen waren vergleichsweise leicht zu ertragen gewesen.

Sam Nielson schrieb freundliche Briefe. Freunde und Bekannte schrieben, es kamen Blumen. Sogar der Hotelmanager erschien eines Tages mit einem Blumenstrauß. Sie wollten helfen. Judith begriff es. Aber ihr konnte keiner helfen.

Niemand brachte ihr den Mann zurück, dessen Stimme sie deutlicher hörte als die Stimmen jener, die mit ihr sprachen. Dessen Händedruck sie noch fühlte, seine Arme, die sie umfingen, seine Lippen, sein zärtlicher Blick. Ihre Hände, die sich fest ineinander verschlungen hatten an der Badezimmertür — das war das letzte gewesen, was ihn mit ihr verband.

Er war tot. Er war die Treppe hinuntergegangen, sie hatte seinen Schritt gehört, und Sekunden später war die tödliche Bombe durch die offene Tür gekommen und hatte ihn vernichtet.

Einmal, ziemlich am Anfang, war ein Mann zu ihr gekommen, den sie nicht kannte. Oder kannte sie ihn doch? Ihr Kopf war so verwirrt, so unfähig, logisch zu denken. Immer nur das eine dachte sie, nur das eine — er ist tot. Der Mann hatte gefragt, ob sie irgendwelche Wünsche habe. Ob sie lieber in die Staaten zurückkehren wolle. Sie hatte den Kopf geschüttelt. Es war egal, wo sie war. Und sie wollte nichts. Sie brauchte nichts.

Er erzählte ihr, wie man sie gerettet hatte. Auch daß es eine Bombe gewesen war, eine Napalmbombe, die durch die offene Tür ins Zimmer geworfen worden war. Napalm erklärte die plötzliche Wucht und Kraft des Feuers.

Als er ging, gab er ihr die Hand.

»Auf Wiedersehen, Mrs. Farrow. Gute Besserung. Und — es tut mir so leid.«

Erst als er fort war, fiel ihr ein, woher sie die Stimme kannte. Es war der Mann, mit dem sie telefoniert hatte, einige Minuten bevor das Unglück geschah.

Nun war sie so weit hergestellt, daß sie das Hospital verlassen konnte. Aber sie scheute sich davor, diese ruhige Welt zu verlassen. Die Nonnen waren sehr verständnisvoll. Sie könne bleiben, solange sie wolle, hatte die Oberin gesagt, die sie manchmal besuchen kam. Sie schien zu begreifen, daß die Wunden ihres Körpers schneller geheilt waren als die Wunden ihres Herzens und ihrer Seele.

Aber Judith wußte, daß sie sich nicht für immer hier verstecken konnte. Sie mußte sich wieder dem Leben stellen. Nancy war es, die den Anstoß gab. Sie kündete erneut ihren Besuch an und schrieb, daß sie zusammen mit Judith nach Hause fliegen würde. Dann würden sie erst einmal zusammen Ferien machen, Sam Nielson bestehe darauf.

Judith hatte nicht die Energie, sie alle zurückzuweisen. Und einmal mußte es ja sein.

Sie lehnte sich etwas vor in ihrem Stuhl, es ging auf den Abend zu, erste graue Schatten lagerten über dem Meer. Das hatte sie damals auch immer beobachtet, als sie zum erstenmal nach Barbados kam. In jenen Tagen, als sie noch allein war. Als sie allein war und sich einbildete, unglücklich zu sein. Unglücklich wegen einer dummen lächerlichen Liebesaffäre mit einem verheirateten Mann. Der Vergleich mit dem, was sie jetzt empfand, war so unsinnig, daß sie mit einer heftigen Bewegung aufstand. Ein Schmerz durchzuckte ihren Arm. Sie mußte sich immer noch vorsichtig bewegen.

Unglücklich – hatte sie denn überhaupt gewußt, was Unglück war? Was Leid war, Schmerz, Trauer? Der Tod ihres Vaters, der Tod ihres Mannes, von Richard Paterson ganz zu schweigen – was war das alles gewesen?

Aber nun war Sverdlov tot. Sein Tod war das Ende ihres Lebens. Es war ganz unbegreiflich. Ich liebe ihn nicht, hatte sie sich immer vorgesagt. Es war kein Liebesverhältnis gewesen, sie hatte ihn immer wieder abgewiesen. Warum also sollte sie um ihn weinen? Das Dunkel über dem Meer wuchs schnell. Die westindische Nacht brach früh herein. Bald würde die Schwester kommen und Licht anmachen. Es war gut, so im Halbdunkel zu sein. Sie setzte sich wieder, starrte blicklos hinaus in die Dämmerung.

Es klopfte an der Tür. Sie rührte sich nicht, wandte sich nicht um, als die Tür geöffnet wurde.

»Guten Abend, Mrs. Farrow. Darf ich Licht machen?«

Es war Jack Loder. Er knipste den Schalter neben der Tür an, und das milde Licht aus der runden Kugel unter der Decke blendete sie zunächst.

Er kam langsam auf sie zu, streckte ihr die Hand entgegen. Sie bewegte sich nicht, sprach kein Wort, sah zu ihm auf. Er hustete verlegen und steckte die Hand in die Tasche. Sie sah sehr schlecht aus, fand er.

»Was wollen Sie hier?« sagte Judith. »Gehen Sie fort. Ich weiß nicht, warum Sie hierhergekommen sind. Bitte, gehen Sie.«

»Ich verstehe Ihre Gefühle«, sagte Loder und setzte sich vorsichtig auf die äußerste Ecke des Bettes. »Ich dachte halt, ich müßte mal kommen und schauen, wie es Ihnen geht.«

»Danke«, sagte sie, »es geht mir gut, Sie sehen es ja. Ich habe keine Lust zu einem Gespräch, also bitte gehen Sie.«

Er stand auf und trat vor sie hin.

»Es war nicht meine Schuld. Es ist nicht recht, daß Sie mir jetzt Vorwürfe machen. Ich habe getan, was ich konnte. Oder war ich es, der die Tür offengelassen hat?«

»Nein«, sagte Judith. »Ich war es. Ich habe die Tür nicht richtig zugemacht. Glauben Sie nicht, daß ich verrückt werde bei dem Gedanken, daß es *meine* Schuld war?«

»Wir haben das Papier von ›Blau‹ verloren. Es ist mit verbrannt.«

»Oh, lassen Sie mich mit Ihrem verdammten ›Blau‹ in Ruhe. Was interessiert mich dieses dreckige Spionagezeug!«

Sie fing an zu weinen. Sie neigte den Kopf nach vorn, er sah ihr Gesicht nicht, er sah nur die Tränen, die in ihren Schoß tropften. Sie gab keinen Laut von sich. *Er* hatte noch nie eine Frau auf diese Weise weinen sehen. Es war ein so tiefer Jammer um ihre gebeugte Gestalt, daß ihm ganz eng ums Herz wurde.

»Weinen Sie doch nicht«, sagte er unbehaglich. »Er ist es nicht wert. Sie kannten ihn nicht wirklich. Er hat nur bekommen, was er verdient.«

Sie hob den Kopf. »Gehen Sie fort!«

»Er war der KGB. Er selbst.«

Loder zündete sich eine Zigarette an. »Er hat auch mit diesen Mitteln gearbeitet. Denken Sie daran, was *er* war, und, Sie werden keine einzige Träne mehr um ihn vergießen.«

»Es ist mir egal, was er war. Ich kenne ihn besser. Er ist in diesen schrecklichen Flammen verbrannt. Genügt das nicht?«

»Es ist nur schade, daß Sie in diese ganze Sache hineingeraten sind. Aber wie ich gehört habe, sind Sie bald wieder ganz gesund. Es ist alles gut geheilt. Sie kehren demnächst in die Staaten zurück, hat man mir gesagt.«

»Ja«, antwortete Judith. Sie lehnte sich in ihren Stuhl zurück. Sie war erschöpft. Er sollte gehen, sie wollte nicht mit ihm sprechen.

»Bitte«, sagte sie, »wenn Sie nur ein wenig Taktgefühl haben, dann lassen Sie mich jetzt allein.«

»Okay«, sagte er und drückte seine Zigarette aus. Er kam zu ihr, tippte sie leicht auf die Schulter. »Übrigens . . . ich habe ihnen etwas mitgebracht. Hier.«

Es war ein verschlossener Umschlag. Sie öffnete ihn mit widerwilligem Gesicht. Etwas rollte heraus und fiel auf ihren Schoß. Judith nahm es in die Hand. Ein schwarzes, schmales Ding, glänzend und trocken.

»Wo haben Sie das her?«

»Er sagte, Sie würden wissen, was das ist.«

Loders Stimme klang wie aus weiter Ferne.

»Es ist eine trockene Tamarindenfrucht. Wo haben Sie das her?« Ihre Stimme war nur ein heiseres Flüstern. Ihr Gesicht war schneeweiß.

»Ein Freund von Ihnen in London hat mir's gegeben.«

Das häßliche Gesicht mit all seinen Falten war unbeweglich, mürrisch wie immer. Judith kam es vor, als hätte sie noch nie ein so schönes Gesicht gesehen. »Um Gottes willen! Sie reißen mir ja alle Knöpfe ab, nehmen Sie sich doch zusammen!«

»Ein Freund? Was für ein Freund?« flüsterte Judith. »Ein Freund in London . . . Es gibt nur einen Menschen auf der Welt, der mir das schicken könnte . . .«

»Eben«, sagte Loder.

Er trat vorsorglich zurück und zündete sich eine neue Zigarette an. »Ich hab' Ihnen doch gesagt, Sie sollen nicht um ihn weinen. Er ist nicht tot, Mrs. Farrow.«

»Ich glaube es nicht! Es ist unmöglich ... Ich hörte doch, wie er hinunterging. Und in den nächsten Minuten ...«

»Das waren eben die Minuten, auf die es ankam. Sie erinnern sich doch, daß einer von meinen Jungs mit Ihnen telefonierte? Und Sie sagten ihm, er wolle nicht im Haus bleiben. Na ... und das machte den Jungs Sorgen. Sie hatten nämlich da draußen die Yacht gesehen. Die rührte sich den ganzen Tag nicht vom Fleck. Auch nicht, als es stürmisch wurde. Das fanden sie komisch. Und dann dachten sie sich, es wäre besser, den Herrn aus dem Verkehr zu ziehen, und irgendwo sicher aufzubewahren, bis das Flugzeug ging. Ist ja klar, nicht? Sie warteten unten auf ihn, als er die Treppe herunterkam. Und sie gaben ihm gleich einen ordentlichen Schlag auf den Kopf. Sie hatten ihn kaum zur Tür draußen – da kam die Bombe. Es ging um Sekunden. Beinahe wären Sie mit draufgegangen. Aber ich sage ja immer, der Teufel kümmert sich schon um die Seinen.«

»Oh, mein Gott«, sagte Judith. Und immer wieder: »Oh, mein Gott ...«

»Für uns war das natürlich sehr günstig«, fuhr Loder fort. »Und für ihn auch, versteht sich. Wir gaben bekannt, daß er tot ist. Seine Genossen glauben es und suchen nicht nach ihm. Was denken Sie, wie ihm und uns dadurch das Leben erleichtert wird. Niemand darf es wissen, das ist ja wohl klar. Er meinte bloß, Sie sollten's wissen.«

»Ich kann's nicht glauben«, flüstere Judith.

»Wir haben uns schon ausführlich über ›Blau‹ unterhalten. Den haben wir bald, Sie können sich darauf verlassen ... Denn der fühlt sich ja jetzt auch sicher, nicht wahr? Der weiß ja nicht, was wir wissen. Den haben wir bald.«

»Ich kann's nicht glauben«, wiederholte Judith.

Sie öffnete ihre Hand, die sie zur Faust zusammengeballt hatte, fest geschlossen um die Tamarindenfrucht. Sie starrte nieder auf das kleine glatte Ding, hob es hoch, denn sie konnte es nicht mehr sehen, weil Tränen ihren Blick verschleierten.

»Er ist gesund und heil. Und in Sicherheit«, sagte Loder. »Nur glücklich ist er nicht. Er fragt immerzu nach Ihnen. Wir haben alles für ihn getan, was wir konnten. Er lebt höchst komfortabel, alles erstklassig. Aber es hilft nichts. Er sehnt sich nach Ihnen.«

Loder machte eine Pause, tat einen tiefen Zug aus seiner Zigarette. »Aber das kann Ihnen ja egal sein, nicht? Es besteht für Sie keinerlei Verpflichtung, zu ihm zu fahren. Ist ja wohl klar, nicht? Für Sie ist der Fall erledigt, nehme ich an.«

Ganz langsam stand Judith auf. Sie zitterte am ganzen Körper, sie mußte sich auf die Lehne des Sessels stützen, um sich aufrecht zu halten. Aber sie lächelte. Tränen liefen über ihre Wangen, und sie lächelte.

»Ich konnte Sie nie besonders leiden, Mr. Loder. Aber ich habe nie angenommen, daß Sie dumm sind. Wann — wann kann ich . . .?«

»Also — das lassen Sie mich mal in Ruhe arrangieren. Das muß mit Vorsicht und Überlegung gemacht werden. Irgendwann wird sich ein passender Grund finden, warum Sie nach England zurückkehren. Muß ganz natürlich aussehen.«

»Irgendwann, Mr. Loder? Kann es nicht sofort sein?«

»Auf keinen Fall. Aber sagen wir in einigen Wochen.«

»In wieviel Wochen, Mr. Loder?«

»Lieber Himmel, Mrs. Farrow, so sehr eilt es ja wohl nicht.«

»Doch, Mr. Loder, es eilt. Es eilt sehr!«

»Also gut sagen wir — ich weiß noch nicht. Es muß überlegt werden. So bald wie möglich. Mrs. Farrow.«

»So bald wie möglich«, wiederholte Judith wie ein Kind, dem man ein Geschenk versprochen hat.

Loder sah sie an, und dann lächelte er. Er fühlte sich auf einmal direkt glücklich. Ein ganz fremdes Gefühl — er wußte gar nicht, wann er das letztemal in seinem Leben glücklich gewesen war.

Heute . . . heute war er es.